朝内
766
人文文库

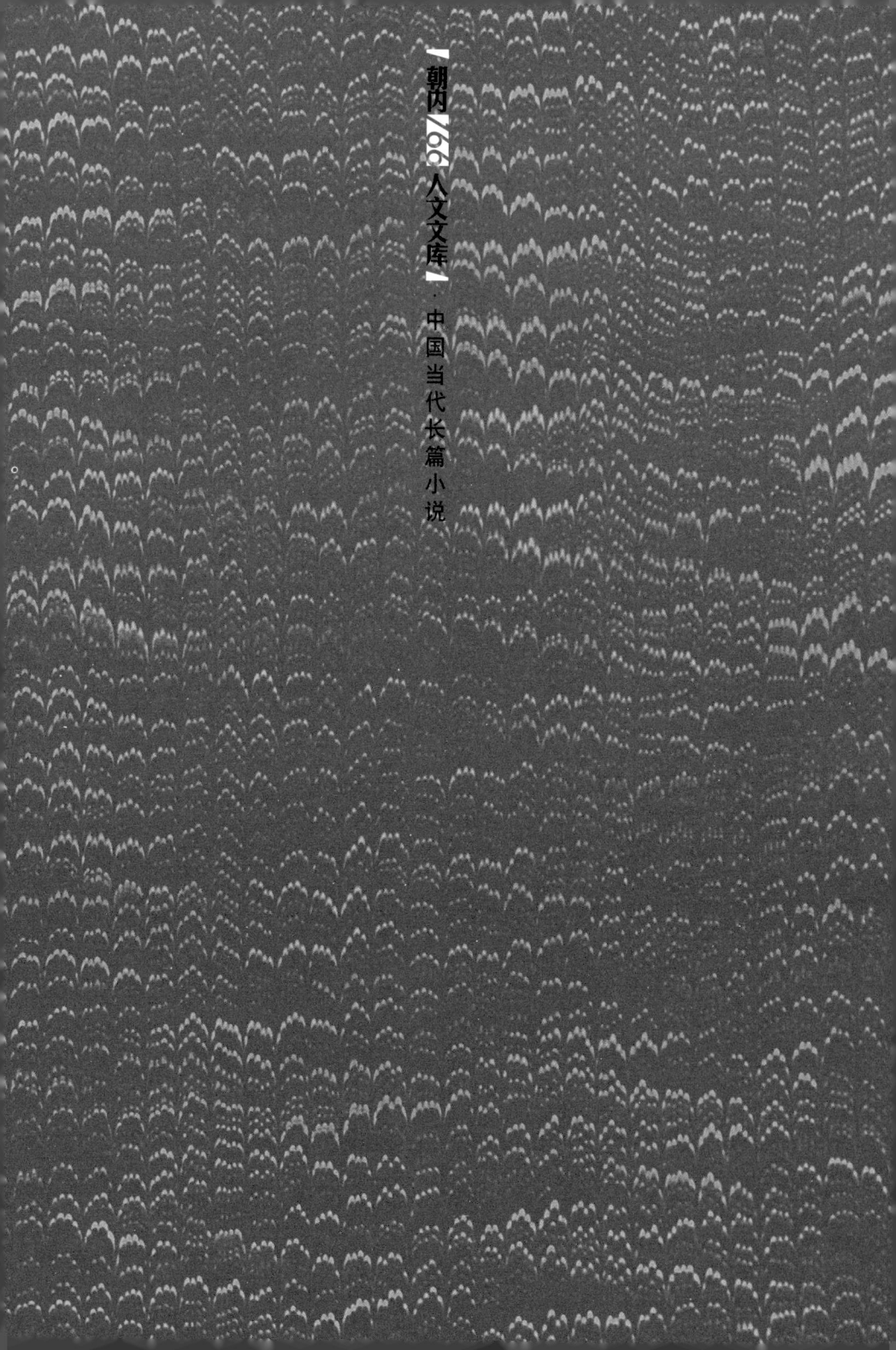

朝内166·人文文库·中国当代长篇小说

赤彤丹朱

张抗抗 著

人民文学出版社

图书在版编目(CIP)数据

赤彤丹朱/张抗抗著.—北京：人民文学出版社，2012
（朝内166人文文库.中国当代长篇小说）
ISBN 978-7-02-009368-7

Ⅰ.①赤… Ⅱ.①张… Ⅲ.①长篇小说—中国—当代 Ⅳ.①I247.5

中国版本图书馆 CIP 数据核字(2012)第 171743 号

责任编辑　赵　萍
装帧设计　刘　静
责任印制　苏文强

出版发行　人民文学出版社
社　　址　北京市朝内大街 166 号
邮政编码　100705
网　　址　http://www.rw-cn.com

印　　刷　保定市中画美凯印刷有限公司
经　　销　全国新华书店等

字　　数　298 千字
开　　本　880×1230 毫米　1/32
印　　张　12　插页 3
印　　数　1—10000
版　　次　1995 年 5 月北京第 1 版
印　　次　2013 年 1 月第 1 次印刷

书　　号　978-7-02-009368-7
定　　价　27.00 元

如有印装质量问题，请与本社图书销售中心调换。电话:01065233595

出 版 说 明

在新中国六十年的历史上,几代作家在不同的时期创作了数以万计的长篇小说。我们作为新中国成立最早、规模最大、门类最全的专业文学出版社,素有"新中国文学出版事业从这里开始"之誉,长篇小说出版资源非常丰富。在庆祝中华人民共和国成立六十周年之际,我们从业已出版的长篇小说中遴选出部分优秀作品,汇集成"人民文学出版社·新中国60年长篇小说典藏"一次性推出。这些书目的选择,兼顾历史评价、专家意见、读者喜好,以及题材和思想艺术风格的丰富性,它们集中展示了新中国长篇小说创作的伟大成就和发展变化,从文学的角度折射出中国特别是新中国各个历史时期的风貌。入选作品大都经过了时间淘洗,是可以流传的上乘之作。阅读或收藏,均富有价值。

人民文学出版社
2009 年 5 月

其实,自从我正式出生以前很久,我就已存在于这个世上了。

对于这一点,我一向深信不疑。无论是白天还是黑夜,无论闭上眼睛还是睁着眼睛,只要我愿意,封存于遥远过去的那些景象,就会如同影子般清晰或是朦胧地显现出来,然后向我慢慢伸出一只手,像只搭襻似的,把我出生前和我出生后的那些事情,准确无误地钩在一起。

几乎每次,在它们彼此靠拢和对接的过程中,由于年代的错位,总是会碰溅出一些类似炭火或是烟头那样的火星,忽明忽暗、无声无息地湮灭于黑暗之中。那个时刻我便兴高采烈地蹲下身子,试图能从那些灰烬里捡到些什么。每次我都会对自己说:果然!

我很想把自己的这些体验,告诉给认识的和不认识的人。有时我真想悄悄对朋友低语:这有什么奇怪的呢?从你的父母出生之日起,你就存在于他们的体内。他们渐渐长大,而你也渐渐成熟,成为一粒看不见的生命原形,始终静候腹腔之中,耐心陪伴着他或她。直到,直到有一日他和她终于相遇,然后交给你通往人世的钥匙,你方破门而出,呱呱落地。

你在母腹中时,有脐带与母亲息息相连;即便你落地成人,也只是将母亲和她的作品,暂时一分为二罢了。或者说,是将他和她,合二而一,将他们的生命重新组合,然后延续下去。

所以我自以为有权利相信,世界上不会有第二个人,比我更了解他们了。除了已经相继过世的他们的父母,再没有另一个人,和他们一同走过了这样长长的人生。实际上我已活过两次,我们一同在世上挨过的岁月,若是相加,差不多已有一百多岁了。

· 1 ·

于是我常常觉得自己已经很老很老,有一种历尽沧桑之感。

虽然,我所知道的在我"出生前"和"出生后"的事情,仅仅局限于孕育了"我这个人"的母亲以及父亲的故事,而不可能全知全觉地波及和超越他们周围的人事。但是,至少有一点是肯定的:当那个搭襻把我成为"人"之前,和我成为了"人"之后的那些故事连接起来,我在这条由生命基因、染色体和其它种种遗传因子组成的通道里默默来去的时候,我仍然随时能倾听到我母亲和父亲的声音——他们的心脏始终强劲地跳动不息,血脉奔腾、神经坚韧充满弹性;至今尚未迟钝尚未衰退的大脑中,依然不屈不挠地迸发着希望和激情。在他们的激情中,我心底的酸楚和痛惜常常如漩涡悄悄泛起。

于是有一天我决定试着来复述这些故事。

故事其实早已完成。我捡起并搓揉着那些发烫的火星时,心里只存有一个问号,那就是他们为什么是这个样子,而不是另一种样子?

我首先选择的是我的妈妈。一个本名叫做朱慧仙后改为朱小玲,并拥有诸如金路、海虹、为先这样许多笔名的人。

一

　　她一直在拼命地嚎啕大哭。我听见她的哭声压倒了窗外的知了叫。知了声声如雨,她和知了都已精疲力竭。她哭是因为她随时有可能被扔进马桶里溺死,我对此也提心吊胆,如真是那样的结局,我从妈妈出生的一开始,就失去了在七十年后,来饶舌地写出这一切的可能。

　　那是1923年一个燠闷的夏日清晨,一条小船在雾气中解索离岸,慢吞吞地划向十几里路外的埭溪乡。她对自己的出生地,洛舍乡下的一个小村尚一无所知,就即将被她的故乡遗弃。她的父亲之所以没把她扔进茅坑,而最终决定把她送往埭溪的一家天主教会办的育婴堂,完全是由于她母亲的苦苦哀求。即便是在江南这一带富庶的鱼米之乡,溺死女婴的事情家家都见怪不怪。那个晦暗的清晨,她母亲紧紧抱着她坐在狭窄的船尾,心里抱着最后一个念头,她仅仅只希望她的第三个女儿,能因育婴堂而活下来。

　　那天的太阳一出来就很毒。运河两岸的桑树蔫蔫地垂着头,河滩上的鸭子饥渴地往水里钻,一掀翅膀,水珠子便被阳光烤干了。那个女婴在焦灼的日头下微微睁开了眼。她看见金色的天空下有翠绿的小鸟飞过,薄云中传来铃铛的响声,一弯新月湿漉漉地浸入河水的尽头,太阳与月亮同在,染得河水一片湖蓝一片橙黄一片绯红……

　　她就这样安静下来,悠悠欣赏着运河八月的景色,似乎很满意这样的旅行。小船的木舷擦过水道两边茂密的水草,痒痒地挠着她的脚心,她便禁不住咧嘴悄悄一乐。这似乎意味着她对离开那个嗜赌如命、不务正业的父亲和死气沉沉的家庭毫不留恋,甚至还有几分欢喜。她母亲低头看了她一眼,不由大惊失色,惶惶然将头上的油纸伞,挡住了她茫然四顾的黑黑亮亮的小眼睛。

这次出生后第六天的旅行,决定了并改变了她的一生。她一生中第一次编织自己的梦,就是始于那条小船。从此她喜欢漂泊无定、没有方向地独往独来。风光旖旎的大运河在她来到人世之初,便赠给她一件礼物。在我看来,运河之神等待这个女孩的到来,已等了许多个世纪。

那一天她还没有名字。

育婴堂的大门吱呀一声关上的时候,她的母亲扑到门上失声痛哭。她的母亲在那条破旧的门槛上坐了整整一下午,有几次她站起来想走,却又重新跌坐下去。她呜呜地哭着,紧紧抱着自己的衣襟,前胸后背都已被汗水和泪水湿透。一时引了街上的许多闲人来看。黄昏时,一个衣衫邋遢的男人扛着桨来唤,说是该回了,再不回你老公晚上又要打你了。她忽然起身,发疯般地敲育婴堂的大门,说嬷嬷你把小毛头还给我,我们死也死一道去了!

那个黄昏她的母亲死死地把她箍在怀里,一步一步穿过埭溪乡的长街,犹如同她的女儿共赴刑场。小船就拴在桥头的木柱上,随着岸边灰白色的泡沫起起伏伏,像一只被人丢弃的套鞋。

那一天,无论她的母亲是将她扔在埭溪的育婴堂里,还是重又把她抱回家去,我们的故事都会是另一种情形。但是运河之神既已钟情于她,木桨既已为她展示了天空和新岸,小船便不忍将她抛于埭溪,或是在河心逆流打转。

一个戏剧性的转折就这样突然来临了——

桥头出现了一群人,朝着她款款走来。为首的是一个慈眉善目的老太,看上去就是户好人家。那老太抱过孩子看了又看,看着看着眼泪就淌了下来。老太低声细语地问她的母亲:嫂嫂你晓得洛舍镇上的"朱万兴"不晓得?她母亲点点头。老太又说:这街上的人都认得我,"朱万兴",大桥头东面街上第三家铺子,老板朱春谷,是我的儿。不瞒你,我儿子媳妇前年生下一个男小人,可惜得七日脐风死了;前几日,又生一个女小人,也不晓得朱家前世造了啥孽,昨夜里,那女小人又得七日脐风没了。她娘发着热,还不晓得此事。刚才有人来报信,说有人在埭溪育婴堂门前哭着不走。我想这做娘的也是可怜,就坐了船赶过来了。倒像是我们两家前世有缘,我来了你还没走,小人也没处落脚。倘若你不嫌弃,就让我把小人抱回去,留在我家,我这当婆的做主,把这小人当自家亲生的孩儿养,你也算没白白生她一回。这小人在我家,有吃有穿,比在你家享福。你若是放进育婴堂,日后让谁家领去做童养媳,就吃不尽的苦了……

她的母亲总算止住了哭声,抬头仔仔细细打量了老太一番,似还未从眼前这由天而降的福音中反应过来。她把老太刚才的话想了又想,终于"扑通"一声跪在地上,千恩万谢起来。

老太又嘱身边的人,送了两匹布料和几块银元给她生母。等她上了船,老太有话叮嘱她说,小囡既已是朱家的人,自然会当亲生女儿一样养着,不会亏待她一丝一毫。所以,唐家人在日后,就不必同她来往了。

在我母亲的历史上,第一次由现实到梦幻的交接就此顺利完成。她的生母将她托付给了一只宽阔而温暖的新巢,便放心地离她远去。小船凄凉的桨声渐渐消失在暮色中,而在襁褓中的她却浑然不觉。

她被那老太抱上了另一条小船。小船原路折回洛舍,轻捷的木桨在水里扳起一个又一个碧绿的漩涡。将清晨的那弯新月,从相反方向的天幕上冉冉托起。

似乎她注定要被美丽的洛舍漾所养育，一朝一夕之间，她又重新回到了民风开化而富足的洛舍镇。但如今的洛舍，对于她已是另一方天地——她走出了乡下衰败的唐家，走进了开明优裕的朱家，从此走向她浪漫而多难的生涯。她在这条路上走下去，直到在此遇见我父亲，直到走出洛舍……福兮？祸兮？当时我无法同她交流。

洛舍镇坐落在杭嘉湖平原中部，大运河的西岸。北靠湖州、西临天目，是古代吴国的属地。托大禹和历代百姓治水之功，这一带湖港河渠贯通八方，织成密密水网，雨淫则尽收，水满而不溢，年年风调雨顺，桑蚕菱藕稻米鱼虾应有尽有，是个远近闻名的鱼米之乡。小街上那翘角飞檐的木质楼房，高一座低一座，浮在水上、托在桥上，别有万种风情。曲曲弯弯的河港是路，带篷的大木船和尖尖的小木船便可安步当车，所以当年洛舍镇上的女人，走起路来，总是颤颤悠悠，像是漂在水上的一担白生生的蚕茧……

从镇东到镇西，一条青石板小街横贯而过，天未亮，便有担水的男人，从河埠舀起满满的水桶，一路洒漾着水迹拐入白墙黑瓦的深巷，石板路终年湿漉很是滋润。街南的店铺，一家家凌空架在河上，从窗口甩下红木小桶，水就进了锅灶，河上弥漫着松柴喷香的烟味……

传说一千多年前，曾有洛阳人为避战乱南下到此，发现天下竟有如此风水宝地，便再也不肯离去。子孙繁衍、安居乐业，建成这座小镇。为纪念故土洛阳，起名洛舍。然而到我母亲被这个小镇收留时，当年的洛阳遗风早已荡然无存。"朱万兴"的创业者多年前从江苏丹阳迁徙而来，丹阳人擅长经营面食面点，在江南小镇上以此谋生独辟蹊径，在她到来之前，"朱万兴"的生意一向兴隆发达，加上她父亲行医的收入，还有乡下的田产和茧行商行的股份，虽然排不上江南豪富之列，家境也还算小康。

那天天黑她被人抱进家门时,已经乖乖睡着。穿过阴凉而幽长的店堂还有昏暗的天井,我听见咯吱咯吱的楼梯响动,很多双眼睛庄严地向她围拢。她的新祖母小心翼翼地替她换去所有的衣衫,她赤裸裸蠕动着身子,像一条正在蜕皮的幼蚕。光滑洁白的脖子上手腕上,没有佩带一件银器。她什么都没有。

生不带来,死不带去。她的新祖父在角落的藤椅上咕哝了一声。

当年洛舍镇上的人都知道,朱家大小姐很得朱家人的宠爱。

她被起名叫朱慧仙,小名信珠。这是小镇上的人所能想到的最美丽的名字了。她的皮肤雪白头发墨黑,鼻梁高挺,眼睛虽小了一点,发际却生有一对壮硕而肥大的耳垂。她祖母得空,便坐在床头用手久久地摩挲她的耳垂。太外婆直到死都认定信珠姑娘是个有福之人。她抱回朱家的那一日,她的养母在病中不解真情,把她当成自己亲生的那个女儿,急急托出一对鼓胀的乳房将她灌饱。以后的日子,更是倍加珍爱地养着,喂奶一直喂到她三周岁。断奶后祖母向儿媳说了真话,她母亲也不介意,说自己喂大的孩子同亲生的一样。我未来的外婆从此未能生育,待我妈妈一直视如己出,全家人也都把信珠小姐捧为掌上明珠,要什么给什么,有求必应。所以我妈妈在十几岁离家外出读书前,已被"朱万兴"惯出了一身随心所欲的坏毛病。

全家人中最宠她的,就是把她从船上带回来的那个老太。老太在世时是一家之主,拥有贾母一般的绝对权威,连祖父都要避让三分。我的这位太外婆或许在看见那粉红色的小人儿的第一眼,就深信这女孩同朱家有着一种神秘的缘分,说不定就将是"朱万兴"的幸运之星。她把我妈妈的生日,定在她抱进朱家大门的那一日,从此每逢阴历六月二十一,都要为她摆席煮面,面条的碗底必然卧着两个鸡蛋。她周岁生日那天"抓周",嘴里含糊不清地嚷嚷着不要不要,抓一只元宝,扔了;抓一只粉盒,又扔了;有人把一块石印塞在她手里,她一扬胳膊,那印章掉地,摔破了一只角;抓到最后,抓起了一本小人书,塞进嘴里就啃了起来……

稍大些,我妈妈整日优哉游哉地四处闲逛,将屋后一树紫色的桑葚一粒粒填进嘴里,染得牙齿嘴唇如黑陶般乌亮。她若是不小心打碎了碗或是泼了一地水,呵斥便无情地落到她母亲的头上,而她却逍遥法外。丹阳人持家素来节俭,每天的晚饭全家人照例喝粥,但在她的面前,却用金边的盘子,盛着从饭馆里叫来的四只冒着热气的烧卖。吃啊,吃啊,祖母用筷子点着她。周围人则目不斜视。

我和我未来的妈妈,童年时便食用了水乡太多的鱼虾鳖鳗。她用河水漱净嘴边的鱼腥味,漫不经心地走向后来一贫如洗的日子。

到她九岁时,家里又领养了一个男孩做她弟弟,也就是我后来的舅舅。躺在蜡烛包里的六个月的舅舅,胸口挂着一把银锁,在一个大清早悄悄出现在"朱万兴"的门前。朱家人欣喜万分,可见朱家的积德行善在镇上已有了口碑。朱家设法买通丹阳老家的族长,让这个起名朱景勇的男孩上了朱姓的族谱。"朱万兴"从此有了男性继承人,但这却丝毫不影响信珠姐姐在家中众星捧月的地位。舅舅在很多年以后,还耿耿于怀地向我诉说着当年妈妈被外公带出去吃喜酒,而他却被留在家中,一人躲在柴房里吃毛芋艿的故事。这样的事情听起来确实有点奇怪,就连我妈妈自己,直到现在仍迷惑不解,到底不懂朱家为何偏对她如此厚爱。无论如何,这种偏爱在重男轻女的旧社会,绝对是有悖常情和传统习俗的。

但我知道原因。先撇开朱老太和老板朱春谷这一家,当时或许拥有自发的民主倾向和朦胧的开明地主意识。我要说的是我日日与之相处的信珠姑娘,确实是一个聪明伶俐、人见人爱的可人儿。她总是笑嘻嘻的一副小鸟依人、没心没肺的样子。见了伯叫伯见了爷叫爷,见谁都亲亲热热地不认生。没事时坐在门槛上抬头望着"朱万兴"三个字,用小手点着水,就在柜台竹匾里的馄饨皮子上写了出来。街上的人都围过来看,啧啧赞叹不已,我的太外婆便当众摸出几个铜板,让她到对面杂货铺去买棒糖吃。

所以当我还是一颗原生的微粒呆在娘体时,就已打定主意,日后自己若能脱胎成形个女孩出世,就是我此生的造化了。

我长大以后,有一次曾问过我妈妈:那你后来为什么一次也没有去看望过你的生母呢?你真的不想她?

妈妈回答说:我也不知道,好像是不想。我从来也没有过弃儿的感觉。就像是一生下来,我就是朱家的人。

我说我知道。因为你这个人,根本就没有一点儿血统和家族的观念。你实际上是个虚无主义者。

她的血亲唐家果然守信,她从小到大,唐家人只在十几里地外的乡下,却一次也没有露面。她一生中仅见过一次她的亲哥,是1943年她被捕时,大哥唐梓良来到朱家,表示自愿去天目山营救她,并受朱家之托带着钱来为她做保释。可惜他来去匆匆没给她留下太深的印象。

童年最悲哀的日子是她祖母的过世。更伤心的是,祖母临终前,曾将她叫到床头,告诉了她的身世。她哭死过去,不相信这是真的。第二天活过来,倒觉得朱家比亲生父母还要亲近了。偶尔的,她在自家楼窗上望着街上来来往往的行人,便猜想着自己的兄弟姐妹,如今不知是什么样子;远处有个陌生的老妇朝店里张望,便疑是自己的生母。如此这般地胡思乱想,也仅仅一闪之念。到她十一岁那年,老家有人来报信,说是她的生母快死了,临死时还想见她一面。她母亲领着她叫了船去乡下,她只记得躺在棺木中的那个女人,脸苍白得像纸,满面忧愁。她不敢多看这个所谓的生母一眼,在众人的哭嚎中她竟然无动于衷。

挂着银锁的弟弟大了,整天姐姐姐姐地跟着她玩耍,就像是她的亲弟弟。她喜欢这个弟弟,教他写"人、手、足"和"一、二、三";只是在极匆忙的一瞬,她觉得天地间自己有那么一点孤独。而孤独的结果,却使她越发地依赖朱家的善良和安宁。

我妈妈一生中唯一感觉到自己像一个弃儿,是在1952年我父亲突然被开除党籍之后。

这是后话。

太外公每天清早起床,沏上一壶红茶,坐在刚开了门板的柜台后面,读昨天下午送来的《申报》。他喜欢报角上的连载小说,一坐下,必大声地念出那小说的题目《荒江女侠》,然后才慢慢往下看。我的妈妈每天都被这念报的声音唤醒,醒了也不起来,就那么懒洋洋地躺着,望着蚊帐顶上的天窗外小小的一方蓝天,想着她自己的心事。其实她什么心事也没有。她很快活。她在学校的学习成绩不佳,但没人呵斥她。她只要每天去上学,全家人就很欢喜。

学校的课程中,她只喜欢国文课。自从国文老师讲过白雪公主野天鹅和海的女儿那些美丽的童话,她的面孔就一天天变得恍惚却又鲜亮。她游移不定的目光越过平淡而世俗的小镇生活,如同一支无的之矢,在白云下划出一道悠长的弧线。

她每天都巴望着发生点什么事才好。

会不会从天窗上突然落下一颗星星来呢?哪怕是一粒花子儿也好。

如果是一颗星星,那么她的房间夜里就会很亮很亮,发出一种蓝幽幽的光,那么运河里的鱼,都会朝着她的窗子涌过来,咬她的脚趾头,痒得叫人忍不住笑。她的房子就像河里孤零零的鱼寮,四面是水,人也像躺在水上似的,漂漂荡荡晃晃悠悠说不出的惬意……

蓝花的夏布蚊帐上,那一坨坨的图案和花纹也实在很奇妙。像一条条小船,载着她和弟弟,还有隔壁的阿毛阿兔,在浪头里打滚,她一点都不怕掉到水里去,水里有一大朵一大朵的荷花,荷叶在船边上摊开手掌接着,人落到荷花芯里,荷花顺水漂到很远的地方去了……

她一个人躺在床上想啊想啊,她被自己的想象所痴迷。这是每天早晨最开心的时刻。

她甚至不知道除了想象以外,她还有什么更多的事情可做?

房门咚咚响起来。她的荷花、小鱼和星星,忽然仓皇四散,消失在母亲唤她吃早饭的声音里。她走下咯吱咯吱作响的楼梯,匆匆洗漱完毕。当她在桌边坐下时,看见父亲又像每次那样,笑眯眯地向她挤眼睛。她明白今天放学以后,又该为父亲去送信了。

每隔十天半月,父亲就要让她到一个名叫晶子的女人那儿去送信。

晶子是一个秀气的年轻女人。发髻上总插着一枚亮晶晶的银簪,笑起来,腮边有两个浅浅的酒窝。父亲第一次带她到晶子家去,她就觉得晶子比自家妈妈好看。她喜欢好看的女人。父亲那时正学做郎中,晶子就是他学医那家人的女儿。后来晶子嫁给了东旺里那边一个地主,出嫁时船上堆的嫁妆里有一只涂着金粉的马桶。晶子走后,父亲就不学郎中了。可是过了一年,晶子拎着那只马桶又回了洛舍,人都说晶子的丈夫死了,晶子当了寡妇。自从晶子拎着马桶回来后,当郎中的父亲常常去为晶子看病。在她的观察里,那时父亲似乎只有晶子这一个病人。

我的外祖父每天穿一袭深灰色或是浅蓝色的缎面长袍,飘然荡逸地走过小镇的长街。外祖父一边行医一边兼管着乡下的田产和镇上面店的账目,他为人诚恳待人和善,方圆几十里名声颇佳。良好的医术和温文尔雅的风度,使他赢得了乡民的敬重和爱戴。

尤其是他白皙而端庄的面孔，总是吸引着街上那些年轻女人的目光。所以，外祖父那些时断时续的风流韵事，同他的德行相比，就实在算不得什么。

她每次去给晶子送信，晶子总会拿出许多酥糖香糕来给她吃，然后一个人躲到楼上去看信。这样地看了一个春秋的信，晶子变得白白胖胖的，再后来，晶子的腰就粗了起来，腰重又变细时，晶子生下了一个女孩。她不明白晶子没有男人怎么会生下孩子？但镇上却没人说晶子的坏话，好像晶子就该生个孩子养着。有时她父亲带着她到桥头去乘凉，会有人笑嘻嘻地对父亲说：怎么，没到你亲家婆那里去呀？他们说到亲家婆这三个字时，声音就低下去，然后彼此很亲热地哈哈大笑起来。她很久以后才知道，"亲家婆"就是现在所说的"情人"的意思。可见，30年代的洛舍，或者更早更早，"情人"就已成为一个事实，一种生活必需。更可见，江南一带民间的男女关系，在浩浩的水底下，很是自由自在地翻滚着温柔的浪花。那时我曾经很担心，在这种浪漫主义空气中培育出来的我的妈妈，日后的婚恋不知会闹出多少乱子来呢？

那时她总剪一头齐耳的童发，一身白衣黑裙的学生装束，腋下夹一块银丝缎面裹着的书本，旁若无人地穿过拥挤熙攘的街市，去镇东头的小学校念书。她能感觉到从家家的门缝里，投来好奇而不安的眼神。

这天她如往常一样在放学回家的路上，把那信送去给了晶子阿娘，还喝了她一盅烘青豆橘皮泡茶，嘴里满是咸滋滋的香味。她跑着跳着还大声地唱了几句刚在学校学的歌，在小港碾米厂的拐角那儿，忽然看见一个女人在笑嘻嘻地朝她招手。那女人不由分说就把她拉进家门，塞满一兜的糖果瓜子，然后交给她一张叠得小小的纸条，让她带给她父亲，还千叮万嘱不要让她的母亲看见。

她点着头。她觉得这个女人同晶子一样，身上都有一种甜蜜蜜的气息,走起路来,腰肢一扭一扭的,就好像比别人要活得自在活得舒坦。她觉得自己做的事情很重要很神秘,尤其因为不能让别人知道,做起来就越发让人着迷。

渐渐地,就总有女人找她"帮忙",她们有求于她。她看出她们因她的父亲的友情而骄傲而快活,她们有丈夫儿女,明知不能嫁他,却心甘情愿地同他明来暗往。我幼年的妈妈被她们的真情打动,乐意帮助她们,几乎是来者不拒,有求必应。她觉得好玩,并不认为这样做对不起自己的母亲。我外婆被她蒙在鼓里,有时还委派她去盯外公的梢,不过凡是派她去盯梢,每次总是毫无结果。

我的风流而又正直的外公,奉行"己所不欲,勿施于人"的人生哲学,优哉游哉地履行着他乡村医生的职责。我妈妈的少女时代,虽然尚不解风月,但见多识广,所受的束缚十分有限。外公始料所不及的是他为她创造的那种无拘无束的环境,日后竟造就了一个充满着叛逆精神的"革命"女儿。

那年仲夏,一条新闻在水乡的雾气里弥漫了很久,直到几年以后,洛舍镇上的人们,还在谈论着这个让人骄傲的话题:朱家大小姐,竟然考上了湖州师范。

全镇的高小毕业生,竟然只考上了她一个女孩。

我的妈妈换上葱绿色的旗袍,耸起丰满的胸脯,昂首挺胸地走过人群,到杨家墩上去看县里来的剧团演文明戏。十四岁的她发育良好,像一朵即将绽开的花蕾。她已到了镇上的女孩订婚嫁人的年龄。

"朱万兴"的店堂门槛前,已踏进不少前来提亲的媒人。那天她看戏回来,正撞上一个鬼鬼祟祟的婆子出去。她进了门,把头上的绢花往地上一扔,朝她母亲嚷嚷说:给我理箱子,我明天就去湖州。

她母亲低声说:就是不放心你一个人出远门,才想……

我不嫁人！她噔噔几步冲上楼,又回身大叫:我要去读书!

她把自己一个人关在房里。她明白自己不想嫁人的原因其实很简单:因为她既不会料理家务,更不会镇上的女孩人人都得心应手的女红。

她几乎什么都不会做。不会是因为没学。确切说,是没用心学。

这样的女孩嫁出去是不会有好下场的。她忽然有了一种恐慌。

其实我外婆早几年就试着让她学做针线了,还教她纳鞋底粘鞋帮翻丝绵绣花裁剪种种女人的活计。她总是推三推四地找个理由就溜。实在逼不过,一拿起针就喊头疼,径自躲到楼上去看书了。她曾在一个雨天发现了父亲的房里有一大箱子旧书,《红楼梦》、《西厢记》什么的还有张恨水的《啼笑因缘》。书籍的霉味混合着她身上的香粉和汗味,整整一个夏天她读得昏天黑地。我外婆喊她下楼吃饭,喊一遍不动喊两遍不来喊三遍连应声都没了。外婆气恼地嘟哝:就晓得看书、看书,人都看痴了,也没个人管管……我外公却挥着手中的羽扇,潇洒地说一句:由她,还是由她好了……

尽管在当时那个年月,朱家人宠女儿,未免宠得有点不合常情,还有点出格。我还是十分羡慕我的妈妈。遗憾的是,她生下我以后,并未如法炮制,而是对我管教甚严,我认为这是一种忘本的行为。

我的太外婆终于雄才大略地决定不让她嫁人。她派人去了丹阳老家,卖掉了一亩好田,为我妈妈筹足了去湖州读书的费用。一个满街红菱上市的日子,一条乌篷小船摇摇晃晃驶出了洛舍漾。天边的云很淡,落在绿莹莹的漾里,一波一波的水纹中,她朦朦胧胧的少女心绪,与湿润的薄云一同起起伏伏。

湖州师范校园里,已有初步的民主倾向和自由气氛。无人管教的寄宿生涯,正对她的胃口。学校的图书馆里,居然能读到歌德、普希金的诗,狄更斯、屠格涅夫的小说,还有莎士比亚的戏剧译本。她每天囫囵吞枣,如痴如醉,这使得她身上那种与生俱来的自由自在的天性,从此一发不可收拾。老师说:人之初,性本善。她偏说:人之初性本自由。这言论一时流传,她很出了一番风头。然而好景不长,第二年抗日战争爆发,学校被迫停课疏散。载她的小船回到洛舍镇的青石码头,她的神色黯然。

街上人来人往,走过来走过去都是陌生的面孔。今天是和平军,明天是游击队,后天还有土匪兮兮的杂牌军,老百姓叫他们"烧毛部队",乱哄哄地在这块半沦陷的"阴阳区"来回拉锯。日本人来大家就逃难,逃进乡下的水港里,无影无踪的。游击队来了就教大家唱抗日歌曲,那歌词用洛舍话唱起来,总使她忍不住想笑。

平安无事的日子,我的妈妈常常坐在自家店堂柜台的高脚凳上,一边往街上吐着瓜子皮,一边漫无边际地想着心事。去了一回湖州,眼里的洛舍镇就变小了;当了一回师范生,这昏暗的店堂就让人发闷。街上的行人一天天少了,露出长长的一块块青石板,一格子一格子的,好像把她的未来都切成了方块。

青灰色的天空中,会不会突然飞来一只野天鹅,让她搂住它的脖子,扇起它巨大的翅膀,把她驮到一个有书念的地方去呢?

她在清晨的曙色中,趴在窗栏上,对着树上叽叽喳喳的小鸟,诉说着她的愿望;她在正午的阳光下,对着蜷在房檐下打瞌睡的花猫,讲述着她的计划;她在黄昏的河滩上,一声声唤着河心浮荡的鸭群,想象着其中那一只有着翠绿花纹的瘦鸭,向她款款游来,立地打个滚,变成个白胡子老爷爷,吹一口仙气,她便腾云驾雾而去……

她在这样虚无缥缈的想象中度日,过着她的读书瘾。以至于当她的父亲真的决定将她送去后方的浙西天目山读书时,她竟高兴得哭了起来。我感觉着她哭泣时,身体如同蚕丝般阵阵颤栗,我断定这正是她生命中一种渴望的开头。

二

那个漆黑的夜晚,我的妈妈和她湖州师范的几个同学,机警地越过日本人的封锁线,日夜兼程,步行走完京杭国道104号公路。终于在一个细雨濛濛的傍晚,望见了天目山西麓那座古寺高翘的飞檐。一种时断时续、抑扬顿挫的钟声,从灰蓝色的瓦顶下一声声缓缓降落,在低暗的山坳里徘徊……渐渐又有歌声升起,穿透层层浓密的竹林,在荒草中拨出一条小路,一步步导引着她们。

"我们在天目山上……",她最初听到那首歌的歌词,这样唱。歌曲高亢激越,心突然就嘭嘭地跳。她隐隐知道有一座太行山,很远。那么近在眼前的,是这座天目山。

我的开明的外公经不起女儿的纠缠和央求,当他终于决定送女儿去后方读书时,他能选择的,只有这座天目山上的浙西一中。

这是1939年。"七·七"事变抗日战争爆发后的第三个年头。江南沦陷以后,杭嘉湖一带仍有抗日武装活动。已迁至浙南山区的浙江省政府,在西天目山设立了浙西行署。浙西一中的校址,就建在古老的禅源寺内。因战事一度荒废的寺院,如今书声琅琅、人声鼎沸。原先诵经所用的百桌堂,上下两层木结构小楼,上面一层分别隔开作为教室,下层是大饭厅,可容千人左右。罗汉堂辟为男生宿舍,男生们的那些长裤短裤,就肆无忌惮地搭在菩萨的身上。院中两侧香客的客房,作了女生宿舍。窗外银杏参天,柳杉蔽日,林涛哗响,鸟雀婉鸣,好不清静幽雅。大家课余时间唱歌演戏,或登山采花,男女同学嘻嘻哈哈一片,快活得神仙一样。

那个被野天鹅或是家鸭子的翅膀从水乡驮来的信珠姑娘,将她的满脑子梦幻,暂时寄存在了这片绿谷之中。她走出了洛舍漾的温柔缠绵,走进了大山的雄伟与刚毅。她开始阅读前苏联小说《夏伯阳》和《母亲》……读完了以后就给大家复述那些故事。她整天蹦蹦跳跳,殿前寺下时时处处可见她小巧玲珑的身影。那个小巧玲珑的姑娘叫什么名字呢?总是有人不断地在打听——看她小巧玲珑的,就叫她小玲好了。

小玲小玲——又好记又好听,她的名字就是这样被大家叫出来的,她总是用一声长而清脆的应答,欢欢喜喜确认了同学们的亲近。她的大名已被人忘记,一个可爱的小玲姑娘,从天目山禅源寺向我们走来。几十年后,当年浙西一中的老同学聚会,那些白发苍苍的老头和老太婆们,还是这么叫她。

那时我几乎每天都听见她对自己说:假如生活总是这样,该多么美丽呵。我觉得,她简直不知道怎么挥霍她的自由才好。

我的妈妈在天目山浙西一中渐渐引人注意,是从她参加学生演剧活动,和在《民族日报》副刊上发表文章开始的。

我能想象出她在那座用木板搭成的简陋舞台上,笨拙而又努力地跟着那些年龄稍大的男生们瞎起劲的情形。她扮演《放下你的鞭子》中的女儿,演《送郎上前线》中的年轻妻子,她的目光总是忍不住地投向苍茫的天空,两只眼睛直勾勾地闪烁着兴奋的光芒,似乎惟恐错过了天上的什么机会。若是需要眼泪,眨眼间洪水泛滥,真的一样,哭得收都收不住。她从小就是那么一个胆大妄为而又想入非非的精灵。扮演那一个个虚构的人物,定使她的想象力得到了充分的满足。在后来几年漫长的流浪生活中,她跟着一个叫做朝鲜义勇队的剧组,居然还演过曹禺的《北京人》中的女儿圆圆;在屯溪演过陈白尘《结婚进行曲》中的女主角黄瑛;一时间方圆百里沸沸扬扬的,好像蹦出了个什么明星,闹得革命的男青年们寝食不安,革命的女青年争相效仿。那种使她大出风头也同时惹人非议的情景,正合乎她的口味。

我在成年后有一次十分委婉地请教过妈妈,关于她的这一段历史"疑案"——我的意思是说,其实,其实她并不能算怎么漂亮,嗓音实在也一般,何况,她当时的"国语",也就是普通话,我想也好不到哪去,她怎么就能风云一时地演起戏来呢?

主要是敢演。勇敢。妈妈在四十年后谦虚地解释说。当时没有女孩子敢上台呀,有人愿意演就不错了。我整天抱着一本字典啃,上厕所也念念有词地练习普通话。我不是说过了吗,那个裴嫣阿姨,就是在我演戏的时候,发现了我的。

当年的妈妈无法察觉,就从她走上舞台的那一日起,当她在观众的掌声中享受她的梦幻时,命运也在同时导演着她一生的苦难。

裴嫣是在一个月色迷蒙的夜晚,悄悄出现在小玲面前的。

当时我妈妈正在一棵女贞树下,团团转着寻找一枚丢失的钮扣。山里的夜雾已打湿了石阶,她的手指触摸到冰凉的露水,手背上像有粒粒珍珠滚过,滑落在草叶上,无声地迸裂。空气中飘来金盏花和野藤萝花飘忽不定的香味,像有一席春天的盛宴,隐没在夜色里。

她差不多已经失望。她找不到她的扣子。她想应该等天亮再来。

就在那时,她听见身后有一个好听的声音说:是这个吗?

她抬起头。她看见一条月白色的长裙,在石阶上飘动。然后是一件月白色的薄毛衣,绒绒的像一片白雪。最后她看清了她的脸,那弯弯的新月般的眉毛和水汪汪的眼睛。她和她的目光对接的那瞬间,如有电光掠过长空,她想她认得这双美丽的眼睛;历史讲座时,她听过这个女生关于中华民族版图的发言,滔滔不绝的连老师都插不上话。

我看过你演的戏。这个女生又说。你演什么都像是真的。

裴嫣在那个月色迷蒙的夜晚,把一枚精致的钮扣交还到我妈妈掌心,换得了我妈妈对她的信任和好感,从此把她的使命同小玲的幻梦紧紧扣在一起。她在山岚夜露中婷婷玉立、侃侃而谈,如同一尊从天而降的女神,使我妈妈心里充满可望而不可即的悲哀。她试着踮一踮脚,却才够到裴嫣的耳朵——小玲从认识裴嫣的第一眼起,就只能仰视裴嫣。这注定了在以后的日子里,裴嫣将永远笼罩她。

她开始像影子一样跟着裴嫣。

裴嫣从不穿花衣服,小玲就学着她的样子,把家里带来的花衣服统统都送给了同学;裴嫣一头浓密的短发齐耳,不留一根刘海儿,露出光滑而聪慧的前额,利利索索的很精干,小玲就走了十几里山路,到山下的镇子上买来发卡,把自己额头上的刘海儿,一根根别起来。学校的训导主任没收了同学的日记本,裴嫣说,一定要弄回来。她便趁着主任睡午觉,钻进窗子去开抽屉。她平生当过一回"小偷",居然很成功。

裴嫣总是细声慢语的,遇事从不慌张;裴嫣能说会道,什么事都能说出个道理来;裴嫣的周围聚合了许多同学,她说大殿前的放生池里应该有鱼,大家就去捉了许多蝌蚪来养。再说,裴嫣的门门功课都考得全班的前三名,谁能对裴嫣不服气呢?

青春需要偶像。在她那个花季。

认识裴嫣以后的日子,忽然生活里就多了一点什么。原先疯疯癫癫的快乐,在裴嫣面前,即刻显出了浅薄。裴嫣像一只奇妙的手,为她推开了另一扇窗户。你的眼睛里没有东西呀。裴嫣说。她去照镜子,镜子上蒙着一层泅泅的水汽,她拿手帕去擦,擦着擦着,先前的那些荷花仙子小船儿渔寮就一点点隐没一点点消失了……

傍晚时,裴嫣常常带她到山坳里一块叫做"仙人跳"的大石头那儿去玩。说是挖一种草药来给同学治疥疮,可裴嫣从来都没找到过这种草药。找不到,也累了,就坐在石头上唱歌。唱累了,裴嫣就同她聊天。裴嫣听过她的家世,总是过耳不忘的。

你上次说,你家开着一爿面店,用的是丹阳老家的伙计,你阿爸对他们好吗?裴嫣每次总会想出一些问题来问她。

我阿爸对伙计很好的,从来不欠账,也不打他们。她回答。伙计干活都很卖力。可是,不知道为什么,他们辛辛苦苦做了一世,连老婆也讨不起。我同我阿爸说过,要多给他们一点工钱,我阿爸说,我倒是想多给,多给我就连你也养不起了。我阿爸也是很辛苦的,要管乡下的田产,还要去给人看病,我也搞不懂,为什么有的人根本不劳动,却有用不完的钱……

那你觉得这样的社会公平不公平呢?裴嫣的脸变得严肃起来。

当然不公平啦。她忿忿然地折着手里的树枝。小的时候,我跟着我爷爷到乡下去讨账,那年乡下受了灾,那些农民吃不上饭,曾经到我家店里来赊账买面,我奶奶总是赊给他们的。但是他们没有办法还给我们,有的人家一看我爷爷来讨账,就躲起来了;躲不过的人家,只好给爷爷说好话,求他宽限几日。还到别的人家里去借一点米来,好给我们做午饭吃。那一天,我肚子很饿,可是端着碗就是咽不下去,我很可怜他们,我想,同样是人,他们为什么这样苦呢?

说下去。裴嫣拉住她的手,轻轻握着。

我们家隔壁,有一爿绸缎庄,有个伙计叫天宝天宝的,力气很大,扛着十几匹布,跑得风一样快。后来不知怎么的,他腿上生了一个碗口大的脓疮,店老板不要他了,他也没钱医,疮口越烂越大,只好睡在一个破庙里,白天出去讨饭。有一次我奶奶让我去送一碗粥给他吃,他对我说,朱家大小姐,假如我死了,你帮我写封信,

· 20 ·

告诉我家里人一声……叫他们不要等我过年了……后来又过了几个月,他真的死了,死的时候,两只脚全烂掉了,那种悲惨的情景,我,我永远也忘不了的……天宝,他,他老家在上虞那边,不远,可他……走不回去了……

泪水从小玲圆圆的脸上,扑簌簌淌下来,洇湿了她的蓝布旗袍。

裴嫣握紧了她的手。天渐渐暗了,裴嫣的眼里有蓝莹莹的光泽闪烁,像黑夜里的星星。

我还没有同你说过,我父亲,在宁波,是一个,一个大地主……我家里也很有钱。可是我不想过那种生活。我和你一样,都同情老百姓,想抗日救国,做一个有用的人。这个社会太黑暗了,这都是因为这个吃人的制度不好。我们一定要建立一个公平的世界,没有压迫,没有剥削。朱小玲,你相信吗?

山风吹过,裴嫣的声音如轰鸣的林涛,在我十七岁的妈妈心里,荡起雷一般的回声。妈妈至今记得"仙人跳"头顶上那株巨大的金钱松,她和裴嫣并肩靠在那粗大的树干上,抬头望去,蓝蓝的天空像是被树枝戳了一个大洞,凉风袭来,如醍醐灌顶。那一刻,她忽然觉得自己长得又高又壮,如巨人拔地而起,一览众山之低,她的血管里跳跃着一种从未体验过的崇高之感,一点点支撑起她柔弱的脊梁。

"仙人跳"是朱小玲生命史上至关重要的一跳。使她很快从先前漫无边际的想象中,迈向抗日救亡的烽火硝烟;使她从浪漫一脚跳向现实,从本真走向理性。在那个明媚而湿润的春天,我听见裴嫣娓娓动听的声音一次次从山谷里冉冉升起,像不散的雨雾,将朱小玲稚嫩的心一层层裹紧。裴嫣完成了对朱小玲的启蒙,那是裴嫣不算太长的革命历史中,唯一一次成功的纪录。

几十年以后,暮年的妈妈曾在一个同样的春日里,与裴嫣一起重访天目山。她十分惊骇地发现,那块在山洼里突兀而起的奇异巨石"仙人跳",竟与她几十年前熟悉的姿态判若两极:它瘦骨嶙峋,张牙舞爪,在黄昏的残阳里犹如一片魔鬼吐出的长舌,悬于山崖。那一刻她浑身一颤,她似乎悟出什么——这块亘古不变而得山野之精灵的石头,其实早已蕴含着一个暗示:一个名叫朱慧仙的姑娘,跳过了十七岁的懵懂,跳成了日后改名朱小玲的女人——在她的生命中,"仙人跳"实在是一个至关重要而又带有某种宿命意味的象征。只是,"仙人跳"当年无法对她直言相告,跳下去,底下是锦绣之谷还是万丈深渊?

十七岁的小玲被二十一岁的裴嫣所点燃的正义、爱国的热血,在四十年代初的那个春夏,终于不顾一切地喷发起来。

除了演戏,她开始热衷于给《民族日报》副刊写稿。这是一家创办不久的抗日进步报纸,实际上由中共地下组织所掌握。她的稿子居然登出来,豆腐干大的一块,作者小玲那两个字很显眼。她从大殿前走过,胸脯就挺得老高。

——我们大家心目中的理想世界是什么呢?在这个世界里人人一律平等。再也没有穷人和富人,大家穿一样的衣,吃一样的饭,做一样的工作,住一样的房子。这样的理想世界,我以我的生命向往之。

——理想世界的人,是什么样的人呢?好比就在这天目山上,在我们周围,就有着这样的人,个个能唱会说,个个和蔼可亲,她(他)们以别人的快乐为自己的快乐,以自己的牺牲为别人的幸福。建立了这个理想世界之后,个个是纯洁的圣徒,我以我的真心盼之、为之……

她奋笔写着。写得云山雾罩,头晕目眩。将裴嫣喂给她的那些囫囵吞枣的惊世骇俗之语,再加上她满脑子与生俱来的自由主义虚无主义,轰轰烈烈地搅拌成一个无比美好的理想,从此营造出她心底另一个新的幻影。

那些激扬的美丽的文字,后来统统在战乱中随风飘散。如同枯叶和尘埃,消失得无影无踪。我从来都没有看到过它们。就连她自己,也无法回忆起当年她曾在报纸上写了些什么。她只记得裴嫣欣喜地说过,现在你已成为一名后方的战士,这句话使她永远刻骨铭心。

那段写稿的经历,还使她认识了一位《民族日报》副刊的青年编辑杨君。

她同杨君通信颇勤,曾有一段时间,杨君一手龙飞凤舞的毛笔字,很使她着迷。杨君曾在一个烈日当空的中午,走了几十里山路,给她送来一套高尔基的《人间》三部曲。身上的汗水隔着衣服,透湿了书的封面。她当时有一种感觉,她觉得杨君就像是一个共产党。而共产党,是她心目中至高无上的神灵和救世主。她被自己这个神秘而庄严的假设吓住了,在整个同杨君的交谈中,她竟然不知所措,笨嘴拙舌,令杨君扫兴而归。她那天的表现,在我看来,也许使他们彼此都错过了一种可能发生的姻缘。

然而,革命从来都和爱情一同生长。爱情是革命的酵母。

据说,那会儿,一位青年生物教师正在狂热地追求她。起因是她把一个女生送给她的一小盒红豆,稀里糊涂地送了几粒给那个男老师。她原想是给他当植物标本用的,结果却发生了误会。误会闹得满城风雨,连一个从洛舍一起来的男生,也宣布不理她了。我至今也弄不清楚,那算不算是我妈妈的初恋? 也许只不过是少男少女寂寞中的一场游戏罢了。那时的人既浪漫又纯情,在自己心造的情海里爱得死去活来。那时妈妈的一个个男友来来去去,我几乎时刻感觉着一种不知将脱胎何处的威胁。诸如此类的恋爱风波,后来还发生过几回,最后都是有头无尾、不了了之。只是在天目山地区留下一个自由勇敢、我行我素的小玲姑娘的风流名声,让人望尘莫及。

裴嫣对于盘旋在我妈妈头上的种种闲言碎语,倒并不怎样在意。追求裴嫣的男生,每天都像雨后春笋般冒出来,而她却不为所动。她曾悄悄告诉过我妈妈,她从家里跑出来念书,就是为了逃避家里为她安排的一桩婚事。她说她假如遇到自己真正可心的人,无论怎样都是在所不惜的。这预示着日后,裴嫣对于爱情的痴迷,将比我妈妈有过之而无不及,裴嫣到头来是一个无可救药的爱情至上者。

然而裴嫣对小玲的考察,却依然在不动声色地进行着。当时,在后方读书的学生中流传着一句话——学生三件宝:疟疾、疥疮和跳蚤。老师在讲台上上着课,台下的学生一个个不停地扭动着身子挠痒痒,痒得钻心,身上横一道竖一道的,血痂同衣服粘在一起。有个女生的疥疮发炎感染,夜里发烧说胡话,连口水都喝不进了。挨到天亮,大家都慌了,说快送县医院吧。可哪儿来的钱呐?除了伙食费,谁都没钱啊。忽然就听朱小玲尖叫了一声,说我有办法了。她翻身起床,卷起自己的铺盖就往外跑。裴嫣追上来,喊着问小玲你干什么,那是床丝绵被啊,卖了被子你盖什么呀?你家里人会生气的……她却只是不理,裴嫣拦也拦不住劝也劝不回,看着她横冲直撞地进了当铺,一会儿,高高举着一沓钞票,满头大汗地飞回来,背起那女生就走。

那天晚上,她同裴嫣合盖一床棉胎过夜。棉胎又短又窄,既没被面也没被里,光秃秃硬邦邦的,硌得后背疼,磨得皮肉发痠。她和裴嫣在半醒半睡中拉来抢去,第二天早起一看,棉胎上竟扯出了一个大洞。

那是她有生以来第一次盖棉胎睡觉,棉胎的滋味竟是如此苦不堪言。她在水乡的丝绵被里长大,那轻盈柔软光滑如翼的丝绵被,孕育了她多少个甜美的梦。梦里的她总是像云像鸟一般飘来飘去,蚕丝似雪,雪片纷飞,如一扇扇巨大的翅膀,任她满天下邀游。而如今,丝绵被下的温柔之乡,已被冰凉而破碎的棉胎所覆盖,那条天蓝色的丝绸被上一朵朵粉红色的荷花,蓦然消失在她理想的阳光中。只留下棉胎上那个洞,闪烁着耀眼的光斑。

她不留恋往昔的丝绸被。她将告别丝绸被,走向棉花胎。以便成为一个像裴嫣那样的新时代的女子。

为了履行这种告别,她开始把自己行囊中多余的物品,统统拿出来,送给同学。无论谁遇到了难处,她总是有求必应。到了学期快结束的时候,她几乎已两手空空,囊空如洗。她在浙西一中开创了原始的"军事共产主义"之风,她身边竟也慢慢聚合起了佩服她的同学。我成年后,外婆曾多次这样向我抱怨:你那个妈妈呀,每次送她出去读书,回来时总是什么都没有了,衣服脸盆都被她送了人……

整整一个学期,裴嫣对朱小玲考察的结果,在她报告了上级之后,她终于得到指示,将把我们故事中这条关于革命的线索延续下去。

她记得那是一个夏天的傍晚。是那年夏天最热最热的一天傍晚。

她说她忘记了一生中许许多多事情,但她不会忘记那个傍晚。窗外的知了叫得好凶,长一声短一声的此起彼伏,雷鸣一般。她似乎隐隐觉得要发生一件什么事情了。

会发生什么事情呢?暑假已经来临,家里派来的挑夫,已经在厢房里住下,明天就要领她回家了。同学四散,寺院里忽然空空荡荡。

她慢吞吞收拾着行李。其实她根本就没什么东西可收拾了。

裴嫣就在那个时候出现在她宿舍的门口。裴嫣用很轻的声音说,嗳,你跟我来……

裴嫣轻捷的脚步迅速穿过廊檐下的木柱,像一个无声的幽灵。她以极快的动作闪进了一间堆放杂物的小屋,昏暗中我妈妈只看

· 25 ·

见裴嫣从内衣中抽出一张白纸。她的心咚咚跳得自己都能听到,屋子里静得只有她和裴嫣的喘息声。会发生什么事呢?这是一个非凡的时刻,庄严的时刻,无论发生什么,她都愿意接受。

时间过了很久,一个不容抗拒的声音从黑暗中传来:朱小玲,你愿意加入中国共产党吗?

我妈妈浑身都在颤抖。她的喉咙热辣辣麻酥酥说不出话。汗水湿透了头发,脑袋变得很沉,晕晕地直往下坠。脚心像是有一把火在燃烧,于是那个黑黑的小屋忽然通明透亮,刺得她睁不开眼睛。

她蠕动着嘴唇,发不出声音。

那张白纸在她眼前掠过,如一道闪电。裴嫣把它轻轻放在她手掌里。——这是一份入党申请表格。裴嫣说。你去填一下,晚上没人的时候,你裹在一样东西里给我。当心不要给人看见。还有,这事要绝对保密,不能对任何人说。记住啦?

我妈妈点点头。她想说其实裴嫣我早就猜到你是共产党了呀,她想说那么从此以后我就是共产党了吗这难道是真的吗?但她的喉咙干干的一个字也说不出来。当裴嫣郑重地向她伸出手同她握别的时候,她的身子却突然剧烈地抽搐起来,泪水无声地夺眶而出,顷刻间如大雨滂沱。她在欣喜的抽泣中,只来得及问了一句话:

我明天就要回家了呀,以后,以后怎么办呢?

裴嫣撩起她被泪水洇湿的鬓发。裴嫣说,你就在家等着好了,会有人来同你联系的。

她走出小屋时,只见山那边的晚霞,火焰一般翻卷着。她独自走上山顶。裴嫣修长的背影,在薄暮中远去。起风了,风驱散着那团火焰,余光一点点黯下去,像是火焰的灰烬一片片飘飞,又一片片坠落,积成山谷里灰蓝色的浓云。不知为什么,她忽而感到了冷。

就是从那一天开始,从她交给裴嫣入党申请表的那个时刻开始,为了永远纪念她革命起步的浙西一中,她从此正式把自己的名字改为——朱小玲。

我妈妈在1940年那个夏天,变成了另一个人。一个愿为人类最崇高的理想献身的人。她抛却了童年所有的梦幻,走向另一个新的梦境。

那是一个无尽的梦魇的开始。而当时的她毫无知觉。

从此水乡安宁的日子里,有了一种不安的骚动和期待。即使在连绵的淫雨中,她也能感觉到阳光在高高的云层上呼唤着她。她被父亲安排去镇上的小学校教书,她走过斑驳的石桥潮湿的台阶,如今每迈一步,都有了与先前不同的意义。她教她的学生们唱抗日的歌曲,《打回老家去》《我们在太行山上》,她几乎把天目山上学会的歌,都原封不动地搬到了这里。由于父亲镇长的地位,在小学校大唱抗日歌曲,也没有人来找麻烦。但她在校园琅琅的读书声中,却深藏着一份不为人知的焦虑。尤其因为不能告知给任何人,她的心事便显得格外的神秘。她开始留意街上出现的陌生的面孔,甚至绕到码头上去悄悄观看来往的船只。每一个清晨,她都相信裴嫣派来同她联系的人,会出其不意地从天而降。

运河缓缓流过岸边的桑叶地。桑叶落了、桑树秃了、桑叶又绿了、桑葚紫了、蚕又结出了白色的茧子。一条小船悠悠靠岸又怅怅离去。而裴嫣说过那个来找她的人,却始终没有出现。

在抗战的最后几年里,她已记不清自己到过了多少地方。记忆中的她,始终是在流浪。走呵走呵,从一个地方走向另一个地方。

起初是为了寻找裴嫣,她先回了天目山。那是1941年初夏,由于日本飞机"四·一五"天目山大轰炸,雄伟的禅源寺大殿毁于日本炸弹,旧址上已是一片瓦砾,人去楼空。浙西一中已迁至于潜的青山殿。她几经周折,总算打听到大多数同学都已去了浙东松阳的湘湖师范,她只能绕道浙南山区的丽水辗转而行。从家里带出来的三双布鞋都走烂了,用身上的衣服去换了草鞋来穿。草鞋把娇嫩的脚背勒出一道道血印,走起路来一瘸一拐。这样一个瘸拐的形象,未免同她心目中的伟大相去甚远。她毕竟已有了一种共产党员的自我意识,所以她竭尽全力使自己的脚步显得豪迈而英勇。结果她却瘸得更惨,当她一瘸一拐地终于到达丽水时,身上只剩下了最后的三毛钱。

在丽水她居然邂逅了那位杨君编辑。那时《民族日报》已被国民党的人接管,杨君同另一位画家开了一家木刻工厂为生。她那副蓬头垢面、惨不忍睹的模样,自然使他们的这次重逢毫无浪漫可言。但杨君却很慷慨地为她凑了一些钱,好让她到湘湖师范去读书。

接过钱的那瞬间,她差一点就对他脱口而出:你晓不晓得,现在,我也是共产党啦!

话到嘴边,她咬住了舌头。那一刻她想起杳无音信的裴嫣,心里就有点空空的发虚。她实在无法断定,自己这个共产党,到底算数不算数。在她简单的头脑中,尚无一点党组织纪律的常识,她只是突然决定,等找到了裴嫣,再告诉杨君不迟,那时就会给他一个惊天动地的欢喜。这位木讷的杨君先生,还不知会对她这个毛丫头,怎样地刮目相看呢。那一定是个颇富戏剧性的精彩场面。

她没有料到,这个她想象中的精彩场面,却从此再也没有出现。十几年后,当她得知这位著名的版画家杨君,是1939年入党的老党员时,她已处于镇反运动严格的政审之中。杨君同她不是一个组织系统,德才兼备的杨君无法为她证明什么。杨君只是强调说:她是一个进步青年,我知道浙西一中的党组织,一直是准备发展她的。

那一天她接过钱,顾不上道谢就急匆匆上了路。就此,我的妈妈又一次同杨君失之交臂。走过街口时,她好像是回了一下头,只看见杨君那戴着深度眼镜的细长身影,在风中像一根旗杆。

然而,湘湖师范并没有裴嫣。几乎没有人见过裴嫣。没有人能说出裴嫣到底在哪里。在以后的好几年时间里,打听裴嫣的下落,就成了我妈妈每日必修的功课。她的心怅怅然,整日价发慌,病恹恹的吃不下东西。没有了裴嫣的生活,就像是不见日头的阴天,连笑也笑得无的放矢。她不再演戏,考试成绩也似乎很糟。更糟的是,她渐渐听说了关于裴嫣的消息,有人说,裴嫣被捕了;又有人说,裴嫣嫁人了;还有人说,裴嫣……

我不相信!她尖声叫起来。我什么也不相信!在找到裴嫣之前,我什么都不会相信的。

躲在被窝里大哭了一场之后,她开始收拾行李。她决定离开湘湖师范,到浙西孝丰去寻找裴嫣。她记得裴嫣说过她有一个伯父,在孝丰当中学校长。裴嫣脱离了宁波那个家以后,寒暑假总是同她的伯父生活在一起。无论如何,她只要去了孝丰,就一定能知道裴嫣到底是怎么回事了。

就在她临走的前一天,她突然在宿舍床铺的枕头下,发现了一张叠成菱形的纸条。那纸条上说,你千万别回浙西去,你已经被戴上红帽子了,一回去就会有人来抓你的。信尾没有署名,笔迹也很陌生。她吓了一大跳。皖南事变以后,新四军被围歼,浙西的局势很紧。她在浙西是个出了名的活跃分子,国民党要抓人,黑名单上肯定有她。

裴嫣就这样被无可奈何地搁置下来。美丽而神秘的裴嫣,像一团若隐若现的雾,消失在禅源寺荒草萋萋的石阶下。没有人回答她。

暑假来临,她无处可去,只好又回到丽水去找杨君,想让他帮忙找一个工作饷口。刚到丽水没几天,收到湘湖师范同学的来信,说已经有人到学校里来抓过你了,校长说,你开了学也不要再回湘湖师范了。校长还说,像你这样的捣乱分子,最好还是回家去。

她不想回家。水乡小镇平静优裕的生活,在她心中已如一潭死水。就连荷花仙子和水晶宫的梦幻,也早已失去了少女时代如痴如醉的魅力。她把那张神圣的表格交到裴嫣手中时,也同时交出了过去属于她个人的全部理想。从此她生命中只有一个愿望,那就是劳苦大众的幸福。她怎么能轻易放弃这样伟大的事业,半途而废呢?

何况,既然有人想要抓她,岂不说明她就真是共产党吗?岂不是说明她正在从事着十分重要而危险的工作吗?这样看来,她是不是真的共产党,并不是事情的关键,要紧的是应当去做共产党的事。满目疮痍、烽火硝烟的中国大地,有多少人等着她们去拯救啊。

她的心里浮出几分自豪,又因自我安慰而最终自圆其说。

她在杨君兄长一般温和而信任的目光中,几次欲言又止。最后她鼓足勇气说:给我介绍个地方吧,只要能抗日,就行!

1942年,是她一生中又一段离奇经历的开始。经杨君引荐,她来到浙东金华地区,参加了朝鲜义勇队。那以后发生的故事,如果不是因为我是她生命所孕育的细胞,而与她共同经历了这一切,我真会觉得那简直是一篇想象和虚构的小说。

但不是。当我们听过真的故事后,任何虚构都会黯然失色。

三

她给自己起了一个好听的朝鲜名字,叫做:金路。

每当月亮升起来的时候,队长便坐在茅屋的门槛上吹箫。箫是他自己用竹管做的,没有刷漆,白晃晃的,像一截甘蔗。箫管上的洞剜得不太光滑,月光倾洒在箫上的时候,就有几个毛茸茸的小月亮,在她眼前悠来荡去。队长说,他以前有一支全世界最好的箫,取材于中国的湘妃竹,赭红的箫管上有深棕色的泪斑。每当月圆之夜,把箫搁在屋檐下,房子四周就有悠扬的乐声飞起,绕着树梢旋转,连归窝的鸟都扑腾起翅膀。可惜,那支箫连同房子一块让日本人烧了……

队长每次总是没完没了地吹着一首朝鲜民歌《阿里郎》。乐声呜呜穿过树影,听起来很凄凉。

她喜欢听队长吹箫。月色朦朦,低沉的乐声像云朵一样弥漫在她的发际,撩起她无法对人言说的心事。她低声应和着:"阿里郎……阿里郎……"泪水夺眶而出。月升高了,月不能再为箫伴奏了,箫声渐渐消失,她的心亦如洗过一般,忽然就敞亮起来。

在义勇队那一段短暂的日子,是她流浪生涯中最快乐的时光。

二次世界大战爆发后,一些流亡中国的朝鲜爱国志士,组成了这个叫做"朝鲜义勇队"的抗日组织,暂归属国民党三战区统领。队长李苏民,是原朝鲜革命志士,毕业于黄埔军校,当年曾是周恩来的学生。义勇队的同伴们,大多数是在当地党组织遭到破坏后,暂时脱离了组织关系的散兵游勇,流落四方,后又慢慢聚合起来。为了躲避国民党的追捕,利用朝鲜义勇队的合法性,改换了朝鲜名字,隐藏于义勇队,自发抗日救国。我妈妈因接不上组织关系,也暂且栖身于此。反正是抗日,在哪儿抗日还不是一样?同那么些正直进步又能歌善舞的大哥哥大姐姐们一起宣传抗日,整日排戏唱歌,学日语、学朝鲜话,差不多就像是个女兵了。她认为自己很幸运,也就安心在义勇队实践她的革命诺言。我曾怀疑,她是否因此而几乎"乐不思党"了。

他们都管她叫金路小妹。几十年后重逢时,他们还这么叫她。

金路小妹在朝鲜义勇队里如鱼得水,是个淘气又惹人喜爱的姑娘。没事的时候,她常常倒背着手,学着某某人拿腔作调的台词;或是把一些小玻璃瓶子藏在某个人的被窝里,让他睡觉的时候吓一大跳。在县城的书店里发现了一本好书,没钱买,据说她还策划过把那本书偷到手的阴谋。结果书没偷到,却让队长训了一顿。我常常觉得奇怪,她实在一点儿也不像教科书上写的那种共产党员,像她那样性格的人,作为共产党,真有一点莫名其妙。裴媽当时怎么会想起来发展她的呢?

后来金路小妹又开始热衷于写诗。给队里一个大眼睛的男孩写,也给自己写。她和他一起到山上去采野果吃,那男孩说松涛的声音像黑管、竹叶声像琴瑟,而远方隆隆的炮声,是配器的和弦。那个稚气十足的男孩有一天很激动地告诉她一个秘密,说抗战胜利以后,他一定要到列宁格勒去上音乐学院。几个月以后那男孩走了,她为他哭得死去活来,还写了一首长诗为他送行。我猜那些诗里肯定有关于爱情的内容,她一向喜欢在革命的同时,毫无目标地随意抛洒着她的少女情怀。然而她却从未经历过哪怕一次正式的恋爱,直到她遇见我父亲。

那么贾起到底算不算呢?在下一阶段的故事里,贾起将是一个因她而死的人。死得很壮烈。一直到贾起死了以后,她才想起来,当初在义勇队的时候,她其实从未认真注意过那个粗壮敦厚的青年。

1942年秋,日本鬼子攻打浙赣线,义勇队被调往玉山前线,去向日军中的朝鲜人喊话,并同日军战俘交谈,晓以情理,瓦解军心。李队长帮她们几个年轻的女生在草鞋上缠好布条、绑好水壶。队伍出发,穿过沿途空荡荡的村庄,公路上,大批的国民党军队正和老百姓一起往后方撤退,而他们,义勇队的壮士,却人人怀揣着一腔热血,时刻准备开赴前线战场。

那时她已完全和家里失去了联系。时局混乱,邮路不通,义勇队缺少活动经费,他们常常身无分文。从玉山走到上饶,又从上饶翻越武夷山余脉,一步步走到福建南平。脚底的血泡磨成了硬痂,硬痂又变成老茧。她不知道队伍究竟要走到哪里去——好像目标已不存在,步行本身就是目的。冬天来临,她们单衣单裤、行囊空空,走在寒风中,上下身子不停地抖动,成了每日的舞蹈。半夜实在冷得睡不着,只好把幕布拿出来盖在身上。有时谁弄到了一点钱,化一分钱买杯热豆浆,一张张嘴凑上去,转着圈儿喝了;假如再一人分上三粒花生米,这一天便歌声此起彼伏。我的妈妈兴致勃勃地品尝着抗日的艰苦滋味,从那一口薄淡的豆浆里,舔出她从未领略过的革命的甘甜。她走过冬天荒芜的田野,走过巍峨的崇山峻岭,她相信她只要坚定地走下去,前面即是阳光明媚的春天。

然而这徒劳的步行也终于不能够继续进行。那场激烈的争论爆发在一个夜晚。当她听清楚李队长作出的决定时,她傻傻地愣在那里。

李队长很坚决地说,立即解散义勇队,绝不受国民党的控制!

大家都哭丧着脸。一片长久的沉默。

她终于弄明白,原来国民党三战区长官司令部突然命令朝鲜义勇队即日起全部调往上饶集训。这等于欲将义勇队控制在国民党的掌心之中。义勇队何去何从？

这是1943年年初，国共两党抗日的阵线已逐渐分明。集训除了将严格甄别义勇队每一个成员的身份、来历以外，还将正式把义勇队收编为国民党建制，实际上就是要迫使义勇队全体加入国民党。而义勇队的成员大多是共产党的追随者，岂能归到国民党旗下。但若拒绝服从，义勇队更无法继续生存。他们似乎再没有别的选择了，只有就此分手，各人分别去设法投奔抗日的队伍。

义勇队散伙在即，眼看大家都将天各一方。在那几天的纷乱中，我妈妈忽然发了慌。

她一个人能到哪里去呢？时局动荡，她同杨君早就失去了联系，去找裴嫣也似乎凶多吉少；回洛舍老家呢？若回到那个宁静如水的小镇，她那些抗日和革命的理想，必定全成了泡影。

她独自坐在门槛上，嘤嘤地哭了起来。

就这么哭了好久。有个人在她肩上轻轻拍了一下。

金路小妹，你咋啦？那人问。是山东口音。

她在泪眼迷糊中抬起头，就看见了那个面孔黧黑的贾起。在当时的义勇队里，他化名叫金志强。

贾起蹲在她面前，手里拿着不知从哪弄来的一根烟，闷闷地抽着。

我没有地方去了。她说。我到哪儿去抗日呀？说着，她便放声大哭。哭得惊天动地。

贾起不说话。她便接着哭。又哭了好一会，嗓子干了，一睁眼，发现贾起还在她身边蹲着。

贾起慢吞吞地说，看来抗战一时还不会结束，这是一场持久战。真要抗日，只有拿起枪杆子。他停了停，又说，我有个哥哥在东北抗日联军，去年他还托人带来过口信，说抗联这几年损失惨重，但他那支队伍还在坚持同小日本打游击。我早就想去找他了。你要是真没地方去……

金路小妹一下子蹦起来,顾不得擦干眼泪,扑哧一声笑了,连连捶着他的脊背,一时话都讲不清楚了。她想也不想,说一个好,又说一个太好了,最后才问一声:是真的?你真的肯带我去?伸出手来呀,我和你拉钩!

我妈妈在抗战后期的一次命运的转折,就在这拉钩的瞬间,被她自己英勇而草率地决定了。后来的几天里,她开始同贾起频频商量策划北上的路线。义勇队的大哥哥大姐姐们陆陆续续地走了,昔日热热闹闹的民房一下子冷冷清清。她和贾起也准备上路了,就在贾起为她捆扎行李的时候,望着他那双厚实的大手,她忽然记起,这双手以前曾许多次为她捆扎过行李;上山过河,很多次扶搀过她;那手硬朗朗好有劲。她还记起,原来她和贾起还曾经在一起合演过一个戏,叫做《夜之歌》。剧中她送贾起,也就是她的情人哥哥,出关去打游击,但是要经过城门口警察这道关卡,于是这个剧中的小妹妹就假装成一个卖唱的,唱了《走西口》这首歌,同他一起混出关去。

哥哥你走西口,小妹妹我实难留……

可是现在,她竟然真的要同他一起,出关去打游击了。那该有多么浪漫多么伟大呵。她激动得一夜夜睡不着觉。在她尚不满二十岁的颠沛流离的生涯中,在深夜的黑暗和孤寂里,几年来一直折磨着她的苦恼,只不过就是这样一个简单的问题:我究竟是不是共产党?是?不是?而现在,一切很快就会真相大白了。她如果真的从此走上了抗日前线,她即使现在还不是共产党,也会很快成为一个真正的共产党了。

那是1943年的6月,她和贾起一同离开了朝鲜义勇队。他们只有很少的一点钱,所以她提议必须先回洛舍老家一趟,置备这次长途跋涉的盘缠。而去洛舍,就必须经过浙西游击区。

很久以后,我妈妈记起来,当她提出途经浙西时,贾起确实显得很犹豫。他好像说过,要不要你自己一个人回洛舍呢?我在另外一个约定的地方等你。我妈妈不高兴。她说那假如约不上,失散了怎么办?再说,这一路,兵荒马乱的,你不陪我,我一个人怎么敢走?

贾起问:去洛舍,还有没有别的路线呢?

她说:那就要绕很多路。我们的钱不够,也没有时间了。

贾起沉吟了一会儿,就说了声好吧。他的眉宇紧紧锁成一团。

当时她竟没有再多想一想,贾起为什么对途经浙西有些为难。如果她能知道真相,浙西之行的悲剧就不会发生,这使她在后来很多年中追悔莫及。

他们计划由洛舍进入沦陷区,再找一条通道,北上出关去找贾起的哥哥,参加东北抗日联军。

临行前,她和队里的同伴一一告别,有人送给她一块白手帕。她一向是喜欢白色的。但如果她能知道此行将导引出她一生中最大的错误和灾祸,那么她一定会拒绝这块无辜的白手帕不幸的预言。

你见过大海吗?

我只见过河。很多很多的河,流来流去,流在一起。

我老家就在海边上。青岛,知道吗?那地方一年四季都好看。涨潮的时候,那海水,就像战场上的日本鬼子一样,呼呼地冲上来。要是跑不及,就被浪卷走了,也说不定会一直冲到太平洋那头去。退潮的时候,你就光着脚丫,撅着腚,在沙滩上捡吧,啥好看的贝壳都有,照得你眼睛都花了。还有吃的,啥海白菜啦海带海蜇啦,赶一回海,够吃好几天的。有一回,我光着脚在沙滩上玩耍,觉着脚上咋这么痒痒哩,低头一看,哈,一只小螃蟹,正咬着我的脚趾头在啃哩……

她格格地笑。笑得很放肆。在这荒凉的山路上,连个鬼影都没有。笑声跳上树梢,惊飞几只麻雀。

笑够了,她问:那你家的日子过得不错,你干吗出来?

贾起沉下了脸,半天才说,还不是日本鬼子。我恨日本人。

两人都不说话了。又走了一程,贾起说,闷死人,你唱个歌吧。

唱哪个?

哪个都行。嗬,就唱《走西口》,我就爱听这支歌儿。

哥哥你走西口,小妹妹我实难留,手拉着那哥哥的手,送哥送到大门口……

贾起也一同唱起来,声音很嘹亮,从山那边传来浑厚的回声。他身后的那把油纸伞,吧嗒吧嗒地敲打着他的后背,像伴奏一样。

唱着唱着,不知什么时候,她肩上的背包,就跑到贾起的背上去了。贾起的后背湿了一大片,风吹过,她闻到一种男人的汗味,心一阵急跳。拿眼角的余光瞟一眼,见他饱满的脸膛黑红黑红,像是山里熟透的杨梅。她想,这个贾起,自己以前怎么就从没留意过他呢? 他在义勇队的时候,除了演戏,根本就不爱同人说话。如今剩下他们两个人,他这一路上,倒说个没完没了。又长又累的山路,叫他那些山啦海啦的故事做了伴,竟然就不觉远也不觉乏了。

等抗战胜利以后,我第一件事,就要去看看大海。她决定。

是同我一块儿去么? 他问。还是同别人?

当然是同你一起去啦。她想也不想地回答。目光突然同他相遇,发现他正呆呆地望着自己,她呼地红了脸。

他们从浙东到浙西,必须途经于潜这个交通重镇,然后翻过天目山,才能到达洛舍。水路加旱路,一口气连续走了十几天,沿途一直没有遇到什么麻烦。这天下午,眼看就要到于潜镇了,走得太渴,她在一个村口的小摊上买了几只毛桃,在溪边洗净了,同他坐在路边的树荫下吃桃子。

公路上一个人也没有。有一条黑狗懒洋洋地趴在草垛下打盹。

　　江南这地方实在太热了。贾起说。我们到东北就好了,满山满树都是雪,水晶宫一样。那里的雪地,洁白洁白的,一眼都望不到边,像我们青岛的大海。还有森林呢,那树上的松果,像玉米那么粗,想吃就摇一个下来。森林里还有野物,狼啊兔子啊狗熊啊野猪啊,我们练枪法,就用野兽来练,一枪一个,粮食有了,还能当个神枪手……

　　贾起绘声绘色地讲着,竭尽了他所有的想象。

　　她听得入了迷。童话一般的大森林,勾起了她沉睡已久的梦幻。那梦幻已被战争的废墟覆盖,蒙上了一层层岁月的苔藓。如今贾起替她小心地拨开杂乱的枯枝败叶,露出了她心底深处对于大自然的向往。她去抗日联军的愿望,已被飞马般的雪橇和神奇的木头房子所代替。在某个瞬间,这种冲动其实远远超过了她革命的志向。这就注定了有一天她将回到她原来的位置,恢复她梦幻的本相。那一刻她甚至已将关于林海雪原的美好梦幻植入了她的遗传基因,输进了"我"这粒细胞内。东北那个地方,一定是和我前世有缘的,若干年后,我果然不顾一切地奔赴北大荒,去完成她这未竟的夙愿。

　　那个下午,当她总算走出了眼前的雪雾冰凌时,发现贾起已发出了轻微的鼾声。她想他实在是太累了,让他睡一小会儿吧。等了一会儿,贾起竟鼾声大作,她担心在天黑之前赶不到于潜,就顺手拔起一根狗尾巴草,去撩他的鼻孔。

　　醒醒嗳,醒醒啦,你倒是还走不走了?快起来嘛……

　　贾起微微睁开了眼睛,擦了擦嘴边的口水。他茫然望着她,似乎不明白这是在什么地方。他睡眼惺忪的样子,像是刚刚做了一个好梦。革命者也是要做好梦的。就在她伸出手想去拽他起来时,贾起忽然一把抓住了她的手,紧紧地攥在掌心,那手热得烫人,哆嗦个不停。他似乎想把她拉到自己身边来,嘴里喃喃地说着什么。

不。她尖声叫起来。两只脚一步跳开去。别碰我,你疯啦?她愤怒地挣脱着,不敢看贾起的眼睛。

那手突然就松开了,她打了一个趔趄,坐在地上。

他们就这样坐了很久。只听见风吹着树叶的声音,很温柔。

太阳快落山时,他们才到达于潜。一路上贾起再也没有说话。她几次想同他搭讪,贾起都把脸转过去了。看得出来他很后悔。她想对他说她其实并没有真的生气,她只是吓了一大跳。

但她却再也没有机会解释了。直到贾起牺牲以后,她才知道她连弥补的可能都不存在了。为什么那天她就不能让他吻一下呢?——如果这将是永别。

以后的几十年中,她一直后悔不已。终身后悔。

在进入于潜镇口的石桥时,贾起终于开了口。

我以前在浙西工作过。他说。我在国民党特务的黑名单上,应该是有记录的。为了保险起见,我去找观山师范的一个朋友,我们分两个地方住,明天一早再会合。

她想说,有这么严重吗?看看贾起的脸色很严肃,就把话咽了回去。

时值黄昏,她一个人无所事事,就在于潜街头闲逛,想找个便宜的住处。走到一家布店门口,竟有个人喊了她一声。回头一看,原来是当年湘湖师范的一个同学,名叫曹平山。曹平山见到她,有一点喜出望外的样子。问她来做什么,她支支吾吾说是路过。曹平山说,既是不会长住,不如就住在我家里好了,我正好要去出差。你可同我母亲住在一起……

她一听很高兴。跟着那人去了他家。然后又特意跑到观山,把贾起找来认了一下地方。约好明天一早贾起来叫她上路。

她送贾起出门时,暮色中掠过一团黑影。一抬头,见有一只乌鸦飞过,呱呱叫着。她冷不丁打了个寒噤。贾起朝她笑笑说,累了,早点睡吧。他的笑容也很疲倦。

那是一个多梦的夜。她不停地在海浪和风雪中翻滚,爬上去又滑下来。有一次她差点要淹死了,一只大手猛然把她托住,两个人从浪里浮上来,她将他抱得好紧。那面孔模模糊糊,像是贾起。

天亮时她醒了。顾不得想那些梦,急急起了床。走到堂屋间,发现门边站着一个陌生人。那人问道:你就是朱小玲吗?

我的天真幼稚的妈妈,在那会儿竟然表现出非凡的机智。她很快反应过来,知道事情有些不妙。她对那人说,哎,你看我还没洗脸刷牙呢,你先等等噢。她抓起一把梳子,敏捷地溜出后门,就往观山的方向没命地飞跑。她只有一个念头,就是要赶在贾起到曹平山家之前,把他拦在观山。绝不能让贾起在同她会面时,被国民党特务一块儿抓住。当她上气不接下气地终于赶到观山师范时,已是汗水涔涔,披头散发,膝盖也摔破了。

然而,悲剧从一开始生成时,往往就注定了它的不可挽回。

——贾起的朋友告诉她,贾起已去于潜找她,走了有半个钟点。

她的脑袋嗡地一响,顿时面无人色跌坐在竹榻上。

要出事了。她想。贾起要出事了。她张着嘴,说不出话。这样愣了一会儿,她突然站起来就往外跑,却被那朋友一把拽住。

你不能回于潜去了。他说。那样太危险了。得想个办法。

两个人在屋里团团转了一会,那人去找来一件旧衣服,又替她包上一块农妇的头巾。然后领她到观山渡口的一间茅草屋里,说你就先在这里等着,说不定贾起没找到你,还会回观山来。这个地方,是于潜到观山的必经之地,凡是过河的人都看得到。她便蜷在那茅屋里死等,心里七上八下的。一直等到近午,见船上下来一个穿蓝衣服的人,样子有点像贾起。她推开木头窗户,探出头去想看得清楚些。冷不防却从窗外伸进来一只手,隔着窗户一把抓住了她的胳膊。

她头皮一麻,只听见那抓她的人喊了一声:朱小玲,我认识你!她定睛一看,那人面熟,像是浙西一中的同学。她本能地拼命挣扎,却又从外面冲进来几个人,甩出一条绳子把她牢牢地绑住了。她挣脱不得,又急又恨地喊叫,惹了许多摆渡的人来围观。那些男人便将她拖着,死拉硬拽地把她弄上了渡船。一路上她又踢又咬,没少挨揍,却仍是声嘶力竭地反抗,而且居然不哭。在她的人生纪录中,这实在破天荒。

以后一连许多天,观山街上的人都在纷纷传说着,他们亲眼所见,抓住了一个女共党,那姑娘是如何如何地英勇不屈。那个场面,大概是我妈妈一生中最辉煌的时刻了。

她被人拖进县党部时,仍在大喊大叫。拖过了一道门又一道门,一抬头——她看见了贾起。贾起就绑在楼梯旁的柱子上,平静地望着她。她出了一身冷汗,喊叫声戛然而止。她想向他跑过去,脑子里却一阵眩晕。

她的行李已被打开,胡乱地扔了一地。行李中的书籍都摊着,《大众哲学》《怎么办?》的封面上,踩上了肮脏的脚印。贾起很快被带走了。她也被推进了一间又暗又潮的黑屋里。他们告诉她说这是拘留所。屋角有一只床,用一块庙里拆下的匾额搭成,散落着一些稻草。

我妈妈在她二十岁那年,初次尝试了被捕的经历,懵懵懂懂地开始了她的铁窗生涯。她义愤填膺却又措手不及。先前所有那些关于革命和牺牲的美好想象,就这样突如其来地出现在她面前,犹如一张早已签过字的支票,要求她当场兑付。

隔着铁栏,她第一次闻到人血的腥味。

贾起怎么办呢?

这是她在辗转难眠的长夜,所能想起来的第一个问题。

· 41 ·

第二天一早开始提审。缺乏经验又毫无准备,她和贾起双方的口供,牛头不对马嘴。

回到拘留所,她一个人冥思苦想。她那些淘气的小聪明开始发挥作用。她摘下了腕上的手表送给了看守,嚷嚷肚子饿了,让看守去给她买些熟菜和几只粽子,再悄悄让看守带支铅笔和纸来。她把写好的纸条塞在粽子里,告诉贾起如何统一口径。然后假装吃了几口,就说吃不下了,让看守把粽子去送给贾起吃。后来再提审,两个人都说是回乡结婚去的,勉强自圆其说。县党部审来审去,也审不出个所以然来。她等着他们用刑,想象着自己将如那些侠客好汉一般地坚贞不屈。但他们既不用刑也不提审。一连过了好多天,也没见有释放他们的迹象。我的妈妈焦急万分。她又带了条子给贾起,说假如他们真的要杀我们,还不如自杀算了。她满脑子革命者的英雄形象,干脆说一不二,打定主意准备壮烈牺牲了。当朝阳初升时,她冷冷地拒绝了狱卒送来的早饭,把头发梳得整整齐齐,迎窗而立,正式开始绝食。

三顿不吃,第二天她已饿得头昏眼花。到中午,闻着隔壁屋子飘来的饭香,她强忍住口水,拼命地自我鼓励。忽然有一个纸团落在脚边,打开一看,竟是贾起遒劲的笔迹。他用很粗的铅笔写着:不到最后关头,不能自杀。

我妈妈在狱中这次英勇的绝食行动,就此半途而废。很多年中,她一直为此懊丧不已。什么是最后关头呢?可惜,贾起无法告诉她。

就这样又过了些天,黑屋的门突然敲开,一个声音嚷嚷道:朱小玲出来,你家里人来看你了。她很吃惊,出去一看,见外头站着两个男人,一个是她的表弟,另一个,却是她乡下生母唐家的同胞哥哥唐梓良。她只在小时候同这位亲哥见过一面,连他长什么样都不记得了。她虎着脸问:你们怎么知道我在这里?你们来干什么?她亲哥也不计较,和颜悦色地说,是你于潜的老同学,一个好人,打了电报来洛舍,告诉我们,你……出,出了点事。你爸病着,就托付我们带了钱到天目山来走一趟,想办法保你出去。

我不出去。她气呼呼地回答。保啥个保!我又没死。

嗳你这姑娘,都啥辰光了还耍性子。她亲哥张望着周围没人,低声说,钞票都已经装在香烟罐子里头,送上去了呀。

钞票?

她的心突然跳得好急,连气都喘不过来了。

她憋了一会儿,很快说:你们若真是要保我,一定要连贾起一同保出去。他是我湘湖师范的同学,一向待我很好。是我让他送我回家来的。我在浙西一中时,好多人都晓得我戴红帽子,这次住在曹平山家,让曹平山告了密,假如不是因为我,贾起也不会被抓,是我牵连了贾起。我不能扔下他不顾。

唐梓良同她表弟互相看了看,似乎是面有难色。停了停说,你看我们也不晓得这回事,带来的钱,保两个人也不够……要么,你先跟我们回去,我们回去再想想办法,回去拿了钱,再来保那个人。

她摇着头,斩钉截铁地说:你们回去告诉我爸,假如不保贾起出去,我一个人,是死也不会出去的。

她亲哥看她如此坚决,只得答应她快去快回。当天就和她表弟离开于潜,星夜兼程赶回洛舍筹钱去了。

事情到这里,她和贾起都似乎有了一种获救的转机。

然而,她家里人回去以后的第三天,不知为什么,她和贾起就从于潜被押解到天目山去。走了四十里山路,进了深山。那山坳里有三间木头房子,听押他们来的人说,这是个叫做调查室的地方。我妈妈和贾起分别关在两头。夜深人静,她能听到从房子那头传来贾起咳嗽的声音。她总是尽量让自己晚些睡觉,期望能从贾起的咳嗽声中,听出些什么不同的意思。每到晚上,她就变得神经兮兮的,然而一次次却是徒劳。

一天天关着,还是不提审。当局好像已把他们忘了。

那些看守对他们看管很严,倒还和气。他们还从来没见过女共党,对我的妈妈很是好奇,偶尔还有些优待。她亲哥走的时候,给她留下了一些钱,她有时就让看守去小镇饭馆里叫些菜来,也给贾起送去。她曾想试着在菜里夹纸条,然而看守每次都把菜翻了个个儿,只好作罢。

她不知道她和贾起还将在这里呆多久。每天扳着手指头计算着家人来去的行期。听着窗外的鸟叫、听着蝉鸣,一声声枯燥乏味,永无休止。她焦虑不安的心,如瀑布落潭,漩涡连着漩涡。

有一天她决定要唱歌。她的歌是为贾起而唱的,好给他送去些安慰。贾起听到她的歌声,会懂得她的思念和愧疚。

哥哥你走西口,小妹妹我有句话儿留。走路走那大路口,人马多来解忧愁……紧紧拉着哥哥的袖,汪汪的泪水扑沥沥地流,只恨我不能跟你一起走,只盼你哥哥早回家门口……

她的歌声颤颤悠悠,像一只水晶的鸽子,从那小小的木头窗户里,慢慢地飞出去,在蓝天上滑翔了一个长长的弧度,然后是一个漂亮的旋转,扑进了贾起的牢房。贾起把它轻轻地抱起来,梳理着它洁白的羽毛,抚摸着它秀气的小爪子,又在它那机灵的小脑袋上,飞快地吻了一下。忽然,那鸽子挣脱了他的手,跳到地上打了一个滚——鸽子变成了一个手持双剑的美丽女侠,英姿飒爽,威风凛凛,她挥舞着双剑,劈开牢门,击退群贼,跳上树杈,重又变成一只鸽子,驮着贾起腾空飞起,冲天而去……

她痴痴地望着窗外那方小小的蓝天,紧抓着窗栏的手心,湿了一大片。那些日子她几乎每时每刻都在幻想,幻想着奇迹的出现……

半个多月过去了,家里的人还是没有音信,却从看守嘴里听说了日本人将进攻天目山的消息。据说调查室准备把关押在天目山的一些政治犯疏散到别处去。她急得出了一身冷汗。假如家里来了人又找不到他们,可怎么办呢?等了一天,没有动静。又等一天,还是没有动静。到第三天傍晚,从这排房子的那一头,传来了一阵踢踏踢踏的脚步声,那脚步很沉重,像是带着伤。她赶紧扑在窗栏上往外看,却见一脸胡碴、面色苍白的贾起,被两个看守押着,正从她的窗前经过。她飞快地伸出手去,猛一把拉住了贾起的肩膀。

你要到哪里去啊?她慌慌张张地问。

贾起转过脸来,温和地望着她。

我要同你一道去呵。她叫着。你等等,我去找他们说。

贾起慢慢地摇了摇头。她发现这十几天时间,贾起瘦了许多。原先饱满厚实的面孔变得清癯而苍老,眼睛却黑亮黑亮的。

我要同你一道去。她坚持说。

他对她笑了笑。在她的一生中,她永远都记得贾起那一刻不经意的微笑——从容、淡漠,还有宽容。

他平静地说了一句话:

没关系的,我过几天就回来。

脚步噔噔移过去,她抓着他衣服的手,不得不松开。隔着窗栏,只见夕阳下他的身影拉得细长细长,然后一步步,从她眼前渐渐消失⋯⋯

山谷里万籁无声,一片死寂。

贾起被带走的第二天一早,我妈妈和一些调查室特务的家属们,一起疏散到更深的山里,躲避日本鬼子的进攻。有一个看样子像是农村妇女的看守家属,待她很和善。相处得熟了,一次她同那女人闲谈,假装糊涂,问她可知道那个叫贾起的男人,为什么没同她们一起来。那女人看看周围没人,悄声对她说,你勿晓得,那男的,案子重了,他们查出来,这人是浙西行署通缉了好几年的共产

· 45 ·

党,可了不得。这些重犯都是上头管的,押到另外地方去了。你可不要对人乱说啊。

她的头顶嗡地一响,手脚冰凉。脑子里一片空白。

……那……那我,我也……好半天,她结结巴巴地张不开嘴。

我男人说,你是年幼无知,受了共产党的利用,你没事的,关些日子,等你家来人保你,会放你出去的。你可小心别再惹事呀……

她恍恍惚惚走开去,人像是在水上漂着,被一股激流冲向无底的深潭,一点点沉下去。她看见贾起从波浪里向她伸过来的一双手,她却怎么也够不着他,有好几次,那指尖已指尖碰在一起,却又被恶浪打散……她要救贾起,谁能救救贾起啊?

她就这样忧心如焚、提心吊胆地挨过最初的几天。忽然又听说,日本人并没有攻上天目山,上头有命令让她们回调查室监舍去。她被押回山坳里那木房子,一路上她长长地松了口气,唯愿是虚惊一场。就算贾起是被通缉的共产党,国难当前,国共两党有抗日统一战线,谈谈打打,也不至于把共产党斩尽杀绝。再说家人也该拿了钱来作保,无论他们索要多少光洋,卖房子卖田地,她也要让阿爸把贾起接出去。想到也许很快就能见到贾起,她心里涌上了一阵欣喜。

几十里山路,石板石阶起起伏伏,像家乡悠悠的小船。脚下有清凉的风,托着她走,身子有了弹性,一步步好轻快。

一只黑底黄条纹的小松鼠,呼地蹿上了树梢,睁着乌溜溜的小眼睛,笑嘻嘻地朝她鞠躬。从它身旁的树枝上,又跳过来另一只灰色的胖松鼠,衔着一粒长长的松果,钻进了高高的树洞里。

那是它们温暖的小窝。

淡紫色、金黄色的小野花,在粗壮的大树下,一大片一大片开得好烂漫。不知是草是树还是花,空气中弥漫着幽幽的清香。

她的心忽然酥酥地一颤,眼泪就涌了上来。

如果我能和贾起一同双双出狱回家,我一定要嫁给他。

在一棵冠盖如云、笔直挺拔的银杏树下,她暗暗对自己说。

回到山坳那木房子里,周围静悄悄像走的时候一样。

她留意听着贾起的咳嗽声,隔壁却没有一丝动静。她把耳朵贴在墙上听,只有小虫子爬过的嗡嗡声。她坐立不安地盼望着贾起的消息,甚至拼命地吸着鼻子,搜寻着空气中有没有特别的气味。

到第三天,她终于等不下去。趁着看守来送饭,她问:

嗳,那边屋子的那个男人,到哪里去了呀?

她的声音哆嗦,气也透不过来。她实在是不敢问,她害怕问的结果。但她又期待着侥幸,万一呢,万一?

看守说:你还不知道啊?那个叫贾起的男人,他死了。

你说什么?

他死了。枪毙了。就在那山后头。唉,日本人打过来,犯人太多,带不走,上头的长官,就在名单上划红圈,划到谁就枪毙谁。那天夜里,我听见一排枪响,还有喊口号的……

她眼前一黑,身子顿时就软了。

饭和水撒了一地。

当夜我的妈妈就发起了高烧。说着胡话,滴水不进,昏昏沉沉躺了三天,像是死过去一样。昏迷中她只听见一排排枪声,雷鸣一般;风雪交加,狂风大作,山谷里一片鬼哭狼嚎,无数面目狰狞的怪兽向她扑来,呜呜咽咽地围成一团,尖利的爪子把她撕成了碎片……

第四天早上她醒来时,只觉得身上好冷,房檐屋顶窗户泥地统统是一片白茫茫的灰色,像是八月里下了一场大雪,寒气透入骨髓。

她挣扎着爬起来,交给看守一些钱,让他们去买了黑布、香、烛和酒。把黑布从房檐上长长地垂挂下来,撕开自己的一件白衬衣,

· 47 ·

扯成方形,用墨在上面写了一个大大的"奠"字。她要在这里为贾起安置一个灵堂,用她的心她的泪和她的血来祭奠他。

那块崭新的白手帕,就是在那时,从她的衣服包裹里,无声地掉落在地上的。它还一次没有被用过,素净得如一页薄冰。

晶莹的泪珠,一滴一滴坠在上面。如雪地上梅花的落瓣。

她把那白手帕铺在桌上,开始用墨笔画贾起的头像。

她的手抖得厉害。她不知该从何处落笔。贾起的面孔突然变得朦朦胧胧,像一个影子,飘飘忽忽地离她远去。那一刻,她才明白自己过去从未真正留意过他,她追随的是一把号角或是一面旗帜。

她面对着那方白手帕无所适从。手帕上留下的只是斑斑泪迹。最后她勉勉强强在上面画了一个头像,当她抬起头来时,她惊骇地看见了贾起——如他最后从她的窗前飘然而过,两只眼睛黑亮黑亮、坦然而从容、刚毅而宽厚地望着她……

她扑在那头像上嚎啕大哭。泪水像汹涌的大海,将她没顶淹过。她不顾一切地哭号着,缕缕香烟烛火在她的哭喊声中时断时续地摇晃,黑色的幔帐低垂肃立,在山岚夜雾中颤颤悠悠……

时隔多年,我仍能听见从天目山那苍翠的山坳里,传来我妈妈悲恸欲绝的哭喊声:

——你们是杀人的刽子手啊!你们谁杀人谁偿命啊!杀人会有报应!有本事去打日本鬼子,中国人杀中国人,你们不得好死……

她整整哭了一天一夜,一直哭到嗓子再也发不出一点声音,哭得全身再也没有一点儿力气……

苍天肃穆,山峦沉寂。

她大闹调查室的一个星期以后,我的外婆操着一双硬朗的大脚板,带着镇上的乡绅名士联合写的担保信,和足够保释两个人的钱,走了百十里水路陆路,亲自从洛舍赶来。

但贾起已死,无论用多少钱也救不活他的命了。

我妈妈昏昏沉沉爬上屋后的山坡,点上几十炷香,朝着贾起走的方向,深深叩拜,长跪不起。那一刻,她真想索性跳下山崖,与贾起一同长眠于此。

我妈妈获释前夕,特务已允许她在小木屋附近自由走动。临走的前一日,她最后一次走到男监那儿,她想贾起生前就曾被关在那里。她就要离开这儿了,却是一个人。但贾起会不会还活着呢?万一?——木笼子般的监舍里,一个头发蓬松的年轻人,闷闷地坐着。她揉揉眼睛,那不是贾起。连贾起的影子也不是。

她看看四周没有看守,就大着胆子把脸贴在木栏上,轻轻问道:

先生,你是从哪里被他们抓来的?请问尊姓大名?

那年轻人说一口纯正的北方话:我叫非蒙,是民族文化馆的。

妈妈愣了一愣说:啊你就是非蒙先生呀,我读过你写的诗,真的,有好几首,我都能背出来……

那人脸上掠过一丝苦笑,摇了摇头:写诗变成了政治犯啊……他站了起来,走到小窗口,打量了我妈妈一番,忽然问:小姐姓朱?

妈妈点点头。不明白他为何好像知道她这个人。

……前些日子疏散时,沿途贾起同我关在一个号子里。——那位非蒙先生用喑哑低沉的嗓音说——贾起对我说过,这里还关着一个他爱着的人,名叫朱小玲。如果他牺牲了,日后有机会,请我一定把这句话告诉她……

我妈妈一阵眩晕,泪水扑簌簌地淌了下来。

……家里来保释我们,可他已经被害了……她说不下去……

她在他的窗前站了很久,她不停地哭着,说不出话来。她泪眼模糊地望着他,好像他就是贾起。路上传来了脚步声,有人来了,她不得不走了。她回一回头,再看一眼那位幸存者,忽然觉得自己应该为这些失去自由的人做些什么,她急切地问:非蒙先生,我明天就要出去了,你有什么事情要我办吗?我可以给你送信……

非蒙先生的手里拿着一只烟斗。他晃了晃那只烟斗,叹了口气说:我没什么人可以收信,我现在最需要的,是一盒火柴……

关于这盒火柴的记忆,五十年以后,我妈妈同杭州大学的关非蒙教授谈起时,仍是不胜感慨。这位非蒙先生出身于一个基督教家庭,自幼崇善信善,国民党却把他当成共产党抓起来关进了上饶集中营;而在解放后,作为一个进步的文化界人士,他依然崇善信善,不幸在1957年被打成了"右派"……

妈妈设法替非蒙弄到了一盒火柴。那缕缕轻烟在贾起曾住过的地方久久缭绕,也许能代替她祭祀贾起慰藉贾起……

她跟着我外婆下山的那天,夜里宿在山边的一个小旅店里。那天恰是七月十五,路边的坟头前,有人烧着黄裱纸,黑色的烟灰如蝴蝶纷飞。我外婆叹口气说今日是鬼节,回洛舍后,定要给贾起做一次道场,为他超度亡灵。她只记得那夜的月亮又大又圆,似一张苍白的脸,从树后渐渐升高,茫然环视群山。月色如洗,山峦犹如披了一层缟素,令人欲哭无泪。夜半风起,松涛哗响,久久盘旋于她的床前,像是朝鲜义勇队门前那呜咽的长箫,一声声,哀婉凄绝。

一夜无眠。睁眼望着窗外的树影,晶莹似雪。从浙东到浙西,她和贾起一步步走过山林田野。那些大海和雪原的故事,已像是一个永不可企及的梦,消失在孤坟黄土之下……

如果她不坚持让贾起陪自己来浙西就好了。她想。

如果她在街上没有遇到曹平山那个败类就好了。

如果不住在曹平山家里就好了。

如果不把贾起叫来认门,第二天贾起就不会"自投罗网"了。

……如果,那天清晨她发现特务盯梢,让他们把她一个人抓走就好了。他们一走,贾起赶来时,就不会被发现了。但假如他们留下"尾巴",继续守卫呢?

如果不是日本鬼子进攻天目山,家里人及时赶来,贾起就不会被杀了……

她想了千遍万遍,设想出种种可能,编造出一个个理由,试图挽回贾起的生命。又想到这个罪过实际上永远也不能纠正了,她再一次陷入了伤心欲绝的自责之中。

可以有一万个如果。但只有一个万一。

命运的偶然,有时就只相差半步。

朱小玲在二十岁那年,被命运的阴错阳差,被她自己永远的懊悔,一拳打翻在地。

她还没有上前线杀敌,就眼睁睁让敌人杀了她的同志;她刚刚开始革命,就革掉了自己朋友的命。革命为什么是这样残酷的啊?

　　哥哥你走西口,小妹妹我苦在心头,这一走要去多少时候,盼你鸳鸯白了头……

从此这首歌将像一盘沉重的石磨,一遍遍从她心头碾过。碾出一滴滴悔恨与愧疚的苦汁,陪她走完生命的后半程。

几年后她曾写过一篇纪念贾起的文章,登在上海一家进步的报纸上。文革初期我曾读到过那发黄的剪报,记住了这样的句子:

　　……昨夜,你来了,轻轻地叩着我的窗扉。你还是穿着那件天蓝色的长衫,带着那把遮阳挡雨的油纸伞……

那份剪报曾作为证明材料上交,从此再无下落。

…………

然而对于这场悲剧,我却持有与我妈妈很不相同的看法。除了她的幼稚任性,造成了贾起之死这一无可弥补的损失和错误以外,另一个明显的历史疑点是:既然贾起心里明明知道自己是浙西国民党通缉的政治犯,被捕的危险极大(我妈妈不知道他是共产党,所以糊里糊涂失了警惕),他为什么竟敢陪我妈妈途经于潜去洛舍呢?这无疑是飞蛾扑火。

我妈妈对此也一直百思不得其解。

　　我心里的答案很清楚:因为他爱她。是爱情促使他敢以生命去冒险。他把他的生命同时献给了革命和爱情。而死神却比爱神抢先了一步到达。事实上,我们所无限景仰的爱情和革命,彼此从来也没有和睦相处过。革命摧残着爱情,而爱情又折磨着革命,这个爱与死的话题,留给我们后人的,是一个永远的困惑。

四

朱小玲回到离别了一年多的洛舍小镇。

河水缓缓流淌,小镇容颜依旧。在这里,她却不再是朱小玲了,而是原来的那个信珠姑娘。

全家人为她的死里逃生,抱头痛哭,悲喜交加。我开明的外公以朱家一向的豁达,接纳了这个宝贝女儿,连一句责备的话都没有。抗战也好、革命也好,都是要掉脑袋的事情,既然把脑袋保住了回来,实在是菩萨保佑的万幸了。

她迈入"朱万兴"的门槛时,神情晦暗、形同槁木。见着众人和爹娘落泪,她言语木讷、茫然无措。愣愣地望着客堂间墙上挂着的一把油纸伞,猛然呜呜地哭出声来。只有她心里知道,她的眼泪,是为了贾起。

她因此大病一场,一连三个月没有下楼。

冬天来临,她整天蜷在床上养神,或是歪在躺椅上,把两只穿棉鞋的脚,搁在暖暖的铜火笼上烤火,有一搭没一搭地翻着一些旧书。

楼梯吱吱呀呀地响,响得很轻。她听出是她母亲的脚步。我的外婆用湿湿的大手抓着一封信走进来,在她面前扬了扬,问:你在莫干山又认识啥个人啦?自从家里花了一大笔钱,把她从天目山保释出来后,她母亲对这个不安分的女儿,始终处于高度的警惕状态。

她当着母亲的面撕开了信封。从信封里滑出一张大大的照片,翻着面落在她的脚边。有四寸吧,她想。可这会儿,还有谁会给她寄照片呢?

她随便瞄了一眼。只一眼,她便觉得人忽地晕了。

——那是一张三人合影,左边那个美丽而熟悉的女人,竟然是三年来无影无踪的裴嫣。她手里还抱着一个孩子,昔日那明朗的脸上没有一丝笑容。而她身边的那个男人,相貌堂堂,两道粗黑的剑眉有些得意地上扬着,刚毅的嘴角抿着几分自信。我妈妈拿着照片的手微微颤抖。她看见照片的背景,也就是他们身后的那座屏风上,竟然悬挂着一个青天白日的国民党党徽。

外婆凑过身子来看,看了正面又看反面。她说:喏,这照片后面还有字哩。妈妈问:啥个字啊?我外婆念道:——小玲:这就是我们分别三年后的一番景象!外婆说:这字,还写得蛮秀气的哩。这是啥人?没听你说过……

她抓过信封使劲抖了抖,信封空空,没有片言只字。

我妈妈抓过被子,一把蒙住了脑袋。

她浑身发冷。冷得彻骨铭心。她在被窝里蜷成一团,索索发抖。

……裴嫣结婚了裴嫣真的是嫁了人原来那些传闻都是真的裴嫣真的不革命了裴嫣不当共产党了裴嫣裴嫣你嫁人归嫁人干吗要嫁给一个国民党的官僚呢就写这么一句话还挺理直气壮的这到底是怎么一回事呵你嫁了国民党那我究竟还是不是共产党这回可全都乱了套啦……

她的脑子里一团混乱,一塌糊涂。

被窝里闷得她喘不过气,她掀开被子翻身坐起。柔软的丝绸被从她的膝上滑下去,被面上一朵娇艳的粉色荷花,从昏暗的床榻上浮游出来,亮得晃眼,又渐渐顺水漂去……

天目山的记忆已变得十分遥远。那床扯了一个大洞的又硬又

· 54 ·

薄的棉胎,曾发出灼目光斑的棉胎,温暖过她心底最初的革命幼芽的棉胎,已成为一块丧葬的黑布,覆盖了她少女时代曾经崇拜的偶像。

裴嫣和那个男人,想必是盖着丝绵被了。

至少,她自己是重新又盖上丝绵被了。

命运也许是同她开了一个玩笑——蚕辛勤地吃着桑叶,然后一口一口地吐丝,结了茧,却把自己缚在了其中。

在这里,作为插曲,我想不妨先讲一点有关裴嫣嫁人的事情。否则,我妈妈和裴嫣的这段情谊不了,朱小玲的故事也就不能顺理成章地发展下去。必须等到她和裴嫣正式分手以后,我妈妈才有可能重新选择自己的精神出路。

那些日子,我妈妈被那张照片所刺痛,在烦躁惊愕的心情之下苦挨了些时日。当时,由于杭嘉湖水乡特殊的地理位置,洛舍也成为抗战中各路游杂部队的拉锯地带。兵荒马乱中,洛舍镇上的大户都已纷纷外出避难,镇上的人,早在几年前,就推举我德高望重的外公当了洛舍镇的镇长。外公行事公正、人缘颇佳。每天天一亮,他就早早起身,端着一壶热茶,到镇上土地庙里的镇公所去办理公务。她父亲曾对她说,洛舍是天下难得的好地方,若因战乱毁于一旦,他是死不瞑目的。所以朱春谷先生一直煞费苦心地周旋于日本人国民党共产党之间。还常常拿出自家店里的进项,去应付四面八方的客人和麻烦。每年都出资给镇上的学校,好让孩子们继续念书。很多年以后还有人说,朱阿公真是洛舍人头上的一把伞,晴天遮阳,雨天挡水,亏了他,抗战八年,洛舍镇上房子没烧几间,人没死几个,还保释过好多被捕的进步分子,洛舍人到他死后多年,还念及着他当年的恩德……

那一天,恰好他的一位老友和夫人,要去莫干山后坞一位名医处求治,他见信珠整日愁眉不展,想让她出去散散心或许会好些,便托了他们二位,让她陪去。她听了心中暗喜。因为当时的武康县政府在莫干山,她说不定能在莫干山找到裴嫣的丈夫。她已打听到,裴嫣的丈夫名叫姜弘任,毕业于中央政治学校。此时任浙西反敌行动团团长。无论如何,她只要见到裴嫣,一切自会真相大白。

然而,那次同裴嫣的见面,却是她继贾起死后,又一个伤心欲绝的日子。

她好容易在莫干山附近找到裴嫣的住处,想给裴嫣一个意外的惊喜。但她想象中她们热烈又悲切的重逢场面,却竟然根本没有出现。裴嫣显得十分冷淡。她不提过去也不谈现在,甚至不问朱小玲这几年在干些什么。她似乎对已往的一切都失去了热情和兴趣。她始终逗弄着那一岁多的儿子,一边说小玲你呀你呀你也该收收心,成个家了吧。

委屈的泪水一下子涌上了我妈妈的眼眶,她两眼发直,呆如木鸡。当年天目山上那个革命的偶像,同面前这个雍容华贵的官太太,已是判若两人。她甚至怎么也无法将那个裴嫣同这个裴嫣叠合成一体。

她终于想起来问了裴嫣一句话:

你爱这个姜弘任吗?

裴嫣点了点头。

爱他什么?

爱他漂亮。裴嫣不假思索地回答。

我妈妈无言以对。

长久的沉默之后,裴嫣似乎有点过意不去,总算是给我妈妈讲了她嫁给姜弘任的经过。她三言两语讲得肤皮潦草,但在我妈妈听起来,却是惊心动魄。

自从那年夏天在天目山分手之后,裴嫣就回到浙西孝丰她的伯父家,在那一带从事地下工作。但她尚未来得及派人去同朱小玲联系,就在1940年12月被捕。那是皖南事变前夕,由于孝丰接近皖南,局势十分紧张,裴嫣已被特务跟踪,于是组织上决定让她即日撤退,在一个小村子里待命集合。然而那领队的负责人,却因自己的爱人迟迟未到,担心呆在村子里惹人注目,叫大家分头回家隐蔽,等候通知。裴嫣无处可去,只好回到她伯父家,一到家就发现自己已被守在门外的特务四下监视。她苦于插翅难飞,无奈之下,自作聪明,让她在当地颇有名望的伯父,带她到县政府去,说她要去浙东读书。这种把戏当然骗不了县政府。县长当即就把裴嫣扣留起来,交给反敌行动团团长姜弘任去审讯。姜弘任提审裴嫣,见她才貌双全,可谓一见倾心,审问时就狠下了一番功夫,以获得她的好感。裴嫣见姜弘任不仅一表人才,温文尔雅,而且在所谓的审讯中,他又从不逼问她什么,还明显地向她暗示了他的同情,流露出进步的倾向。裴嫣对他即便不是一见钟情,也慢慢动了心。再加上县长对她伯父晓以利害,软硬兼施,希望能暗中撮合她同姜弘任的婚事。裴嫣就面临了人生的第二次选择。

我最初是想,我嫁给了他,他的身份就能保护我了。裴嫣平静地说。假如他真的爱我,以后我可以策反他,同我一道参加革命。所以那段时间,我不能同外界联系,也不能找你,以免暴露。

那后来呢?我妈妈傻傻地问。

后来……后来就发生了皖南事变,新四军牺牲惨重,我觉得没希望了。我同党组织也失去了联系,我带他去找谁呢?再说……再说,那时我发现自己是真的爱上他了。他有学问,人很正派,待我也很真心。其实我心目中理想的男人,就是像他这样的人。我……我离不开他了……我没有办法。

朱小玲长长地吁了口气,她对裴嫣伟大的爱情产生了一种怜悯。怜悯之后,却又涌上一阵寒栗和恐惧。假如爱情真是如此的不可抗拒,她以后遇到爱情的时候,她也会像裴嫣一样么?

那你以后打算怎么办呢?

我不知道……那次撤退，没让我走掉，结果是再也走不成了……这也许是命中注定……裴嫣的眼神很茫然。

回德清洛舍的时间快到了，我妈妈站起来告辞。裴嫣没有挽留。

走到门口，我妈妈停住了脚步。她没有忘记最后问裴嫣一句话。为了这句话，三年来她历尽千辛万苦，走遍了浙东浙西，期望着裴嫣兑现她的许诺。如果今天她不弄清楚，也许永远也没有机会了。

她说：你一定要告诉我，我到底是不是——共产党？

裴嫣把脸转过去，躲开了她的目光。她苦苦一笑，低声说：

我曾经是，又怎么样呢？一脱党，什么都不是了。

不，我要知道。我妈妈很固执地问。

裴嫣垂下眼帘说，对不起小玲，孩子在哭了，我得进去了。

妈妈身后的大门，沉沉地关上了。她们甚至没有伸手握别，她们的分手像见面时一样冷淡。她的心里一片漆黑。

载她回家的小船摇摇摆摆驶过大运河，她一路上都在拼命呕吐。水天茫茫，灰黑色的波浪像一条条蟒蛇的鳞片缠绕着她，她没有力气挣脱，她觉得自己正在一点点沉下去。

裴嫣从此退出了她的生活。但是关于裴嫣的事情，我在后面还会提到。作为对我妈妈的命运发生过重大影响的人，裴嫣肯定还将再次出现。当裴嫣最后一次露面的时候，我们的故事已近尾声。

信珠姑娘不记得自己是怎样回到了洛舍小镇。使她父亲纳闷的是，她竟比去莫干山散心以前越发地苍白消瘦，郁郁寡欢。她整日把自己关在楼上，闭门不出。就连书也懒得看了。我的外婆想起那封信里的照片，猜是她这个年龄的女友，早都结婚嫁人，生儿育女，她一人孤孤单单，自然坏了脾气，便同外公密谋，要想让她从此安分，必得找个好人家把她娶了。如她这般知书达理的姑娘，虽然年纪是大了几岁，但方圆百里的，门当户对的目标还是绰绰有余。

我外公却只是摆手、摇头。他说这都民国三十几年了，我家儿女还不兴搞个婚姻自由？你由她，只管由她好了。她伤了心，让她养养精神，过些日子，叫她到镇小学去教书，有点事做，慢慢就好了。

春去夏来，我妈妈就这么嗑着瓜子、结结毛线，百无聊赖、不咸不淡地打发着日子。

自从经历了贾起之死，她悲恸欲绝大病一场后，又目睹裴嫣莫名其妙地嫁了一个国民党官员，去过她的幸福生活。我妈妈此时已是心寒意冷、万念俱灰。那些曾经真心帮助她的朋友一个个消失了、去东北打游击的梦想破灭了、少女时代的偶像破碎了，如今只剩下她一个人，孤零零呆在这令人窒息的小镇上，连个能说心里话的人都没有。热热闹闹革命了几年，最后连自己到底是不是共产党也搞不清楚。她在昏暗的闺房里久久对镜而坐，对自己失望已极。

镇上的人都在悄悄传说，信珠姑娘是出去读书读痴了，回来以后面孔上就再也没有笑容。那一阵子镇上小学校的女孩一下子就少了许多。

一个细雨濛濛的傍晚，她突发奇想，独自一人打了伞，去河边散心。河滩上的卵石，像一只只鸡蛋却又明明是块石头，所以永远不碎，在雨里亮晶晶地刺眼。河心里一群不知归窝的鸭子，在水里扑扑腾腾地耍得正欢，雨点洗着它们的翅膀，油光滑亮地终是不湿。一条肥硕的大鱼从河里扑哧跳起，又从容跃入水中，将鱼鳍露在水上，悠悠地荡开去。雨点淅淅沥沥地打在往日平静的水湾里，泛起一层白色的水雾，水面上像是漾起一个又一个密密麻麻的问号。

她久久地在雨中站着。心如止水。

雨似乎下大了,风吹起她的白色的旗袍,将淋湿的衣角冰凉地贴在她的小腿上。风也似乎大了,风卷着对岸桑树地上的浓云,一团团从她头顶掠过。风似乎刮乱了,一会往东、一会往西,那云便如同一群狂奔的野马……

那会儿她心里充满了悲哀。她对自己说,那云就是我。我是一只迷途的羔羊。

她听见雨点打在油纸伞上的叮咚声。她听见鸭子们慢吞吞走上河滩的欢叫声。渐渐地什么声音都没有了,周围很静很静,只有运河在眼前缓缓流动着的感觉,扑来一股腥甜而清凉的水的气息……

当她睁开眼睛的时候,她发现雨不知什么时候已经停了。远远的天边凸现出一片深蓝色的云彩,如一座山峰的形状。继而,那山的四周又浮现出一层层猩红色的霞朵,如翻卷的旗,飘然荡逸……

她凝望着远天雨后的景象,寻找着那朵不见了踪影的云,那只迷途的羔羊。她的心里没有欢欣没有幻觉也没有想象。当她确认雨停了,她旋了一下手里的油纸伞,抖落了雨水,然后把它轻轻收起。

但我知道,那个日后将成为我父亲的人,很快就要出现了。

1944年初秋,一个晴朗的日子。

那一日,家里人都去了戈亭亲戚家吃喜酒。她说她不去。不去就是不想去。不想同认识和不认识的人说话。她一人守在店堂里,逗着猫玩,偶尔有人来买面,她就把秤打得高高地卖给他们。

时近中午,忽然听得门口有人喊朱阿公有公干。她探头一看,见是乡公所的听差,带了一个青年男子站在柜台前。那男子生得眉清目秀,一双大大的眼睛炯炯有神,高高的额头透出聪慧和睿智,使她顿时对他产生了几分好感。那年轻人自我介绍说,他是从天目山来的一个记者,到杭嘉湖游击区访问,带有给朱春谷镇长的介绍信。

既然父亲不在,这个陌生的记者,就只好暂时由她来接待了。

她问他:你是哪个报馆的记者呀?你从哪里来?

他回答说是《民族日报》。

她当即就哎呀一声,喜出望外地从高凳上跳下来,连手都不知往哪里放了。

请问先生尊姓大名?

他笑一笑,掏出一张名片。上面有张恺之三个字。

我妈妈的目光长久地注视着那张名片,一种掩饰不住的惊喜之情,一下子缩短了他和她的距离。这个年轻人的名字,她经常在《民族日报》的副刊上见到。她确实对他的一些短文留有印象,文笔犀利锐敏,富于哲理与激情。更重要的是,那些文章都表达了他对现实的不满,同她的许多想法一拍即合。

我未来的父亲,一出场便不同凡响。命运给他的契机,使他在我妈妈情绪最苦闷最低落的时候,如一道闪电,掠过黑暗的夜空。

两个人都异常兴奋。在彼此默默的注视中,情感和思想的潜流正在相互碰撞,发出最初的共鸣。她忍不住告诉他说,几年前,我还曾经在《民族日报》上写过稿子呢。他微笑着点点头说他知道。你怎么会知道呢?她很奇怪。他指着那介绍信说,你看,这个人,是我们报馆的编辑,他是从洛舍去的,他还当过你的小学老师呐。你从天目山被保释出狱,他还是你父亲物色的保人之一……

这么说,这位恺之先生,早就对她的情况,了如指掌了?

他们就谈那些互相认识的和不认识的人;谈那些喜欢的和不喜欢的文章。他讲着一种带浓重的粤语口音的国语,抑扬顿挫的很有节奏感,尾音常常突然休止,有一种温婉的韵味,使她觉得那声音十分动人。

阴沉的小镇像是忽然飞来了一袭彩虹,为她带来了久旱的甘霖。她那曾已死寂的心在悄悄复苏。彼此间都有一种相见恨晚之感。我的妈妈很久都没有这样高兴了。她为他到镇上的菜馆叫了午饭,又带他去看自己的书房。他们谈文学谈人生谈现实,话语句句投机。她还捧出以前写的一些童话作品的草稿,向他征求意见。到那天傍晚她父亲回家的时候,他们已像是熟识的老朋友了。

三天以后他离开洛舍时,给她留下了一篇新写成的短篇小说,题目叫《秋天的阳光》。这篇小说后来在战乱中不知所终,我仅能从题目,猜想其中他所记录的他们之间最初的恋情了。

她依依不舍地送他到船码头。他的计划和报社的任务,是走遍杭嘉湖敌后游击区,写一组揭露血淋淋的黑暗现实的报道。他们约定,等他完成了工作后,回程中再来找她,然后两个人一起去皖南屯溪。那里有一所法政学院,也许可找到进步的关系。那一天,洛舍漾刮起了好大的风,往日温柔的河港里,掀起了灰黑色的浪花,小船在波浪中一起一伏地颠簸,消失在大运河的尽头。

朱小玲开始度日如年。一天天盼望着年轻的记者从敌后翩然归来。为了打发时间,她主动向父亲提出到镇小学去教书。我的外公狐疑地看着这个女儿忽然间像是换了一个人,重新又活蹦乱跳的了,不得其解。小学校里又飞出了嘹亮的抗日歌曲。很多年以后,我的外婆对我说,从那个记者来过以后,你妈整天挺着胸脯,在街上走来走去。

年轻的记者却迟迟没有回来。

她每天都借故到邮电所去。但是,就连信,也没有一封。

她重又陷入了几年前等待裴嫣的那种折磨之中。先是为他设想出种种不能按期返回的意外情况,然后又悲伤地想象着可能发生的不测。她不断地试图安慰自己,又不断地原谅着他。深秋的晚风一片片吹尽了河岸上的桑树叶,莲塘放干了水,任初冬的阳光晾晒,等着腊月里起藕。家家堂前的竹竿上,挂起了一串串粽子和腌好的咸鱼咸肉。爆竹响了,灯笼亮了,除夕来了又去了。乡下的种田人,又到街上来买耕田的犁耙了。那个恺之先生,却仍然音讯全无。

她的心里忽明忽暗。一会儿觉得他似乎马上就要奇迹般地出现在她面前,一会儿又觉得他再也不会回来。她一会儿光明一会儿暗淡,一会儿莫名其妙地激动不安一会儿又垂头丧气迷惘绝望。她想自己也许真的是爱上他了?爱上一个人,难道就意味着她将像裴嫣一样,陷入万劫不复的迷宫?

天气一日日暖了,从河面上吹来了温煦的春风。石桥那边的田垄里,越过了冬季的小麦一片葱绿,蚕豆秧开出了一串串紫色的小花。暖风撩拨着她的脸庞,她的心一阵骚动又一阵酥痒。从天目山回到洛舍,她已在父亲的庇护下,混混沌沌地过了一年零六个月。假如那位记者已像贾起一样牺牲,她莫非就在这小镇上糊里糊涂地过一辈子么?

一个久已潜藏在她心的深处的愿望,刹那间就像竹林里的春笋一般蹿出来。就连沉睡在她体内的我,也差点被我未来的妈妈,这个胆大妄为的想法吓了一跳。但我知道那是她必然的选择。是命运的差遣——隔着运河浩淼的水波,隔着天目山的重重峻岭,她的耳边仍然能够听到抗日的隆隆炮声,望见外面的世界如火如荼的浴血战争。如梦一般消失了的贾起和裴嫣,一死一生,像两个不同方向的坐标,将她左右夹击,曾使她进退两难。而那位来自远方的生气勃勃的记者,恰如一双从河对岸伸过来的大手,在她脚边扔下了一块过河的石头。

运河女神用小船把她送到朱家来的当初,就赋予了她不安分的本性。如今,这种本性重又在三月雾气濛濛的细雨中复萌了。

在一个遍地油菜花绽开、天上地下一片辉煌灿烂的日子,我的二十二岁的妈妈,背着她简单的行装,又一次离开了老家洛舍。

这一次,她去了当时迁至皖南屯溪的上海法政学院。她曾和

· 63 ·

那个记者约定要一同去屯溪的。既然他失了约,她一个人,也要去!

一直使我迷惑不解的是,我那位仁慈的外公,怎么会在信珠姑娘外出求学遭受了如此重创的情况下,再一次应允她出去读书抗日,并为她筹集盘缠慷慨解囊——以便让她再一次两手空空地回来?为此,我对那位风流开明却不幸早逝的外公,抱着永久的敬重和怀念。

我妈妈胸腔里涌动着沸腾的热血。生命和青春,像满山遍野盛开的杜鹃和藤萝花,英姿勃发,轰轰烈烈。

当她终于辗转到达屯溪法政学院,并在暗中寻找通往新四军的渠道时,1945年8月,传来了日本侵略者无条件投降的消息。

伟大而艰巨的八年抗战,终于胜利了。

她听到这个喜讯时,正在河边洗衣服。她和她的同学们发了疯似的互相泼水庆祝。欢喜的泪水与河水一起流淌。没有酒,她捧起一掬河水,洒在青青的草地上。她对着四周的群山说,这是为了贾起。

贾起是为了抗日牺牲的。但她真的决定要亲自去投身抗战的时候,抗战却结束了。她哭着,是为了自己。

局势变化很快。抗战的废墟满目疮痍,而内战已迫在眉睫。学校的课堂里,老师们关于国民党劫(接)收"五子登科"、官僚资本祸国殃民的讲演,激起了同学们莫大的义愤。历史已走到了一个新的门槛,国共两党分久必合、合久必分,她将何去何从?

那位年轻的记者像一阵风,路过了她的家乡。风走了,但云还会重新聚合。云层里饱含了水分,就会有倾盆大雨。

她记起天目山里那块奇特的巨石"仙人跳"。她想自己曾经是加入过共产党的。那是她最初的革命理想。她别无选择。只可惜,芸芸众生、鱼龙混杂,她孤身一人,上哪儿去寻找那革命的载体呢?

1946年年初,她随同法政学院迁回上海。

去上海,是她一生的重大转折。她绝没有想到,在那个城市,她竟然会同那位年轻的记者张恺之意外重逢,并且真情依旧,从而开始了一种全新的生活。

冥冥之中,我在妈妈的体内沉默不语。我一直在耐心地等待,等待那个将最终赋予我人世生命的那个男人。我希望我的诞生应是一次真诚的爱情结晶。

我相信情缘。我想这一定是他们命中有缘。

这一天,我妈妈在去学校的途中,在街上买了一份《大公报》。她买那张报纸的原因完全是因为可怜那个瘦弱的报童。她一边走一边看,看着看着,她忽然就撞到一个过路人的身上去了,那个人骂了一句什么,她抬起头,对他莫名其妙地笑了笑,然后就飞快地跑起来,往相反的方向。她不去上课了,她要马上去大公报社。

在马路的拐角那儿,她微微喘着气,站住定了定神。她又打开那张报纸看了一眼,在副刊版的左上角,清清楚楚地印着那个标题:

雪之谷(散文)　　　张恺之

那个失去音讯近两年的记者先生,差不多在她快要把他忘了的时候,就这样,冷不丁冒了出来。

她急急地读完了那两千多字的文章,她听见了他忧郁和激愤的声音。这个《雪之谷》的作者张恺之,就是那个在她最苦闷最迷惘的时候,告诉她再不能那么麻木不仁地生活下去的进步记者;就是那个在短短几天里以他的热情和才华,打动了她的心,然后又在水乡的船头朝她频频挥手依依惜别的年轻人。他仍然活着,在十里洋场的大上海,用他的笔诉说着他对人民苦难的同情。

可是,他为什么再也没有去找她呢?

她娇小的身影急匆匆穿过熙熙攘攘的大街。她恳切的请求总算感动了《大公报》的编辑,他们给了她一个张恺之先生的地址:四川北路崇业里11号。

她轻轻走上那吱吱作响的窄小楼梯时,心都快要跳出来了。

楼梯中央那间昏暗的亭子间,门虚掩着。从狭长的门缝里,她看见一个曾经熟悉的身影,正伏在桌上奋笔疾书。

他们的见面既热烈又忧伤。这几百个日日夜夜,让她愁肠百结、思虑万千的寻觅和等待,原来竟只出于一个几句话便可弄明白的原因。——他在游击区经过几个月的徒步旅行,写出了长篇通讯《杭嘉湖敌后纪行》之后,由于紧张和疲劳,在一个小镇上突然病倒。缺衣少药旅资又尽,急性盲肠炎转为腹膜炎。好不容易弄到一张假良民证,才送进敌伪据点硤石镇的一家教会医院,差一点就没救了。病情好转后,他给她写了信,希望她能来看他,却没收到回信。那以后,他急着回报社去交差,经过德清县城关镇时,碰到一位写诗的朋友。从这个洛舍来的人口中,他得知朱小玲在半个月前已到山里去了。他以为她进山是为了到报社去找他,便直接回到了昌化。令他失望的是,他左等右等、左盼右盼,朱小玲始终没有来过。不久后,他便随同《民族日报》从昌化迁去淳安。在淳安乡下呆了几个月,"八·一四"日本无条件投降的消息就传来了。

那后来呢?她急急地问。

抗战胜利后,《民族日报》迁回杭州出版,可惜不久就停办了。那是1945年9月,我离开杭州之前,还特地去了一趟洛舍。只见到你母亲,我说我是来看信珠的,但她对我很冷淡,说你去丹阳了。我问她你什么时候回来,她说不一定。我觉出自己好像有点不受欢迎,她又不肯多说什么,就只好走了。张恺之怏怏地说。

她长长地松了口气。原来是这样。原来这个张恺之,也是一直在想着她呀。她告诉他说,抗战胜利后,她是回过一次洛舍的,正好父亲要去丹阳料理祖田,让她陪去,她就跟着父亲在丹阳住了两个月。等学校开了学,才来到上海。如果不是这次偶然在《大公报》上看到他的文章,她和他说不定还要继续离散下去哩……她感叹说。

后来我又写过两封信给你,总是没有回信,我真的已经不抱希望了。我想,说不定,你已经出嫁了,在哪儿当老板娘了呢!

你真是写过信么?她的眼神暗淡下去。

那一刻她明白,是她的母亲,替她"收藏"了他所有的信件。如同过去她读过或是演过的那些小说和戏里的情节一样,只是让她当了一回真的主角。这样老一套的故事,怎么凑巧就发生在她身上了?

我相信她没有冤枉我的外婆。几乎从一开始,我的外婆就对我未来的父亲,抱着一种固执的偏见。外婆从来都没有喜欢过这个耍笔杆子的进步记者。她将其视为无产无业、不可依靠的异乡人,同她的女儿一样地想入非非、好高骛远。她有这么一个难以调教的女儿实在已经够受,女儿再嫁一个更加激情澎湃更为不顾身家性命的男人,可怎么受得了?没过几年以后,外婆的担忧果然不幸而言中。所以我对亲爱的外婆那时的行为非常理解。而奇怪的是,当解放后我父亲不幸落难以后,我外婆却"见义勇为",发扬了"共产主义精神",一直接济和照料我们一家,对我父亲始终没有一句怨言。

话题回到眼前的亭子间,两个人都显出了窘迫。

他说他家里很穷,父亲在吴淞路一家水果行做事,要养活母亲和四个弟妹。抗战胜利后,他回到了上海。但一直失业。家里房子很小,没有他住的地方,他只好借住在这个同乡家里。但为了自己的政治信念,他又坚决不愿意投靠反动的社会关系,这样就无法找到固定的工作,只好当晚报的专栏撰稿人,靠卖稿维持生活。每月还要从有限的稿酬中,拿出一部分给父母补贴家用,同时还挤出时间,在中国新闻专科学校的研究科念书。

他抬起头,环顾着低矮的天花板,叹了口气:十里洋场的大上海,有多少穷人连立锥之地都没有啊。

一汪热泪霎时涌上了她的眼眶。她嗫嚅着说:假如再不遇到你,我恐怕也只好回洛舍小学去教书了……我现在法政学院读书,也是借住在我一个同乡大姐家里,她男人是警察局的会计主任,花天酒地的,还常常把一个小老婆带到家里来住,真让人恶心。她整天伤心落泪,很可怜的。我不想再住在她家了,可到外面租房子,又得向家里要钱。我实在不愿意再用家里的钱了,我想去做事,想工作。本来出来读书,就是为了做点有用的事。可是内战已经爆发,我还能做些什么呢?

她把一头黑发深深地埋在胳膊里,掩住了湿润的眼睛。

他轻轻地捉住了她的手。她微微震颤了一下,却没有挪开。

这几年我已经看透了国民党的腐败。他很坚决地说。我是决心要跟共产党走的。只有共产党能救中国。你看,这就是我前不久发表在《文汇报》上的散文《背道》。他从床铺底下找出一叠剪报递给她。——背道,顾名即知为背道而驰之意。与谁背道?当然是与阻碍中国实现民主和进步的反动势力背道。我就是要同国民党背道而驰。很清楚,这就是我的政治态度。今天,你如果并没有改变你当初进步的立场,你就留下来,留在上海,和我一起度过这黎明前最后一段黑暗的日子,我们一起想办法参加革命,再也不分离。

我父亲这一席慷慨激昂的宣言,在那个低矮的亭子间里,发出嗡嗡的回响。下午的阳光从狭窄的窗户中斜射进来,使得他宽阔的额头如灯塔般闪闪发亮。我父亲一直具有强烈的煽动才能,我想我的妈妈就是在那一刻被他深深震撼。很多年以后,文革中的某一个下午,她在隔离审查漆黑的牛棚里,贪婪地把脸朝向窗缝里射来的一线微弱的光束,她眼前便浮现出亭子间里那个闪烁着智慧与激情之光的额头,它仍像一座海上的灯塔,令她永远迷恋。

他们之间的默契既已达成,剩下的就是怎么办的问题了。

起初,他听说大新公司工会办的职工子弟学校,需要一名教师。大新公司工会表面是黄色的,实际上完全控制在进步分子手中。他便去找了他的同乡、小学同学卢坤,请他介绍她到那儿去工作。卢坤早在1944年就已是中共地下党员,曾在"劝工大楼"爱用国货运动"梁仁达惨案"中出头露面。但卢坤奔走的结果是,人家已经找到了教员。

她在失望中,恰好收到法政学院一个同学从南京的来信。那人在南京办了一个民间的通讯社,邀她去当记者。这个机会对于她自然难得。她对他说,既然在上海一时找不到合适的工作,看来他们还是只好再分开一段时间,让她一个人到南京去闯一闯。她看出他很沮丧。但她去意已定,他说服不了她。

很多年中,她的梦里总有一个追赶火车的情景。从一节车厢跳上另一节车厢。从一列火车跳上另一列火车。然后火车往她来时相反的方向开去,她挤过人群,拼命寻找着他,他在她的前面走,她眼看就要接近他了,一晃又没了影……

这是我妈妈一生中一个至关重要的情节——关于火车。这个细节她讲过多次,以至于使我长大后坐火车,在每次火车快开车的时候,总以为马上就会发生点什么事情。然而这个类似我们早已熟悉的那些小说中,曾经多次出现过的细节,对于她却绝对真实——她已登上了去南京的火车,然后又在开车前的最后一分钟,被张恺之拽下了车厢。这关键的一拽,从此告别了她自被捕以后长达三年之久的迷惘,重新回到了一个进步的集体之中。

当张恺之心急火燎、满头大汗地从长长的列车这一头,一直找到最后一节车厢,终于在开车前那一刻,不由分说地抓起她的手,连拉带扯地同她一起跳下车门时,几乎是双脚刚刚落地,火车发出长长一声鸣笛,从他们身后缓缓启动。

他两手紧紧地箍着她的肩,使劲地摇晃,她感觉到迎面扑来他极度兴奋的阵阵热气。然后他抓起她的行李就往车站外面走。一边走一边用急速的口气,一连串说出了以下的话:

我给你找到工作了找到工作了,这是一个最好的工作。你就要到一个小学校去教书了,那是一个特别的小学,真的,你什么也别问什么也别问,你去了就知道了,走走走我们马上走快点走吧!

走吧走吧一路走去。反正这些年她一直是在走着,在黑暗中兜着圈圈走。如今管它是去哪儿呢,只要是同他一起走,往前走。

那是一个叫做"方震小学"的地方。她走了进去,发现那里洒满阳光。她蓬蓬勃勃地燃烧起来。在她的生命中,那是一次无法再度重复的燃烧。

五

许多年中,我妈妈一直对我说,如果她没有在方震小学工作的那两年,她这辈子,简直就没活出个什么滋味来。

爱情和事业,在那两年里,轰轰烈烈地一齐向她涌来。

方震小学,实际上是当时中共地下组织的一个活动站。

我妈妈随着张恺之穿过闸北公兴路那一带的棚户区。上海人管这种屋顶像船篷篷一样的贫民窟,叫"滚地龙"。里面所谓的墙壁,是用竹片、破油毡和黄泥糊成,潮湿的泥地面高低不平。这些"房子"里住的都是拉黄包车、弹棉花、捡垃圾、扛麻袋,靠力气过活的江北人,一天的工钱买全家人一天的粮食,所以大多数孩子都不识字,稍大一点的,就到街上去卖报或是给人擦皮鞋。昨天刚下过一场大雨,屋里几个半大的孩子,正在忙着用盆往外舀水。有一只破碗漂在水上,那几个孩子不知为什么就互相打了起来……

"方小",就是为这些穷苦的孩子们办的。他严肃地对她说。

他们拐过一条肮脏的弄堂,再走过一片一个杂乱哄吵的小菜场,然后在两间低矮的楼房前停下了脚步。他对她说到了到了,这就是方震小学。

方震小学真是一所小得不能再小的小学校了。两层的简易楼,楼下两间做教室,楼上做办公和男女教师的宿舍。几十张高高低低的课桌,五六个年轻教师,就是学校的全部。一个白白净净、高个儿的年轻姑娘,向她走来,紧紧握住了她的手。她说她是方小的校长,就叫她哲宣好了。我妈妈一下子就喜欢上了这个哲宣。

我叫朱小玲。我妈妈对她的同事们自我介绍说。那个在她填写入党申请书上使用过的名字,在那瞬间脱口而出,从此开始正式生效。她似乎生来是喜欢贫穷和简朴的,那一双双亲切的目光使她想起了朝鲜义勇队的日子,简陋的小学校使她有一种回归之感。

她每天都欢欢喜喜去做每一件琐碎的事情。先是走遍了这一带贫民区,一个一个去动员那些邋里邋遢的孩子们来上学,学校只收一点象征性的学费。课余时间,他们挨家挨户到孩子们的家里去访问,用自己很少的一点钱,买几支铅笔或是糖果,分给孩子们。冬天来临,他们又到繁华的上海街头,为孩子们募集棉衣。在方震小学的两年中,大家始终不拿工资,学校管饭,每月发给三元零用钱,还发些草纸肥皂什么的,这种有点像共产主义的气氛最让她入迷。她穿着蓝布旧旗袍,穿着洛舍的妈妈做的布鞋,在十里洋场的大上海,土里土气地走来走去,心里充满了骄傲。

直到现在她还记得,她的班上有个大眼睛的男孩,名叫牟永正。他爸爸早几年在给轮船卸货时,从跳板上跌下来摔死了。他的几个弟妹就靠他妈妈捡垃圾养活。后来他一连好多天不来上课,她去家访才知道他妈妈得了肺病,咳出浓浓的血,连床上的被单都染上了黑色的血迹。于是她连夜去找一个朋友,那人认识红十字会医院的人。他们设法把他妈妈送进了红十字会医院,因为这是全市唯一一家免费的医院。那几天晚上她兴奋得睡不着觉,觉得自己的生命开始有了价值,理想有了寄托。我每时每刻都能听见她强劲的心跳,那颗心鲜艳而稚嫩,血红血红,整个装的都是那即将来临的新世界。

她的学生们都管她叫小玲老师。小玲老师像个大姐姐,又像朋友。小玲老师的那个班级,上课时总是坐得满满。

小玲老师喜欢教大家唱歌。男老师女老师都来唱。方震小学的屋顶上,从早到晚,歌声此起彼落。

星期天,她和同事们常常一起到公园去。他们讨论时事分析战局,互相传递着有关解放区的消息,为解放军每一个战役的胜利激动得热泪盈眶;上海的学潮风起云涌,她也走上街头,汇入反饥饿反内战的行列,几乎每天都处于高度的亢奋状态。那是四十年代整整一代进步青年的狂热,历史上的每一代人,都曾经试图用一种幻想中的新秩序,来取代旧制度。千百年来,由于眼前的社会总是不尽如人意,人们便一次次在自己的头脑中制造出另一种理想的社会。1947至1948年,正是国际共产主义运动在中国最后的历史性大搏斗。而对于我妈妈那样从小就生活于梦想之中的人来说,现实斗争只不过是为她那种无拘无束的个性,提供了一个充分发挥的舞台。

我未来的父亲张恺之同"方小"的关系,是他的广东同乡林泉介绍的。林泉后来又介绍他认识了孙毅。他们都是中国新闻专科学校的同学。林泉出生印尼,具有双重国籍,又是印尼《巴达维亚新报》驻沪记者。他父亲是中国银行巴达维亚分行行长,后来起义回国。当时他父亲已为他办妥了去英国剑桥大学留学的手续,但他为了争取全国解放而放弃出国。林泉和我父亲都是由孙毅介绍入党的。

但我妈妈那时已好像把重新加入共产党的事情,完全忘在脑后了。她曾经历尽辛苦去寻找裴嫣,也就是寻找那个她曾无限崇仰的党。而党实际上已出现在她面前的时候,她却稀里糊涂放弃了这个机会。她一次也没有向我爸爸表示过入党的愿望,同时却又那样热衷于为"党"做事。也许天目山那次不了了之的入党经历,深深刺伤了她;也许她觉得入党的名义并不重要,她看重的是自己纯真的心灵。从她在"方小"这个地下党的活动站,积极活动一年多,最终却仍然没有入党的这一事实,就可知我妈妈是怎样一个淡泊的人了。

"方小"的生活很清贫,但"方小"的生活充满诗意。

"方小"是青年知识分子的世界。在这个年轻人的天地里,空气中时时处处都飘荡着爱情的养料。

有时我甚至很羡慕三四十年代的那些革命者——所有轰轰烈烈的革命行动都围绕着爱与死这个永恒的主题。他们总是首先从自己做起,为反封建不惜身体力行。面对残酷的敌人和严峻的环境,爱情仍在蓬蓬勃勃地生长。

我妈妈记不得"方小"更多的革命内容了。她能记住的,只是程哲宣和黄建平热恋中的那个小窗口的灯光;记住林泉的未婚妻,那个湖南姑娘岱岫,每天天一黑,就在"方小"门口的路灯下,痴痴地等着林泉来同她约会的情形;"方小"是一个爱情的摇篮,爱情的风暴恰如一天天长驱南下的大军,要把世界搅个天翻地覆。

我未来的爸爸和我妈妈,从初识到恋爱到结婚,中间长达六年。他们彼此都是失而复得,因此就格外珍惜也格外炽热。每个星期六晚上,他们都想方设法去剧院看那些进步的话剧。没有太多的钱,只能买丙票,坐在后排的位置。两只手互相长久地握着,握到酸麻了,也不松手。夏天的夜晚,他们宁愿走很远的路,到外滩的江堤去散步,在树影下久久地依偎,听着黄浦江的夜涛声声不息,直到午夜的钟声一遍遍敲响。星期天,他们会到张恺之窄小的家里去吃一顿简单粗糙的午饭,每次我妈妈总是吃得津津有味。

她第一次到武昌路张恺之家里去,走进广东小杂货铺后门,在黑暗中爬上吱吱响的木楼梯,看到阁楼上那个狭小的家,她差点吓了一跳。房间里几乎什么家具都没有,只有一张木床,靠墙放着。房子中央有一张矮桌,四五个小凳。几个弟妹依次站在屋角,愣愣地望着她。她环顾四周,不由好奇地问他们都睡在哪儿。他的脸红了红,朝着地板抬抬下巴说,那儿!他母亲也就是她未来的婆婆走过来,用极不信任的眼光打量着她,然后咕噜咕噜地说了一大串广东话,她一句也没听懂。那会儿她想起了洛舍老家的厅堂和自己的闺房,竟然觉得有些惭愧。她想,她和他出身于不同的阶级,但她爱上了他,也就是爱上了他的那个穷苦的阶级。她就是爱天下的穷苦人并要让他们幸福,她的心从来都是属于他们的。

以后每次去他家,她总是从自己的零用钱里,为他的弟妹买些小玩具,或为她未来的婆婆捎上一块布头。然而使她纳闷的是,他的母亲对她的到来似乎置若罔闻,对于她的好意也似乎无动于衷,并且在以后的几十年里,始终对她怀有一种固执的成见。

关于张恺之的父亲张老明一家,究竟是怎样从远在广东新会的老家,迁徙到上海滩来谋生,并且如何逐渐融入上海的城市贫民阶层,还产生了一个也同样与这个家庭格格不入的热血男儿张其霭(后改为张恺之),——这又是一个曲折的故事,我将在这部书的后半部分另行讲叙。

我妈妈沉浸在她甜蜜的爱情生活中,一边恋爱一边革命。革命和恋爱都蒸蒸日上。我在她的体内一日日苏醒一日日骚动,满怀着焦渴和欲望,期盼着那个神圣的时刻来临。我常常听见我未来的父亲长时间呢喃的情话,听见他剧烈的心跳紧紧地贴着我妈妈的心。我被他们疾速流动的血液一次次浸泡一次次冲击,在我出生以前的几年中,我整天晕晕乎乎、如痴如醉。像一粒饱含着生机的谷种,等待着阳光和水分,我知道我很快就要喷薄欲出了。

我那多情的妈妈,长年外出念书,在自由的日子里积累了丰富的恋爱经验,然而她一向却只事耕耘,不问收获。当她真正在心底确立自己的爱人时,才发现原来她的标准不过如此简单:第一必须会讲国语。(所以像杨君那样一口宁波乡音的大哥哥,似乎不在考虑之列。)第二是人要长得秀气些,有一种布尔乔亚的气质。第三是应该会写文章,有真才实学。——我未来的爸爸幸运地撞在了她的网上,一网即被收紧。那网上没有织出关于金钱的网眼——她为自己编织出爱人的种种美好幻象,却独独忘记了关于钱财这项立身之本。但她说那不是忘记,而是憎恨,是扬弃。当她献身于他时,她便从原来的阶级中彻底分离出来,真正裂变为一个新时代的人。

运河女神当年将她送去朱家做小姐,真是白白地徒劳一场。

我手头有一张翻拍的照片,是我父亲1947年发表在上海一家报纸副刊上的一篇短文,也是历经文革洗劫后仅存的几幅资料之一。

那篇文章的题目是《爱情》。我从那缩微的底版小字上,还能找到他们当年爱情的痕迹——

……你的淡而美丽的眉间矜持地一扬,你的玲珑的大眼睛包含着人类所有的纯洁与善良,但是你怀疑,你表示你还没有明白我是一个怎样的旅客。

你静静地说:"你要到哪里去?而我是从一个泛滥着罪恶而荒淫、充满着饥饿和痛苦的城市来的。"

你说着,你的眼睛里突然涌出了明亮如珠的晶莹的眼泪。

…………

"我也来自那样一个可怕的地方,"我颤声说。"但我要去的却是一个最理想的幸福的草原,在那里,我能拾回梦里的欢笑,在那里,努力工作的人,就会获得希望。"

你像是一个字也不愿意遗漏地紧紧地捉住了我的声音。你的泪痕干了,冬天的特殊温和的风吹动了你的黑发,你好似在忖念着什么。

"你的目的和我的去处相同吗?"我又问你。我极愿意知道你怎样回答。

但你仍然默默地不说一句话。可是你严肃的眼波恢复柔静了。仿佛,你已经有点明白,我们将在那遥长的路途上走在一起。

…………

· 76 ·

遥长的人生之旅,雨雪霏霏。以后的几十年中,我仍能不断地听到从那篇短文中传来温柔的回声。那是一个革命浪漫主义者,同一个更为浪漫的理想主义者之间的恋爱。两个无可救药的浪漫主义者的精神结合,使他们竭尽激情与想象,把浪漫主义和理想主义发挥到极致,最终被自己的理想所淹没,沉入毫无浪漫可言的深渊之中……

据说我父亲当时的密友,也是地下党党员的林泉,曾向张恺之提出关于发展朱小玲入党一事,被我父亲婉拒。那时我妈妈已对张恺之说过自己历史上脱党的经历,我猜我未来的父亲已看透了她那马马虎虎大大咧咧、永远难以成熟的脆弱个性,担心她万一再次被捕,岂不容易给组织带来麻烦,就对林泉说,她留在党外似乎更合适些。

我一直怀疑我妈妈究竟是不是一个真正的共产主义信徒。那时她对重新投身共产党,已完全丧失了兴趣。她被热烈的爱情簇拥着,将她那些虚无飘渺的理想,一古脑托付给了她的爱情和爱人。当她和张恺之星期天去江湾郊外踏青时,她指着远处的茅屋对他说,其实,只要有你,我们就是一辈子住这样的茅草棚,我也心满意足了。

我父亲耳边又一次响起这个不幸的预言,是在1957年反右斗争,我父亲被送去郊区的果园"生产自救"以后,我妈妈去探望他的时候。那个夜晚,他果真在一间被用作工具间的茅草棚里接待了她。

平心而论,我妈妈始终都是一个只注重过程的人。当她被那场国内革命的大风暴席卷其中时,她除了不断地奉献和失去,从未想通过"革命"来得到什么。在"方小"工作的两年,于她只有一个具体的收获:她在爱情的滋养和同伴们的鼓励下,开始了写作。

还在我幼年的时候,我父亲曾对我说过一句话,令我久久惊恐不安。他说你妈妈本来可以成为一个优秀的儿童文学作家,可惜中途夭折了。

夭折,听起来是个可怕的词。我曾在字典上查"夭"这个字,上面写着:夭折,未成年而死亡。

家里的箱底一直存有那本薄薄的小书。笔记本大小。封面上由交叉的两大块白色和红色组成。红色的底版上趴着一个胖乎乎的娃娃,腰上围一条细碎图案的肚兜,他正伸手去抓四周游动的一条条花斑大鱼,那些鱼在水草丛里翻着筋斗,一边吐着水泡泡。上面那白色的底版上,从右到左,拐弯往下,印着一排像是用刀子刻出来的黑字:

《幼小的灵魂》

翻开书的扉页,上面写着,封面设计:黄永玉。民国37年10月初版。版权所有,不得翻印。等等。

那是由八篇短文组成的一本儿童文学集。目录上印着这样一些题目:《会长小草的》《灯》《枪》《荒谷里的小姑娘》《小学校和兴隆当》《馈赠》《谋生》。我曾在一个阴冷的雨夜,躲在被窝里翻看过这本小书。那个夜的感觉很奇特,冷风卷着骤雨,敲打着我床边的玻璃窗,似有伤心的呜咽从远处传来。我轻轻翻着那些泛黄的书页,好像一不小心,那纸就会破碎。我记得那书中的文字很美,也很忧伤,记录着一些穷苦孩子们的故事,他们穿着破烂的衣衫,一张苍白的脸,但有着明净的额头和眼睛,他们在荒野里奔跑,举着微弱的灯笼……

妈妈在"后记"里这样写:

> 认真说起来,我开始写作,还是最近一年的事。在以前我曾写过一点,但都是芜乱不堪的。过去一年间,我在上海的一个小学校教书,这个学校在闸北贫民区,同时有一群热情的朋友,我爱这个学校,心情就特别愉快了。

我首先写了《小学校和兴隆当》这篇短文,得到朋友们很大的鼓励。朋友们告诉我,你的天真幻想,只有走为孩子写作的方向。

　　我跟孩子们在一起生活,我的灵魂跟孩子们的灵魂成为朋友。……我这本小书,就作为"跟未来谈话"的一篇小引吧。

我接着读到了这样的文字:

　　……我走在路上,我左手拿着一本书,右手拿着一个孩子的玩具。

　　天色很阴郁,而且有风,风里却飘着一片稻花香。

　　桑树,因了阴郁的天色,而显得更深沉的翠绿,有一只翠绿的鸟,扇开着翅膀,坐在桑树的枝干上大模大样地叫。

　　我走,我的衣服不时地被风卷起,我看见衣角上绣的一朵淡黄色的小花,皱了,又展开,揉得嚓嚓地响。

　　…………

　　"然而我的梦醒了,这是一个温柔的梦么?不,因为我的心里充满了歉疚。我将会立即跑去看这个拒绝了我的馈赠的小朋友……我知道这回该给他带去一些什么了。"

　　…………

　　20多年后,我重读那些文字,依然清新如洗,依然纯真质朴。那是一个我熟悉的灵魂,一个永远如孩童般幼嫩和稚拙的灵魂。透过岁月厚重的尘垢,我仍能听见从书页中传来她灵魂的倾诉。

　　那只是妈妈在"方小"工作时写的作品中的一部分。爸爸把它们收编成书,于是它便永远地保留下来,成为我妈妈在"方小"那段生活的一个纪念。每天每天,当夜幕降临时,她坐在那摇晃着的小小的课桌上,开始同自己灵魂的对话。那是多么惬意多么沉醉的时刻呵。心灵在这低矮的屋檐下自由地游荡,飞上云端又沉入海底,洁白的纸上有一个小小的属于她自己的天地,她听见沙沙的雨声滋润着她的笔尖,于是就有孩子们的笑靥,像春天的草芽,在暖烘烘的阳光下一个个冒出来……

我听见她对自己说,她终于找到了存放自己那些想象的最好地方。许多次,我几乎整夜整夜地陪伴着她,咀嚼着她那些动人的故事,作为我生存的营养。我同她一起哭哭笑笑,直到太阳升起她又走向课堂。我已默认了这个事实——作为生活在另一种梦幻世界中的她,生来是应该写作的。她除了写作,再也干不了别的什么了。如果她能一直这样写下去,她会成为一个优秀的儿童文学作家的。我相信。但遗憾的是,在我出生以后不久,她的写作生涯便从此戛然而止。

《幼小的灵魂》,竟是她一生中第一部也是唯一的一部作品。

文革中这本书和其它一些东西被偷偷送去我舅舅家保存。当我在十几年后再一次读到它时,它已被换上了黑色的硬壳封面,像一个年代久远的笔记本。在书的后部,还留有一沓空白纸页,并有一篇著名书法家姜东舒老先生为此写下的"装订后记"。他写道:

"这本小书交到我手里时,已是一个残本了。装订线已烂了,书页飞得乱了顺序,而且少了最后的一篇——《谋生》。而这一篇,据说正是作者最得意的一篇。

"这是作者仅存的一个本子,我怕再行失散,就自作主张地请朋友重新装订起来。在装订前我还设想,万一能够发现一个完整的本子,可以把散失的一篇补抄进去,所以就留了一部分空白纸页。"

以下洋洋七页文字,姜老先生以其扬名四海的小楷,一笔笔书写了对妈妈作品的评价。这位姜伯伯是我父母解放初期在报社工作时的好友。1957年他被打成右派,很多年中他们彼此相濡以沫以度艰难岁月。姜先生闲暇专攻书法,1979年复出后以其精美的小楷绝技闻名江南。他在书尾处最后注明:

1977年2月9日上午。大雪,去余杭不成,闷极写此。

10日呵冻陆续抄完。　老舒附记。

那篇《谋生》却从此悄然隐去,再也没有找到。但妈妈说,那篇《谋生》实际上是被她自己撕去的。解放后妈妈多次被隔离审查,考虑到《谋生》这个故事写的是一个乡下孩子,为了生活,被特务利用去做了坏事。爸爸担心有人会怀疑与方震小学有关,到时有口难辩,不如撕去了事。

当我再一次翻阅这本小书时,犹如面对一个伤残的人生,瘢痕累累,难以修复。却从书尾那一页页空空的白纸中,浮生出一种对于"夭折"的别解。——在我妈妈的后半生中,就连亲近这"幼小"、表现和记述她的"灵魂",也成为一种奢侈和无望的梦想。她再也没有写作。只能把她溢满心扉的天真和烂漫,在那凄苦的年月里,作为儿童节的礼物,转赠于我。

1947年底一个漆黑的深夜,我妈妈在睡梦中突然被楼下一阵急促的敲门声惊醒。她好像听见是张恺之在喊她的名字,急忙披衣下楼。刚一打开门,就被我未来的父亲紧紧搂住,抱得她气都喘不过来。她说你怎么了出了什么事?张恺之只是一个劲地亲吻她,从额头一直吻到脖颈,最后连十个手指都一一吮过,却只是沉默不语,那神情庄严肃穆,好像是一次生死诀别。

你为什么这么晚来?出了什么事?她挣脱了他,狐疑地问。

是……是有一点事……我,我准备离开上海……他吞吞吐吐地说。

为什么?有人要抓你吗?她懂得如果不是有了危险,他是不会离开上海的。

还没有这么严重。他说。

那是为什么呢?

这个晚上,张恺之在迫不得已之下,对我妈妈实言相告:不久以前,南京来的内部消息,近期国民党查禁的书刊目录中,有他编的短篇小说丛刊第一辑《人性的恢复》；很快，卢坤也告诉他，出版这本丛刊的假地址——东长治路401号已被搜查。他向组织作了汇报，组织命他立即离开上海。今天，他收到了杭州来信，杭州的《当代晚报》邀请他去那里工作。组织上已经批准了……

我未来的爸爸，一口气说了这么多，使我妈妈感到吃惊，却又似在意料之中。组织？还有什么别的组织呢？她其实早就猜想过多次了——她也许早该猜到他是一个共产党员。假如他不是共产党，怎么会在"方小"附设的民众夜校兼课时，给青年工人讲述解放区的土地法大纲呢？他编的《人性的恢复》丛刊，就是以当时无处敢于发表的姚雪垠的小说《人性的恢复》，作为书名的。这篇小说写一个国民党特务，监视知识分子，后来良心发现，终于弃暗投明；还有丰村的小说《一个军法官的经历》，也是直截了当地揭示了国民党打内战，不得民心，必然失败……

这个夜晚，虽然张恺之的解释含糊其词，刹那间她还是什么都明白了。

那我怎么办呢？她心里忽然一阵空落落地发慌。

你留在"方小"。"方小"一定要坚持下去。我已经向组织上提出，我到杭州后，就设法去解放区。组织上同意我暂时不转关系。我的上级领导说他可能过几个月就去解放区，他会带我一道走的。等我落下脚来，我自会来安排你……

他的眉宇渐渐舒展，又一次把她紧紧拥在怀里，同她深深吻别。

我妈妈多么想说一句：让我同你一起走吧！但她说不出来。她想到自己不是共产党员。这个瞬间她忽然明白加入共产党毕竟还是很重要的，但为时已晚。

冬夜湿冷，寒气袭人。从"方小"窄小的窗户望出去，微弱的路灯像遥远的星星，淹没于广袤的宇宙。她久久依偎在他的怀里，心里怅然却又甜蜜。现在，不管怎么样，她已经知道他是一个真正的共产党了。他告诉了自己,他是共产党,他才是她真正的爱人。贾起当年没有告诉她,她无法救他;贾起也没有成为她真正的爱人。而从今天开始,无论是坐牢,是牺牲,生生死死,她都会同他在一起。永远永远。

1948年春,我妈妈同张恺之在杭州正式结婚。这是因为我爸爸当时已做好了去解放区的准备。结了婚,等上海组织的通知一到即可启程。到了解放区后,再设法把妈妈接去。他们以为离革命的最后胜利还有一段艰苦的旅程,他们没想到,实际上全国解放已迫在眉睫。

我未来的爸爸受聘为杭州《当代晚报》总编辑,这一年他二十五岁。他每个月都悄悄去上海,同地下组织保持联系。终于有一次,那位穿西装的化名为老李的人对他说,组织上已经决定,他的情况非常适宜在杭州坚持地下斗争,要利用一切可以利用的社会关系,开展工作。去解放区的事,暂时就不要再提了。于是从那以后一直到1949年杭州正式解放,张恺之利用《当代晚报》总编辑的身份作掩护,为迎接杭州地区革命的最后胜利,可谓鞠躬尽瘁。

然而很久以来早已销声匿迹的裴嫣,便注定要在这个历史性的转折关头,突然又一次出现。我早已说过裴嫣是一个对我妈妈一生有重大影响的人。她在革命成功前的最后一分钟里,终于把所有的事情都搞得乱七八糟。

当然她不是故意的。

事情实际上又是由我妈妈引起。她和我爸爸度蜜月时,因为我爸爸等待去解放区迟早要走,分手在即,两人便上莫干山游玩。玩时不知怎么就想起了裴嫣。裴嫣的丈夫姜弘任,当时已成为莫干山所在地的武康县县长。我妈妈与裴嫣分手多年,既然她也结了婚,就该让裴嫣也高兴高兴。他们两人一起去拜访了裴嫣。裴嫣喜出望外,同她丈夫姜弘任,专门陪着他们到山上玩了两天。期间我爸爸试探过姜弘任对时局的看法,但他的回答含糊其辞。

过了几个月,姜弘任突然专程来杭州找我爸爸,说他已被省府免去武康县县长之职,派为文成县县长。他来杭州时,恰好我妈妈正从上海来杭州度假。他说,文成县是浙南括苍山土共最活跃的地方,让他去文成反共,他不愿意。如果朱小玲能跟他一起去文成的话,在文成帮他同共产党接上关系,他就索性率部在文成起义,投奔共产党了……我爸爸出于警惕,说我们没有投奔共产党的关系。姜弘任说,那你们给我介绍上海的朋友吧,我多少可以做些有用的事情。我爸爸知道他同上海社会局的人有很深的关系,对打入敌人内部有利。就同意给他介绍一个上海的朋友。此人就是"方小"的林泉。但我爸爸毕竟已有多年地下工作的经验,为了不暴露"方小",他告诉了姜弘任一个茶楼的地址,让他去找孙某。也许命运就是这么奇怪,那一天,姜弘任来到茶楼找孙某,孙某不在,姜便说是通过孙某找林泉的。孙某的弟弟说,你既是找林泉,何不直接到"方小"去找呢。——至此,我们的故事就留下了一个麻烦的伏笔,为1951年开始的全国镇反运动提供了触目惊心的内容。

其实,姜弘任到了上海后,确实为地下党做了一些工作。特别是他担任了上海市军民合作指导委员会的秘书长,能搞到上海外围驻军的兵力、兵种分布图,这些情报对上海战役十分有用。可惜这一切事实,都在几十年刀光剑影的阶级斗争中,被弄得面目全非。

解放战争已进入了一个新阶段,黑暗中最后一段日子里的最后一个故事,在革命胜利以后,也许都将成为莫须有的罪名。

曙色正在一日日显露。太阳正从东方升起。天很快就要亮了。我和我幸福的妈妈一同迎接着那个胜利的日子。恰好是共和国诞生的那个月,我在爱情的巅峰被创造成一个新生命的胚胎。

我即将来临于世。

六

　　我被一股汹涌的暖流裹挟着,在黑暗中经过了一条长长的甬道,走向阳光灿烂的人世。

　　脐带被剪断时,我听见了妈妈轻轻的笑声。医院产房四周的床上,那些女人都在发出撕心裂肺的哭喊声,而我妈妈却在笑。千真万确。这实在有点不可思议。由于我的到来,她已从一个快乐的女孩,从此变成了一个快乐的妈妈。

　　我被护士抱去同我的妈妈见面。我不声不响地躺在她的怀里,悄悄睁开了眼睛——直至如今,我才第一次真切地看清妈妈的容貌。她同我在她体内珍藏的二十七年中,无数次所想象的那个妈妈,没有太大的差别。

　　她的皮肤很白很细。像裹在我身上的丝绸夹被一般光滑滋润。她有一双天空般清爽宁静的眼睛,淡雅的双眉如一抹飞来的云彩,从我头顶飘过。她的鼻子挺拔而秀气,温暖的鼻息薰绕在我脸上,我便痒痒地打了一个喷嚏。她把脸贴在我的脸上,低声哼哼说,呵我的孩子,你终于来了,你终于来了。她用那薄软而鲜红的嘴唇,一遍遍吮吸着我的手指,我看见她那洁白的牙齿,一粒粒亮晶晶,如珠如玉。

　　我觉得她很美,我很高兴有这样一个美丽而温柔的妈妈。我实在忍不住我的喜悦,于是我咧开嘴巴哭了起来。

　　为人之初,无论表达什么样复杂的感情,都仅仅只有哭这一种方式。我相信妈妈不会误解了我的意思。

我和妈妈血乳交融二十七年,我们本是不可分割的一个整体。但我明白自己早晚得同她分离,被她和另一个男人共同创造,成为一个新的生命。如今我终于从她体内脱颖而出,变成了一个独立、完整却又孤零零的人。面对窗外那个陌生的世界,我悲喜交加。

我在尖细刺耳的哭声中,走入了锣鼓喧天、红旗飘飘的新中国。

其实本来也许我还不会在那个炎热的7月,急匆匆降生于世。但我那个整日里欢天喜地的妈妈,在怀着我五个月时,还依然每天傍晚一次不落地活跃于报社的篮球场。她朗声大笑着,一蹦老高,从她同事们手里拼命地抢过那个脏兮兮的篮球,跑着跳着,千方百计地将它投入球网。我在她腹中一次次颠三倒四,翻来弹去,随着她的跳跃节奏,开始了我最初的健美运动。一直到我八个月时,她总算迫于我沉重的压力,改为每日在球场助阵,兴奋的喊叫声每每震得我耳膜生疼。助到情急时,她还喜欢跺脚;人家进了球,她跺脚;人家进不了球,她也跺脚。可笑的是,她根本就没有声援的倾向性,更没有固定的助威目标,就这么开心地跺着脚瞎起哄,一直到把我跺下来为止。

她喜欢报社这种紧张而又生气勃勃的气氛。1949年5月,杭州解放。省报一创刊,我爸爸从《当代晚报》总编辑的"地下"身份,回到了"地上",调入省报,先任文教组组长,后任特派记者。我妈妈一心想搞新闻,参加了新闻干校,分配在省报当了文艺记者。所以我尚在娘胎里,就被记者这种职业害得不堪其苦。她每天从早到晚都在外面跑来跑去的,深入到工厂车间、学校商店,去采访各种各样的人。然后趴在桌上写啊写啊,写出一篇篇的通讯速写还有人物专访什么的。她高高隆起的肚子抵着桌子的抽屉,胳膊常常不小心压在我的脑袋上,有好几次我都被憋得透不过气来。我在那里头很不满意地踹脚以示抗议,她却只是隔着肚子拍拍我,喃喃自语说,你乖啊你乖啊,革命胜利了,我们要做的事情实在太多了,你千万别捣乱。

那些日子我常同她一起熬过通宵。十月怀胎,可以说我基本上就是这样被孕育出来的。出生后我一直神经衰弱,恐怕与此不无关系。但熬夜的第二天,省报副刊上一个版面居然有三篇文章,都出自她的手笔。我和她走在街上,听见买报的人说,哎这个叫海虹的人,是男是女?他写得蛮实际噢,我就喜欢这种文章。我不由也有几分得意。但因此她便越发无视我的存在,怀揣着我东跑西颠,热血沸腾地歌颂着新中国的诞生。她有许多工人朋友,她去参加他们的婚礼,还教他们怎么样当报纸的通讯员。后来她写了小说《喜酒》,写了《与工人谈写作》,一群工人还专门到报社来看望她。她笑得前仰后合的,弄得我像坐船似的颠个不停。因而我从一出生起,就有晕船的毛病。

现在我总算是躺在她的怀里了。她的手臂很柔软,丰满的胸脯像两座巨大的粮仓,耸立在我面前。她静静地注视着我,眼睛一眨也不眨,很久很久。忽而,从她眼里溢出一串亮晶晶的泪珠,滴在我的脸上,滚烫滚烫。

她斜靠在我爸爸的肩上。她说这女孩儿该叫个什么名字呢?

爸爸沉吟许久。他说,我们相识是在抗日,如今抗美援朝又开始了。我们不可能脱离这个时代赋予的使命——就叫她抗抗吧。让她像我们一样,有力量抵抗命运。

那是1950年7月。新生的共和国将满一岁。我那英气勃发、踌躇满志的父亲,作为省报唯一一位年轻的特派记者,正处于才华横溢、前途事业如日中天的巅峰状态。当他为我起下这个颇具挑战性意味的名字时,他绝不会想到,命运的阴影正在一步步逼近。他们所赋予这个名字的含意,在日后漫长的岁月里,将会从另一个负面,要求我一一兑现。

厄运急骤的敲门声已经响起。而我的妈妈听而不闻。她每天把我扔给那个十七岁的小保姆,依然在热火朝天的社会主义建设"现场",风风火火地采访来采访去。那时我们住在仁德里的报社宿舍,食物服装日用品等等统统享受供给制待遇。连保姆也是免费配给的。我妈妈每天穿着她那套灰色的女干部服,腰间束着一条灰色的布带,自我感觉十分良好。她的穿着一向都是马马虎虎,灰军装的裤脚管一只高一只低,我爸爸不得不多次在大庭广众之下,替她把那裤管扯平。但等到下午再见到她时,她的裤管仍然一只高一只低的。

除了工作,她只关心一件事,那就是给我喂奶。她的奶水十分充足,每次她把鼓胀的乳头塞到我嘴里时,我就觉得像是沐浴在一场倾盆大雨、或是一道喷涌的泉眼之中。我咕嘟咕嘟地喝着,湍急的乳汁常常把我呛得喘不过气。我贪婪地吞咽着那甘甜的生命之源,听见自己的骨骼一寸寸嘎嘎生长的响声。夜深了,他们神采飞扬地从外面回来,爸爸亲着我的左颊,妈妈亲着我的右颊,他们一起抱着我飞快地旋转,还把我轻轻地抛向空中,然后用四只大手接着我,像湖泊托住雨滴,像大山托住风,悠悠摇晃……

有好听的歌,同他们的脚步声一起,在天花板下面走来走去。

却不知为什么,我突然被憋得喘不过气,像是站在悬崖边上,那山岩就要坍塌,我们都将坠落下去了。

我惊悸地尖声怪叫。而他们却在甜蜜地亲吻。

1951年4月,我刚满九个月。

那天上午,我被保姆抱到阳台上去晒太阳。阳光暖暖的,像妈妈的怀抱。空气里有含笑花、月季花甜甜的香味飘来飘去。

一阵风过,我忽然打了一个重重的喷嚏。我闻到了从楼下冒上来的一股浓浓的腥味。我知道那是血的腥味,只是可惜我无法对那个叫夏香的小保姆说明。

就在那同一个时间里,我的妈妈正被叫到报社的人事科去谈话。

那位女科长对她说,组织上决定送你到"革大"直属班去学习,就在茅家埠那里,你快回家收拾一下,明天就去报到。

能去学习,使我妈妈觉得很开心。她只想起问了一句:我那个孩子还在吃奶呢,这可怎么办?

那梳着一头清汤挂面短发的女科长想了想说,那就带去吧。

第二天一早,我们全家:爸爸妈妈外婆加小保姆和我,一共五个人,浩浩荡荡涌向茅家埠。爸爸打算在那儿附近租间民房,把我们安顿下来,好让妈妈一边学习一边给我喂奶。我们在洪春桥下了车,往南,穿过一大片一大片绿嫩嫩的茶叶地,就望见了"革大"直属班的那幢花园洋房。我们在附近的一所民房里等着妈妈,她一个人走进那小楼去报到。当她走近小楼时,才看清楼前有一扇黑漆的大铁门,门前有两位持枪的解放军战士站岗。她有点迷惑不解,胸口怦怦地跳。铁门在她身后重重地关上了,她的心悚然一惊。

天渐渐黑了。妈妈还没有回来。我觉得饿,便开始嚎啕大哭。我想用哭声提醒他们,这周围的茶蓬竹林里,到处都飘浮着那种让我恶心的血腥味。我终于哭得大家都心烦意乱,爸爸抱起我,走到那座小洋房门前去打听。

他似乎是问,朱小玲为什么还不出来给孩子喂奶?

那守卫的大兵按了一下电铃,并不说话。过了一会,里面有人走出来,大概是这里的负责人了。他看了我爸爸一眼,面无表情地回答说:朱小玲在这里属于隔离审查。不准会客。

你说什么?我爸爸吃了一惊。他还是第一次听到这样的解释。隔离审查?这怎么可能呢?明明说是学习,怎么竟然会是审查呢?

那人有些不耐烦。他说那你去问你们单位好了,单位不会弄错的。我们是奉命行事。

我爸爸一时有些发懵,想再说点什么,那人已转身走开。

当我在那栋花园小楼外面的农舍里,整整一夜不停地大声啼哭,期盼着我的妈妈能来给我喂一口奶的那个时刻,建国以来第一次全国范围内轰轰烈烈、大张旗鼓的镇压反革命运动,正如隆冬的寒流一般,迅猛地向全国各地推进。

我没有想到的是,我才出生不久,即有幸作了这次运动的见证。

我独自一人哭了许久。谁也拿我没办法。我只想要妈妈。我要吃奶。我哭啊哭啊,我听见自己的哭声像一只可怜的小猫,在窗外的茶蓬竹林里钻来钻去地找妈妈。后来外婆喂我吃一种甜甜的奶糊,我不想吃,我把脸转过去。我知道那不是妈妈的奶。妈妈就在这片茶树地对面的小楼里望着我。妈妈的乳房胀得好疼,像两座驼峰,沉甸甸地压在她胸口。她不敢侧着身子睡,胳膊一碰着乳头,奶水就像小溪般淌下来,洇湿了衣服和床单。天快亮的时候,乳房胀得像是要爆炸,她起身用漱口杯接着,刚轻轻一按,奶水像喷泉一样射出来,一小会儿工夫就接了大半杯。我好馋啊,我能闻到从那儿传来的妈妈的奶香,可我却被扔在这里,饿得全身空空洞洞。我只好不停地哭着,愤怒而又无奈。那一夜从此哭哑了我的喉咙,一直到我实在哭不动为止。

醒来时我觉得脸上痒痒的,有一种凉丝丝的东西淌过。我睁开眼,竟然看见了妈妈。那是一个很小的屋子,妈妈正把我抱过去,一边解着她的衣扣。她的泪水扑簌簌地落在我的脸上。有人在一边催促说,你快些喂吧,就这一次了。喂完了好让他们回去。爸爸在旁边说,别哭别哭,我们回去用奶糕也能把孩子养好的,你放心好了。

我用两只小手紧紧抱着妈妈丰满的乳房,拼命地吮吸着妈妈的乳汁。我有一种绝望的预感,似乎我的生命之源将被人无情地切断。妈妈的泪水顺着乳汁流入我的嘴里,我第一次觉得那甜甜的乳汁中渗入了一股苦涩的味道。我发现乳汁也会发苦,就是在我九个月的时候。一个人若是吃过苦涩的奶水,这一生中,再苦的东西也能咽下去了。

我听见那个陌生的男人又在催促我们。妈妈低下头,用脸贴着我的脸,亲了又亲。她喃喃自语着说,是妈妈不好呀孩子,你这么小,你怎么办呢,你可别忘了妈妈,妈妈一定很快回来啊……

她的泪水一大滴一大滴落在我脸上,我的脸上湿成一片。

妈妈抱着我站了起来。她就这么站着,一动不动。她好像要说什么,却什么也说不出来。

那会儿我很想对妈妈笑一笑,却不知为什么,我竟然哇地一声哭了起来。妈妈愣了一愣,突然用很快的动作把我塞给了爸爸,然后捂着脸,冲出门去,沿着走廊往楼梯上跑去了。我听见从楼上传来妈妈的放声大哭,我头顶上的楼板,被那哭声震得颤颤悠悠。

爸爸一只手抱着我,另一只手扶着外婆,木呆呆走出了那幢小楼。门口的卫兵把枪斜到一边,打开了铁门上那只其大无比的锁,我们穿过铁门的缝隙,站在门外的草地上。草地很柔软,像妈妈的头发。生锈的铁门发出一声怪叫,把我的妈妈关在里面了。

那片春芽蓬勃的茶园和绿草地之间的花园洋房,后来一直留在我的记忆中,想起它时,总使我有一种阴森可怕之感。后来我再也没有去过那个地方。"文革"时有人告诉我,说那幢小楼原是杭州著名的丝织风景的创始人都锦生的私宅,抗战时被废弃。至解放前夕,都家的后人早已纷纷迁离故土,不知流落何方而去。都家花园就暂时作了"革大"直属班的隔离室。

我被带回仁德里的报社宿舍。现在我成了一个有娘却没奶吃的孩子。开始的时候,我被人抱来抱去,吃着报社里那些妈妈的同事阿姨们的奶。这家吃几口、那家吃几口,有奶便是娘了。后来爸爸总算找到郊区一个姓沈的奶妈,我就吃奶妈的奶。一直到我长大以后,还有陌生的阿姨笑嘻嘻对我说,你小时候吃过我的奶呢,该叫我一声妈啊!

可我还是想念我真正的妈妈。每分钟每秒钟,妈妈身上那股甜滋滋的气味,都从四面八方围绕着我,像流水像空气,谁也不能够把它剪断割开。我的生命依然同妈妈的生命连在一起。我们虽已分裂成两个人,但我却随时能听见她的声音、看见她的面孔、感觉着她的忧喜悲欢。我和她如同一个连体人,心心相通,步步相趋。我的目光能穿透高墙、越过山林,始终跟随着、亲近着她。听起来,这似乎有些不可思议,但千真万确。

那天,就在妈妈把襁褓中的我,交到爸爸手中的那个瞬间,爸爸极迅速地把一张早已准备好的小纸条,偷偷塞进了妈妈的掌心。

我一声不吭。我知道爸爸是迫不得已。这张纸条一定事关重大。

我们走了以后,妈妈擦干眼泪,躲在厕所里,看完了那张纸条。看完以后,她才明白自己突然被隔离审查的原因,是由于一家大报的驻杭记者××,向组织上"揭发"了她1943年曾经被捕的历史。她默默想了很久,终于想起了这个××,当年在丽水时,由杨君介绍认识的。后来妈妈在于潜被捕,审讯时特务一口咬定她是共产党,逼问她的组织关系。她一口否认了。特务审不出什么名堂,就逼她讲这几年都到过什么地方,认识些什么人。妈妈知道,任何一个人名都不是可以随便"交待"的。想来想去,在丽水时认识的人中,只有这位××,当时是一家杂志的编辑,此人是位名记者,同当时的国民党上层也有交往。她是个名人,有一定的保护色彩,说认识这个××,大概不会有什么不妥,对彼此都没有危险。但妈妈万万没想到,后来这位××因此遇到了一些麻烦。××自然从此心存疑窦,怀疑我妈妈在狱中的清白。所以当镇反运动一开始,她出于高度的革命警惕,向报社组织作了汇报。这种革命警惕性和革命觉悟,在当时那个特定的历史阶段,已成为一种时代精神,被人们尽心恪守。(就是这位××女士,虽然三十年代就入了党,但由于一直在白区工作,历史上疑点重重,在后来几十年中,被反复审查、饱受委屈直至"文革"结束。)

我妈妈看完纸条,黯然发了一会儿愣,然后把那张纸条撕碎,用抽水马桶的水冲走了。

那个晚上,我妈妈一夜无眠。她斜靠在木头的床栏上,望着走廊微弱的灯光下,墙上那些花花绿绿的标语,心中茫然无措。她仍然不明白,这场声势浩大的镇反运动,同自己到底有什么关系?她不知道究竟发生了什么,还将可能会发生什么?她试图回眸已经逝去的二十七岁青春年华,那一件件激情澎湃的往事,突然变得疑虑重重、布满陷阱。曾经飘扬在她头顶的朝霞彩云,已化作一片黑沉沉的雷区。在四周浓密的阴云里,她感到了一种彻骨的寒气。她的乳房酸胀难忍,乳汁在内衣上结起了一层硬壳擦伤了乳头,奶水一流出便盐渍般地疼。她想着她的女儿,那个小小的婴儿,此时一定在睡梦中寻找着妈妈,说不定饿得连哭的力气都没有了。这样一想,她也忍不住呜呜地哭出声来。怕被人听见,抓过枕头捂住了自己的嘴巴。这样醒醒哭哭,直到窗外的天空蒙蒙发亮。

突然就听见走廊里传来一阵急促的脚步声,有人嚷嚷说不好了,快救人啊。她浑身发抖,光着脚就往外跑。一块床板已被人抬到房外的空地上,锁链般的血迹从走廊里一路洒来。借着晨曦的微光,她看清床板上躺着一个戴眼镜的中年人,脸上鲜血淋漓。有人悄悄说,此人是原省公路稽查处处长,听说有军统身份。他用刮胡子的刀片割开了自己的喉管,企图自杀。

他被人抬着,送去附近的部队医院抢救。但他还是死了。听说他是在半路上,狠心将手伸进自己的喉咙,活活把喉管拉断而死的。

他死后,卫兵在他的床头发现了一张纸条,上面有六个字,写着:"士可杀不可辱"。

以后的许多天里,这个死去的人,就成为直属班抗拒运动的典型。那些天,周围几乎所有的人,面孔都冷冰冰毫无表情,像一尊尊石膏像。即使同一宿舍的人,互相也不讲话。就从这一天开始,我妈妈鼓胀多日的乳房突然干涸,再也流不出一滴乳汁。

我妈妈目睹了那个男人的死,她思念孩子和丈夫的心情,暂时被一种强烈的恐惧所代替了。除了集体学习的时间以外,她闭门不出,每天把自己关在房间里,按照直属班的要求,开始写自己的交待材料。从一岁写到二十七岁、从出生写到参加革命;一页页的横格纸上,写满了密密麻麻的钢笔字。她记不清过了多少天,每天每天都写得头晕目眩,一闭眼就是一群群蝌蚪游来游去。她的中指上磨出了一个个硬硬的茧子,手腕已麻木不仁。她觉得自己短短二十七年的生命,已经完完全全被掏空了,被她手里的笔,一笔一画地割成了一堆碎片。

一只壁虎一动不动地趴在天花板上。

一只苍蝇嗡嗡飞过,没头没脑地撞着玻璃。

一只蜘蛛从她的稿纸上迅疾地爬过。

她觉得这儿似曾相识。

历史怎么会开这样的玩笑,就像是在昨天,她还在国民党的监狱里,被逼着交待她参加共产党的"罪行"。而今天?

但她必须写。她要用白纸黑字,写出她二十几年来真诚的追求。

她把写好的材料亲手交给了那个班主任,省公安厅机关保卫科的一个副科长。从她进了直属班的第一天起,不知为什么,她从不敢多看这位班主任一眼。他背着手出现在宿舍门口时,闪闪发亮的眼镜片后面,便射出一种严峻的冷光,似要穿人肺腑。她仅仅被他用眼角的余光扫过,已是一层冷汗虚出。

他把那卷材料在手里掂了掂,略略沉思了一会,眯起眼睛,似乎有些为难地说:嗯,顺便通知你——你的爱人张恺之,明天也要到这里来接受审查了。

很多年以后我父亲告诉我,关于那次送他去茅家埠"革大"直属班审查,其实他早有预感了。一个多月以前,他的一篇记述钱塘江海塘工程的通讯稿,值班副总编已签发,却始终没有见报。送妈妈去茅家埠的前两天,也就是4月26号,省级机关召开党员大会,支部发给他一张入场券,但随后就来了人事科长,说是编委××同志少了一张票,你的先给他吧,回来再给你传达一下。交回了入场券,我爸爸当时心里就有些不是滋味。4月28日,报纸头版头条标题是:全国大张旗鼓镇压反革命。右角上,显著的小标题是:4月27日夜里,杭州逮捕一批罪大恶极的反革命分子。我妈妈就是在次日被送往茅家埠报到的。这同时意味着,4月27日全国大规模逮捕反革命分子,党员事先是知道的,但我爸爸已被排除在外。

他已完全明白将要发生什么事了。

他所要作的准备工作中,头等大事就是赶紧安顿我。

那时我的奶奶一家,已不得不从上海搬来杭州,住在城里一个叫荷花池头的地方,完全依靠我父母抚养。爷爷做了一辈子工人,前一年在上海一家医院做胃切除手术时,大出血休克而死。爷爷给我爸爸留下三个弟弟一个妹妹,我最小的一个叔叔才比我大两岁,全家的生活本来就已十分艰难。现在我妈妈进了学习班,我爸爸也即将离家,未来的一切都尚难预料。爸爸只能把我和奶奶临时交给了奶奶照看,为了不让外婆再受惊吓,只好让她先回了洛舍。那个名叫夏香的小保姆不肯走,便把她留下来。一时家里人心惶惶,乱成一团。我父亲面对这无依无靠的一大家子人,实在也有些不知所措了。

妈妈走了、外婆走了、爸爸也要走了。我突然觉得自己像个孤儿。我没日没夜地哭,对这未知的人生诚惶诚恐。

果然,又过了几日,我爸爸也被通知去直属班报到。那天一早,报社专门派了一辆吉普车,送我爸爸去茅家埠。
　　我爸爸和我妈妈,就这样在茅家埠的花园洋房里"重逢",成了特殊的"同学"。
　　他们在楼上楼下的宿舍分室而住,朝夕相见。同在大厅吃饭,方便时也可简单地交谈几句。至于有没有人将他们的谈话汇报,则不得而知。我妈妈第一天见到我爸爸,就对他说,她在这里实在觉得害怕。轮到她去外面厨房抬米饭的木桶时,跟在身后的武装看守和大门口的武装警卫,都让她心里发颤。爸爸安慰她说,枪杆子是对敌人的,我们又不是敌人,有什么好怕的?
　　话虽这么说,整天面对那些脸上没有一点儿友好笑容的武装战士,连他也觉得自己像是牵涉了什么命案的嫌疑犯。
　　他开始觉得不妙。他渐渐发现,在这里接受审查的一百多个人中,每个人的历史情况都极其复杂。他们名义上都还拿着干部的工资,但各人的身份大不一样。周围的人中,有兵临城下还企图顽抗的国民党城防司令,有坦白自首的汪伪特务,也有因经常在办公室的字纸篓里检阅废纸,具有阅纸癖而被怀疑有政治目的的旧职人员;还有他本人做地下工作时,策反起义的两个蒋军上校……过了些天,甚至还送进来几个船员,听说他们的船被一场风暴刮到金门岛上去了,他们滞留在岛上的日子,同台湾的渔民们一起吃吃喝喝,回到大陆上,就被送来这里审查了。看起来,如果不是组织上怀疑有问题的人决不会被送到这里来。那么,他究竟成了什么人?
　　空气里充满了一场飓风来临前夕飞沙走石的恐怖气息。学习班里不断发生着学员自杀的事情。与我爸爸同房间的一个四十多岁的病弱男子,是旧省政府农业厅的一个人事科长,他半夜里偷偷起来,用一根裤带把自己吊在双层铺上铺的床架子上,一吊就吊死了。他没留下遗书,死因不详。还有桐庐县中学的一个"现行反革命集团",我妈妈发现其中一个姓罗的教师,是她抗战时在浙西一中的同学。这人出身桐庐一家望族,毕业于大夏大学教育系。他悄悄对我妈妈说,他实在对什么"反革命集团"的事一无所知。又过了几天,他们那个"集团"中的一个女教师当众在花园里跳了井,幸亏井水浅,被人救起,当时就转移到别处去了。

我的妈妈每天见我爸爸,眼圈红一阵黑一阵。妈妈说她天天夜里都做噩梦,梦见自己被敌人追赶着,一直追到悬崖上,无路可走,只好咬咬牙跳下去。醒来时心口还嘭嘭地响。又说夜夜被孩子的哭声惊醒,梦见我又黄又瘦,不会说话也不会笑,像个小木偶人,身背后有根线,妈妈拉着线,我就一步一步地朝着她走,竟然就走到直属班里来了……

你别讲了。我爸爸狠狠地咬着嘴唇,脸上涨得青紫。他不知该怎么安慰我妈妈。这些天来,他在直属班的所见所闻,已在他心里积累起了越来越多的怨气。他想组织上居然把他们夫妇都送来隔离审查,这不是明明把他们当作反革命嫌疑分子了吗?简直是莫名其妙。朱小玲在解放前一直是个被国民党迫害的进步青年,而他本人,抗战时作为一个进步记者。认识到旧政权的腐败以后,毅然与之决裂,投奔革命,在国民党的白色恐怖下,二十三岁在上海加入地下党,不仅写了大量揭露黑暗现实的文章,还在沪杭一带如此复杂的情况下,一手拿笔、一手拿枪,冒着生命危险,策反了国民党一些人物起义,迎接解放军渡江。这些事实,桩桩件件,经得起历史的检验。就算是要审查干部,又怎么能同镇压反革命运动联在一起呢?!

每次开会讨论时,他总是气鼓鼓地一言不发,或是借口不舒服,根本就不去开会,也从不主动汇报思想。写的所谓交待材料,篇篇页页,还在理直气壮为自己解释辩护;列出一大堆人名地名,坦坦然然让人家去外调,偏就是一句检讨和认罪的意思都没有。于是明摆着,在唯唯诺诺、战战兢兢的众人面前,单单显出了我爸爸消极对抗的态度。他这种种不满情绪,注定了他将付出比别人更惨重的代价。

整个炎热的夏季,我父母日日夜夜都在挂念着我,但他们得不到任何关于我的消息。隔离审查不允许同外界有任何联系,就是请求与家里通信也不可能。只是在每个月的8日下午,他们允许我那个十五岁的大叔叔,到茅家埠来领取我父亲的工资,(当时我妈妈享受供给制的生活津贴,而地下党出身的干部享受工资制。)即使领工资也不能同家人见面,只能通过班干部送出去。有一次我那个机灵的大叔叔,故意在小洋房的铁门外面慢慢地走来走去,竟然真的让我妈妈看见了。她拼命地向他招手,她真想对他说,好弟弟,下次你把抗抗抱来吧,抱来给我看看,哪怕就是看一眼,我也心满意足了,让抗抗隔着窗子叫我一声妈妈,就是再让我住上一年我也愿意呵……

大叔叔矮小的身影消失在那条小路上。妈妈久久地摇着那只手,泪流满面,泣不成声。

到了9月的一天,小洋房的气氛忽然变得异常紧张。从楼道到花园的小路上,武装的卫兵全面警戒,班干部神情严肃,好像就要发生什么大事。一声尖厉的长哨响过之后,全体学员到院子里集合,那个目光阴沉的班主任,开始宣布对部分受审人员的处理决定。院子里静极了,队伍中的人一个挨着一个,能听见彼此的鼻息。我妈妈和爸爸迅速地交换了眼神,不知又将有什么厄运降临到自己头上。

第一批名单有五十多人,一个个报着名字,被确认为有罪,立即送乔司农场劳改。妈妈松了口气,在这批劳改的名单中,她没有听见她和我爸爸的名字。

另一批有二十多人,被宣布从即日起结束审查,恢复自由。可以搬出都家花园,有关部门将按每个人不同的处理结论,给予重新分配工作。

我妈妈在这批名单中,恍恍惚惚听见了自己的名字。她的肩膀颤了颤。那一刻她觉得有些头晕。她侧过脸去寻找我爸爸的目光,却见他一动不动。

恢复自由?这就是说,马上就可以见到亲爱的女儿了。总算能与孩子团聚了。这半年时间是多么漫长呵,长得就像半个世纪。亲爱的孩子,你还认识我么?妈妈离开了你这么久,你不怪妈妈吧?你会原谅妈妈吧?快叫我一声妈妈,叫妈妈呀我的心肝……

那一天的那个时刻,我在睡梦中分明听见了妈妈的声声呼唤;我枕着妈妈的臂弯,温暖而柔软。妈妈伏下身子,亲吻着我的脸。我睁开了眼睛,喉咙里像是有什么东西热呼呼地要涌上来——妈妈!我突然开口说话。自从妈妈走后,我已经差不多都把妈妈这个词儿忘掉了——妈——妈——妈——妈——妈妈你快回来!我张大了嘴,一个人自言自语。没有什么人教给我,刹那间我心有灵犀,无师自通。我是在睡梦中学会说第一句话的。我在这个世界上,学会说的第一句完整的话,就同我妈妈恢复自由的事情有关。

但妈妈却没有回来。

最后班主任宣布,没有念到名字的人,说明问题还没有搞清楚,也就是还将留在直属班继续审查等待定案。我爸爸的脑子嗡嗡直响,眼前黑了一黑,呆呆地怔着,只觉得四下左右一片阴云密布。这就是说,他的"问题"还远远没有解决,情况比他想象的要严重得多,恐怕是凶多吉少了。

他听见班主任大声说:现在散会。朱小玲,你留一下。

他慢慢走回宿舍去。心里琢磨着,也许正好趁着小玲恢复自由回家,让她带出几封信去,找一找以前地下党的几位领导。

到了那天吃晚饭的时候,我妈妈在食堂告诉爸爸,说直属班领导研究决定,让她暂时不要回家,继续留在茅家埠一段时间。

为什么?他一听,顿时就急了。

……因为,因为,他们说,因为你的问题还没解决,我还不能安排工作……

那你的结论呢?你的处理结论?他们对你本人宣布了吗?

我妈妈吞吞吐吐地回答说,对于我1943年被捕的审查结论是:关于贾起之死,朱小玲负有一定责任。属于自首变节行为……

什么屁话?他小声嘀咕了一句。你到底算不算共产党党员,一直都没有搞清楚,怎么会是变节行为呢?你在狱中没有出卖过任何人,党组织没有因你受到任何破坏,怎么会是变节呢?这简直……

别说了别说了好不好你……我妈妈拽着他的袖子低声恳求。没把我定成叛徒就好。算了,算了,反正我也不想再入党了,再说,对于贾起的死,我一直很内疚,我是有责任的,我不想同他们计较了。我只是担心你,只要能把你的问题处理妥当,就谢天谢地了……他们让我做做你的工作,说你还有许多问题不肯交待。所以我暂时还不能回家,你懂么?看来你的态度一定要好一点啊你难道不明白?……

他紧紧咬着嘴唇。手里的铝质调羹,已被他捏成了一个U字形。

那么孩子呢?你不能回家,孩子怎么办?一个才十几个月的婴儿,难道可以长时间没有母亲吗?半天,他忿忿地说。有殷殷的血丝,从嘴唇上渗出来,沾在他洁白的牙齿上。

班主任说了,我可以把孩子接到这里来,与我同住。

什么?让孩子也……

妈妈脸上浮出几丝勉强的笑意,眼里却已蒙上了一层泪膜。她使劲地睁大了眼,不让眼泪当着我爸爸的面落下来。她笑笑说,我已经想过了,把孩子接到这里来,其实也蛮好的,我可以天天看到你,又可以亲自照顾孩子,我们三个人都在一起,互相都放心,不是再好不过了吗?再说,就是不把孩子带来,他们也不会让我出去的呀。假如我再看不到孩子,我都快要急疯了……

他望着她那双纯净无邪的眼睛,心里一酸,侧过脸久久无语。他应该懂得,她是被他们留在这里作为人质了、还有他们刚满一岁的女儿。他搞了这些年的地下工作,却没想到,革命胜利了,竟会碰上"人质"这种事。看来一个政党在掌握了政权以后,将要建立起比"地下"时更为严密的组织系统。这对于我爸爸这样一个因痛恨国民党的专制统治,因追求民主自由,而最终选择了社会主义思想的年轻人,心里悄悄涌上了一种难言的失望。

既然没别的办法,也只好先这样了。他长长地叹了口气,对我妈妈点了点头。

那是1951年的10月,我被正式接到都家花园,同我的妈妈、爸爸团聚。更确切地说,是一同接受审查。我刚满十五个月,便开始了这种奇特的囚禁生涯。

我是在那栋小楼房的走廊里学会蹒跚走路的。

房子很小,跌跌撞撞朝着妈妈走过去,只几步,就碰了墙。转过身,拍拍手,再走几步,又撞到了床沿上;不用担心会摔倒,反正人一歪,就有墙挡着。门总是关着,四面都是墙。我不喜欢墙,碰到墙时,我就用脚踢它。但墙很硬,踢得我脚趾头疼。于是我从小就对"碰壁"一词体会甚深。看来墙壁里是没有出路的,我想到门外去。走廊很宽但黑黢黢的,打蜡的地板好滑,走几步,一不小心还是会撞到墙上去。我就这样在墙壁和走廊的夹缝里来来回回地蹦跶,我觉得自己走路的样子一定很滑稽。我甚至认为大人们要我学走路真是一件奇怪的事情,因为这世上根本就没有可让我走的路。

除了房间、走廊以外的地方,就是楼梯了。要学会走楼梯,可不是一件容易的事情。往上走,像是要被吊起来;往下走,又像是要被人扔出去。但是如果想吃饭,就得往下走;如果想睡觉,就得往上走；这是没有办法的事情。我最初学着走楼梯的时候，常常从楼梯上滚下去；或是像猫一样用四只爪子往上爬。等我长大以后，我发现人类的行为，其实从来没有超过我幼时学步的范围——往上是爬，往下是滚。千真万确。

我开始在楼上楼下走来走去。抬抬头，只望见大人们穿着蓝裤子黑裤子的腿，从我身边匆匆而过。他们从不弯腰同我说话，我只能看见他们的一截腿。迈步的时候，他们的膝盖便弯曲起来。不弯曲是不可能的。我每天都穿行在那一根根一弯一直的腿中，时时害怕他们脚上那巨大的鞋子，会踩在我的脑袋上。

那是一片移动的木柱、一片冬天的树林。关于学步。然而，等我学会走路的时候，我的膝盖也如此弯曲起来。

我学会走路了以后，白天，我便被交给小洋楼后面一排平房里的一个老太太照看，她是替都家看管房子的族亲，闲来无事，常常带我到花园里的草地上去玩。整个冬天，那草地都是金黄金黄的，又厚又软，像一只只长毛的小狗。但我不喜欢草地。连着草地的大门那儿，是一圈长长的铁栏杆，大门口从早到晚都站着背枪的人。我已经习惯了四壁是墙的房间，所以我总是呆在草地的一角玩耍，像是被人施了定身法。直到现在，假如让我一个人站在一所空旷的房子中央，我立即会有一种惊慌失措之感。

我在都家花园里开始牙牙学语。

妈妈说，我在那时候，就表现出了自学语言的兴趣和能力——根本就没有人教我，妈妈教我的肯定不是这样的词汇，但我却自己学会了说"直属班"、说什么"三反五反"、还有"打老虎""贪污犯"等等一大串刚刚被人制造出来的政治术语。还能叫出开斗争会时，站在台上低头认罪的那些"老虎"的名字。除了同妈妈在一起的很少一点时间，我耳边听到的全都是这些词儿，妈妈爸爸还能指望我会说些别的什么呢？

其实，只要我能同爸爸妈妈在一起，我觉得"审查""审查"倒是没有什么了不起。那个冬天我一下子就长胖了不少,棉衣棉裤鼓鼓囊囊,走起路来摇摇晃晃的像个不倒翁。

我就在那个与世隔绝的都家花园里长到了一岁半。

若干年后,我在中学校园的一棵树下阅读小说《红岩》。当我读到那个在监狱里长大的细脖子、大脑袋的男孩小萝卜头的故事时,我忽然被一种奇异的感觉萦绕,本来无从记忆的都家花园那些往事,那些墙壁、栏杆和木柱,从小萝卜头忧伤的眼睛里,清晰地浮现出来,一步步向我走近……

蝴蝶?蛾子?让它飞吧,飞到自由的天空里去……

我的眼泪一滴一滴地落在书页上。我紧紧抱住那本书,躲在树后久久哭泣……

可我和小萝卜头,是完全不同的两回事呵。哭到一半时,我猛地醒悟过来,止住了眼泪,心里充满惊恐。

七

时序转入1952年的初夏,我眼看就快满两周岁了。

在这个邬家花园里,除了那些警卫人员和班干部,我是唯一一个自由的人。但我每次在花园里玩耍,却从不靠近那扇黑色的铁门,我知道那是一道绝对不能逾越的界限。我害怕卫兵的枪,有时他们来逗我玩,我极不友好地尖叫着逃开去。我喜欢在食堂里同那么多人一起吃饭,把饭桶和搪瓷碗敲得当当响。我早已习惯了这种又像是共产主义、又像是监狱的生活。我从不央求妈妈带我回家,出生至今,我还从未有家的概念。

那是一个静悄悄的上午。1952年6月20日。

刚刚下过一场雨,草地上落满了红红白白的花瓣,像扔在水里的糖纸,蔫蔫的皱成一团。一棵桃树下掉了许多青青的小毛桃,空气中浮荡着青草和腐叶的气味。那会儿我正在小洋楼的台阶上玩,突然看见花园外面的大路上,开来了一辆绿色的吉普车和一辆大客车,就停在花园洋房的大门口。带枪的卫兵齐刷刷地跑步列队,门里门外排成了两行。我有些怕,就往楼上跑,想去找妈妈。这时哨子响了,有人大声喊着,快点快点,紧急集合了。爸爸从里面跑出来,一把抱住我说,好孩子,别动,就在这里玩儿,我们一会儿就回来。我缩在一根柱子后头,心怦怦直跳。

整栋房子里的人好像都出来了,在台阶下自动排成几行。

那个平日总是板着脸的班主任,手里拿着一份名单,用浓重的山东口音,大声说:大家听好了,我叫到名字的人,站出来!

我看见妈妈的脖子伸得老长。她好像比我爸爸还焦急不安。

她突然像是被雷电猛地击了一下,身子晃了一晃。起初她以为自己听错了。但那个山东口音明明白白又重复了一遍。是的,是她的丈夫张恺之。我还听见爸爸响亮地回答了一声:到!

——叫到名字的人,马上回宿舍去打铺盖,立即上汽车!那个声音命令着。其余的人,统统回房间去,不许说话!

没有理由、没有解释、甚至没有宣读所谓的结论。只有一个命令。一个必须服从的组织决定。

妈妈慌慌张张地朝那个人跑过去。她好像是要问问这到底是怎么回事?他究竟犯了什么罪?他要被送到什么地方去?去多久?她作为他的妻子,她有权利知道啊。或者,至少应该给她一点时间,让她问问他,还有什么话要说,家里有什么事要安排?……

但妈妈被卫兵拦住了。我只看见她的嘴一张一合,看见她的胳膊在挥动。后来她的眼泪流了下来,她的黑黑的头发四散开去。队伍中,我的爸爸已经不见了。我终于"哇"地一声大哭起来,跌跌撞撞地向妈妈奔去。妈妈紧紧抱住我,死死地箍住了我,我们滑倒在草地上,哭成一团。

不知是谁,在我们耳边低声说:别哭,别哭,孩子哭坏了怎么办?他们是送去乔司农场劳改的,顶多三五年,不算长不算长啊……

妈妈的肩膀猛烈抽搐,哭得越发伤心。哭声中,我听见铁门外汽车发动的声音,像大灰狼的嗥叫,在花园上空凄厉地盘旋,又一点点远去……

这一天,在灵隐"革大"校本部所属的四个分部,被处理成劳改的"学员"共五百人,是由省公安厅负责人讲话宣布的。这批人连同监押干警人员,分乘二十辆大客车,一辆接一辆地驶过灵隐路、西山路,然后转上万松岭,向东沿着钱塘江边疾驰而去……

一个星期以后,妈妈接到通知:调离省报,去市教育局报到。

我们终于离开了茅家埠的都家花园。我们走的那天,花园里一朵花也没有了。只有一片阴森森的墨绿,绿得发黑。

我妈妈常常觉得自己的一生,差不多就是一场连贯的噩梦。

自从妈妈目睹我的爸爸被强行押走,妈妈好像突然间变了一个人。她的脸上再也没有笑容,走起路来,步子很沉很重,老远老远,就能听见她踢踏踢踏的脚步声,像一辆脱了链条的自行车。妈妈的手帕几乎每天都是湿的,她再也不掏出自己的手帕来给我擦鼻涕了。我不敢看妈妈的眼睛,那里布满了一根根血丝。眼神直愣愣的发呆,一眨一眨的,眼珠一动不动,像我的洋娃娃。后来我把那个洋娃娃塞到床底下去了,看见她我就想起妈妈绝望又忧郁的眼睛,叫人想哭。

我和妈妈从仁德里报社宿舍,搬到了一个叫西公廨的地方。

妈妈被分配在工农速成中学教书。那个地方离奶奶家不远,我常常被叔叔和姑姑们从家里背到妈妈学校、再从学校背到奶奶家,像一只背来背去的包裹,然后把吃的东西填进我的肚子里。一连几个月,都没有一个人来看望我们,周围的人好像都躲避着妈妈,连同她说句话也是匆匆忙忙的就走开。妈妈的学生都是工农干部,给这些阶级觉悟很高的人上课,可不同于当年在"方小"给穷苦的孩子们教书,妈妈总是提心吊胆地担心出错。她夜夜睡不好觉,才几个星期,妈妈就瘦得一塌糊涂,抱着我,细细的胳膊勒得我好疼。

幸好不久就到了暑假,妈妈决定去一趟上海。

那时妈妈已经设法打听到爸爸的劳改期限:三年。一朝之间,张恺之从党员干部变成了人民的敌人。这个结果于他们真可谓是晴天霹雳。更糟的是,他和我妈妈根本就不知道自己的所谓"罪名"究竟是什么。难眠的长夜中,妈妈思前想后,仍是觉得这种不分青红皂白的大清洗,同她一直来接受的革命理论,完全是南辕北辙的两回事。

所剩的一点书生气,再加上尚未完全破灭的幻想,妈妈要亲自去上海。去找当时同他一起入党、工作的战友,为他作出证明,至少,能帮助她向上级司法部门提出申诉。

她把我留给了奶奶。那天酷热,我的颈下闷出了一层痱子。

我爸爸是一个十分珍重友情的人,以他一向对待朋友的热忱,妈妈以为爸爸的朋友一定会同情她的处境,为她想想办法。妈妈赶到上海一家大报的干部宿舍,找到了爸爸做地下工作时生死之交的战友,希望他们能帮她向有关方面作些反映,也许能适当纠正"镇反"的扩大化倾向。

她不停地擦着汗,急急忙忙述说着。面对着丈夫当年最亲近最信任的朋友夫妇,这一年多来积蓄于心头的委屈和痛楚,犹如开了闸的江水,倾泻而出。——你们是了解他的。她说。你们应该是最了解他的。可以说,他是把自己的一切都交给革命了,这样处理他是不公正的啊……她的声音哽噎了,她说不下去,泪水堵住了她的喉咙。

那位朋友坐在沙发上慢慢地喝着茶,一言不发。他用杯盖拂着水面上的茶叶,那手微微地有些颤抖。他眼里掠过一丝惊慌,避开了妈妈的目光。

他的夫人扭头看了看墙上的钟,又低头看了看腕上的手表,站起来说,唉呀小玲,你来得真是不巧,你看我正要去广州开会,马上就要去火车站了,我实在不能多陪你呀。

妈妈眼眶里的泪水,顿时就凝固了。

可是……她喃喃自语。她一时竟不知如何说下去。

那位夫人像是想起了什么,从身上掏出几块钱,递给我妈妈说,喏,这点钱,你就拿着买车票吧。凡事要想开些才好……

妈妈像是被什么东西烫了一下,脸涨得通红,她倏地站起来,退了几步,怔怔地望着这位当年曾经一起在大街小巷里张贴反内战的标语,互相掩护着甩掉特务的跟踪,曾一同挽着手参加游行示威的女友——那个瞬间,妈妈忽而觉得自己好像从来没有认识过他们。

妈妈轻轻推开了她的手,头也不回地离开了那儿。

她没有再去找任何人,当天傍晚就上了开往杭州的火车。

火车在黑暗的田野上奔驰。我妈妈疲倦地靠在座位上,伤心地闭上了眼睛。她真想痛痛快快地大哭一场,然而,浑身软绵绵的,连哭的力气都没有了。周围都是陌生的旅人,一双双麻木的眼睛,像一堵无形的墙,隔开了她同这个世界的联系。她不会再去找任何朋友了,在这堵看不见的高墙之下,所有的朋友都已离他们而去。即使还会有人愿意帮助他们,她也决不想给任何人添麻烦。她从那对夫妇的面孔上,看见了以往她从未体验过的世态炎凉、人情冷暖;还有深深的恐惧和戒备。犹如她是一种传播病毒和瘟疫的媒介,会把灾祸带给别人。但她不想怪任何人,在直属班的一年多里,她已多次感受了这种恐惧——人们连自己都保护不了的时候,还怎么可能去保护别人呢?

她昏昏欲睡。朦胧中听见一声叫嚷:硖石车站到了!

列车缓缓地停下来。妈妈隐隐记起,大军渡江前夕,我爸爸受地下党的派遣,从杭州到海宁、平湖一带,策动地方武装起义,组建了杭嘉湖游击支队,清扫上海外围,为解放大上海铺平了道路。而如今,这些事实却成为他被宰割被杀戮的理由。这究竟是为什么呢?

当初,她在那个混沌的年月里,一步一步地寻找革命的时候,她心目中神圣的新世界,不是这般严酷这般无情的呵。

车轮沉重的滚动声碾过铁轨碾过抽穗扬花的稻田碾过路基旁白墙黑瓦的农舍碾过她凌乱的鬓发。她的心被碾成一堆辨不清颜色的肉酱,一坨一坨从车窗里飞出去……

她紧紧抱住了自己的肩膀。她觉得自己是如此的孤立无助。她曾是个弃儿,但她从不孤独。直到今天,她才真正觉得自己确实是被这个社会抛弃了。就连能再救她一次的"养父母"也不会再有了。

妈妈——我在睡梦中喊道。

妈妈听见了。她欠起了身子。昏暗的车窗外,远远地有星星点点微弱的灯光,闪闪烁烁,疾驰而过,像女儿亮晶晶的眼睛。妈妈紧锁的眉缓缓地舒展开来。蓦然间她明白了,现在她只剩下了唯一的一个朋友,那就是她亲爱的女儿。

她的胸口涌上一阵母性的柔情,温泉般的热流在她的血液里震荡,糅合着她心上的沟壑与伤痕。

她知道自己必得咬着牙站起来,从此挑起全家人的生活重担。无论多重、多远,她都得往前走,除此之外她别无选择。

妈妈到家已是夜里九点多钟了。那个晚上我说什么也不肯先睡,我要等妈妈,谁哄我也不听。妈妈回来了,她顾不上洗脸,在奶奶的床边坐下来,对奶奶平静地说:妈妈我不能再瞒您老人家了。恺之他不是在学习,他已经被送去农场劳动了,要两三年才能回来。从他走的那天开始,他的月工资就没有了。他……

奶奶一听,顿时哭了起来。几个叔叔和姑姑也都哭开了。

于是我也一同哭。但这一次,妈妈却没有哭。

妈妈用手帕给我擦着眼泪。一边对奶奶说:您不要难过,也不用担心,我是张家的儿媳妇,从现在开始,我来负担你们的生活。只要我有工作,有一份工资,全家人就都有饭吃。就算是过得苦一点,日子总能过得去的。我们大家,都一定要……一定要好好地过下去,让恺之他在那里面……让他放心……

说到这儿,她蹲下身子抱住我,把脸埋在我的围兜里,猛地抽泣起来。

那是一个很冷很冷的冬天。

宽阔的平原,刚刚冬翻过的水稻田里,长着一丛丛不怕冷的绿色的小草。妈妈说那叫苜蓿,可以做肥料和牲畜的饲料。一个断了一条胳膊的稻草人,在寒风中簌簌发抖。几只极瘦的麻雀在上面钻来钻去蹿上蹿下,一声不吭,人离得很近它们也不飞走。

天色一点点暗下来。在前面的天尽头,剩下最后一点血红血红的云彩,又渐渐消失在茫茫的暮色里。旷野悄无声息,一个人影也没有。只听见我和妈妈的脚步声,在盐碱地的小路上走过来又走过去。路面冻得邦邦硬,踩上去,脚趾头胀胀地发疼。

这天早上,天还没亮,我们就从城里出发,坐长途汽车到了这个叫做乔司的地方。那会儿地上屋顶上全是一层银白色的霜,好像下了雪一样。然后我们就不停地走路,走得我的棉鞋上直冒热气,那些霜慢慢就不见了。我不停地问妈妈到了没有,妈妈总是说快到了快到了,但实际上总是没有到。后来我就蹲在地上哼哼起来,我说我再也走不动了,连一步也走不动了。妈妈手里拿着一个大包裹,妈妈没法抱着我走。又过了一会,来了一个农民伯伯,他把我像背一只箩筐一样背在身后,走起路来一蹾一蹾的,我觉得自己像一只青蛙似的在他背上跳跳着。很快我就睡着了,醒来时我发现自己坐在一块石板上,他接过妈妈给他的两毛钱,大声说:喏,前面就是一分场了。

中午我和妈妈在一个小铺子里合吃了一碗光面,面汤清光光的连葱花都没有。我把汤都喝下去了,后来就蹲在路边的茅草丛里撒尿,撒完尿,妈妈说我们走吧,我们就要看见你爸爸了。

我们朝一座高高密密的竹篱笆走过去。篱笆前面有一个门,左右两边立着两座尖顶的小木房子。门口有背着枪的解放军站岗。他让我们等着,过了好久,一个腰上扎着皮带的人走出来,他问我妈妈要找什么人,妈妈说了我爸爸的名字。他翻开手里的一

110

本簿子,看了半天,摇摇头对妈妈说,没有,你要探视的那个人,我这名册上没有。

妈妈说,怎么会没有呢,是他们让我们来这里的。

那个人挺和气地说,我是这里的队长,我不会不知道嘛。

那……怎么办呢?妈妈愁眉苦脸地叹着气。我还带着这么小的一个孩子……

那人说,这里是翁家埠,你会不会弄错了地方呢?大部分犯人都在外乔司,那里有场部,你不妨到那里去问问看。

我觉得好奇,就问:妈妈,什么叫犯人?

别插嘴。妈妈不理我。又对那人说,我们就是从场部过来的呀,他们叫我到翁家埠来的。妈妈搂紧了我。

那人想了想说:离开场部两里路的地方,前些日子开了一个新监房,有四个队,要不然,你再到那里去找找?

我们只好重新又走到小路上去。我紧紧揪着妈妈的衣角,自己一步一步走。我说妈妈我的脚痛,妈妈说,妈妈给你唱个歌吧。妈妈就唱太阳光金亮亮。唱完了我的脚还是痛呐。妈妈说,妈妈给你讲个故事吧。妈妈就讲小红帽的故事。讲完了我说我的肚子又饿了,妈妈就从那个包裹里掏出一块饼干给我吃。妈妈说就许吃一块,那些要带给爸爸的。我说那我不吃了,留给爸爸吃吧。妈妈放下包裹,冰凉的脸贴在我额头上。有什么东西痒痒地从我脸颊上淌下来。

又走了好久好久,妈妈见人就问路。天越来越黑了,我说妈妈我们怎么还不到啊?妈妈说我们只要走啊走啊总是会走到的。妈妈在我前面蹲了下来,让我趴在她的背上,她就这么一只手拿着包裹、一只手托住我,摇摇晃晃地朝前走……

后来我们终于走到了一片有灯光的房子前面。妈妈放下我,走上去敲门。里面有人问她找谁,她说找队长。人说队长不在,到监房去了。妈妈问监房在哪里,那人说你问监房干什么,妈妈说我查问一个犯人在不在这里……

我走过去问妈妈:我想知道,什么是犯人呢?到底。

妈妈还是不理我。

那个人还是不开门,妈妈隔着门同他说着什么。我在门外转来转去,就在这时,我忽然闻到了一股饭菜的香味,口水顺着嘴角流下来。我不由自主地沿着那香味走过去,走了几步,在墙根下发现了一只漂亮的小白猫。它的脖子上有个小铃铛,一动那铃铛就零零地响。它弓着身子看了我一会,转身就往一个大房子跑去,活像一只滚动的皮球。我忍不住跟着它跑过去,它扭头看看我,围着我绕了一个圈,钻进了那个有灯光的房子。我去追它,它一下子就钻到桌子底下去了。

我正想跟着它钻进桌子下面去的时候,有个声音在我头顶说话——嗳,这个穿花衣服的小姑娘真好玩,她是从哪里来的?……又有个人说,咦,怎么,她不是谁谁的女儿嘛,怎么到这里来了?

这个人牵住我的手,问我是不是叫什么什么名字。我点点头。他说你怎么到这里来了?跟谁来的呀?我说我是跟妈妈来找爸爸的。于是我扯开嗓子就拼命地喊妈妈。妈妈急急忙忙走了过来,一看见那人,妈妈就高声叫起来,说哎呀原来是你呀牛朋,我总算是找对地方啦。

那个叫牛朋的人嘿嘿一笑说,这还多亏你的女儿呢,我是先认出了她的呀。否则,你找到天亮也找不到,那些人,总是把来队里探望的家属,推来推去的……

1981年我回杭州探亲时,曾在家里遇到过当年的那位牛朋叔叔。他是从福建东山来杭州,向省公安厅申诉要求平反的。牛朋叔叔本姓马,说自己是牛的朋友。他解放前在浙东金肖支队当指导员,1952年在直属班受审后,分配在劳改队当了管教干事,但1953年仍被清洗回乡,直至1982年才平反恢复党籍。

后来那个牛朋叔叔就带我们到食堂去吃饭。吃完饭以后,门口出现了一个穿灰衣服的人,兴冲冲朝我们走过来。

妈妈站起身,拉着我的手说,快,快叫爸爸。

我望着他,摇了摇头。

那是你爸爸。妈妈使劲地晃着我。你不是来看爸爸的吗?

我咬住了嘴唇,喉咙干干的发不出声音。他不是我想念的爸爸。他的头发全被剃得光光的,他是一个——光头。

奶奶的餐桌上,开始有了姑姑从湖边挖来的荠菜和马兰头。春天已经悄悄地来了。

这些日子,妈妈下课以后,总是伏在桌上写啊写的,让我自己去玩。

我知道妈妈是在为爸爸写申诉材料。妈妈暑假时去上海找朋友帮助,那种出乎意料的失望和伤心,使她幡然醒悟,她明白现在只有依靠自己来为爸爸申诉。她带着我从乔司看望爸爸回来后,越发坚定了这个决心。她一直记着爸爸被捕前在茅家埠悄悄对她说的话——假如我真的被送去劳改,你一定要想办法为我申诉。

而如今,向上级司法部门申诉,就成了她唯一的希望和出路。

面对厚厚一叠写好的申诉材料,她却又犹豫了。

如果由她出面提出申诉,有关方面和单位领导,会不会指责她丧失立场,为反革命丈夫鸣冤叫屈呢?她还算是个国家干部,万一再有个闪失,这一家老小的生活来源就真没了着落……

她把我十七岁的大叔叔张其伟叫来,对他说,你大哥的事,是冤枉的,我到死都这样认为。我们一定要向最高人民法院申诉。但是我想最好能用你的名义出面,你年纪还小,是个学生,他们不能把你怎么样。材料我都已经写好了,你要是同意,就写上你的名字。

大叔叔点点头,签上了自己的名字,就到邮局去发了信。

可是一连好多天过去,那申诉信如石沉大海,就像一粒沙子掉进西湖里,连一个水泡、一丝涟漪都不见。

那份寄给中央最高人民法院的申诉书中,还附有爸爸留下的一大叠文稿。其中有一册题为《摧枯拉朽集》的报章剪辑,里面的文章,全都是解放前一年,爸爸任《当代晚报》总编辑时写的时事杂评。那时他在报上开辟了一个《朝花夕拾》专栏,每天写一篇不署名的短文,以犀利的笔锋,抨击了国民党的腐败丑行,共有数百篇之多。爸爸曾叮咛妈妈,必要时可以把这本剪报集拿出去,足以证明他当时的立场和行为。爸爸终究是一个知识分子,他以为真会有人来认真研究这些文章,然后为他作出公正的评价。现在看起来,这种愿望实在幼稚可笑。

根本就没人理睬那申诉信,连他那些心血结晶的文稿,也下落不明、不知去向。

每天都在焦虑而又毫无希望的等待中过去。妈妈又急又恼,她终于被司法部门这种对人的政治生命极不负责的冷漠态度激怒了。

她已顾不得瞻前顾后,愤然提起笔,亲自给省人民法院院长写了一封信。信中写道:

……张恺之从事地下党工作时的表现,党组织应该是了解的。他的问题究竟出在什么地方,司法部门应有确实的证据。我要求你们实事求是地对待一个对革命做过贡献的人,哪怕是一个普通的老百姓。希望你们能够重新调查有关的历史疑点,对他作出正确的结论……

她还在"应有确实的证据"几个字下,加上了圈圈点点。

却仍然是泥牛入海无消息。没有答复,没有人找她谈话,甚至连法院究竟收没收到过这封信,都无从知道。

妈妈在无望的期待中失去了耐心,她让大叔叔以家属的身份,上访省人民检察院。那天大叔叔回来以后,向妈妈复述了当时同检察院工作人员的对话:

阿伟:我大哥到底犯了什么罪?

工作人员:张恺之解放前被敌人利用,进行反革命宣传活动。他交待问题时避重就轻,隐瞒了一些重大问题。

阿伟:我大哥是一个地下党员,他一直在党的地下组织的领导下工作。举个例子,当时他作为《当代晚报》的总编辑,把新华社的广播秘密收抄下来,改头换面,再以"本报收听旧金山广播"的形式发表,可以说为了宣传革命,尽了他最大的努力。你们说他进行反革命宣传活动,这怎么可能呢?

工作人员:情况是很复杂的,并不像你说的这么简单。

阿伟:我大哥解放前在上海、杭州、余杭、海宁等地从事革命活动,冒着生命危险,做了许多工作,这总是事实。

工作人员:这我们当然会区别对待。你们家属应该相信党相信政策。张恺之这个人有才华、有能力,只要他好好接受改造,重新做人,还是会有前途的。

大叔叔对妈妈说完了这些,脸上一片茫然。

妈妈的心揪紧了。她觉得这些冠冕堂皇的话,都是在搪塞应付,没有一点儿实际意义和解决问题的可能。她眼前的最后一点希望,就像越升越高的气球,终于在灰暗的云层下破灭。炸裂的碎片,纷纷四散,随风飘去,踪影全无。

她能做的,只是把大叔叔的上访记录,抄写了一份,寄给了我爸爸。(那时的"犯人"允许与外界通信)我爸爸接到这份上访记录,对于自己竟然有一个"被敌人利用"的罪名,感到十分意外,前思后想,一阵困惑又一阵迷惘,最后不由得啼笑皆非了。

我那个锲而不舍、执迷不悟的爸爸,从此开始了一场旷日持久的申诉"运动"。他在乔司的劳改队里,几乎每个月都向省市和中央的有关部门,寄去他一封又一封的申诉信。每个月我妈妈给他送去的衣物杂品中,最多的就是信纸和信封。他已记不清自己写了多少重复的文字,记不清他在昏暗的灯下,把那些原本并不复杂的人事,翻来覆去地纠缠了多少个来回。他在连续申诉两年以后,终于有一天,劳改队的管教干事交给他一张表格,要他如实填写。表格的名称是:"未决叛徒犯登记表"——我爸爸的眼睛亮了亮,他立刻意识到解决问题的时间快到了。他在"地下"时,从未被捕过,而现在竟是"未决叛徒犯",可见对他的怀疑是入党后又叛党而同国民党勾结。现在既然让他填表,不是说明这种怀疑差不多快要被否定了吗?

我爸爸填了那份表格的半年后——1954年12月,也就是他在劳改农场呆了两年半以后,终于宣布不作刑事处理,无罪释放。可是释放并不等于平反,他在1955年1月回到杭州,没有党籍,失去了干部身份,也没有工作。省公安厅劳改局利用他的专长,暂时让他去办一份劳改报纸。他自十六岁开始发表文学作品,十八岁从上海沦陷区到天目山《民族日报》当副刊编辑,十几年来,写下了百十万字的散文、小说、杂文、新闻通讯等等。当年,也算是沪杭一带的知名报人了。而这位优秀的特派记者,在他二十七岁被剥夺了写作的权利之后,从此再也没能写过一个字的新闻报道和杂文评述。他一生所有的时间和精力,都消耗于向司法部门无休无止的申辩和上诉。人说"著作等身",我想我的父亲可谓是"申诉等身"。至1955年他回到杭州后,他的申诉仍然持续不断,一直坚持到"文革"之初,实在没有可能再坚持下去为止。而那些字字血泪凝成的申诉材料,却在岁月的严酷碾磨中,变成一堆无人问津的废纸,随一次次运动的狂飙而去,最后灰飞烟灭。

自从大叔叔去省检察院上访,却答非所问,败兴而归以后,我妈妈便从此放弃了这种自欺欺人的努力。她已对这种自我安慰的申诉感到了厌倦。她面对的是自己五十多元钱的工资,要养活七八口人;面对的是全家人一日三餐、柴米油盐的现实。现实是如此艰难而又迫在眉睫。她这么一个从来都生活在虚无飘渺的浪漫世界中的人,将如何把自己降落在尘埃弥漫的现实生活里,度过今生今世这长长的暗夜呢?

　　在那个春天绵绵不断的霏霏细雨中,她走在紫藤缤纷的落花之下,心里忽然清朗,似乎有了一种大彻大悟之感。

八

如今纠缠她已久的噩梦似已惊醒,她开始觉得自己是走进了一场连绵无尽的梦游中。无论痛苦还是欢乐,都失去了原有的滋味。无论已经发生过什么,还将会发生什么,都坠落于琐碎的日子下面,再找不到一种真实的感觉。她只愿自己长睡不起,如同浮游在空气中的尘埃,忽忽悠悠地随风飘散……

在这冗长而没有知觉的梦游中,她唯一悬心惦念、依旧清醒铭记的,是她那个小小的女儿。

　　在蔚蓝色的大海边,住着一个老头儿和他的老太婆,老头儿每天撒网打鱼,老太婆每天纺纱结线……

这是妈妈教我念的第一首诗。普希金的《渔夫和金鱼的故事》。

那几年我们总是搬家,从仁德里搬到西公廨、又从西公廨搬到中山中路,再从中山中路搬到紫金观巷。那时妈妈已从工农速成中学调到杭州一中,又从杭一中,调到杭州女子初中。所以我们总是这样搬来搬去的。我们搬家很简单,只有两条被子一只箱子和一些打成捆的书什么的。我总是拎着那只半夜用来撒尿的痰盂。妈妈收拾新家的时候,我就坐那只痰盂上,像在小板凳上一样。不管我们搬到哪里,总是只有我和妈妈两个人。晚上上床睡觉以前,妈妈给我讲故事。讲完了故事,就教我念诗。

——有一天,老头儿去打鱼,第一网,打上来的,是一网水草……

妈妈停下来说,海里的鱼很少,但这个老头,一心想打一条大鱼。他是靠打鱼生活的,打不到鱼,他回家就没有饭吃了。

我说,那他为什么不去种田呢?

因为种田的人太多了。妈妈说。他的老太婆不让他种田。

她又念:……金鱼苦苦地哀求着,老爹爹,放了我吧,你要什么我都可以给你……

我每次念到"放了我吧"这句,妈妈就纠正我说:这四个字,重音在"放"字上,吐字要特别清楚,眼睛应该睁得大大的。你想,金鱼被老头儿捕在网里,而鱼一离开水,就会死掉的。假如老头儿放了它,它就自由了。可以自由自在地回到大海里,同它的爸爸妈妈兄弟姐妹们在一起玩儿了……

什么是"自由"呢?我问。

妈妈抬起头来望着窗外不说话。过了一会,树枝上"嘟"地飞起一只小鸟,朝着暗蓝的天空飞去了。妈妈说:没有笼子、没有想抓它的野猫,小鸟心里不害怕,这就是自由。

我噘着嘴说,妈妈去上班,我一个人心里总是害怕。我不自由。

妈妈愣了一下,妈妈说好乖乖我们该睡了,不念诗了。妈妈再给你讲个故事好不好?

我却还在痴痴地想着那条可怜的小金鱼。后来在妈妈学校的元旦晚会上,我还曾主动上台去朗诵过这首诗。台下的人拼命鼓掌,我得意极了,当时竟然站在麦克风前不肯下台,表示还想再念一首。我说我会背好多好多诗,都是妈妈教我的。这样报幕的人又让我念了一首唐诗,才算把我请下台去。

我跑下台时,听见有人在我身后说,这个朱老师,还蛮有闲心的嘛,她老公送去劳改了,她还普希金呢……

我回过头,傻乎乎地对他们说:普希金就住在我家的书架上啊。

老爹爹,放了我吧,你要什么我都可以给你……

普希金是这么说的。可是,老爹爹怎么突然就不见了呢?

那是一个雾气茫茫的早晨。天还没有大亮,妈妈起床给我烧泡饭。刚点上煤油炉,听见窗外有人在问路,打听的就是她的名字。她开了门,一眼就看见老家洛舍店铺当年的学徒阿三,背着一把雨伞,站在门口。她说阿三你怎么来了?阿三低着头说,师母让你回去一趟家里出事了。——出了什么事你快说呀!——我师傅、师傅他,被县上抓起来了,现在关,关在德清城里的监狱里……

阿三说完了转身就走。妈妈怔在那里,如五雷轰顶,丧魂落魄。

她忽然记起一年多前,曾经接到过父亲的一封信,信上说,如今解放了,有了乡政府,他不用再当那个镇长,可以享享清福了。他完全拥护人民政府,为了做一点对百姓有利的好事,他打算重操旧业,挂牌行医造福人民。信的后半部分,嘱咐她务必把弟弟带走,到城里或是读书、或是做工,但一定要想办法让弟弟离开洛舍。信尾用他工整的书法郑重其事地写了"拜托"两个字。

当时她心里就有一种不祥的预感。自从她十几岁外出求学,从来都是花惯了家里的钱,父母从未要她分担过家里的一丁点忧烦。而这次父亲写信来拜托她照料弟弟,难道父亲有什么难言的苦衷,或真是遇到了什么麻烦么?如此看来,父亲一年前就已料到了今天这一劫难了,却怕家人担忧,忍着不说。这个阿爸,一生总是在替别人着想。

妈妈真想马上就动身回洛舍去。却又不敢贸然请假,怕领导说她同反革命父亲划不清界限。只好先写了封信去安慰我外婆,说阿爸虽是当过镇长,但没做过坏事,政府不会把他怎么样的。她眼下上课走不开,等一放了寒假就回去。

我爸爸刚刚被送去乔司劳改不久,我外公又被收审,看来也是凶多吉少。这样的坏消息,对于我妈妈,无疑是雪上加霜了。

寒假终于来临,妈妈把我扔在了奶奶家,自己一个人心急火燎地赶去德清。听县城的亲戚说,我外公在监狱里没怎么受苦,里头的人对他蛮客气的,他生了病,还有人自动替他去劳动。据说外公每天都要出来给监狱伙房买菜,必得经过一家杂货铺。她就在那杂货铺门前等着。等了一上午也没见人影,又等了一下午,外公还是没来。她只好到监狱去申请见她的父亲。管教倒还和气,领了人出来,让他们父女二人会面。她见父亲明显地瘦了许多,以往总是刮得干干净净的下巴上,生出了一层灰白色的胡碴,一坐下来就不停地咳嗽,好几次,一口痰憋住,满脸呛得通红。她想父亲这一辈子,读书行医游说乡里,虽谈不上锦衣玉食,却也是一介儒生,从未吃过苦受过罪,更何况是这样的牢狱之灾了。她轻轻给父亲捶背,强忍着眼泪说,阿爸你要多保重身体,千万当心别落下病,无论如何度过这一关,以后的日子还长着呢。要相信政府,政府都有政策的,不会乱来的。外公淡淡一笑,说我晓得我晓得,你放心好了。我是做医生的,自家的毛病自家晓得。说着又咳嗽,吐出一口浓痰在手帕里,痰里带着殷红的血丝。

我外公没再多说什么,分手时只是一再关照妈妈:我只是想那个杭州的小花儿,你给她拍张照片,下次带来给我看看……

过了几个月,我的外公最终因伪镇长之职,定为历史反革命。但无民愤,算是宽大处理,判了三年徒刑。两年以后,又因在狱中表现尚好,被获准保外就医。外公回到洛舍家中后,终日咳嗽不止,却依然抽烟喝酒,整天与四邻的老友作方城之战。过年时妈妈带着我回洛舍去探望外公,曾劝他到省城的大医院去看看病,外公总是推三推四。有一次被妈妈催得急了,慢吞吞说出一句话:你不要逼我,人的生死有命,不可强求。我天生是个快活的人,照这个样子活下去,又有什么意思呢?

外公最后因肺气肿,死于1954年冬天。当妈妈带着我和舅舅坐轮船赶到洛舍镇时,天已完全黑了。我还记得门上写着"朱万兴"三个大字的店堂里,垂挂着一条条洁白的幔帐。柜台上点着一根根白色的蜡烛,被风吹得忽闪忽闪。许多黑色的人影在墙上晃来晃去,阴森森的叫人害怕。

几天以后,外公的棺材被架在两条并列的木船上,送到乡下去安葬。那一天,岸边站满了头戴白花的大人和小孩,当船离岸时,他们突然都面朝棺材齐刷刷地跪了下去,河上一片呜呜的哭声,慢慢沉入水底。外公殓葬之日,镇上的黄表纸卖得一张不剩。很多年以后,我回洛舍去,走在街上,还有一个挑着箩筐的老头,追上来对我说:你外公可真是个好人啊。

外公生前是最喜爱我的。就像他年轻时宠爱我的妈妈那样。

闭上眼睛,我总是看见外公坐在"朱万兴"店铺门口的高脚凳上,一只手抱着我,一只手夹着烟,悠悠地望着小港那边的风景。

——刨黄瓜儿——刨黄瓜——儿,嗳,外公给你起个名字好不好,就叫小花儿,小花——儿,怎么样?外公把那个"儿"字音卷起来,又重重地翘上去,真把我笑死了⋯⋯

外公留下的那只墨绿色的镜框,后来就一直放在外婆的床头。它像一扇西式的玩具门,四周有一圈精致的门框,中间镶着一片光滑晶莹的双面玻璃,可以来回旋转。这一面,嵌着一张外公年轻时的照片;另一面,是一扇镜子。用手指轻轻一推,镜子的银光一闪而过,它悄无声息地转过身去,外公那双仁慈的笑眼,就从背后转了过来⋯⋯

可我知道如今外公是死了。他孤零零地住在一个叫做砂村的地方。住在山坡上的一棵树下。那年我四岁。

"老爹爹,你回来吧,你要什么我都可以给您。"

在妈妈带我回杭州的小火轮上,我有生以来"创作"加改写的第一句诗,在滔滔的大运河上莫名其妙地脱口而出。

你说什么?妈妈吃惊地问。

"老爹爹,你回来吧,你要什么我都可以给您……"我又说了一遍。

妈妈红肿的眼睛,眯得只剩下了一条缝。她泪水盈盈地看着我,把我紧紧搂在怀里。

……于是小鸭便去了。它在水上游,钻进水里去;不过,因为它太丑陋,所有的动物都瞧不起它。秋天来了。树林里的叶子变成了黄色和棕色。风卷起它们,把它们带在空中飞舞。空中是很冷的,云块低悬着,沉重地载着冰雹和雪花。乌鸦站在篱笆上,冻得只管"呱呱"地叫。是的,你只须想想这幅情景也会觉得冷的。这只可怜的小鸭的确没有舒服的时候。……

我躺在被窝里,妈妈倚在枕头上。临睡前,妈妈照例给我讲故事。今天讲的是一个叫安徒生的人写的童话《丑小鸭》。

迷迷糊糊的,我问妈妈:小鸭为什么这么苦呢?

妈妈不说话。过了一会,妈妈说,因为它本来是一只天鹅,所以其它的鸭子们都不喜欢它,把它赶走了。它有自己的天鹅妈妈,它不怕苦,它要回到它的朋友们那里去,变成一只真正的天鹅……

朦朦胧胧的,我看见许许多多的天鹅从我的头顶飞过去。有一只天鹅"嘎嘎"地叫着,煽着它的翅膀向我招手……

妈妈——

妈妈给我塞好了被角,轻轻吻了我一下,走到桌前,坐下来备课。每天晚上我睡了以后,她都还要在灯下工作。

她听见自己肚子里咕噜噜地响了一下。又响了一下。

还不到九点就饿了么?她晃晃脑袋,咽了一口唾沫。

爸爸还在乔司农场劳改。这一年多来,妈妈在自己一个人全部的工资预算中,已经把除了吃饭以外所有的基本生活需求,都统统免除干净了。起初,住处离得婆婆家近,她就把自己50多元钱工资,都交给了婆婆。为了省下中午这一顿饭钱,她天天顶着烈日,走路回家吃饭。后来搬得远了,除去她和我的生活费,她还是把其余所有的钱,都用来抚养婆婆一家。而这些钱,也仅仅只是刚够维持婆婆一家五口人吃饭。两个年龄稍大些的叔叔,在假期里,还要打些零工挣一点钱来交学费。好在我的舅舅,已经在一个工厂当了学徒,可以自食其力;洛舍的外婆,靠着老家的家底子,变卖些家产,一个人总算能够勉强度日。妈妈每用一分钱,都要仔细地计算了又计算,这对于我妈妈这样一个从不知为琐碎的家务、为柴米油盐操心的人来说,实在是勉为其难了。在一项一项的开支中,妈妈把自己的开销减了又减,而再减的只能是她的伙食费。好多次她都是饿着肚子走上讲台,她真怕肚子里咕咕的响声会让学生们听见。有一次窗外传来收旧货的叫卖声,妈妈实在是太饿也太馋了,她找出一本舅舅丢弃的代数课本,拿去卖了,换了几分钱,跑到路口的小铺上,为自己买了两块油炸臭豆腐吃。那是妈妈唯一的一次"享受"。我记得妈妈常常用咸萝卜干和腐乳下饭,但我的面前,每天都有一个煮鸡蛋或是鸡蛋羹,饭后还会有一个小小的苹果或是小小的橘子,还有一粒必须要吃的鱼肝油丸。每次我剥开橘子,把一个橘瓣塞在妈妈嘴边,妈妈总是把牙咬得紧紧地说,好孩子,妈妈不吃,妈妈怕酸呢。

　　……一天晚上,正当美丽的太阳下落的时候,有一群漂亮的巨鸟从灌木丛里飞出来。小鸭从来没有见过这样美丽的东西。它们白得发亮,它们的颈又长软。这是一群天鹅。它们发出一种奇异的叫声。它们展着美丽的长翅膀,从寒冷的地带,向温暖的国度,向不结冰的湖泊飞去。……

　　妈妈——我在睡梦中也总是寻找着妈妈。

妈妈站起来,俯身亲了亲我。她为自己倒了一杯白开水,暖着手。然后不出声地一口一口喝着。她觉得身上暖和了些,肚子也不那么饿得慌了。她低下头去继续备课,手指无意地搓捏着教案上的那只钢笔帽。笔帽箍在手指上的时候,好像一只戒指。

她忽然想起来,她曾经是有过一只金戒指的。

那只金戒指,是她结婚时,我的奶奶送给她的。后来,外公外婆也把一只金戒指给她做了陪嫁。她又把它转赠给了我爸爸。这样,他们实际上就有了两只金戒指。但到了1948年淮海战役前夕,爸爸在开辟余杭横湖地区的秘密武装时,缺少经费,就把这两枚戒指,都兑换成了金圆券,用于地下活动工作了。他们再也没有自己的一点积蓄。结婚时,除了外公外婆为她添置的一些衣物,他们没有置办任何家具,现在家里用的写字台和一个柜子,还是不久前,从洛舍老家运来的。

假如那两枚金戒指还存在箱底,那该多么好呵。妈妈傻傻地想。至少眼前所有的难题都能暂时缓和一下了。女儿也能有过冬的新衣服了。可当时,她和恺之怎么竟然连想都没想过,他们会遇到这样突如其来的灾难,人生还会有如此不测不备不防的不时之需呢?!

肚子又咕咕地叫了起来。

她不能再喝水了。喝水其实也是没有用的。

她决定上床睡觉。也许只有睡觉是最好的办法。睡着了就什么也不知道了。

却仍然睡不着。肚子饿得难受。她翻了一个身,又翻了一个身。

肚子饿是能忍受的。她对自己说。令她无法忍受的是周围的人的眼神。好像她是一个传染病患者,同她多讲一句话,都会变成敌人。学校领导总是把最吵的班级分给她、把别的老师不愿干的事情交给她做。在教研室里,她坐的桌椅是最破旧的、她用的教具常常残缺不全——她默默忍着。但她却没有资格说不。她没有资格是因为她的丈夫和父亲都是所谓的"历史反革命"。反革命是人人避之而不及的。当革命胜利以后，人人都要表明自己是最最革命的了……

只有到了深夜，在难耐的寂寞和饥饿中，妈妈才能将人们那如刺如棘的白眼，一根根从她心里拔出来，渗出滴滴血珠，再一口口吞咽下去。她要为了女儿、为了丈夫、为了全家人，好好地活着——为此她甚至没有权利自杀。丈夫在茅家埠的时候，曾对她说过，无论发生什么情况，也要坚强地活下去。丈夫说过，他相信自己愿为之献身的新中国，不会没有他们的容身之地。

她要看看这个世界究竟会变成个什么样子。

饥寒交迫的长夜里，我妈妈津津有味地咀嚼着那些遥远的童话，与睡梦中的我分享。也作为她自己的精神宵夜，聊以充饥。在很长一段时间里，我觉得，我在妈妈心目中，是作为一个美丽的童话存在的。这个日日与她相伴的童话，就成为她精神的避难所，也是她流亡的灵魂最后的寄存之处。

常常是舅舅来幼儿园接我。他在大门口看到我，就往地上一蹲说：上来喽。我趴上他的脊背，用手搂住他的脖子，他就像一阵风似的跑起来。一边跑一边给我讲孙悟空大闹天宫的故事。所以孙悟空在我脑子里的印象，总是气喘吁吁的。有时是姑姑来接我，她背我的时候，常常把我的两只脚拖在地上。她的头发里总有一股汗味，脊背上的汗有时把我胸口的衣服都洇湿了。长大以后我才知道，姑姑其实只比我大五岁，那是一个不到十岁的孩子背一个四岁多的孩子。有一次姑姑背我上楼梯，身子一晃，我们两个都从楼梯上滚了下去。后来好多天我们脸上都涂满了红药水。他们有时把我背到奶奶那儿，有时把我背到妈妈上课的教室外面，让我在那儿等着她下课。操场两边长满了狗尾巴草和凤仙花。伸手去采,那花子儿就会"啪"地一声跳起来。我采了许多狗尾巴草,坐在教室门口的台阶上,坐着坐着就睡着了。这种等待使我很愤怒。有一次我就学着街上的小贩,在教室门口走来走去,怪声怪气地喊着:"卖豆子喽——卖豆子……"希望能引起妈妈对我的注意。教室里哄堂大笑,妈妈却仍然不理我。她每次都是最后一个离开教室,等她带我去吃饭时,食堂的饭常常都冰凉了。晚饭后假如妈妈还要学习(是一种叫做政治学习的学习),她就让姑姑把我背到奶奶家去。奶奶家一点都不好玩,如果在楼板上跳一跳,楼下的人就会大声喊:房子跳坍啦!有什么东西掉在楼板上,一下子就从楼板的缝里漏到楼下去了。只有小叔叔养的蚕宝宝我最喜欢,它们不声不响地呆在一只套鞋盒子里,吃桑叶的时候,那个像鼻子一样的嘴巴,在桑叶上沙沙地咬出一个半圆形。我盯着它们看,始终不明白它们回过头来,怎么会知道还从原来的那个口子吃起。蚕宝宝到了快要吐丝的时候,浑身变得透明透明好像一肚子都是银丝。可惜有一条蚕宝宝让蚊子叮了一口,身上肿起了一个大泡,还没吐丝就死了。我和小叔叔为它哭了一场。

  只有星期天,妈妈才属于我。妈妈给我穿上淡蓝色带花边的连衣裙,头发上系一只大大的蝴蝶结,带我去爬城隍山。山顶上有个老头卖一种番薯饼,在山脚下就能闻到它的香味。每次我们上山的第一件事,就是买一块番薯饼两个人分着吃。然后我们就在山上的石头缝里绕来绕去地捉迷藏。妈妈说这些石头叫做十二生肖,每个人都可以找到自己属的那个动物。我喜欢骑在老虎的背上。如果刚刚下过雨,它的背光溜溜凉丝丝的摸上去很舒服。太阳一出来,它就毛茸茸的很暖和。我说要是让它背着我去幼儿园就好了。妈妈就咯咯地笑。有时妈妈也带我到湖边去,让小叔叔教我钓鱼。小叔叔挖很多蚯蚓,一钓就钓起一只大青虾。每次小叔叔去钓鱼,我们中午就有油爆虾吃。有一次小叔叔帮我装好了鱼钩,告诉我那个白色的鱼漂一动,就赶紧往上拉。我拉起来一看,却是一根稻草,不是渔夫的那条金鱼。否则,我一定会把它放回西湖里去的。

在紫金观巷的那个大杂院里,我有了一个要好的小朋友,名叫秀华,是一个校工的女儿。有一天,妈妈不在家,她来找我玩。她指着桌上一瓶金黄色的粉末,问我那是什么。我告诉她那是蛋黄粉。她说好吃吗?我说很好吃很好吃的,妈妈说很有营养。她说你给我吃一点儿好不好?我爬到桌上拧开瓶盖,用一只调羹舀了一点放在她嘴里。妈妈说一次只能吃一调羹。我说。她喷着舌头说真好吃啊,我从来没吃过这么好吃的东西,再给我吃一点好不好?我就又给她吃了一点。她说你不吃呀?我说我今天已经吃过了。她说反正你妈妈又不在家,你妈妈不会知道的,于是我也吃了一调羹。蛋黄粉实在是太好吃了,又香又甜,我忍不住又吃了一点。她说再吃一点好不好,再吃一点就不吃了。我们两个人就又各吃了一调羹。她说我们索性再吃一点吧,再吃一点真的就不吃了。我们又吃了一点。当我终于忍住不再吃它的时候,我发现瓶子里的蛋黄粉已经快没有了。

那是我一生中唯一的一次挨打。妈妈在这以前从来没有打过我。那天妈妈真的很生气,一边打我一边说,这蛋黄粉不容易消化,你吃坏了怎么办啊!

就在那时候,有人敲门,敲得很急。妈妈放下我去开门。她在门口愣住了,半天也不说话。后来她就扑在那个人的胸前,嘤嘤地哭了起来。我提上裤子,好奇地走过去。我看见一个男人,把妈妈紧紧抱在怀里,还用手轻轻地拍着她的背。门口的地上,放着一只铺盖和脸盆背包什么的。我想这是个什么人呢?他干嘛让我妈妈哭啊?

那个人看见了我,放开妈妈,迎着我走过来。他蹲下身子,张开双臂,脸上露出了一丝笑容。他对我说:来,叫爸爸,你的爸爸回来了。

我扭过头去不理他。爸爸？我已经不记得我还有个爸爸了。

叫爸爸——妈妈用很严厉的口气对我喊道。

我抿紧了嘴。我根本就不认识这个人。

他向我挪了挪身子，伸出手一把抱住了我。

——你走开！我尖声大叫，吓得哭了起来。拼命地挣脱了他的手，朝妈妈跑去。

他的胳膊颓然松开了，垂落在地板上。忽然又猛地抱住了自己的头，头埋在膝盖上，呜呜地哭出了声。妈妈扔下我，走过去伏在他肩上，同他抱头痛哭。我一看这情景，反倒自己止住了哭声，在一边傻看着他们。后来差不多有一个多星期的样子，我一直不肯开口叫他爸爸。

这是我一生中第一次看见我父亲大哭。他从乔司回到杭州那一年，我已快满五岁了。后来的许多年里，我的爸爸也总是这样来了又走，来来去去。由于童年的经历，我和父亲之间，始终若即若离，彼此都感到生疏和隔阂。

……她的一双小手几乎冻僵了。唉！哪怕一根小火柴对她也是有好处的。只要她敢抽出一根来，在墙上擦燃，就可以暖手！最后她抽出一根来了。哧！它燃起来了，冒出火光来了！当她把手覆在上面的时候，它变成了一朵温暖、光明的火焰，像一根小小的蜡烛。这是一道美丽的微光！……

现在我可以自己一字一句地来念这篇《卖火柴的小女孩》了。我已经上了小学一年级，我认得了好多好多字。除了学校的老师，还有一些字是妈妈教会我的。妈妈给我买了一本《安徒生童话故事选》，其中好些故事，我早都听妈妈讲了许多遍了。我喜欢这个叫安徒生的人。

小学第一个学期开学那天，妈妈还送给我一本书，封面上有一个卷头发的漂亮小姑娘，书名叫做《一年级小学生》。那个小姑娘的名字叫玛露霞。当然,她是个苏联人。后来妈妈照着玛露霞的衣服式样,给我做了一条紫红色宽背带的围裙,周围有一圈带褶的花边,罩在白衬衣外面,看上去像裙子似的。我穿到学校去,同学们都围着我看。看来看去,就有男生朝着我做鬼脸,大叫:哈哈,你们看,后头没有的!于是大家都跑到我身后去看,然后都哄地笑开了,说:真是后头没有的,裙子穿长裤,没看见过!那以后我死活也不肯再穿那条玛露霞式的围裙了。妈妈好不容易给我做的一件新衣服,只好压在箱底。妈妈效仿苏式学生装的创新企图,就此宣告流产。

　　我的书包也常常是大家取笑的目标。开始时,妈妈亲手给我做了一只花布的书包。但因为她以前从来没做过针线活,居然把那只书包缝得歪歪扭扭,又窄又短,根本就放不进去铅笔盒。我因此十分苦恼。有一天,我在写字台抽屉后面的空当里,发现了一只像书包那么大小的手提箱,绿格子布面,箱盖上有金色的搭扣和把手,虽然有点旧了,但很好看也很精致。我问妈妈这是个什么东西,妈妈说是以前外公放文件的。可惜它不是像书包那样扁扁的,而是方方的。妈妈说,哈,你不如就用它作书包算了,拎着它,真的就像玛露霞了。我不肯,说这和别人的书包都不一样,同学会笑话我的。妈妈嚷嚷说,嗨,不一样才好呢,还不容易拿错哩。一个人就应该和别人不一样嘛,否则你就成了别人了。于是我只好很不情愿地提着那只书包去上学——结果第一天,我就遭到了男生的袭击。在回家的路上,他们围着我的书包团团转,说这不是书包而是一只匣子,用来装洋片和玻璃球倒是蛮好的。他们让我把匣子交出来,我不肯,他们来抢,危急中,我拿出削铅笔的小刀,用刀子割伤了一个男生的手指。第二天,男生向老师告了我的状。老师说我的书包像资本家,以后不许用了,还让我在黑板前面罚站认错,又通知妈妈来把我领回去。妈妈很不理解地嘟囔说,连用什么书包都要管,这些人是怎么回事啊?妈妈这次的"书包改革",也就此宣告失败。她一气之下,就把我转学到她教书的中学隔壁的一所小学去了。

我发现妈妈这个人,总是同别人想得不一样。有时,她好像不是生活在这个地球上的人,事事别出心裁,然后又处处碰壁。不过她从来不因此懊丧。她生气的时候,就倒在床上看书,从枕头下拽出一本《格林童话》或是《伊索寓言》什么的,看着看着,她会"扑哧"一声笑起来。我说妈妈你笑什么呀?她还笑个不停,说来来来,过来,妈妈给你讲个故事。她就讲《幸福的汉斯》讲《狐狸和猫》给我听。讲完以后要是问她,妈妈你刚才为什么生气,她笑嘻嘻眨着眼睛说,哎呀刚才我是生气了吗?你看,连我都忘了那是为什么……

就在我上小学那年,妈妈给我生了一个小妹妹。妹妹生在中秋节那天,我和爸爸去医院看望妈妈,爸爸在路上给妹妹起了一个名字,叫做婴音。爸爸说,让妹妹像婴儿的声音一样纯洁。妈妈也很喜欢婴音这个名字。我一直不明白,妹妹生在月圆之日,为什么不叫她圆圆或是亮亮什么的,而要叫婴音呢?从抗抗到婴音,中间相隔七年之久,我父母的心里到底发生了一些什么变化?

当我长大以后,对于自己和妹妹名字的差别,曾很多次绞尽脑汁。爸爸妈妈在50年代初,为着自己心目中神圣理想而生的那种激昂的反抗、抗争、抵抗精神,却在莫测多舛的命运中,一次次陷入惶惑和迷离——于是他们不得不开始向纯净、高洁、稚拙和素朴的人生愿望求助。"婴音"是一个坦白的陈述、一次无悔的回首和回归。当婴音到来时,他们对自己的人生追求,重新作了判断和肯定。所以婴音这个不起眼的名字,却也许蕴藏了至关重要的含义。很多年以后我才渐渐悟到,"婴音"的出现,是否意味着一种精神和理想的修正。"婴音"是一个排斥一切世俗的代码,他们注定要恪守着这一崇高的信条,固守自己灵魂的那方天地。

　　河水带着一个瓦锅和一个铜锅流着。那瓦锅对铜锅说道:请你离开我游泳,不要靠近来。因为你如碰着我,我就碎了,即使我并不想要碰你。

这就是说,在贪婪的国王的近地住着的穷人的生活是很不平安的。

这是《伊索寓言》中,"两个锅"的故事。

我已经能把书上的字,念得很流利了。我的成绩单上都是5分。

但我却不太懂得这个寓言的意思。晚上我去问妈妈,妈妈说:一个瓦锅和一个铜锅,你动脑筋想一想,是瓦锅结实呢,还是铜锅结实?

当然是铜锅结实了。我回答。

所以,瓦锅和铜锅在一条河里流着,瓦锅就担心铜锅会撞着它。瓦锅如果在岸上,平平安安的,也许能用很久。但在水里漂着,水里有浪有漩涡,它不能掌握自己的方向,只要有个坚硬的东西撞击它,它是不堪一击的。因此它很害怕……

妈妈讲到这儿,忽然停住了。她的脸色苍白,呼吸也急促起来。她合上了我那本《伊索寓言》,摸摸我的头说,你快考试了,先不要看课外书了好吗?然后她默默走开去,不再理会我。

那时妈妈学校的墙上,已经出现了许多大字报。我知道那叫"大鸣大放"。我每天都在那些大字报底下钻来钻去,和小朋友捉迷藏。但是妈妈很少在那些大字报下停留。她走过墙根时,步子总是匆匆忙忙又慌慌张张的。

天空乌云密布,一场更大的暴风雨,席卷着棍棒刀剑倾泻而下。1956年的肃反运动刚刚过去不久,"反右"运动又开始了。

那些日子妈妈的右眼总是跳个不停,她觉得一场灾难又要降临了。就学校的这些老师来说,她大概可以算是唯一一个"三位一体"的"人选"了。——她出身于剥削阶级家庭、父亲是个判过刑的"伪镇长";她的丈夫是个劳改刚回来不久的"历史反革命";而她自己,历史上曾经被捕,1956年再次确定的审干结论上,还是认为她有"自首行为",没有把她打成"叛徒",已是万幸的了。就她这样的政治状况,只要说错一个字一句话,都将跌落万丈深渊,永劫不复。她是一只地地道道的瓦锅,且已是遍体裂纹、伤痕累累。不要说有只铜锅来撞她,就是漂来另一只瓦锅,不经意地一碰,顷刻间土崩瓦解的,只能是她。

那段时间,妈妈整日里沉默寡言,连故事也不给我讲了。

就在"大鸣大放"最热闹那会儿,有一天妈妈低头走过大字报前,她知道大字报的内容,大多都是反映有关知识分子待遇的,比如教师的宿舍太拥挤、教学条件太简陋、学校党支部有官僚主义等等。妈妈虽然心里赞成这些意见,但她却不愿也不敢出头露面。因此当有一天,同一个教研室的老师,拦住她请她签名时,她有些迟疑不决。她明知道自己不该签名,但不签又觉得对不住同事。她把自己的名字写得潦草之极,潦草得几乎看不出是谁。

"瓦锅"顺水漂流,只能尽可能小心地躲着漩涡和恶浪。

蛇引出了洞,猎人很快就开始了迎头反击。

开始有人检举揭发朱小玲的反党言论了。

所谓的"反党"言论,是说她曾经穿过一件银灰色的海孚绒大衣,上班时对×××说,你看这大衣还是我结婚时,父亲送给我的,那时也不贵,现在怕是再也买不起了。

明摆着,她这不是在散布"今不如昔",又是什么呢?

又说她认识一个叫刘季野的人,那人是杭一中的语文教师,1955年被打成胡风分子。她同他有过来往,应当老实交待她和他之间的反动言论。

还有人说她想让女儿学弹钢琴,带女儿去看戏,从不看现代戏,都是看的什么外国歌剧或是莎士比亚的话剧;给女儿买的书,几乎没有几本是中国书,她这不是培养女儿走白专道路,又是什么?从这些事实可以看出,她的资产阶级思想何等严重……

同一个学校的老师中,那些出身好的、那些丈夫是军人或是干部的、那些刚从师范毕业的、那些历史清白的……都像是压在妈妈头上的砖块,一层层越垒越高、越砌越悬,一块块压得她喘不过气来,却有口难辩,连解释的可能都没有,惟恐言多语失。

"瓦锅"心里明白,她必须在自己那易碎的外壳上,设法裹上一层防护的布、油毡、三合板或是别的什么。哪怕是一根稻草。她不能就此任人摆布、由人宰割。她只有自己来救自己。而且应在校领导作出最后的决定之前,反守为攻,转移目标,先把自己从火力的中心解脱出来。

很多年以后,我妈妈又一次对我讲述了这件事。她讲得坦率而平静,但她说她永远不能原谅自己。除了贾起之死,她一生中似乎没有太多懊悔和愧疚的事情,而这却是其中一件。

你想那个时候,我这么一个从不关心政治、不求上进的人,还能有什么锦囊妙计呢?妈妈自嘲地说。我唯一能做的,就是抛出别人、保护自己——检举揭发别的老师。我们教研室有个女教师,据说也有历史问题,领导把她列为重点。我就揭发她说,她平日在办公室,举止行为十分诡秘,写了什么东西,就搓成一团,收藏在她抽屉里的一只布袋中。这只布袋子非常可疑,它究竟有什么不可告人之处,应该将其公开在光天化日之下……在我揭发的当天,校领导就命令她把那只袋子打开,她一边解袋口的绳,一边手都颤抖了。但结果大出意外,那里面是些废纸、还有粉笔头、用坏了的别针等等杂物,什么名堂也没有。我愣了,满脸通红。领导把那只袋子拿走了,说还要研究研究,并且表扬我警惕性高,是好事。当时我恨不得钻到地下去。幸亏她后来倒没有因此而打成右派,只是把她下放到郊区的中学去了。她临走时收拾办公桌,悄悄对我说,你不知道,我是个基督徒,有洁癖,一点点脏东西都从来不乱扔的,就准备了那只布袋……我这才明白了那只布袋的来历,心里很难过,一句话也说不出来。

听完了这个故事,我同样也说不出话来。

似乎是有一点失望。对于我所尊敬的妈妈。

失望之余,又有一种悲哀渐渐升起,为周围所有的人。这些年里,其实我也同样体验了这种"你死我活"的人生哲学。作为一个生活在五十至八十年代的中国人,恐怕几乎没有一个能幸免被人所整而又整人的悲剧。然而由妈妈亲口对我述说的这件往事,就有了一种更为辛酸的含义。

"反右斗争"的风暴终于过去了。妈妈竟然侥幸"漏网"逃脱,最初连她自己都不敢想象。她一直没有搞清1957年自己之所以未被打成"右派"的真正原因——或许是由于当时学校里有比她的言论更加"反动"的教师捷足先登;或许是因为"右派"的指标暂时已凑足够数?但她本人以为最大的可能,则是学校的教导主任唐佩兰,在暗中扶了她一把。那个我称作唐妈妈的教导主任,戴一副深度近视眼镜,讲一口流利的英语。她精明严厉,全校的人都怕她。但她每次一看见我,就笑嘻嘻地问我考试得了几分。她喜欢学习好的学生,自然就喜欢讲课最受学生欢迎的我妈妈。妈妈说,唐老师知道她家里的困难情况,也了解她的历史和为人,再把妈妈打成"右派",唐老师实在是于心不忍。妈妈坚持说那个时候偶尔也会"正义战胜邪恶"。她愿意这样去解释一场被避免了的灾难,这个猜测比较符合妈妈一向的人道主义理想。时至"文革",唐妈妈被送入"牛棚"隔离审查,与我妈妈关在一起。她的丈夫,杭州市另一所重点中学——杭州二中的校长黄怀仁,被造反派批斗致残,最后死于癌症。他们所力行的人道主义,却并没有回报于自身。

然而一直持续到1959年的"反右斗争",却仍然给我们一家造成了新的威胁。爸爸从1955年回到杭州后,开始被暂时安置在公安厅劳改局教育科,编一份给犯人阅读的《新生报》。他的工作能力很得教育科长的赏识。那位科长为他写了证明,推荐他去省招聘委员会应聘。爸爸几乎就在将被重新录用之际,由于"反右"开始,一切努力付诸东流。那位教育科长也被打成了"右派"。不久后，我爸爸接到通知，从市内机关调去郊区属劳改部门管理的"留下果园"，参加"生产自救"。从此又一次开始了他作为一个劳动者的艰苦生涯。

自从爸爸被送到"留下果园"去之后，每个星期六的晚上，妈妈就带着我和妹妹，到龙翔桥的6路汽车站去接爸爸。经常的，眼看着那些下了汽车的人，一点点散尽，爸爸却连个影子都不见。我们在路灯下等啊等啊，一直等到末班车过去，汽车站上一个人都没有了，妈妈才叹口气说我们走吧，他们大概又不放假了。爸爸一般只能两个星期回来一次，是晚饭以后才到家，第二天下午就得急急忙忙赶回去。我算了一下，他在家里的时间，从来没有超过二十四小时。就是国定假日也不例外。每次他回去的时候，妈妈总是拉着我们的手，把他送到6路车站。所以很长一段时间，我对于星期天的印象，是同那个破旧的6路汽车站连在一起的。

以后的岁月变得模模糊糊，笼罩在一片无休无止的淫雨和迷雾之中。妈妈甚至都记不清后来的1958年大跃进、1959年反右倾、三年困难时期还有四清，这一个个运动和灾难，她拖家带口，究竟是怎么过来的。在那些战战兢兢、如履薄冰而又不得不言不由衷的假话后面，妈妈的心底渐渐滋生了越来越多的疑问：不仅像她父亲那样的在抗战时期做过一些好事的开明人士，不被这个制度所容；她曾经冒着生命危险从事地下工作的丈夫，也在无产阶级专政的"大墙"下被剥夺了政治生命；一个个正直而有才华的朋友们，相继戴上了这样那样的"帽子"，正从这个歌舞升平的时代一点点消失；就连她自己，从十几岁就倾向进步、追求革命，并受过国民党迫害的人，竟成了阶级异己，被打入社会的底层——革命者或是同情革命的人，到头来统统被革命所"革命"，那么革命究竟是为了什么呢？难道她年轻时所希冀的那个平等、民主和自由、富足的社会，只是一个虚妄的梦么？

她不敢往下想了。这些念头，连想想都觉得可怕。

"瓦锅"在岁月湍急的水中漂流,身不由己。但这只"瓦锅"的不可救药之处,或者也可说是与其它易碎的泥钵、陶罐、玻璃瓶的不同之处,就在于这恰恰是一只想入非非的瓦锅。当她偶尔遇到一段平缓的河段,使她能稍稍地喘息和休整之时,她便津津有味地开始观看岸边的风景。葱郁的森林和高耸的峭岩令她陶醉,山坡上啃着青草的小羊使她着迷。她想这世界总会有一个她灵魂的流亡之地,她相信自己定能寻得一个逃避的去处。她惹不起难道还躲不起么?她将要把自己的心藏入一个美丽的河湾,一个无人能够侵袭的角落,去做一个飘然出世者。

多年以前妈妈在洛舍小镇的孤寂与苦恼中,曾经安慰了她的那些文学作品,在六十年代的贫穷和压抑中,重又在她心里丝丝缕缕地复苏。像那个时代许多追随革命的人一样,她早已是一个不信奉宗教的人。但当着神圣的宗教被更为神圣的"信仰"这个词汇所代替;当着许多人的信仰正一天天演化成一种新的宗教时,她却只能沉溺到她的书本里去,将她心灵深处那些美丽的童话,建筑成一座她所独享的理想主义宫殿,并逐渐创造出一个可以称之为童话理想主义的怪物,作为自己支撑苦难的另一种"信仰"。

人到底是不可没有宗教的。正如没有神可以造神;没有神坛可以堆砌神坛。妈妈在少年时代曾那样痴迷的信仰破灭后,她终究空落,她需要用那些遥远而美好的故事,暂且充当抚慰痛苦的圣经。

在那一段漫长而凄苦的岁月里,妈妈一步步把我引入她苦心营造的另一种梦游幻境,让我在她虚拟的童话世界里,天天向上。

九

因此,那一场长达几十年的梦魇,对于我妈妈朱小玲这样的人来说,自有一种出于天然的消解之法。这个消解的过程尽管无奈而且无意,我仍相信她是一个最终得以幸存的例外。

1963年是一个好年头。

街上要饭的人渐渐少了。店里的东西渐渐多了。粮站又开始供应大米,前几年为支援灾区省份调剂来的那种玉米粉、高粱粉总算不见了;学校的食堂,竟然有了肉骨头粥可吃。外婆从洛舍更经常更丰富地,给我们带来她自己腌制的咸鱼咸肉和新鲜鸡蛋,使我们的餐桌变得有声有色。1963年像一个大病初愈的患者,打着哈欠、伸着懒腰向我们走来。在我的记忆中,1963年是我出生以来屈指可数、抑或也是最后一个平安之年。

就在那年夏季,我考上了全城那所著名的重点中学,走进了杭州一中森严的大门。也从此离开了我和妈妈在一起相处了5年之久的瑞金中学校园,开始了我独立的中学时代。那所中学闻名于全省,不仅因为它已有一百多年的历史,还因为几十年前,鲁迅先生曾在此任教。

7月统考的那天,妈妈没有陪我去考场。每年的这一个时间里,妈妈要在她的学校监考。那天清晨妈妈把我送到巷口,对我说了一句:相信自己啊!我朝妈妈招了招手就要走。妈妈忽然又把我叫住,从自己头发上拿下一只发卡,将我额头上挡着眼睛的一缕头发轻轻撩开,用发卡别住。好了。她说。我走啦。我说。我就那样一个人怯生生走进了考场,只觉得在很远的身后,有一双妈妈微笑的眼睛注视着我。

一个台风刚刚平息的下午,一只印着那所学校名字的信封里,飘出了一张小小的录取通知书。我看见了自己的名字。

这就是我身上那粒红痣忽然出现的那个夏天。

那年暑假我去外婆家,有一天傍晚在柴房里洗澡的时候,在我肚脐旁边偶然发现了那极小的一粒红痣。关于这粒红痣的由来和去路,我的外婆和奶奶曾有截然不同的解释与评论,我将在以后的篇章里,另行详述。

这位不速之客的突然降临,这颗嵌入了我洁白皮肤的鲜艳红点,在我少女的心灵中掀起了一场巨大的冲击波。甚至冲淡了我考入重点中学的欣喜。面对身上这粒奇怪的红痣,我心里滋生出对人生和生命的最初发问。在很长一段时间里,我焦虑难耐、烦躁不安。眼前的世界似乎被披上了一层奇异的色彩,令我敏感而懵懂、激动又忧伤。

红痣是一个突如其来的转折,也是一个神秘的句号,预示着我少年时代的突然终结。

那所设施完善的重点中学里,有一座庄严的科学馆。我曾徘徊在科学馆的台阶上,踮起脚尖,张望着走廊墙上高高悬挂的一长排中外大科学家的画像。每一位大师都有一双摄人心魄的眼睛。无论你从哪个角度看他,他都会盯住你不放,令你的呼吸陡然急促,犹如膜拜一座圣殿,心里涌上崇高的激情。

然而我却已再也无法对科学馆发生兴趣。我几乎是莫名其妙地热爱上了游泳课——就在科学馆的后面,有一个为游泳课而建造的游泳池。

每天我都焦急地盼望着游泳课的到来。

我暗中期待着能在游泳池里,发现其他的同学们,身上究竟有没有叫做红痣的那种东西。我心虚的目光透过碧波和水花,一次次横扫过同学的身体。我谴责着自己但我无法控制。

糟糕的是,男生们总是在深水池里游来游去,女生们的肚脐又被游泳衣包裹着,几次游泳课下来我一无所获。更令我扫兴的是,几乎所有的人都喜欢穿红色的游泳衣和游泳裤,这样我就更难分辨皮肤上极易混淆一色的红痣了。9月眼看就要过去,"十·一"以后就不会再上游泳课了。有一次我鼓起勇气问我的同桌,他是不是把红领巾做成了游泳裤穿上。他愣了一愣,很气愤地回答我说:就算是,又怎么样?!红色是革命的颜色啊!

那个瞬间,我的红痣似乎被赋予了新的含义,这使我大吃一惊。

我的脑子乱成一团。我想起校门口旗杆上,那面鲜艳的五星红旗。但我从来没有想到过红旗和红痣之间,会有某种关系。这个重大的发现弄得我心神不定,坐立不安。我的眼前红浪翻滚红光闪烁,红痣红灯红星红日令我产生出另一种狂喜和疑惑。这种痛苦而焦虑的日子持续了几个星期,我被自己的幻觉弄得精疲力竭。

虽然我在十三岁生日那天,曾暗暗对自己说,我已是一个中学生,我将要自己来解决我所遇到的难题。我却不得不承认,目前我唯一的出路,仍然只有去请教我的母亲。

我很快得到了一个适当的机会。那个星期六,妈妈带我去浴池洗澡。那几年马路上的公共汽车上,都背着一个巨大的沼气口袋,即便是公共浴池里的热水,也如患了痉挛似的忽冷忽热。我仰起脸,清楚地看到妈妈雪白的身体,在莲蓬头水流的冲击下渐渐变得通红。每一次我和妈妈去浴池洗澡,我都会想起白雪公主和七个小矮人的故事。妈妈的皮肤白皙而光洁,像一片白云从我头顶飘过。所以当我和妈妈光着身子站在一起的时候,我总会有难为情的感觉,我多么渴望着什么时候也能变得像妈妈那样丰满而美丽呵。

那天我鼓足勇气扭着身子在她面前不停地转来转去,希望妈妈能主动发现点什么。但偏偏那天的水很热,雾气朦胧的莲蓬头下,妈妈和我彼此的影像都模模糊糊。妈妈背对着我的影子说你又长高了一点呵,什么时候能再胖一点呢?她的目光从我的肩上滑过,当她开始用毛巾擦干身子时,我终于忍不住对她说,最近我的肚脐旁边长出了一粒红痣。

噢。妈妈完全无动于衷地嗯了一声。——在哪里呢?她漫不经心地问。噢,看见了……是这个。很好看的呀,像一颗红宝石对吗?真的很漂亮啊……

她说是红宝石。她没有说是红星或是红灯。这个回答使我失望之极。

也许是一只红蜘蛛呢。她笑着转过身去。你还记得小红帽的故事么?可惜还没有一个关于红蜘蛛的童话哩……

为着她对我身体如此重大的事件之漠不关心和敷衍了事,当时我差点委屈得哭了起来。愤怒中我突然冲着她大声叫道:你必须告诉我红痣到底是什么意思?

妈妈扔下毛巾说你怎么了?红痣有什么可大惊小怪的,红痣就是红痣,是皮肤色素沉淀。妈妈的身上也有红痣。

真的?我一下子说不出话来。

不信你看,就在肩膀上。左边,再往边上一点儿,找到没有?

没有。我说。没有哇。

再找找。不会没有的。就在肩膀头上,你看仔细点。

我的眼睛已经睁得不能再大了。可是妈妈那浑圆的肩膀上,确实是一片光洁,洁白无瑕。

会不会是我记错了呢?也许是在右边?妈妈的声音听起来有些慌乱。她重又蹲下身子,让我看她的右肩。可是,仍然是什么红痣也没有。

这是怎么回事呢？它在那儿已经很多年了呀,怎么会说没就没了呢？妈妈伸出手摸着自己的肩膀,眼中一片迷离。

　　你自己的事情怎么都搞不清楚呢？我模仿着爸爸平日的口气说。

　　妈妈沉着脸开始穿衣服。我觉得有些不妙。我想弥补一下刚才对妈妈过于狂妄的批评,就冒冒失失地说了另一句话。我说妈妈我知道了,你身上的那粒红痣,大概是跳到我身上来了!

　　你胡说些什么呀!妈妈扬手在我湿漉漉的脑袋上抹了一下。我感觉到她的手微微有些颤抖。她的嘴唇惨白,面孔因而也显得越发苍白。她穿好衣服就走了出去,回家的路上一言不发。我像只小猫似的跟在她身后,我不明白我那句可以说是很幽默的玩笑话,究竟出了什么毛病？

　　那粒不动声色的红痣,曾使得周围一切的红色都对我产生了一种无法抗拒的诱惑。甚至就连身上突然喷涌而出、以后月月骚扰我的那股红色的鲜血,也令我既悲壮又恐惧。而我的妈妈对于我心里发生的这些莫名其妙的变化,居然毫无感觉。她像一个夜行中的梦游者,径自往黑暗的隧道深处悠然飘去,既不左顾右盼、也不痛心回首;既不再思想,也不再发问;她只是茫然地穿过这无声无色的梦幻,将人世间的苦难隔绝于心灵之外,沉浸在自己的那个世界……

　　我放弃了最初从妈妈那儿得到答案的希望和企图。我的沉默和孤独悄悄开始。而独自一人的苦思冥想,又使我一无所获。

　　……当暮色渐渐垂下来的时候,彩色的灯光就亮起来了,水手们愉快地在甲板上跳起舞来。小人鱼不禁想起了她第一次浮到海面上来的情景,想起她那时看到的同样华丽和欢乐的场面。她于是旋舞起来,飞翔着,正如一只被追逐的燕子在飞翔着一样。大家都在喝彩,称赞她,她从来没有跳得这么美丽。锋利的刀子似乎在砍着她的细嫩的脚,但是她并不感觉到痛,因为她的心比这还要痛。……

那些年中,妈妈常常为她的学校写剧本,好去参加全区的中学生文艺汇演比赛。她说是唐妈妈让她写的,所以她一定要写好,给学校争光。到了晚上,她就趴在桌子上写啊写啊,写写就自己咯咯笑了起来。我说妈妈什么东西这么好笑啊?妈妈说到演出的时候,你就知道了。写出了剧本,她让学校的音乐老师林阿姨谱了曲子,然后从各个班级挑选了一些学生,天天在礼堂里为学生排练。当年她在浙西一中和朝鲜义勇队里当演员,这回可当了导演,没想到她的演戏才能,有了用武之地。

大幕终于拉开了。我坐在台下,眼睛睁得老大。报幕员走出来说:下一个节目,小歌剧:《嘻嘻哈哈上北京》。由校文工团演出。

音乐响起来。我的眼前出现了一片绿色的田野,然后是一只像桌子那么大的南瓜,摇摇晃晃地走出来,走也走不动的样子;我一眼就看出那南瓜是用纸糊的,一个人站在中间,他的脑袋就是南瓜的柄了。又有一根长长的丝瓜颤颤悠悠地走上来,丝瓜皮是用一块绿绸子做的,裹在一个学生的身上,顶部还有两只眼睛,一眨一眨的;接着是一只大红辣椒、还有一个大白萝卜、一根金黄色的大玉米……真是像极了像极了。它们不停地轮流唱着歌,意思是丰收了,它们要高高兴兴地到北京去向全国人民报喜。最后出场的是一棵果树。它的树枝上结满了各种各样颜色的果实,有苹果、梨、桃、杏、香蕉、橘子、还有柿子和一只大柚子……它说它的名字叫做"十姐妹",就是使十种水果都长在同一棵树上,人们想吃什么就可以摘什么。扮演这棵树的学生,晃了晃他的胳膊和腿,也就是裹在他身上的"树枝",那些果实便一个个落下来,滚了一地,有一个还滚到台下去了。观众们拼命地鼓掌,又喊又叫的,我也从座位上站了起来。那些蔬菜和水果们在台上转了一大圈,搬上来许多凳子,一只连一只地排列成一行,好像火车的车厢。最后,它们唱着快乐的歌,在轰隆轰隆的音乐声中,自己挪动着凳子,招着手,向着北京(也就是后台)开去了……

散场以后,我跑去找妈妈。妈妈正满脸笑容地忙着给学生卸妆。我仰起头对妈妈说:我知道了,这是一个童话。

妈妈看看我,说了一句奇怪的话:当然,除了童话还有什么呢?

除了童话还有什么?——在后来的许多年中,这句话始终萦绕在我的耳边。它像是妈妈自造的一句谶语,破译它个中难解的含义,曾使我费尽心力。终于有一天我恍然大悟地明白,它的意思其实已简单到接近纯粹。对于妈妈这样的人来说,她除了将自己沉醉于童话,这个世界还有什么更吸引她的事情呢?

那天晚上,全校的观众最喜欢的,就是这个节目。后来它被选拔到区里,得了奖,又到市里演出,也得了奖。不过,荣誉是学校的,奖状挂在会议室里,没有妈妈的名字。但妈妈还是很高兴。到了下一个学期,妈妈又为学校写了一个小歌剧,叫做《放学以后》。这个戏演出以后,在当时杭州的教育界,可以说,引起了一些轰动。

剧情大概是这样的:三个初中生自觉地学习雷锋叔叔,放学以后争着为班级和同学们做好事。小豆豆从家里拿来一只痰盂,放在教室里。可是另一个做好事的小红,一不小心却把痰盂打破了。她只好躲在讲台下面,希望发现痰盂的主人。于是出现了一连串有趣的事情。那故事虽然很简单,但好像就发生在我们的生活中。三个孩子之间的每一句对话,都生动极了。歌词也很精彩。演出的时候,台下的笑声一阵接一阵,演了一半,掌声就哗哗地响成了一片。

直到现在,我还记得其中的一些片断。比如那个最受观众喜爱的小红的歌词:小红我鞠个躬,痰盂你告诉我……还有:小豆豆、豆豆小,跳呀跳不高,(指豆豆个子太矮)……小豆豆表示要再回家去拿一只痰盂来时,还有这样的台词:是呀,以防万一呀,假如她再把痰盂打破了呢?

《放学以后》又得了市里的奖。奖状就挂在校长的办公室里。

有一天,妈妈的一个同事对她说,现在的儿童剧内容太千篇一律了,你应该把这个剧本寄出去发表。妈妈摇摇头不回答。后来,那个叔叔真的把它寄给了一家儿童文学杂志。过了几个月,那个叔叔苦着脸来找妈妈,递给她一本杂志说,喏,你看!——那期的杂志上登了一个小话剧,剧情竟然和《放学以后》一模一样,而作者却是另一个人。那个叔叔气呼呼地说,这是剽窃!我要写信揭露他们!妈妈淡淡一笑,说:我看还是算了吧。我写这些东西,本来也没想发表,只要孩子们有自己的戏演,有自己的戏看,管它用谁的名字发表呢,算啦算啦!

在六十年代,妈妈即兴"创作"过的一些作品,就这样无名无姓地在校园里流传了一阵,然后如同枯叶飘落,悄悄沉入泥土,从来也没有变成过铅字。

但妈妈已不可能是另一种样子。妈妈就是这样一个人。

妈妈在瑞金中学教书的许多年里,从五十年代到"文革"开始,一直当班主任。每次交给她的班级,一开始总是最不听话、最难带的。但妈妈却最喜欢那些调皮捣蛋的学生。她说这些"吵生"其实是最聪明、最有个性的。只要引导得好,长大了往往比那些"乖孩子"有创造力。我记住了一个叫钱其林的名字,全校的老师只要一提起钱其林就摇头。而钱其林却偏偏是一个几乎每天都要被人提到的名字。比如说:钱其林今天又闯祸啦——他在课堂上把前排同桌的两个女生的辫子,悄悄地拴在一起,结果有一个女生站起来回答老师提问,另一个女生痛得尖叫起来;今天钱其林又干了坏事——他在下课时,不知从哪弄来了一只青蛙,放在老师的讲台里。开始上课了,那只青蛙蹦了出来,一跳就跳到了任课老师的脑袋顶上,气得老师课也不上了……

诸如此类,也许还有比这更糟的事,所以钱其林就成了一个最不受老师欢迎的人。他的爸爸是个搬运工人,每次老师到他家去

"家访",第二天钱其林就被他爸爸打得鼻青脸肿地来上课。那一天,他准保又会干出一件更让老师恨得咬牙切齿的事情。唐妈妈说,实在没办法,下个学期就只好让他退学了。

妈妈去找了唐老师。她说她愿意来带钱其林的那个班。

其实钱其林在班上挺有威信的。他常常替同学打抱不平。有一次有个外号叫"壳儿"的男生,要"借"一个叫王胜利的男生的数学作业簿。王胜利不肯,说你不会做我教你,但你不能抄我的。"壳儿"一听,把钢笔一甩,一串蓝墨水全甩在王胜利的簿子上,那些作业题被墨水弄得一塌糊涂。钱其林走过来,拔出拳头就朝"壳儿"挥去,把"壳儿"打了个四脚朝天。"壳儿"爬起来,当时就哭哭啼啼地找朱老师告了一状。

第二天早自习时,妈妈走上讲台。第一句话就表扬了钱其林。她说钱其林支持王胜利做作业不抄袭,是一个正义的行动。如果大家都来制止抄袭,就没有人再敢抄袭了。但是钱其林打人不对,他的方法错了,就好像划船倒扳桨,本来要去平湖秋月,结果却去了苏堤……

这大概是第一次有老师在全班同学面前表扬钱其林,他满脸通红地低下了头。放学时,班干部来找妈妈汇报说,这一天,钱其林破天荒地再没有在课堂上做小动作。

我不知道妈妈都在钱其林身上使用了什么"魔法"。但这个班的任课老师,来找班主任告钱其林的状,却慢慢少了。妈妈从来不当着大家的面批评钱其林,钱其林做了错事,她也从来不去找他的爸爸。她对他说话永远是平心静气、和颜悦色的。还让他参加了学校的生物兴趣小组,星期六的下午,同他一起到城河边上去捞孑孓喂他养的金鱼;又从家里找了许多个玻璃瓶,放在教室的墙角,让他负责培养小球藻……有一段时间,我特别讨厌这个钱其林,就是因为他,妈妈基本上都没时间理会我了。

过了一个学期,钱其林居然当了班上的劳动委员。考试成绩也没有一课不及格了。他爸爸来开家长会,当着那么多人的面哭了起来,说是如果不是在学校,阿林就该叫朱老师干娘了。那天妈妈特别高兴,回来对我说了干娘的事,使我对钱其林非常嫉妒。

后来妈妈根据钱其林的故事,编写了一个多人的表演唱。我记得歌词是这样开头的:我班有个钱其林、钱其林……歌词从头到尾列数了钱其林从"坏"变"好"的过程。有趣的是,钱其林也参加了那个表演唱。他演的就是钱其林本人。一时在学校里很是扬眉吐气。老师们都对他刮目相看。

"文革"前一年的春节,大年初一那天,天空飘着雪花,一个高个子的解放军叔叔,肩膀被雪淋得湿兮兮的,手里拎着一兜水果,神出鬼没地出现在我家门口。他喊了一声朱老师,妈妈狐疑地看着他,一时竟想不起这个年轻的军人是谁。他在水泥地上来回擦着湿漉漉的草绿色军鞋,嘴唇上一层细细的茸毛,亮晶晶的雪珠还在滴水。他的两只眼睛笑嘻嘻的,还对妈妈做了一个鬼脸。粗声粗气地说:我是钱其林啊!

那天是妈妈一个快乐的节日。她对爸爸说,还是当老师好啊,种瓜得瓜、种豆得豆,与世无争。

爸爸说,像你这么天真烂漫的人,看来也只能同孩子们在一起,还有一点安全感。

此话却说得有些过早。"文革"开始后,我妈妈最后一点对于童心的希冀和依赖,也彻底破灭了。

……现在太阳从海里升起来了。阳光柔和地、温暖地照在冰冷的泡沫上,因此小人鱼并没有感到灭亡。她看到光明的太阳,同时在她上面飞着无数透明的、美丽的生物。透过它们,她可以看到船上的白帆和天空的彩云。它们的声音是和谐的音乐,可是那么虚无缥缈,人类的耳朵简直没有办法听见,正如地上的眼睛不能看见它们一样。它们没有翅膀,只是凭着它们轻飘的形体在空中浮动。小人鱼觉得自己也获得了它们这样的形体,渐渐地从泡沫中升起来。……

黑夜变得嘈杂喧闹,总有无数个声音在我耳边喊喊嚓嚓。

我听见远处街上的无轨电车尖声驶过。秋风一片一片摘下梧桐树枯黄的老叶,窸窸窣窣地抛向空中。靠窗口的那张大床上,传来长时间叽叽咕咕的响动,连同我自己的怦怦心跳,使我无法入睡……

有好几次,我都想翻身坐起来,跑到大床那儿把妈妈摇醒。我想告诉妈妈说我很不快活。我的不快乐来自我当初无限憧憬的那所学校。1963年的日历早已撕完,严峻的1964年,从学校礼堂墙上,密密麻麻悬挂的关于"四清运动"的文件中,板着面孔横在我们面前。这所云集了省委和省府几乎全部的干部子女的学校,以及1964年"重提阶级斗争"和"重在政治表现"的种种口号,都使我感到莫名的压抑。我很快对曾经熟读的那些童话,对妈妈最喜欢的《海的女儿》那种遥远而虚无的故事,失去了兴趣。红色的团徽似乎已经成为天边可望而不可即的晚霞,金色的余光擦过我的发辫,无可通融地坠落于政治老师轻蔑的眼光后面。

几乎是从十四岁那年开始,我便体验了被基督教称为原罪的那种感觉。

就连那粒红痣,也一日日暗淡下去,与我冷眼对视,纹丝不动,固执地拒绝着我对它的揣摩和猜测。

我真想对妈妈说,我的脑子里,好像是明明白白的一塌糊涂啊。

但我知道我已无法求助于我的妈妈和爸爸。这个世界的风景,似乎并不像他们在十几年中苦心为我描画的那么美丽。即使在晴朗的日子,我也总是听见从操场上传来一阵阵电闪雷鸣和狂风的呼啸,教室窗外的白云飘过,我感觉到有阴沉的雨丝袭来……

每天晚上,我觉得只有钻进蚊帐的时候,才有一个完完全全属于自己的天地。我喜欢在黑夜的掩饰下,同自己倾心交谈。

那天夜里,当大床上的响声停止以后,周围突然死一般沉寂。

很久,窗边传来妈妈低低的一声叹息。

你说,我肩膀上的那颗红痣,怎么就会没有了呢?

没有就没有嘛……最近我每次星期六回来,你都和我说这件事,你这是怎么啦……爸爸打了一个哈欠。

我以前告诉过你的,1943年我从国民党的监狱出来,回到洛舍家中,肩上就生出这颗红痣,这么多年,我一直把它当成在狱中牺牲的贾起留给我的纪念,让我不要忘记鲜血和苦难……

是的你是说过,自从贾起死后,你对白色有了一种恐惧,你开始偏爱红颜色……

嗬,是吗?

我在洛舍第一次见到你的那天,你的蓝旗袍上,就别着一块绛红色的丝绒手帕……嗬,1948年我们结婚时,你还买了一双红皮鞋哩……

是的……是的,那些年中,我曾经是迷恋过红色的……

解放那年,你还为我买过一件红毛衣……

可是后来……后来,难道你没有注意到么?

什么?嗬,我想睡了……

你没发现,那条大红色的真丝被面,我早已不再用了么?

还是不要再讨论红色了吧,这是自寻烦恼……

可是我想不明白……这颗红痣生了那么多年,现在怎么会突然消失呢?怎么又会出现在女儿身上呢?我仔细看过,她身上那颗红痣,几乎同我原来那一颗一模一样,我不懂这是一种什么样的预兆……

不要胡思乱想好不好,从医学上说,血液循环当然有遗传现象……

我的意思是说,我宁可自己受苦,也不愿让她再重复我们的灾难……你看这个学期以来,她已经无缘无故受了那么多伤害。自从她如实填写了中学生登记表的家庭出身以后，班干部马上就被撤了，连国庆游行都不让她参加。这孩子比较早熟，还有些神经质，我真为她担心……

而糟糕的是，我们根本无法对她说出真实。我想你的痛苦大概就在这里，是不是？爸爸也叹了口气。然后是长时间的沉默。

我在黑暗中睁大了眼。无边无际的黑色如潮水在我枕边汹涌蔓延。

……我曾经是喜欢红色的……红色奔放、热烈，像一团燃烧的火焰……可是如今，我不知为什么……越来越害怕红色，它在我眼前出现的时候，总是像一摊摊鲜血……使我觉得恐惧……我心里的红色，恐怕就只剩下那个小红帽的故事了……

妈妈的声音渐渐低下去，低下去，变成一片淅淅沥沥的雨滴、一阵断断续续的微风，最后就什么也听不见了……

我在十三四岁那些年，对于人生的最初探问，就此被搁置下来。我明白关于红痣的苦恼是不会有结果了。没有人愿意告诉我真相，也没有人对我的想法真正感兴趣。我在很长一段时间里，不再掀开衣服去观察肚皮上的那颗红痣，我冷淡了它忽略了它甚至忘记了它的存在。偶尔在洗澡时我瞥见肚脐旁那一滴血红，也像瞧着别人似的漠然。那些日子我开始疏远了我的母亲，既然我唯一信任的妈妈都向我隐瞒了关于红色的秘密，我的孤独将无可救药。她曾自以为拥有着我——一个如她一般超然于世的女儿。然而却不。我即便能摆脱自己的红痣，却终究无法逃离这片红色的土地。

我觉得自己像一只断线的风筝，正在挣脱妈妈的臂弯，离她一点点远去。

无论如何，我已再不想回到小人鱼的大海里去了。

所以就连暑假，也变得与以往完全不同。

过完那个暑假,我就将从初一升到初二了。在这个郁闷的暑假里,妈妈带着我到郊区的果园去看望爸爸。那其实是我爸爸在果园的最后一个夏天。过了年,他就被批准回到了市里,开始同"街道服务站"的所谓"闲散劳动力"为伍。我们去果园过暑假,是妈妈多年的一个梦想。在她刚认识我爸爸那时,她就表示过对村舍和茅屋的无限向往。

我们住在一片果树林边上的一排茅屋里。隔壁是几间牛舍,一早一晚,传来老牛此起彼落的哞哞叫声,空气中弥漫着牛粪的气味。但从小小的竹窗望出去,外面是一片果树的海洋。一排排绿荫荫的桃树,葱郁茂密,树枝上沉甸甸地悬挂着一只只用报纸糊成的纸袋,据说里面就是成熟的水蜜桃了。林间的小路通向河岸,果树林的深处,隐隐约约闪烁着一条碧绿的小河。我们住的这间屋子,原先是堆放农具的,所以屋子里除了刚搭的两张木板床,到处都是犁耙锄头箩筐什么的。在箩筐上再架块板,就是吃饭的桌子。此外一无所有。

妈妈一下子就喜欢上这儿了。说这才是她盼望的乡村情调。

每天天刚蒙蒙亮,出工的号子便从窗外尖锐地响起,在果园的上空久久盘旋。号声刚落,房檐下传来了一片啁啾的鸟鸣,叽叽喳喳,吵个不停。要想再睡懒觉是不可能了,那些小鸟好像一直要到把你完全叫醒了,才会住嘴。爸爸洗了脸就匆匆出门,临走时总是说:今天打农药。或者说:今天锄草。这样一说,他在果园的劳动就变得十分具体和明确。我睡眼惺忪地爬起来,提上篮子和铝锅,到很远的集体食堂去打早饭。食堂是按出工的时间开饭的,过时不候。如果不想饿肚子,就必须在天不亮的时候,把饭打回来。这是妈妈规定给我每天的"家庭作业"。

去食堂要走过一条长长的田埂,穿过一片刚刚插过秧的晚稻田。清晨的空气湿润凉爽,秧苗的叶片上,晶莹的露水像雪珠似的星星点点。田埂上的野草,从我塑料凉鞋的缝隙里钻进来,撩得脚趾头好痒。一条花斑的黄鳝,悄悄游近我,又无声地钻进了田坂的淤泥中……

我永远记得果园里那静悄悄的早晨。我在湿漉漉的田野上跑着,耳边的小辫子一下下拍打着我的肩膀。后来辫绳散开了,一阵轻风吹过,油黑的头发披散在额前,我闻到头发里传来水蜜桃的香味……

每天上午的时间,我在门前的树荫下做暑假作业。妈妈在我旁边备课。她总是把很多时间用来备课。我的作业很快做完,然后就写日记、看课外书什么的。中午不用打饭,把早上的饭热一热就可以吃了,反正食堂里顿顿都是糙米饭和炒南瓜。打饭和不打饭都是一样的。然后是睡午觉。那牛棚里很热,我总是翻来覆去地睡不着,焦急地等待着傍晚的到来。每天太阳西斜的时候,那几个放牛的小男孩,便赶着牛群回来。牛们的肚子吃得滚瓜溜圆的,嘴巴还在不停地磨着。我们和那几个放牛娃很快就交上了朋友,他们都是果园职工的孩子,就住在河边的另一排砖房里。他们很慷慨地让我骑他们的牛,拍着牛的屁股,让牛蹲下来,叫我爬到牛背上去,然后牵着牛在门口的空地上摇摇晃晃地走来走去。人骑在牛背上,一下子高了许多,我一边尖叫、一边傻笑,我觉得果园真是比城里好玩多了。骑完了牛,我就和他们一起到河边去,妈妈也常常和我们一起去。那儿停着一只小木船,他们个个都会划船,小船从两岸的果树中悠悠地荡过去,一只只鼓鼓囊囊的桃袋时时碰着我们的脑袋。划一会,他们一个个扑通扑通地跳到水里去,扎一个猛子就不见了,我正睁大眼找着,忽然溅了一身水珠,他们朝我撩着水,从河里嘻嘻哈哈地浮上来……有时,我们也到树林里去玩,他们教我采桃树干上生长的一种透明的小球球,亮晶晶黏糊糊,有点像糯米汤圆。他们说这是从桃树上流出来的,回家洗洗干净,可以炒了当菜吃。他们管这种东西叫桃浆。后来我吃过一次,没吃出什么滋味来。妈妈说采桃浆比吃桃浆有趣。太阳下山以后,大人们都已收工,他们带着我窜入一大片番薯地,用木棍挖番薯根下的生番薯吃。番薯都还只有手指头那么大,也不甜,但有一种新鲜的泥土味,我觉得比城里粮店买来的好吃多了。

玩累了回家,爸爸也下工回来了,等着我们吃晚饭。

爸爸经常带一些场部处理的残次水蜜桃给我们吃。那些桃子虽然有些烂疤,但都是已经熟透了的,咬一口,甜甜的蜜汁流得满手都黏糊糊的。

有一次,爸爸还带了一只小小的鸟窝给我。说这是他在树林里干活时发现的。那鸟窝像饭碗那么大,用细细的树枝编成的,又松又软,里面还有几只鸟蛋,橄榄般大小,褐色的壳上有淡淡的花纹。我喜欢极了,以后每天都盼望着会有小鸟从蛋壳里钻出来,但总是没有。又过了几天,爸爸下工时,居然从身后拿出一只网兜,里面有几只小鸟,还在煽着翅膀扑腾。爸爸说这种鸟叫做白头翁,是别人从树上逮来给他的。于是我们把那些白头翁放在屋子的泥地上,喂它们米饭粒吃。那一夜,它们在箩筐和农具之间跳来跳去,喳喳地叫个不停,吵得我们根本没法睡觉。天亮时,爸爸发现有一只小鸟已经死了,地上的饭粒它们一点也没吃。妈妈抚摸着那只小鸟说:还是让它们回到树林里去吧,它们不喜欢这儿,它们有自己的家。

那以后,爸爸再也没有把鸟带回来过。

每天夜里,爸爸和妈妈都躺在床上聊天。他们怎么有那么多的话说,一说就说个没完。我在他们的喃喃低语中沉沉睡去,睡梦中,他们唧唧咕咕的谈话声,好像林中的鸟儿在唱歌……

恍恍惚惚地,我听见妈妈说:如果你不是在这里变相劳改,我真会把这种生活,当成田园牧歌一般……

爸爸深深地叹了口气。

那个晚上,爸爸去生产队学习。回来时,爸爸好像很生气的样子,阴沉着脸,一句话也不说。妈妈问了他好几遍,说难道他们又给你派了什么重活了么？爸爸一气儿喝了好几杯凉开水,半天,低声骂道:什么阶级斗争一抓就灵！卑鄙！

妈妈的眉毛抖了一抖,轻声问:出了什么事？

爸爸反复说着"卑鄙"那两个字,嘴唇微微颤抖着,后来他和妈妈在床边坐下,低声同她说着什么。他的声音很轻,显然是不想让我听见。但我还是隐隐约约听懂了,好像是因为他的什么"言论",受到了大会批判。而他的"言论",竟然是那个队长,夜里站在我们住的牛棚外面的窗户下——偷听了爸爸和妈妈的谈话。

偷听？妈妈倒抽了一口冷气。

刚才场长在大会上讲了话,说有人做梦也在说"开除我党籍是错误的,迟早总有一天,我们会重新站起来的！"爸爸忍不住提高了声音。昨天夜里,我是对你说过这句话的。想不到被他们窃听去,给我扣上一个梦想资本主义复辟的帽子……

时值夏夜,却似有阵阵寒气袭来。那个时刻,我重又听见了学校操场上空那种呼啸的风声。狂风刮过城市的楼房,如坦克隆隆逼近果园,我听见成熟的桃子纷纷坠地,化作一摊烂泥。风掀起牛棚屋顶的茅草,啪啪敲打着屋檐。闷雷远远传来,哗哗的雨声吞没了妈妈低低的呜咽……

那天夜里真的下起了大雨。我被屋顶漏下的雨滴惊醒,见爸爸和妈妈半夜里起来用锅和脸盆接雨,很快就接满一盆,再拿出去倒掉。雨声吵得我睡不安稳,我看见他们始终相依坐在床边,直到天亮。

第二天雨还是没停。爸爸一早就走了,说是得去挖排水沟。

果树、桃浆和小船,都消失在白茫茫的水汽中。我和妈妈坐在门边上一小块不漏雨的墙角,默默地望着窗外的雨幕。

一夜之间,绿荫荫的果园看上去没了颜色,变得灰蒙蒙的,好像一片寸草不生的荒野。一只高高的瞭望架突兀地从雨雾中钻出来,像一头狰狞的怪兽。视线里,再就没有任何可看的东西了。只有屋子里那些锄头和箩筐,东歪西倒、龇牙咧嘴……

我和妈妈都无事可做。我们很无聊。

我不知道那天是怎么回事。也许是因为无聊,我只好也只能找出一本书来看。

那是一本很厚的《希腊神话》。是我从城里带来的。

妈妈没注意我。她托着腮,一直就那么呆呆地倚墙坐着。

我翻到了"代达罗斯和伊卡洛斯"那一篇。

那会儿,我忽然想起了一个很久以来一直困惑不解的问题。

那个雅典伟大的雕刻家和建筑家代达罗斯,流亡到克瑞忒的孤岛上,因不被弥诺斯王所信任,于是设法逃跑。他将鸟的羽毛依次排列,在中间束以麻线,在羽毛的末端胶以蜜蜡,再把它们弯成弧形,然后把这鸟翼一般的东西缚在身上,就飞上了天空。他以此法训练他的儿子伊卡洛斯,并为他制造了一对较小的翅膀。最后对他说:

"亲爱的孩子,要永远在中间飞行。假如飞得太低,你的翼会触到海水。羽翼湿透了,你就会落在大海里。飞得太高,你的羽毛会因接近太阳而着火。所以要飞在大海与太阳的中间,并紧跟在我的身后。"

他一边警告着儿子,一边将羽翼缚在儿子的双肩上。老人的手指颤栗着,忧郁的眼泪滴落在伊卡洛斯的手上。他们两个人都开始鼓翼上升。起初一切都很顺利,他们看见海岸边的沙滩岩石正在向后退去并渐渐消失。这时,伊卡洛斯由于飞行的轻松变得大胆,超出了父亲的航线,怀着年轻人的勇气,飞到高空中去。惩罚来得太快——太阳强烈的阳光溶解了黏合着羽毛的蜜蜡,伊卡洛斯还没有察觉,他的羽翼已经分解,并从肩上坠落。他企图以两只光手臂努力飞行,但空气不能将他托起,他从空中倒栽下去,还没有来得及叫喊,澄碧的海浪已将他吞没了……

我把那个故事又看了一遍。

也许那天我本不该提问的。但这个问题已搅扰了我许久,如同骨鲠在喉,憋得我胸闷气急。再说,自从红痣的事情发生以后,我已好长时间没有向妈妈提问了。

我终于是没有忍住。我抬起头对妈妈说:

那个伊卡洛斯,他为什么非要飞到太阳那儿去呢?我总是不明白那是为什么?他干吗不在大海与太阳之间飞行呢?

你说什么?妈妈愣了一下,好像刚刚被我惊醒。

我是说这个伊卡洛斯呀。

妈妈诧异地看了我一眼,她的目光从我手中的书本上滑过。

那是什么?她问。

一本书呀。

什么书?

我把书的封面在她眼前晃了一晃。

妈妈的脸,愀然作色。她突然厉声说:这书是从哪里来的?我们家没有这本书!我并没有让你读《希腊神话》!

我不知自己究竟犯了什么过失,让妈妈发这么大的火。她还从来没有对我这样气势汹汹过呢。我委屈地撇了撇嘴说:

是一个同学借给我的嘛。

是"代达罗斯和伊卡洛斯"那篇?妈妈的声音突然喑哑。

我点了点头。我不明白妈妈今天是怎么了?

她慢慢接过了我手里的书,轻轻抚摸着那书的封面,又很快把书放在一边,好像被那本书烫了一下似的。

你现在看这本书,还太早一些。她说。

为什么?

她的脸色渐渐和缓了些,却不回答,只是久久凝神望着窗外。

屋子里静寂无声。静得连屋外的雨声都听不见了。

时间过去好久,她背对着我,低声说:

等你长大了,你就会懂得,伊卡洛斯为什么要朝着太阳飞。那是人类多少年来永远没有实现的一个梦想——飞得高些,再高些,直到接近天际、太阳、宇宙……这就是飞行本身的快乐。可惜,谁都不知道,那翅膀原来是用蜡做成的,它偏偏会被太阳所融化……

我重又听见了窗外急骤的雨声。像羽翼在空中煽动,掀起气流的鸣响。以后的许多年,在滂沱大雨的声声叩击中,我总会听见妈妈的声音,穿过厚重的雨帘,清晰地浮漾在空气里。

牛棚前的雨水已越过了门槛,渐渐漫向屋里的床脚。举目望去,昔日美丽的果园,已是茫茫一片汪洋……

我仍然迷惑。我懂。但是我越发迷惑。

十

　　1966年夏天到来的时候,连天空的飞鸟都格外焦躁。那几天,一群燕子总是在教室外面的屋檐下,没头没脑地胡撞乱窜。有一只灰燕闯进了我们的教室,它惊慌失措地扑腾着翅膀,围着天花板的四角来回转圈,一次次咚咚地撞在玻璃窗上,却晕头转向地再也飞不出去。日光灯也被它撞得猛烈摇晃。

　　"破四旧"在我的记忆中,是这样开始的:那天中午,我们班的男生,正在全力围剿那只燕子。他们关闭了所有的门窗,然后挥动着书包和笤帚,企图活捉那只燕子。燕子凄厉地叫着,从我们头顶惊恐地飞过,一次次钻过他们的胳膊和腋窝,机灵地逃脱。所以他们直到最后也没有捉住那只燕子。后来有人喊道:燕子呢那只燕子怎么不见了?教室里突然安静下来。

　　——那只燕子不知什么时候已经死了。血肉模糊地躺在我们教室的地板上。小小的脑袋已经折断,琥珀似的眼珠子弹在玻璃上,哀伤地望着我们。雪白的墙壁上,留下了一串血迹,像一把剪刀。

　　男生们大口地喘着粗气,面面相觑。他们本来只是想抓住那只燕子的,燕子却宁死不屈。那只可怜的燕子死于一场混战,谁也不知道究竟是谁失手打死了它。

　　那天下午放学,我们灰溜溜地走过学校操场。西斜的阳光下,操场上跪着许多老头儿和老太太。他们从清晨就开始跪在那儿了,不知他们从哪里来,要到哪里去,大大小小的包裹扔得满地都是。从老太太跪着的身后,露出两只粽子般尖尖的小脚,老头的头发都已被剃得光光,头顶上结着一块块血痂,几只绿头苍蝇嗡嗡飞来飞去。他们的脸上胳膊上,都被花花绿绿的颜料打上了一个个大叉叉。他们跪在地上,哭天抢地苦苦求饶。围在四周的人,不停往他们身上吐唾沫、扔垃圾。有一个戴着红袖章的矮个儿男生,笑嘻嘻地解下腰上的皮带,突然往他们头上抽过去,一边大叫:革命不是请客吃饭!围观的人惊叫着四散开去,鲜血从那个老头的脑袋上喷泉一样冒出来,顺着肮脏的衣领一直往下淌。我觉得一阵恶心,快快走开了。有人在我旁边悄悄说,这些人都是从外地被遣返原籍的地主和地主婆,红卫兵把他们从火车上拦截下来批斗,不彻底批倒批臭,决不让他们上火车……

太阳忽然暗了下去,操场上空灰蒙蒙黄沌沌一片飞沙走石。一年多来,始终在我耳际鸣响的那种风雨雷电的呼啸声,终于步步逼近。我觉得像是要发生什么事了。到底会发生什么事情呢?其实我心里明白,我早就盼望着发生些什么了。我巴不得发生一点儿什么事情才好。只是不要像那只小燕子……

那天我回家对妈妈说,你写封信给外婆吧,让她千万千万别出门啊。

第二天我去学校,操场上的那些人已经不见了。同学说,昨天晚上死了好几个人,火葬场的车刚刚把他们拉走。

到处都在破四旧。我们家也进行了彻底的清理,墙上桌上凡有四旧嫌疑的东西统统被去掉,换上了伟大领袖的画像和语录。爸爸妈妈每天晚上反反复复地看着报纸,然后两个人窃窃低语。又过了几天,家里书架上那些十八九世纪的世界名著,突然全部被拿了下来,爸爸把它们一堆堆打成捆,放到一只大木箱里去。又在箱盖上贴了两张交叉的封条,然后用毛笔在封条上写了一句话:供批判用!再把箱子推到床底下去。那天他们几乎忙了半夜,还把另一些笔记本和剪报资料什么的,装在了一只旧旅行袋中。第二天夜里,舅舅突然冒雨而来,连一口水都没喝,便带走了那只旅行袋。妈妈的那本《幼小的灵魂》,也在那个闷热的雨夜,随舅舅一同远避尘嚣而去。

做完了这些,妈妈才对我说:文化大革命开始了。我们家的文化,就是这些书。现在,即使有人来抄家,也不能把文化抄走了。

妈妈忧虑的是她的"文化"。而"革命"那两个字,却使我感到一种莫名的震荡和兴奋。真的要发生什么事情了么?——如果是"革命"?!我已在"继续革命"中生活了十几年,可是还从来没有亲自革过命哩。

"破四旧"的风暴,似一支强劲的序曲,拉开了"文革"的大幕。紧接着,"文化大革命"史无前例的宏伟战歌,如黄钟大吕,声声威震神州。

学校已经停课。报纸上正式公布了废除高考的消息。我们这些初三的学生,再也不用神经兮兮地准备考高中了。学校礼堂和走廊的墙上,前几个月贴上去的那些标语,那些写着"一颗红心,多种准备""把青春献给党献给人民"一类口号的纸片,从墙上纷纷飘落。早在"文革"开始之前,我就懂得像我这样家庭出身的人,即使考出再高的分数,被哪怕一所普通高中录取的希望也很渺茫。我早已是一颗红心一种准备——我唯一的出路,就是像邢燕子那样,到广阔天地去当一代新农民。我给自己选择的目标是新疆建设兵团。还决定到了那儿一定要养一条狗。

所以停课一点儿也不使我感到沮丧,甚至还有些幸灾乐祸。

爸爸妈妈担心的抄家的人始终没来。我们班的一个女生,她父亲是个资本家,从她家里被抄走的古董和藏书,装了整整一大卡车。

我整天在校园里逛来逛去。眼巴巴望着那些干部子女们臂上的红卫兵袖章,在穿梭的自行车上光芒夺目。参加红卫兵当然没我的份,我唯一可做的,就是去阅读礼堂里铺天盖地的大字报。几乎每个钟头都会有墨迹未干的新大字报,覆盖在其实还没变旧的大字报上。那些大字报都是同学批判老师的,揭发老师如何走白专道路、如何散布封资修思想等等。我们班的几个同学,也写了一张大字报,揭发我们初一年级的班主任柳老师,曾让我们讨论"男的伟大还是女的伟大"——分明是反对男女平等。过了几天,老师批判老师的大字报也贴出来了。有个高三年级的语文老师,被学生拖到礼堂的台上批斗,"打倒"他自己的两个字还没喊出来就昏了过去;教导主任是个女的,也被剃了阴阳头;10月10号那天凌晨,有个女教师跳楼自杀,当时就死了……

那年秋天校园里的桂花,散发出一种咸腥的香味。我一闻就想呕吐。树上的枯叶一片片落地,传来一种瓦片碎裂般的响声,掉在头顶上,令人一惊一乍。有一天我悄悄跑到妈妈的学校去,在教学楼和礼堂四周转了几圈,直到确实看清墙上的大字报里,没有一张批判妈妈的,我才溜回家去。

那天妈妈兴致勃勃地问我:你去大串联的事,手续办好了没有啊?

我说哎呀妈妈你又不是不知道。我们学校,我们学校是不会给我开证明的。大串联怎么会轮到我呢?

妈妈说:那你为什么不能去步行串联?步行总可以吧?你千万不要放弃这个机会,应该争取去经经风雨,见见世面呀!

在"文革"最初的日子里,无论爸爸还是妈妈,都没有估计到即将来临的灾祸。他们以为自己早已远离政治,只要收好了那些"文化",就可幸免于难。也许,"文革"之初的大混乱,那种群众风起云涌反对官僚主义的激情,还给我妈妈带来了一线希望。她每天都说服我去参加步行串联,她说她像我这么大的时候,正走在去天目山读书的公路上……

无论是她要的"文化",还是我向往而又惧怕的"革命"——我们偏偏都没有弄明白,"文化大革命"其实只不过是无数次"运动"以后的又一次"运动",不同之处,在于这次"运动","大"得空前绝后、"革命"革得史无前例。

当我终于带着在大串联途中抄录的一本本大字报底稿,带着衣服里藏匿的一身虱子,风尘仆仆回到家里的那天,我爸爸已经成了"牛鬼蛇神",正弯腰站在街道俱乐部的台上,为街道的"走资派"们陪斗。

红色的汪洋大海。红旗红星红袖章红宝书红五类……铺天盖地,无边无际。任何时候、任何地点,只要你睁开眼,万物都沐浴着浸润着红彤彤的光芒,就好像在自己的瞳孔里面,刷上了一层红颜色。

天空也是会燃烧的么?好像有人放了一把火。

每天太阳西沉的时候,整个城市都笼罩在一种诡谲而刺眼的红光之下。天空像是烧红的、湖水像是染红的,就连门前的树叶,也如涂了一层红漆。从我家的窗户那儿,能望见远远的保俶塔尖顶。晚霞中,那挺拔的塔尖,萦绕着妖艳的深紫和玫瑰红,余光灼灼逼人。

我和楼上的清清,站在大门口的凳子上,把宿舍外墙新砌的两块水泥方块刷上红油漆。油漆弄得我们满手通红,看上去鲜血淋漓的,像个刽子手。但我们干得很起劲而且一丝不苟。一个下午时间,我们就把大门两边对称的水泥墙,涂成了两块大红色。走远了看,很像两只鲜红的兔子眼睛。

我和清清说好了,等明天一早油漆干了,我们就在红墙上描方格,再请人用铅笔写上空心的美术字,我们负责在那些字里填上白油漆——两块崭新而鲜明的语录牌,就算矗立在我们宿舍的大门口了。

天色暗下来了。往日的这个时间,妈妈早该回家了。

西边的残阳经久不散。利剑似的塔顶,犹如刃血的刀尖,冷冷威镇全城。血影在暮色中缓缓移动,与我们刚刚刷好的红墙遥相呼应。又渐渐模糊为一片黑红色,隐退成夜色沉重的背景。

有一种突然袭来的恐怖,牢牢攫住了我。

妈妈为什么到现在还没有回来?每天她回来的时候,老远老远,我们就能听见她踢踏踢踏的脚步声。

我带着妹妹到巷口的路灯下去等妈妈。望得眼睛都酸了,还是没有妈妈的人影。妹妹说我的肚子都咕咕叫了,你听听!过了一会爸爸也来找我们了。爸爸轻声对我说,你们先回去吃饭吧。吃了饭,我到妈妈学校去看看。

吃完了饭,我对爸爸说:还是让我去吧!

爸爸在1965年从果园回到杭州后,仍然没人来解决他的"问题"。他只好在街道的修建队当临时工。如果他到妈妈单位去问,说不定人家还要盘问他呢。爸爸想了想,点点头说,那也好。你可小心啊,问清楚了赶紧回来。

我穿过长长的小巷。那条路我很熟,上小学时,我跟着妈妈整整走了五年。月亮出来了,是半个,毛茸茸地发红,像只冻僵的耳朵。

离那所中学还挺远,我就看见一股黑烟,如一条大蟒蛇,从学校的围墙上蹿起来。火光一闪一闪,像是蟒蛇的舌头一吐一伸。我从侧门那儿溜了进去,听见有嘻嘻哈哈的笑声,从操场那个方向传过来,还有什么东西被砸碎的乒乓声。

有一个男孩恶狠狠地喊道:×××,你给老子出来!又喊:×××,你到楼上去,把老子的红宝书拿来!

×××、×××都是老师的名字。他们不再称呼老师,而是直呼其名。

我躲在一棵梧桐树后面。我看见许多人围着操场上那堆火光,正往火中一件一件地扔着漂亮的衣服。轻飘飘的丝绸在火光中飞起来,闪烁着孔雀羽毛一般绚丽的色彩。有声音喊:这件丝绵袄不要烧了。留给老子自家穿,老子还从来没有穿过这种资产阶级的丝绵袄哩!又是一声巨响,一只半人高的青瓷花瓶从楼上扔下来,在操场的石台上摔得粉碎,碎片崩在我的脚边。一个苍老而嘶哑的声音嚎啕大哭,含糊不清的哭声好像在诉说着这只花瓶的来历。我从哭声的方向看到沙坑那儿跪着一个老头,脖子上挂着一块厚重的木板,用一根细细的铁丝吊着,铁丝都嵌进他的肉里去了。我认识这个老头,他名叫杜约瑟,妈妈说他是从国外留学回来的,原来是这所学校的前身——天主教会办的冯氏女中的校长,解放后,学校改了名,他就留在这个学校里当英文教师。据说他会讲好几种外语呢。

他吃力地抬起下巴,朝楼上哭喊道:你们不要摔了,这些古董,都是文物啊,你们要是喜欢,就拿回家去好了,千万不要摔碎呀……

一个人走过去朝他重重地踢了一脚。他垂下头去。那人又踢了他一脚,尖声尖气地喊:起来!起来!统统都到健身房去,去把乒乓桌给老子搬到操场上来,老子要在月光底下打乒乓球了……

他们走开去了。我穿过漆黑的走廊,绕到健身房那儿,躲在一块语录牌后面等着。整个教学楼的窗口都是黑洞洞的,妈妈到底在哪里呢?

胸口挂着木牌的人走过来了。我飞快地跑到杜伯伯面前,急忙问他,你看见我妈妈了吗?她是不是也被关起来了?杜伯伯摘下眼镜把我看了一会,他说你的妈妈是朱小玲吧?嗯,那不叫关起来,叫做隔离审查,嗯,隔离就是实行革命群众专政……

我死死地抓住他的袖子问:那我妈妈隔离在什么地方呀?

你快走开,让革命小将看见了,大家都要吃苦头了。他拼命摇头。

……假如你看见我妈妈……我还想对他说什么,突然一记重重的拳头落在我肩膀上。一个尖细的嗓音吼道:你是什么人?你来干什么?想同牛鬼蛇神搞特务活动啊?还不快滚出去!

月光下,面前这个头发黄黄的男孩子,脸上还有一层淡淡的茸毛。两只清澈的大眼睛却气势汹汹地暴凸着,像大人那样皱着眉头。他的腰里系了一根皮带,手里拎了一根皮带,那皮带好像随时都会朝我抽过来。

我是来找我妈妈的……我紧紧咬住嘴唇,不让眼泪掉下来。

你妈妈?嘀,老实告诉你,阶级敌人朱小玲,从今天开始被我们革命小将专政了。你那臭妈妈,是一个大叛徒!如果她不彻底坦白交待,只有死路一条!快滚!

刚迈出校门,我一把抱住电线杆,哇地一声哭了起来。

我一边跑一边哭,泪水模糊了我的眼睛,天上地下一片混沌。路灯惨淡,往日熟识的小巷变得陌生而漫长。

我跌跌撞撞地跑着,看见自己的影子一会儿长一会儿短,像是围墙上那条黑色的大蟒蛇,在身后紧紧地追着我。月亮也呼哧呼哧地跑着,那黑蛇追着它,一会缠成个黑球,一会又绕成个黑圈。月亮用力挣脱出来,却好像被蛇牙啃过,光滑的表面被啃得坑坑洼洼,凹凸不平的边缘像在滴血,蒙着一层乌黑的血痕……

"打倒大叛徒朱小玲!"

"朱小玲不投降,就叫她灭亡!"

她走过贴满了标语的走廊,被几个学生推进了礼堂侧面的化妆室。门重重地关上了,身后传来铁锁的咔嗒声。她在黑暗中闭了一会眼睛,才勉强看清小屋里空空荡荡,连一把椅子都没有。

整整一夜,妈妈坐在化妆室冰凉的台阶上,一分钟也没有合眼。

四面是冰冷的墙壁。没有天空也没有窗户。死一般的静寂中,只有自己微弱的呼吸,如同一个遥远的回声,在云雾中飘浮……

伸出手去,一摸一手灰。尘土蓬松而厚实,像一只垫子。

有什么东西轻轻地蜇了她一下。她的手指掐到一个黏糊糊的小虫子。接着她闻到了一股异味,奇臭无比。

……墙壁、灰尘、臭虫和黑暗……令人窒息。恍惚中她觉得这个地方似曾相识,她能闻出来——失去自由的牢笼,连室内的气味都是一样的。

她这一生中,已在这种地方,呆过许多次了。第一次是在天目山的国民党监狱,为了她填过表申请加入共产党;第二次,是解放初,在茅家埠郜家花园,为了审查她蹲过国民党监狱的历史。第一次死了贾起;第二次,死了直属班里她认识和不认识的那些人——是否可以解释说:死人的事总是经常发生的。这就是理想的代价?

但这第三次呢?既非政府也非组织更非司法部门,而是一种闻所未闻的"革命群众专政",迅雷不及掩耳,气势汹汹、野蛮而疯狂。在她周围的人中,已有一个又一个的人投水服毒,以死来证明自己的清白……那么这一次,是否该轮到她了?

那一夜,我的妈妈久久地独坐于阴湿的水泥地,一动不动,几近麻木。那个关于死的念头在她脑中一次次闪现。她想着解脱自己一生苦难的时刻终于来临,甚至感到了一阵轻松和快意。曙色已透过门缝,泻在她的脚边。地上的灰尘渐渐变得苍白,在朦胧的天光中,像是一片积雪的屋顶,当太阳出来时,它们就将一滴滴化为乌有……

那一夜,爸爸坐在家里的灯下,一夜未眠,一言不发。凌晨时我被一阵剧烈的头痛搅醒,我喊着妈妈惊坐而起,那个瞬间我脑中闪过学校里那个跳楼的女教师。我肯定那个时刻妈妈一定也曾有了这样的念头,我在床上缩成一团,心里充满了恐慌。

——就在那个时候,妈妈看见了从脚边爬过的一只蚂蚁。

那是一只黑色的小蚂蚁。它从灰尘里拱出来时,很像是大海的波涛中翻滚的一条小船。它小心地踩着浪尖,也就是尘埃颗粒的浮面,固执地往门缝那儿爬去;时而被浪谷淹没,踪影全无,时而却又重新出现在她的视线里。它似乎爬了很久,才爬了很短的一段距离;从台阶到门,对它来说还有遥远的旅程。后来门缝底部的亮色渐渐变得金黄,清晨的第一线阳光,映在它极细的双腿和极小的眼睛上,迷蒙的斗室内,便有了一个闪光的亮点,像夜空中的萤火虫,忽明忽暗。它几乎是驮着阳光、朝着阳光在走,一刻也没有停止。在它前行的路上,时间已经凝固,唯有不断被搜寻和开拓的空间,在尘埃中延续……

它终于消失在门缝的那一头,消失在门外的阳光下。

泪水从我妈妈脸上不断地滚落下来。在积满灰尘的地板上,溅起一个一个小孔。她是多么感谢这只不知来自何方的小蚂蚁啊。

我的突如其来的头痛,就在那个时候戛然而止。天亮时我沉沉睡去——我梦见了那条小人鱼,从海的波涛里冉冉升起,将我的妈妈送上岸边的沙滩。那只蚂蚁就是小人鱼变的,它在波涛中引领着她,将她带出了死亡之谷。似乎,每当她走投无路之时,她那柔韧而童稚的心灵中,总有一种自我解救的秘方,能使她绝处逢生。她曾为我编织的那些美丽的故事、那些残留于她脑中永不肯丢弃的种种幻觉,在后来几乎长达十年之久的"文革"中,成了她的精神食粮,成为她的防身武器,成为她抵御那场浩劫的最后一个藏身之地。

我看见我的妈妈从冰凉的台阶上站起来,微笑着拍了拍身上的灰尘。

第二天,妈妈被红卫兵们,从化妆室移到楼梯底下堆放杂物的一间小黑屋里。只有吃饭时,才允许出来"放风"。十几个被关押的老师,排成一行,集体押去食堂。规定不许买一毛钱以上的菜,也不许端回屋里去吃,而是在食堂门口站成一排,像是做吃饭表演。中午我去给妈妈送被褥和替换的衣物时,远远地看见那些"牛鬼蛇神"们,正排列在食堂外面,高声朗诵着一段最高指示:"凡是错误的思想,凡是毒草,凡是牛鬼蛇神,都应该进行批判,决不能让它们自由泛滥……"我朝妈妈走去,但"小将"们一把将我手里的东西抢去了,却不让我见妈妈。

这样关押了一段日子,除了写材料和"提审",那个头发黄黄的,外号名叫"黄头毛"的红卫兵,命令这些老师们开始劳动改造。有一次粉刷礼堂的墙壁,墙很高,要站在一张桌子上、再站在一张凳子上,才能够得着。妈妈很费力地爬上去,没想到桌子腿是瘸的,人一站上去,身子一晃,连凳子一起摔下来,跌得鼻青脸肿,申请到校医务室去上点红药水,也被红卫兵断然拒绝。一连许多天,妈妈踮着脚尖,走路一拐一拐,疼痛钻心,大汗淋漓,头发都湿透了。

要是变成一只壁虎就好了。在墙上爬来爬去,就把石灰刷在墙上了。她自嘲。自己也觉得这个想法好笑,忍不住就笑起来。

过了些天,她又被命令到拱宸桥去拉煤拉砖拉石头。一个人拉一车,天不亮就出发,拉着空车走去,直到天黑,才能精疲力竭地把满满一车石头拉回来。妈妈最怕过那座大关桥,桥身又高又陡,拼了命把车拉上桥,已是头晕眼花;到了下桥时,一车重载,板车往桥下死命地冲下去,她八十多斤的体重,根本就压不住车身。有一次,车子下滑时,车头却翘了起来,她被吊在车把上,整个人都已悬空,眼看就要翻车,她惊叫,脑中已是一片空白。幸亏有几个老工人闻声冲过来,用力按住车把,才算是救了她一命。她面无血色地瘫在地上,想说句谢谢,喉咙里却发不出一点声音。

再走,发现鞋子已经撕开了一个大口,只好拉着,一步一趄。假如世界上真的有水晶鞋呢?她想。不过还是不要什么王子了吧,只要穿上了那双水晶鞋,变成个旋转一天都不觉累的人,就好了。她想着,脚上竟慢慢有了力气。

到校外干活毕竟能有阳光和新鲜空气。她总是安慰着自己。有时,趁着押队的红卫兵不注意,杜约瑟就溜到熟食摊上去买两毛钱的猪头肉,说好了到吃饭时分给大家吃。但他实在馋得受不了,就从那纸包里掏出一块,自言自语说先吃一块吧就这一块。他的车走在最后头,到了学校,他那油腻腻的纸包早就空空如也了。

劳动改造了一段时间,又是没完没了地写材料。写完了交上去,好多天也没人理睬。她发现其实红卫兵对他们写的材料并无多大的兴趣,他们最热衷的是拿到材料,然后轮流出去"外调",十天半个月不见人影。妈妈一个人单独关在楼梯下那个小黑屋里,小屋子原来是有一扇窗户的,但窗户外面贴满了大字报,把窗缝糊得密不透风。门一关,屋子里黑得像座墓穴。一个十五瓦的电灯泡,便是她生活中唯一的光明。有一天,她突发奇想,用一根头发上的发卡,插到窗缝里,把窗缝外面的大字报一点一点捅破,再慢慢地挑出一条缝隙。大字报一层压一层,糊得又厚又硬,她觉得自己差不多是在挖掘一条隧道,手指都磨出了血。捅开这条只有一根发卡那么细、筷子那么长的缝隙,花费了她整整好几个晚上。

……拇指姑娘就是这样从田鼠的地洞里逃跑的呐。她自言自语。这些日子她经常这样自己同自己说话,否则她就要闷死了。……这是我的一线天,现在我可以望见燕子什么时候从我头顶飞过、望见柳树远远地摇着、望见蔷薇花一朵朵从围墙上伸过来了……

一线微弱的阳光,带着一股报纸和糨糊的气息,从那窄窄的缝隙里,突然涌进来,使她猛地觉得一种刺眼的疼痛。她扑在那亮光处,大口大口拼命地呼吸着外面其实并不新鲜的空气,心里一阵狂喜。只有每天的中午时分,阳光才能路过这叶小窗,在此短暂停留。但这于她已经足够。一丝微风、一线亮光,游丝般在她的小床上移动,抚弄着她细瘦的手掌。那一刻她感到自己的心,依然自由。

世界上有些人偷钱偷物，而我，却是在"偷"空气"偷"阳光。她想。不由几分自得。可是，阳光和空气本来就是人生而拥有的——"偷"从何来？缘何去"偷"呢？她又一想，便觉很深的悲哀。

果然阳光和空气，也如这世上所有的一切，已不属她所有。没过几天，具有高度革命警惕的专案组成员，就发现了妈妈窗户上的"漏洞"——大叛徒朱小玲企图翻案罪该万死！把朱小玲打翻在地再踏上一只脚，叫她永世不得翻身！他们把妈妈拉到操场上去批斗了几次，那窗户从此被钉上了铁皮，封得严严实实。

妈妈感到自己的"案子"在不断升级，专案组的人外调回来，开始了新一轮的提审。有人每餐把饭送来，连食堂也不让她去了。妈妈意识到了自己"问题"的严重，她真正开始担忧了。

那是一个雨天的傍晚，妹妹按规定，去妈妈的学校送换季的衣服，还有每个月的肥皂牙膏等杂物。她湿淋淋回到家里，手里拎着一双妈妈的旧鞋子。她哭哭啼啼地对我和爸爸说，她见到妈妈了，妈妈很瘦，妈妈把这双鞋子交给她，说让爸爸修一修，再送回去给她劳动穿。妈妈说，一定要爸爸亲自修才能修好的。

妈妈和你说话时，旁边有人吗？爸爸问妹妹。

天下着雨，在大门口，红卫兵都去躲雨了，妈妈才把鞋子脱下来交给我的……

等妹妹睡了，爸爸把那双鞋子拿到灯下。他撕开了鞋帮，在鞋底的夹层里，露出一张折叠得很小的纸条。打开纸条，那上面写着：

我一切好勿念。只是最近外调的结果，又出来了一个关于红手帕的事件。专案组说我只有一个选择：如果我不承认自己是叛徒，那么肯定就是假党员。看来要打持久战了。你们多多保重。

爸爸划了一根火柴，把那张纸条点燃了。那天夜里他一直趴在灯下写着什么。第二天早晨醒来时，我看见那双鞋子已被修补得结结实实。爸爸对我说,今天你去吧,一定要把这双鞋子亲手交给妈妈。

爸爸的眼里布满血丝,他换上工作服,匆匆出门去上班。

1968年岁末的最后几天,下了一场大雪。妈妈的隔离审查依然遥遥无期,看不出一点儿松动的迹象。那个寒冷的冬夜,城市大街小巷的上空,传扬着一个震撼世界的声音。收音机里一遍又一遍地播送着伟大领袖的最新指示:"知识青年到农村去……"我和爸爸面对面坐在桌旁,听完了最新指示,谁也没有说话。第二天一早我就去了学校。那天傍晚回到家,坐下来吃晚饭的时候,我对爸爸说:反正,上山下乡是早晚的事情,晚去不如早去。我想……

你想什么?爸爸的眼睛盯住我问。脸上的肌肉抽动了一下。

我想……我想报名到黑龙江去……同学说,有黑龙江建设兵团和农场的名额,是发工资的……

我知道说出这个决定需要勇气。我不是要去浙江农村,而是去中国地图上最顶端的北大荒。我说得结结巴巴很吃力,因为我的眼前不仅坐着爸爸,还有爸爸所代表的妈妈。妈妈尚被关在牛棚,"黑龙江"这三个字对于妈妈来说,意味着一次生死未卜的长久分离。

不行!在你妈妈回来之前,你哪儿也不能去!爸爸斩钉截铁地答复我,扔下碗就走了开去。

自从1967年妈妈被隔离审查以后,一直到1969年6月我终于去了北大荒,在这一年多妈妈不在家的时间里,这个家,暂时是由我主持的。

学校里停课闹革命,后又复课闹革命。但革命其实没我们什么事。一月风暴刮过了、革委会成立了、牛鬼蛇神都专政了、工宣队也进驻了。我们这些"早晨七八点钟的太阳",在学校里议论的,都是上山下乡这个话题。

除了隔三差五去趟学校,我每天买菜做饭洗衣,剩下的时间,就从爸爸那只"供批判用"的大木箱里,找出一本本托尔斯泰或是屠格涅夫的书来看。那时爸爸为了多挣些钱,在艮山门的货运站当装卸工,有时跑煤车、有时去煤场挑煤,早出晚归,很少在家,还经常要应付各地来外调的专案组,为他做地下工作时那些复杂的社会关系写交待材料。爸爸把他的工资都交给我保管。那时外婆已经老了,由妈妈赡养她的生活。我每月到邮局去一次,给外婆寄去二十块钱。叔叔们都已参加了工作,可以负担一部分奶奶的生活费了,我们还是每月再给奶奶十块钱。余下的钱,我便精心计算我们全家人一个月的伙食费。我就是在那时学会了买菜如何讨价还价。爸爸常常夸奖我说,你可比你妈妈能干多了,你妈妈总是什么都搞不清楚。

我和妹妹还养了四只鸡。严格说是妹妹一个人养的。我把养鸡的事情交给她管,并且许诺说,如果鸡下了蛋,先给她吃。可见那时我就懂得承包制的运用。妹妹果然积极性很高,每天早上把鸡放到院子里去,还把菜叶剁碎了拌上米糠喂给鸡吃。过了几个月,那只芦花鸡真的下了蛋,以后每隔一天,妹妹都能捡到起码一个鸡蛋。我用红蓝铅笔在鸡蛋上注明它的出生日期,然后把它们放在一只陶罐里,按照它们的出生日期来决定食用的先后。每一个鸡蛋都极其宝贵。婴音每次总是蹲在旁边看着我写那个数字,等我写好了,她就提醒我说:这个鸡蛋是给我吃的吗?我说,到第11个,才能轮到你哩。这10个鸡蛋,我们煮熟了,你给妈妈送去。这不能算我背信弃义吧。

我每次去给妈妈送东西,"黄头毛"他们对我总是很警惕。大概是我那副自以为是的样子使他们恼火。但他们对十一岁的婴音却未加防备。那双爸爸连夜修好的鞋子,最后还是妹妹送进去的——机灵的妹妹居然在学校的围墙边上,发现了一个破洞,她小小的身子刚好能从洞里钻过去。那以后妹妹经常背着她读书用的一只草绿色的帆布书包,里面装着我们给妈妈送的食物,从那个洞里溜进学校去看望妈妈。妹妹背着书包走过那条小巷时,常常会有些同她年龄相仿的孩子,在她身后扔石头,叫骂说:她妈妈是个大叛徒,打死这个狗崽子!妹妹一边跑一边哭,等到钻过了墙洞,还得偷偷把眼泪擦干,怕妈妈看了伤心。有一次下大雪,妹妹去给妈妈送菜,雪地本来就又黏又滑,那几个孩子在雪地里打雪仗,看见她来了就追。妹妹慌慌张张地跑,脚下一滑,摔了个大跟头,书包甩得老远。她扑过去捡起书包,紧紧抱着,一口气奔出去老远。等到浑身湿漉漉地见到妈妈,把那罐蛋烧肉从书包里掏出来时,菜已撒了一大半……

妹妹直到上高中,还一直背着那只书包。草绿色的书包上,留着一摊永远洗不去的油渍。是雪地上那罐蛋烧肉的纪念。

十一岁的妹妹在这条秘密通道中来来去去,把爸爸写的小纸条带进去给妈妈,告诉她外面形势的变化和应该采取的对策。妹妹每次从妈妈那儿回来,第一件事就是把妈妈交给她的东西——一个毛线团、一双袜子什么的,从她已攥得出汗的手心里,小心翼翼地交给爸爸,从来也没丢失过。聪明的妹妹竟然已经学会了从容不迫地对付那些专案组的大人,还会对他们作出假模假式的天真笑脸。可谓是"文革"时期的"地下工作者"了。

如果我走了,爸爸和妹妹怎么办呢?

我走向那么遥远的北方,我什么时候才能再见到妈妈呢?

我在校园的小树林里长久伫立,紧紧咬着嘴唇,望着远处人声鼎沸的北大荒农场的报名站。

北大荒——一个多么遥远的地方。然而,"遥远"却是一个摆脱眼前压抑的唯一通道;是一个若隐若现的希望和期待;草绿色的棉大衣和绑腿,更是一个无法抗拒的诱惑。当那个月夜我在小巷里奔跑的时候,也许叛逆就早已被注定了。就像妈妈自己的十九岁一样。十九岁是一个危机四伏的年龄。十九年中妈妈的脐带始终如同救生圈绕着我的脖颈,输送给我天边的海市蜃楼和岸边的泡沫。然而背叛的迹象其实早就隐隐昭示,"文革"只不过是使我终于下定决心,去咬断自己同脐带最后的那个连接点,义无返顾。

更何况,用妈妈自己的话说,她的审查是一场"持久战"啊。我等待这"战争"的结束,要等多久?

我的去意已决,锐不可当。在我和爸爸发生了多次激烈的争执之后,他知道已不可能阻拦我,便不再理睬我。我想他不会设法告诉妈妈的,因为那只会让妈妈痛苦。于是我销户口、办手续、收拾行李,一切准备工作进行得神秘而又果断,连我自己都感到惊讶。街上从早到晚传来一阵阵欢天喜地的锣鼓声,一辆辆卡车载着一群又一群胸口佩戴着红花的知青,奔向广阔天地。高音喇叭里的最高指示,震耳欲聋……同这一切热火朝天的情形相比,妈妈显得多么渺小多么懦弱多么不重要呵。妈妈像一片秋天的落叶,从我心上无声地飘逝。

我决定瞒着妈妈走。一直瞒到我上了火车。我还决定不去同她告别。我怕看见了妈妈,心里一难受,万一就动摇了呢?

临走的前一天,我从笔记本上撕下一页纸,匆匆写道:

> 亲爱的妈妈,伟大领袖教导我们,一个有出息的文学家,应该到火热的生活中去,和工农群众相结合。你也曾一直这样对我说。现在我就要到真正广阔的北大荒去了。你要相信党相信群众,多多保重。

我转过身,"凶神恶煞"地对妹妹命令说:等我走了,你再把这张纸条交给妈妈。叫她不要哭,我会来信的。

吃过晚饭我就离开了家。为了早起,那晚我住在了同学的家里。

那是一个初夏的清晨,阳光灿烂,红旗飘飘。火车站人头攒动,人山人海。我意气风发地登上了北去的列车,坚定无畏的脸上没有一滴眼泪。车轮缓缓离开月台的时候,我的眼前突然闪过一张悲怆而忧伤的面孔,她从千千万万的陌生人中挣脱出来,扑向车厢,温柔地低声呼唤着我的名字。那个时刻忽然一阵剧烈的头痛袭来,疼痛撕裂着我的五脏六腑,我感到了一种从未有过的恐惧。揉揉眼睛,面前却只有上上下下一片草绿色的军装晃动。我转过脸去,城市里破旧的房屋和街道渐渐退出了视线,迎面吹来了遥远的北方强劲的春风……

然而我相信感应。我明白头痛是一种征兆。不久后我接到一个同学的来信,证实了我的猜测——就在我快走的那几天里,爸爸终究觉得这样重大的事情不能不让妈妈知道,他还是叫妹妹设法把我走的消息告诉了妈妈。爸爸希望妈妈能向工宣队请假,允许她回来同女儿见上一面。但工宣队拒绝了妈妈的请求。那天后半夜,妈妈终于不顾一切地弄开了隔离室门上的锁,手里拿了一把扫帚,偷偷推开了学校虚掩的大门,想溜回家送我。她把扫帚放在大门边上,希望自己天亮以前能赶回来,万一让红卫兵发现,也可说是扫地,有个借口。可等她到家时,我早已离去,妈妈呆呆地望着我空了的床铺,顿时傻了一样。欲哭无泪,更不敢在家中久留,匆匆赶回学校去。天已微明。却偏偏就在校门口被专案组的出来上厕所的人撞上。为此,全校又召开了一次声势浩大的批判会,批判她畏罪潜逃,妄图翻案,对抗运动。妈妈在台上弯腰九十度,足足站了四个小时。批判会结束时,她已不会走路,腰椎间盘突出,大病一场。那年她四十五岁。

我知道自己的罪孽深重。这是我一生中唯一对不起妈妈的一段往事。十九年来我同她相依为命,但我却在她最需要我的时候不辞而别。当时,妈妈历尽磨难的生命,已如游丝奄奄系于千钧。我的远行,在她不堪重负的劳累和无休无止的精神折磨中,犹如雪上加霜。她的痛苦不在于我下决心去边疆,而在于我恰恰是在她身陷囹圄时离她而去。要是没有爸爸和妹妹,她怎么还有勇气活下去？这是我一生中永远无法解脱的愧疚和自责——当我离家北上时，我怎么竟然会如此绝情又如此冷酷？革命的洪流，毫不费力地就把妈妈十九年里一口一口喂给我的温情、道义和童心，完全彻底地摧毁殆尽。我已不是妈妈的孩子了。

然而很多年以后，妈妈平静地同我谈起 1969 年的那次"叛逆"。出乎我们大家的意料，她却有与我和爸爸完全不同的看法。她说我十九岁那年选择了北大荒是一个生命的必然——既然遥远的森林和雪原曾是年轻的妈妈梦中的呼唤；当我尚在妈妈腹中时，她已将向往飞雪与冰凌的基因植入了我的体内。所以安知北大荒不是一种幻想的结果呢？或许我那次毅然决然的行动，恰恰就是她自己那种与生俱来的浪漫主义精神的延续？在她女儿身上亦无法改变。

至此，妈妈在她对世事万物的宽宥中，完成了她对自己的阐释。

关于那块节外生枝的红手帕，却在很长一段时间里，纠缠着我。

在北大荒最初的日子，我经常出现一种原因不明的阵发性头痛。农场卫生所的大夫当然是毫无办法。但我明白那是怎么回事。我的心里焦躁不安。我深信民间流传的那种亲人互相感应的说法，即使相隔千里万里，亲人的信息也能通过他们血脉相连的身体，传递、接收。

每当我头痛发作时，我闭上眼睛就能看见妈妈苍白的面容，憔悴忧郁，没有一丝血色。她伏在木板床沿上，不停地写着材料。或是跪在礼堂的台上，一遍又一遍地回答着同一个问题。她晕过去了、她在发冷发烧、她气得浑身直打哆嗦、她咳出了一口鲜血……终于，她忍不住拍了一下桌子，愤怒地大声喊起来……

我头痛欲裂，心揪得紧紧。我死死按住了太阳穴，拼命睁大了眼睛。我的目光越过千山万水,回到我故乡的城市。我想那儿一定是发生了什么事情,我甚至闻到了从学校操场上散发出来的血腥味。

办公室里,工宣队对妈妈的审问正在进行。

——朱小玲,今天你要老实交待!党的政策是坦白从宽,抗拒从严。你的问题已经审查了两年,老问题不但没有搞清楚,反而又发现了新的线索。你对抗文化大革命,是绝没有好下场的,听懂了吗?

——我不明白你在说什么?

——好,我问你,你当年从天目山回到洛舍以后,有没有用过一块红手帕?

——红手帕?

——不许抵赖!据我们调查,那块红手帕是用红丝绒剪的,手工缝的边。有没有哇?

——可能是有的。我认为红色象征着革命,我做过红手帕,还经常把它别在旗袍的衣襟上……

——那就对了嘛。那么你老实坦白,你亲手缝制红手帕到底是什么意思?是不是足以证明你在被捕出狱以后,还想千方百计打入党组织内部啊?

——如果是这样,你们就不应该怀疑我是叛徒了。

——不!恰恰相反!这恰恰证明了你企图重新混入党内,以便从事特务活动……

——你讲话要有证据。

——不要心虚嘛,啊?我问你,抗战时你在洛舍,有没有逃过警报呀?

——当然逃过。警报一响,所有的人都懂得赶紧躲避日本鬼子的扫荡。

——好,我再问你,洛舍有没有桑树地啊?

——当然有。河边到处都是。

——好。那你在逃警报的时候,有没有在桑树地里宣过誓呀?

——什么宣誓?宣什么誓?

——你的第二次入党宣誓嘛,装什么糊涂?!

——没有!我既没有在桑树地宣誓,也从没有第二次入党。

——你还想狡辩!我问你,你认不认识一个名叫杨志伟的人?

——杨志伟?认识的。他是我们洛舍同乡。当年他被捕时,还是我父亲把他保出来。解放后,我听说过他在仙居县当农业局长……

——你既然认识这个人,这个问题你就等于承认了一半。人家交待得很清楚,你想要隐瞒事实,完全是痴心妄想。如果你继续执迷不悟,就是罪上加罪。我们工宣队决不会心慈手软的!

几天几夜反复无常的拉锯式盘问和审讯,妈妈总算弄明白,那个叫做杨志伟的人,在外调中炮制出了一个关于红手帕的故事,如此这般地莫名其妙:

……在洛舍时,有一次杨志伟和她一起逃警报。先跑到洛舍小学的一间教室里,他拿出一份入党申请书让她填写,写好以后,他和她坐着一条小船进了芦苇荡。四下无人,他们在一块桑树地上了岸,他在地上铺了那块红手帕代替党旗,让她宣誓。宣誓以后,她就是洛舍党支部的中共党员了。那以后,他还同她一起到白龙潭去藏秘密文件,追来了三个国民党兵,他拉了她一把,两个人一起扑倒在水稻田里……

妈妈隐隐记起这个杨志伟。他原在埭溪开茶叶店,逃难时来到洛舍,就住在她家隔壁。此人不爱讲话,一天总低着个头,下巴尖尖的。右下颌有一颗很大的黑痣,痣上长着三根黄软的长毛。她看他很苦闷很寂寞的样子,有时就去找他谈天,从他的谈吐中,发现他的思想还算进步。她于是就告诉了他一些自己的事情,包括在于潜被捕的经过。他听了,激动得下巴上的三根毛都抖动起来,称赞她是女中英杰。又过了些天,她发现自己的日记本不见了,曾怀疑是他偷偷拿去,他却死不认账,也只好作罢。过了几个月,有人来告诉她,说杨志伟不知为何被捕了,还是她求父亲以镇长的名义去把他保出来的。后来她就到皖南屯溪念书去了。不久新四军来到了洛舍,听说他很积极地帮新四军办事,跑东跑西。新四军北撤之后,他拿了一把雨伞就离开了洛舍,有人说他投奔了新四军,也不知道他到底去了哪里。解放初,一个解放军的军官曾到报社找过她,一见,竟然就是这个杨志伟。这时他已是一个营教导员了。从那以后,两人再未谋面。

怎么会忽然飘来这么一块子虚乌有的红手帕呢?

杨志伟编造了这个红手帕的故事,究竟是为了什么呢?妈妈倚在潮湿的墙壁上,绞尽脑汁苦苦思索。一时天花板上红手帕漫天飞舞;水泥地上红手帕逐浪翻滚。她的眼前深一片红浅一片红,红得白一阵又黑一阵。刹那间她记起当年父亲保他出狱回来,曾对她悄悄说过,这个杨志伟,怕也不是好人,他们说他统统都招供了,说不定是个叛徒……

也许只有一种可能:那次他被捕后,一直隐瞒了自己叛变的事实。而"文革"群众运动的"地毯式轰炸",使他难以蒙混过关,为了证明自己出狱后还在继续为党工作,就必须编造一套革命的行动,比如发展别人入党等等。而他曾偷看过她的日记,对她当时的处境了解得一清二楚。是的,他必须造成一个继续革命的假象,他只有革命,才不会被革命所消灭。只有陷害别人,才不会被别人所陷害。几十年的"革命"历史,教会了他"革命"的手段。他只是东施效颦罢了。

妈妈在万般无奈中,恰好收到了爸爸让妹妹送来的纸条。爸爸也作出了同样的判断。他告诉妈妈,如今最有力揭穿杨志伟诬陷的办法,就是请求工宣队,让她和杨志伟当面对质。

…………

我的头痛时好时犯。每次头痛都使我对七千里之隔的江南老家,诚惶诚恐、提心吊胆。我和妈妈本为一体,互不可分;我曾说过,无论我走到哪里,我都能听见她的心跳,辨析她的每一声欢笑和哀叹。即便远在天涯海角,我依然无法坦然独处。每一天,妈妈都与我同在。

头痛最后一次发作时,我已是精疲力竭。但我似乎感觉到那将是最后一次了。"文革"的滔天巨浪正在渐渐平息。正如《依利亚特》那个故事所写,天神们需要休战时,地上便有了暂时的太平……

工宣队终于决定把杨志伟从仙居带到杭州,同我妈妈当面对质。在一片"打倒大叛徒朱小玲、杨志伟!""敌人不投降,就叫他灭亡!"的口号声中,妈妈悄悄看了那人一眼。只见他瘦如刀削的脸颊侧面,剧烈地抖动着三根长毛,那毛色灰白,像老猫的胡须。那瞬间,她心里倒觉得此人有几分可怜……

——杨志伟,你说你曾发展朱小玲入党,为什么我们在外调时,当年洛舍党支部现在还活着的人,不知道这件事?

——按党组织的纪律原则,当时我同朱小玲是单线联系的。

——朱小玲,你为什么要隐瞒你第二次入党?

——如果1944年党组织重新发展我入党,说明党对我很信任,说明我出狱后的表现很好,我有什么必要隐瞒我入党的光荣呢?

——你还要狡辩。杨志伟的供词铁证如山,你再不老实,只有死路一条!

办公室的桌子上,一台老式的录音机对准了他们。转动的录音带,发出老鼠的吱吱叫。

——杨志伟分明是捏造事实。只要稍稍有一点党的组织常识的人,都会发现其中的破绽:那时把我作为发展对象的,是天目山的党组织;而杨志伟的关系是在德清县,我同他根本不相干,党组织根本不可能让他来发展我。

——杨志伟,朱小玲说的是不是事实?

——浙西特委徐珍同志亲口对我说过,朱小玲一直是党的发展对象,她出狱后回到洛舍,让我们继续考察她……

——你撒谎!徐珍曾经要想发展我,还是我告诉你的。那是我被捕以前的事了,简直牛头不对马嘴。

——那你当时特别喜欢一首诗,是一个叫萧军的作家写的一本《八月的乡村》里头的,我现在还记得很清楚,诗是这样写的:我要恋爱,也要自由,但是奴隶没有自由……这,总是事实吧?

妈妈的嘴边,露出一丝冷笑。——你都扯到哪里去了呢?这大概还是你从我的日记里抄下来的吧?这能说明什么呢?你这样煞费苦心地诬陷我,到底想要达到什么目的?你到底想干什么?!

…………

从早上到天黑,对来对去,越对越糊涂。杨志伟一口咬定那红手帕,说得有鼻子有眼。有一阵子,连妈妈自己也怀疑起来,是否真有一段记忆,从她脑子里无缘无故地抹去了?一块块血红血红的红手帕在她面前飘浮着,像一条流动的血河,浇灌着窗外枯焦干涸的大地。她死死地抓住桌子角,只要一松手,她也许就会倒下去。假如不是什么红手帕,而是小红帽就好了。她在心里对自己说。尽管在很久很久以前,她曾是多么希望在这样一块象征着党旗的红手帕前宣誓啊……

周围的人都开始打哈欠,工宣队很不耐烦地敲着桌子。杨志伟终于垂下头去。昏暗的灯光下,她只看见他惨白的鼻尖。

其实从他走进这个房间开始,他就始终没敢正视过她。

有人把一叠厚厚的记录纸递给她签字。密密麻麻的小字爬满了横格纸,但她的眼前却是一片空白……

她就是在那会儿突然听到那个声音的。那个她曾经熟读,却在后来的许多年里,被她忽略了的童话——

"可是他什么衣服也没有穿呀!"一个小孩子最后叫出声来。

"上帝哟,你听这个天真的声音!"爸爸说。于是大家把这个孩子讲的话私自传播开来。

"他实在是没有穿什么衣服呀!"最后所有的老百姓都说。皇帝有点儿发抖,因为他似乎觉得老百姓们所讲的话是对的。不过他自己心里却这样想:"我必须把这游行大典举行完毕。"因此他摆出一副更骄傲的神气,他的内臣们跟在他后面走,手里托着一个并不存在的后裾。

红手帕的事,就这样不了了之。以后的日子,她写了一叠又一叠的申诉材料。又过了几个月,突然有一天,工宣队把她叫去,对她宣布说:你的审查到此结束了,维持1956年的审干结论。从今天开始,你可以回家了。

红手帕无中生有从天而降,又莫名其妙随风而去。

妈妈恢复自由以后许多年中,无论看什么东西,眼前总是好像蒙着一层血红的云翳。

有一阵,听说妈妈很想到仙居去一趟,去找那个杨志伟问问,何苦要这样害人?但她很快又打消了这个念头。那些自称裁缝的骗子固然可恶,但如果没有那个愚蠢的皇帝,是不会有皇帝的新衣的。她甚至自嘲地想,假如不是因为涉及"叛徒"这样人命关天的"问题",她就让杨志伟"发展"一回算了。一个杜撰的桑树地里红手帕的故事,离奇曲折,听起来还真挺让人神往的呐!

又过了些时日,她听洛舍来的亲戚谈起,说杨志伟回家以后不久,就生肝癌死了。临终前,他曾嘱咐家人去买一块红手帕,与他同葬。

妈妈后来被确定为离休待遇,是几年以后的事了。

妈妈说她像一块收割后的田野,没有果实,留下的只是一片坦然,默默面对蓝天。

然而裴嫣注定了将要在最后一幕中再次出场。虽然她已经几乎被我们所遗忘,但她却无法忘记我的妈妈。晚年的裴嫣走出了她一生的坎坷,她将开始寻找和重温青春最珍贵的那一段记忆。

裴嫣颇具戏剧性的出现,使我们的故事变得越发耐人寻味。

那是七十年代末的一个春天。妈妈忽然收到了一封寄自乔司农场的信。三十多年来音讯全无的裴嫣,就这样从信上惊人地蹦了出来。那封信仅寥寥数语,只说她已到了杭州郊区的乔司农场,希望妈妈能去看她。务必务必!一定一定!一切都等见面详谈。

信纸上满篇都是惊叹号。

裴嫣怎么会到了乔司农场呢?爸爸和妈妈很费了一番猜测。

据爸爸分析,裴嫣的丈夫姜弘任,在1943年任武康县长职务期间,因手下的人滥杀赤色群众,并以他县长的名义执行,他负有重大责任。镇反时地方群众要求公审他。1951年爸爸受审,就是因在上海搞地下活动时,曾经利用过姜弘任复杂的社会关系,因而镇反一开始便受他的牵连爆发的。爸爸自己尚且如此,这么多年一次又一次的政治运动,像姜弘任这种身份的人,恐怕早就被镇压了。即使没被镇压,必定也是活不过"文革"的。妈妈记得偶尔听人说起,解放后,裴嫣在上海一家地段医院当干部,现在怎么会突然到了乔司,会不会是她改嫁了一个当农场场长的丈夫呢?

爸爸说,算了算了,不去看她也罢。免得又节外生枝。

妈妈的眼睛一下子就红了。她说:我如不去,她会疯的呢。我知道她的脾气。她若是要找我,就是非找不可的时候到了。

那是一个春日的上午,妈妈到了乔司农场。二十多年前的一个冬日,她曾带着我去过那个地方。那次是去看她的丈夫,而这一次,是去看曾把神圣的入党申请书交到她手里的裴嫣。几十年间,是这两个人,在迷惘中将她引领上进步的道路,先后改变了她一生的命运。然而,这两个人,却先后到达了乔司这个劳改农场。革命——劳改农场。是一个无意的巧合么？她怅然。

　　妈妈在农场场部到处打听有没有一个从上海调来的场长,都说没有,只有一个从上海来探望她丈夫的女人。妈妈按人的指点去敲门,门开了,出来一个五十多岁的男子。此人身材高大、红光满面,笑吟吟望着她,只是不语。妈妈有些发愣,面前的人似曾相识……然而那怎么可能？难道真的会是他么？妈妈终于喊出声来——姜弘任,是你！

　　裴嫣前来探望的丈夫,仍然是当年的姜弘任。一个在我爸爸妈妈心中早已死去多年的人。

　　几十年一言难尽的遭遇,在这里却浓缩成几分钟时间便打发完毕——解放后,姜弘任任上海市工商局的秘书科长。1951年至1952年也受到隔离审查,案卷送交市委,一位主要领导人的批示是八个大字:此案已阅,容后再议。这样他便被保了下来。1955年肃反时,市人民检察院给他作了"免予起诉"的结论。但到反右以后,浙江德清县人民法院,坚持向上海要回姜弘任,并判处二十年徒刑,送去劳改,1975年被特赦。姜弘任获释后,因上海报不进户口,暂时就地安置在乔司农场。裴嫣一直在上海一家医院工作,几十年来历经审查,确定为脱党,但否定了她被捕后有叛变或出卖行为,所以还保留了一般干部身份。至此,裴嫣已可谓是死里逃生的老运动员了。姜弘任到了乔司以后,裴嫣每个月都专程从上海来这儿看望丈夫。他们的三个孩子都已长大成人,一个在新疆,一个在江西,只有一个留在上海,一家人东西南北分散四处,唯一的安慰总算是身体都还健康。

　　裴嫣的头发花白,眼角的鱼尾纹如波浪起伏。干涩的面孔和佝偻的身影上,妈妈已难寻觅裴嫣当年的美丽。

　　三双眼睛默默地互相注视,欲哭无泪,欲说还休。

　　一只喜鹊从窗外飞过,喳喳叫着；一只乌鸦落在房檐上,呱呱叫着。喜鹊与乌鸦永远都在同奏着一支悲与喜的交响乐。

他们那次见面以后不久,全国开始清理历史遗留的冤假错案。我爸爸向省公安厅和报社重新提出了申诉后,要姜弘任也抓紧时间向原判法院提出申诉。但姜弘任竟笑眯眯地摇着头,连连说,不不我不想申诉了,随它去吧。过去那么多年,我给毛主席、陈毅、邓小平都写过信,没有用!一点用都没有!如今的情况难道还会有什么不同?我爸爸说他糊涂,爸爸说即便没有用,他也要坚持申诉,哪怕一直到死。经我爸爸这么开导,姜弘任总算答应试一试,将信将疑地给德清人民法院递送了申诉状。结果不久后,就在我爸爸平反的同时,他也被正式撤消了原判。恰逢1948年前后曾在上海领导过地下工作,曾负责与姜弘任联系的那位领导同志,从北京调任上海市委统战部副部长。他过问了姜弘任一案,念及姜弘任在大上海解放时曾有立功行为,他的户口迁移问题随即顺利解决,历时三十余年的离散后,全家人终于团聚,得享天伦之乐。

远离妈妈的日子里不断折磨我的间歇性头痛,在那个新的时代来临后,终于奇迹般地悄然而止,不治而愈。

那一年春天,在他们眼中,呈现出从未有过的娇艳与妩媚。柳丝青青,桃花灼灼。春雨迷蒙的三月,爸爸妈妈、裴嫣姜弘任夫妇,四人结伴,重游天目山。

他们似乎注定了要在暮年时重回一次天目。天目山因此是一个起点也是一个终点。

山坳深处的巨石"仙人跳"依旧兀立。沿石怒放的杜鹃如一排滴血的脚掌,走过了崎岖漫长的历史,在此稍事歇息。四周林木森森、草叶葳蕤、山岩陡峭、空谷传声。"仙人跳"像一个夜梦中的天使,又像一个白日里的魔鬼,从遥远的往事中浮现。妈妈和裴嫣曾从这里"起跳"——然而裴嫣没有跳过她至高无上的爱情,跌落在自己心设的陷阱;妈妈也没有跳过她至尊至爱的平等自由之梦,最终回归于她童心的幻境。"仙人跳"是一个永远的谜语。也许根本就没有人能跳过"仙人跳"?除非是仙人。

——其实,当年我让你填了那份申请表格以后,你就算是中共地下党员了。应该算是。但解放后,我不便再坚持这个说法,因为你后来被捕过,如果是党员,你的麻烦就更大了。不过现在,也许你应该去要求改正1956年的审干结论,交涉恢复你的党籍,我能帮你证明的……

裴嫣苍老的声音,模模糊糊从妈妈耳边传来。

不,这并不重要。对于我来说,那些本来就是无所谓的……妈妈苦笑着,摇了摇头。她好似还有什么话想说,却没有再说下去。

山峦雾气中,"仙人跳"下浮漾起当年的歌声和笑声,像一个逝去的梦,若隐若现。水乡是一个梦。"方小"是一个梦。四壁坚冷的囚笼更是一个梦。好梦坏梦美梦噩梦,绚丽的梦缤纷的梦血腥的梦赤紫的梦——也曾辉煌也曾凄凉,终是脱不去那殷红的底色。

但人生仍然不能没有梦。没有梦的人生,白天太苍白,黑夜太漫长。正是因着噩梦终究会醒,而好梦总也不能成真,人类才周而复始地循环着,循环着人类实现理想的那个痛苦的轨迹。

妈妈和她那个时代许许多多人一样,亲手炮制了那个美丽的梦。她的一生始终被梦魇所纠缠,她的希望湮灭在自己的梦里。

她是那个梦的结果。但她恰恰也是那个梦的原因。

遗憾的是,我却始终没有见过裴嫣……

当那些夏日和秋季的骚动临近尾声之时,另一种冬天的景象缓缓铺展开来。一个故事结束了,还有新的故事即将开始。由于我和她们都已无法退出这一场二十世纪震惊天下的红色风暴,就使得我在后面的叙述,都仍将被置于那一层似红非红、似黑非黑的底色之中。

我始终没有弄清楚,那究竟是因为什么。

在我的记忆中,奶奶和外婆一直彼此敌视、相互憎恨。很多年里,她们作为儿女亲家,却老死不相往来;即便有时暂且不得不同住于一顶屋檐之下,也形同路人,从不说一句话。她们偶尔擦肩而过,便向对方投去厌恶的目光,或是小声地嘀咕着各自家乡的方言,多半是一些怨恨的咒语。反正,她们谁也无法听懂。

这两个女人,恰恰都是在她们的儿女结缘后不久,丈夫便先后死去,于是她们形单影孤,只得依靠我的父母生存。她们出身于完全不同的家庭背景,但两个人又恰恰都生就一双未缠的大脚。

外婆生于湖州,嫁于洛舍;奶奶来自南国的广东新会,又从上海辗转杭州;——几乎从一开始,她们就认定了对方为异乡和异己,因而难以相容相处。自我出生以后,面对这个不幸的家庭中不断袭来的厄运,越发加剧了彼此间的责难,互相越发心存芥蒂。于是,她们后半生的岁月,就在这样默默的怨怼与恼恨中,消耗殆尽而去。

这场"冷战"持续了几十年。直到外婆和奶奶相继离世,她们仍然没有互相原谅。

十一

　　我喜欢陈春舟这个名字。外婆过世后的 15 年中,每次我默念这个名字,就有一幅淡淡的水墨画,从水乡的石桥和渔寮中,慢慢浮现出来。一叶扁舟,从远远的天边驶来。春水碧蓝,木桨咿咿呀呀地摇过湖湾,桑树的倒影下,漾起一圈一圈的涟漪……

　　即将结束她少女时代的外婆笑吟吟地坐在船头,一条灰蓝色的大鱼,从她身后扑哧一声跳起来。鱼尾甩下一粒粒金色的鱼子,在清澈的水波里沉沉浮浮地荡开去……

　　外婆十八岁那年春天,由一条带篷的大木船,载着她一船的嫁妆,从湖州来到洛舍。她娘家与未来的夫家,祖籍同是丹阳。父亲是个秀才,在湖州城里也开面店谋生。家境还算优裕,从小便送她在一所教会小学念书。所以外婆不但识字,还会念几句英语。可惜生不逢时,解放后当了反革命家属,那点文化只留给她自己读书消遣,从此没有派上用场。

　　知书识礼的外婆很是贤慧。据妈妈说,太婆还活着的时候,全家人每天吃饭,外婆总是站在一旁伺候,等到公婆与丈夫用膳完毕,她才可动筷。有一次,不知外婆犯了什么过失,妈妈亲见太婆抓着外婆的头发,往墙上撞,外婆只是一声不吭听其发落,待太婆气消放手,又默默走开去做事。

　　年轻时健康壮实的外婆,却是命中无子。生下一男一女,都得了七日脐风死去。太婆做主,从桥头抱来一个弃婴,也就是我的妈妈,外婆得知真情后,却视如己出。后来又领养了我七个月的舅舅,从此再没有生养。我心目中的外婆,是世界上除了妈妈以外,最亲近最疼爱我的人。我长到十几岁,奶奶有一天对我说,你外婆不是嫡亲外婆,我反倒对奶奶心生了几分反感。

外婆在洛舍镇上很有人缘,人都说我外婆生性开通,爽直豁达。但外公好像从来也没有真正喜欢过她。他和她虽然名字里都同有一个"春"字——春谷和春舟,事实上两人却无缘恩爱。妈妈说也许是因为外婆不够漂亮,外婆的身材粗壮,脸上有几粒淡淡的麻点。所以年轻时的外婆,永远都在跟踪和盯梢我寻花问柳的外公,当外公的风流韵事又一次败露时,贤淑的外婆会变得像一头疯狂的狮子,冲到那女人家去大吵大闹。她似乎不能容忍妻妾制,这也是她接受了部分新思想的代价。外公的不忠是外婆心里永远的隐痛,外婆成为一个独立自强的女人,必须等到外公五十三岁时死去以后。

外公活着的时候,外婆丰厚的陪嫁曾是她唯一的辉煌和骄傲。那只木船从娘家运来的全套红木家具,在我童年的记忆中挥之不去。镶有精致雕花的梳妆台、面汤台(洗脸架)、衣柜、写字台……在后来我妈妈一无所有的年月中一件件运往杭州,残缺不全地支撑了我们的居舍。那整整两箩筐的镶金餐具,每只碗底上都盖有"陈"家的红印,最后也被一只只打得七零八落。想起外婆的时候,我总是听见那些精致的瓷器一件件摔在地上的啪嚓响声,而外婆的面容却在金边的碎片中一点点复原为一个整体。我最喜欢的是一对镀着银边的菱形座钟,钟面上镶着黑色的罗马数字,钟摆的两边各有一只寒暑表,白色的水银柱在钟锤金光烁烁的摆动中,上升又下降,温度便与时间同在。每到夜晚,小镇的街上静寂无声,从外婆空旷的房里传来座钟嗒嗒的响声,像一记记轻捷的脚步从屋顶走过,准确地度量着人生……

我还记得那只紫红色带盖的米粉桶。扁扁圆圆的,桶上有一柄弧形的把手,把手两端刻有云雾状的木雕,龙飞凤舞的。盖子与桶之间几乎看不出缝隙,盖子却能随意抽动。如果把桶翻过来,桶底上还有"陈"家黑色的印章,和一个大大的"义"字。那是一只神奇的木桶,在后来的许多年里,外婆每次来杭州看望我们,总是用它盛满了各种好吃的东西。我们把它一抢而空,下一次它重新又变得满满……

　　印象中的外婆永远穿着深蓝或湖蓝色的衣褂,府绸面料,光滑而挺括。斜襟的搭襻用布料精心缠绕而成,一个个依次排列,像即将结茧的卧蚕。她喜欢把头发往后梳拢,抹上头油,一根根纹丝不乱,然后扎成长长的一把,再在后脑上细心挽成一个发髻,扣上丝线发网,乌黑油亮。我至今保存着一张照片,是她和我妈妈在上海外滩的合影,外婆在旗袍外罩着一件开襟的绒衣,迎风而立;侧面的发髻像一件搭配相宜的饰物,慈祥的外婆风度而又风光。

　　舅舅却说不是。他说你没见过年轻时的外婆。那时她的头上,总披盖着一块蓝色的印花布,有点像帽子;身上围一条竹裙。竹裙是用蓝粗布做的,齐膝,腰上打着无数密密麻麻的褶,像折叠的扇子也像古代一片片用线穿成的竹签,所以叫竹裙。走起路来一摆一摆的,露出下面宽口的裤脚。那时的洛舍女人都是这种装束,干活很方便。

　　我说,外婆好歹也算是个镇长夫人了,她还要干活么?

　　舅舅说,当然要干活啦。你外婆一辈子都在干活。不干活她干什么呢?镇长夫人也是要干活的。外婆从湖州刚刚嫁到朱家来时,你外公家还开着"朱万兴"那爿面店。船上运来了面粉,她也去帮忙卸货,两袋一百斤,她扛起就走,轻飘飘的,风一样。她去河里淘麦箩,洗净端上晒干,全是一个人做。人家都唤她大脚婆,大块头,她年轻时,真是什么活计都会做呐!

　　我对于外婆的疑惑,便由此而生。

　　从我记事时起,外婆就是一个反革命镇长太太,一个剥削阶级的残渣余孽。她的身份毋庸置疑。外公去世以后,"朱万兴"也在公私合营中被收归国有,但外婆依然拿着一部分镇上房产的定息。从五十年代一直到七十年代末外婆逝世,即使在我们家庭最困难的时期,外婆仍然保留了她以往的种种生活方式——外婆的每一顿饭,是菜是汤是粥是面,都由她自己精心制作,从不对付,决不含糊;妈妈每个月贴补给她的生活费,总是不到月底就已告罄;但即便外婆的身上已不名一文,她的衣衫依旧整洁、头发依旧光亮,每日晚上,她依旧早早地上床,盖上轻柔细软的丝绵被,倚在床头,守着半导体收音机,津津有味地听着越剧戏文,悠悠入睡……

丝绵被也是外婆引以为荣的陪嫁之一。

所以外婆盖的丝绵被是每年都必须重新翻做的。去掉被磨损垫硬了的那一层,再添上一层洁白如玉柔软似云的新丝绵,抖开如一阵风,泡沫般地充满弹性,盖上以后也是若有若无,轻飘飘滑溜溜的,这才是一种起码可以挨着身子的东西。外婆若是没有丝绵被,睡觉便如同苦役般地不可想象。于是每一年秋天,隆重而大张旗鼓地翻新丝绵被,是外婆生活中必不可缺的仪式。在她后半生拮据的日子里,无论怎样节俭,每年增添新丝绵却是绝对不可节省的一项开支。丝绵被是一种对逝去了的岁月的怀念,是外婆对自己人生价值的认定,也是她生命的象征。在外婆日渐衰老、日渐潦倒的生活中,丝绵被是她最后的一个安慰。

于是,那个大脚大块头的外婆,和另一个慵懒于丝绵被下的外婆;那个勤劳能干、吃苦耐劳,却又固执地保留着奢侈习气的外婆,在我的生活和心灵中,自始至终是以一种极其矛盾、无法自圆其说的面目出现的。在很多年里使我无所适从。

丝绵被是一个引子,一个鱼饵。将为我们引发出以下的故事。但洛舍水乡的蚕在一口口吐着银丝时,却不会想到,它竟然无意中编织了一个仇恨的茧子。

那是一个连桑叶都片片发出红光的年代里,才会有的恩怨。

奶奶二十二岁那年,被嫁到了广东新会一个叫做长桥的村子。

奶奶有一个日月皆为之失色的美丽名字:黄嫦娥。据说她年轻时体态略胖,人称肥娥。

据爸爸说,他的外祖父从十六岁就双目失明,是个瞎子;但家境还算小康,娶了一个丫头出身的女子为妻,也就是我爸爸的外祖母。广东沿海一带民风开化,爸爸的外祖母不缠小脚,于是后来我的奶奶自然也就不缠小脚。奶奶的娘家不种田,却不知为什么把她嫁给了种田的张家。张家有六个子女,我的爷爷张老明是最小的一个。张老明的兄弟们,像广东当时大多数男人们一样,成年后,便离乡背井,去南洋谋生。我爸爸的大伯父和二伯父,婚后孤身一人去了缅甸打天下。二伯母生下我的一位堂兄,生下来就没有奶吃,靠自家养的一头奶牛给他喂奶,故自幼被人唤做牛奶。牛奶哥长大又结婚生子,却没见过他的父亲。直到七十年代末期,他的父亲,也就是我的叔公,才两手空空从缅甸回来,贫困潦倒,几年后在故乡终老,落叶归根。我爸爸的三个姑夫,婚后都去了马来亚,但从此杳无音讯。他的大姑妈靠着一根扁担,从杜阮挑到江门,给人担货为生,据说后来去了马来亚,寻找她的丈夫,也是黄鹤一去再未回头,生死难测。

奶奶嫁给了张老明,一过门便分了家。仅分得两间泥墙屋,结婚时又欠下不少婚债,得由两口子自己偿还。幸好黄家有个叔叔在上海做水果行的老板,爸爸的大舅舅便将他的妹夫,也就是我爷爷,带去上海做事。那是1924年,我爸爸刚刚出世。

于是我的奶奶独自一人抚养着我的父亲,留在新会乡下。留在那个遍地蒲葵、蔗田、荔枝、香蕉硕果累累,却依然贫瘠穷困的广东老家。她用一根宽宽的粗布背带,将我幼小的爸爸兜在她的后背,在南国的炎炎烈日下,光着脚板踩入滚烫的淤泥,一个人耕种着家里的三亩水田,另种番葛和烟叶,每年还养一头大肥猪。我爸爸说他是在母亲的脊背上长大的,整日里他都浸泡在母亲的汗味之中。那根粗布的背带每天湿了又干、干了又湿,奶奶的脊背永远呈现着一种紫红紫黑的颜色。背带又长又宽,在身后托住孩子,然后绕到前胸,在胸口上打上一个交错的大叉,又稳又牢,小孩觉得舒服,大人也不累。这是广东一带的劳动妇女,世世代代沿用的一种特制的"摇篮",专为"育崽"之用。十几年后我奶奶从新会去了上海,也没有放弃这根背带,并最后将它带来杭州。每年夏天,奶奶都要郑重其事地将它拿出来在太阳下晾晒一番。记得爸爸曾经企图利用它,来对我和妹妹进行阶级教育,妈妈发现后很觉新奇,从此每年带学生下乡劳动,她便用这根背带来背行李铺盖,据说效果极佳。

外婆的丝绵被和奶奶的背带,是两个不共戴天的极端。

勤劳而智慧的广东人,若是不杀向南洋,在贫穷的大陆,广东人谋生的目标便是繁华的大上海。三十年代上海经济的迅速发展,曾得力于浙江宁波、江苏苏北等地,大量商务人才和劳动力的涌入,而擅长经商的广东帮,正是这支外来劳动大军的主力之一。我的爷爷在上海虹口区吴淞路(又叫广东街),一家我奶奶的叔叔开的水果行里,经手干鲜果品货物的批发进出和采购,过了十一年,才算积攒了一点钱,终于将我奶奶和念小学的爸爸,接到上海定居。奶奶临走时将老家托付于爸爸的二伯母,也就是牛奶哥的奶奶。1935年,我的奶奶多年的等待到了头,似乎是苦尽甜来,总算可做一个靠丈夫奉养的城里人了。

然而好景不长,1937年抗战开始,上海"八·一三"淞沪一战后,海运中断,在上海的广东人,生意难以为继。爷爷只好带着全家,重新回到广东老家种田。到了冬天,地主的田开始招标,确定来年的地租。爷爷投标种烟叶,好在有三舅从上海寄报纸来,张老明每天闲来读报,日子过得还算温饱。到了1939年,日本人打到广州,江门沦陷,公路上望得见日本人的装甲车隆隆开过,随时都会有小股的日军,骚扰乡民。爷爷听说上海的生意已经恢复,便又带领全家,重返上海。

我奶奶这一次离开新会老家,是一次悲壮的诀别。那年她三十九岁。直到她九十岁在杭州逝世,从此再也没有回去过。

晚年时的奶奶,经常一个人独坐于窗前廊下,闭目养神,口中念念有词。那声音若有若无,像一群蜜蜂嗡嗡飞来又飞去。没有人能听懂她在说些什么。她居住了将近四十年的杭州,于她依然陌生;那个匆匆而过的上海城,在她的记忆中也许早已不复存在;唯有遥远的广东老家,长乔村口那株四季常绿常青的大榕树,在她脑海里永远苍翠明艳。但她却注定了终生客居异乡。在如此孤独与漫长的日子里,谁能知道她的心中,存有怎样一个难解的情结呵……

到了1941年冬,太平洋战争爆发。爷爷微薄的工资收入,显然无力让家人住进租界,只好搬入日军占领的虹口武昌路一带。后来连爸爸外祖叔的"恒源行"也被迫关门,爷爷失业,只得设法做些小本经营的买卖餬口。一日经虹口乍浦路桥,遇见守桥的日本兵,只因鞠躬慢了点,被日本人用枪托敲、皮鞋踢,打得遍体鳞伤。一次去苏北贩油,得了伤寒,回家后大病一场。奶奶无奈,为了一家生计,便用那背带背着我两岁的姑姑去走单帮,步行到苏州、昆山、安亭乡下去贩米,过铁丝网时,日本人的一条大狼狗奔来狂吠,吓得她魂飞魄散。然而那三十多斤的米精疲力竭地背到上海,卖给人家,却所赚无几。一直到抗战胜利后,我爸爸回到上海,奶奶还在武昌路摆小菜摊。那些年日子的艰辛,可想而知。

年轻时的奶奶,含辛茹苦,任劳任怨,具有传统妇女的全部美德。她既然嫁了张老明,便嫁鸡随鸡、心甘情愿地跟着张老明漂泊异乡、四海为家。爸爸和叔叔们记忆中和叙述中的母亲,显示了广东乡下劳动妇女尽善尽美的本色。但他们展现给我的过去年代那个奶奶的影像,却与我出生后所熟识所共处的奶奶,实在有很大的差别。我真想说,我所见到的奶奶不是这样的啊;我还想说,后来的奶奶肯定不是你们所说的那个样子,你们有没有搞错啊?!

记叙一个真实的故事并不容易。尤其是当着真实不那么美好、甚至令人难堪的时候。

不过到了我现在这个年龄,事情本来究竟是什么样子,已经不会让我发生特别的兴趣了。我关心的是为什么,后来为什么会是这样的呢?这中间到底发生了什么事?还是其实原本就是如此?

我只得对奶奶的在天之灵,先说一声对不起了。

我愿意相信,杭州是奶奶的一道门槛。

1949年12月,一生沉默寡言的爷爷在上海病逝。年仅五十一岁。失去了依傍的奶奶,带着四个未成年的孩子,不得不迁居杭州,投靠她的大儿子。新中国建国初期,我父母均为革命干部,又时有稿费补贴家用,抚养奶奶一家人的生活自然不成问题。然而天有不测风云,奶奶搬到杭州不久,"镇反"运动一开始,爸爸妈妈便相继被隔离审查,紧接着爸爸又被开除党籍和公职,送去劳改。全家人的生活重担,一下子全部压在了我妈妈的肩上。我妈妈瘦小的身躯,将要负担奶奶一家人、连我在内总共七八口人的生活。

尽管妈妈对奶奶好言劝慰,说有我在就有全家人的活路。奶奶的心里,仍是忽然一下子失去了平衡。

她自从嫁到张家,在上海时,实际依靠的还是她娘家的关系;如今丈夫撒手人寰,唯一可依赖的大儿子又翻船落水,不仅儿子要依靠媳妇支撑,就连她和几个孩子,从此也只能靠儿媳救济了。

天性倔强的奶奶无法接受眼前的事实。倔强是张黄两家不谋而合的遗传基因,甚至顽强而固执地遗传到我,也许还将继续遗传下去。

然而窘迫的现实,却使得这种倔强完全没有发挥的可能。她没有任何一点生存的能力,她唯一能做的,是到城隍山上去捡些烧火的树枝。

她不想依靠,而又不得不依靠。这种无奈的依靠又使她终日惶惑、令她满腹委屈与愤懑。她的思路堵塞,终于是没有了发泄的出口。

她不可能公开藐视她的儿媳。这毕竟与情理有悖。

她整天蜗居在家,她的生活中几乎没有一个外人可以提供她藐视的机会。

人地生疏、语言不通的杭州,是奶奶后半生的搁浅之地。陌生的杭州城,小街小巷几乎听不见一声广东乡音。她走出上海广东街的同乡之圈,迈入了杭州这道门槛,犹如走进了一座封闭的牢笼。

于是当我的外婆出现之时,这个操着一口她完全不能听懂的洛舍方言,这个基本无法与她进行语言交流的女人,便莫名其妙而又顺理成章地,成了她对眼前的处境表示极度不满的当然对象。

时隔多年,奶奶和外婆均已作古。没有人记得她们之间这场持续了几十年之久的纷争,导致她们最初失和的起因了。

叔叔说大概是为了你淘气的舅舅;可舅舅说还不是因为那该死的广东话呀;但妈妈说不,妈妈说,是由于丝绵被。

是的,是因为那条丝绵被引起的。

那年冬天奇冷,爸爸已被送去乔司劳改。奶奶一家人蜷缩在西公廨破旧的小楼上,墙壁四面透风,寒气袭人,奶奶和叔叔们,五个人只有两条薄薄的棉被。妈妈看不过去,就把结婚时,外婆给她做的一条丝绵被,拿出来给奶奶用。大红色的缎子被面,里外三新。奶奶推辞了一番,还是盖上了。那个星期天,恰好在技校读书的我的舅舅,到奶奶家来找妈妈,舅舅一眼就看见床上的那条丝绵被。

十七岁的舅舅随口说了一句:咦,这不是我姐姐的那条被子么?

奶奶有些尴尬。她觉得我舅舅这句话的意思,不明明是说,她的家,穷得连一条被子都要靠人施舍么?而眼前屋里的情形,又使她无法否认这一点。既然无法否认,脸面上就很有些挂不住,而挂不住,一时又没有办法解脱自己,心里顿时就有了几分气恼。

奶奶一向是很爱面子也就是自尊心很强的人。她穷在广东穷在上海,毕竟是自己穷自己的,轮不到别人来说三道四。如今却是在杭州这个举目无亲的鬼地方,儿子一去不回,靠着儿媳妇过活,原本就满心的不自在。面前却又蹦出来个半大的小伙,一脸的神气,好像是她占了他家的什么便宜,她心头的火气,便旺旺地蹿了上来。

啥个稀奇呢?你姐姐的被子?!她用广东话说。

嫁了我儿,连你姐都是我家的人哩。她又说。

这是我奶奶一贯的语言方式。她必须以眼还眼、以牙还牙。她虽穷但人穷志不穷。她刚刚敏感到了她和亲家之间的差别,她全部的神经便被紧急调动起来,决心要捍卫自己贫穷的尊严。在以后的几十年里,她一直用这种口气对周围所有的人说话。她时刻高度警惕着,随时准备还击敢于冒犯她的人。

舅舅愣在那里。他听不懂她刚才说了些什么。他只是从她颤栗的眉眼和涨红的脸上断定,她那些奇怪的话语分明不甚友好。

我姐姐到哪里去了?他只好先将话题岔开。

叫你姐姐来也呒用哦。她回答。她误认为他想叫姐姐来核实关于丝绵被的事了。他想让他的姐姐来给他撑腰了。他还要挑拨她们婆媳的关系哩。于是,紧接着她又说了一句:没有这条被子我也冻不死噢!你以为稀奇?

最后这句话,恰恰被舅舅听懂了。在洛舍素有"小钢炮"之称的舅舅,当即火冒三丈。他已容忍了她刚才那一连串令他摸不着头脑的话,而那些话毫无疑问都是在指桑骂槐。他觉得自己的忍耐已到了极限。既然是冻不死、既然是不稀奇,难道还有硬要塞给你的道理？于是舅舅一怒之下，三下五除二，卷起了床上的那条丝绵被，夹在腋下，气冲冲夺门而去，将楼梯踩得咚咚直响。又回头大喊一声：你这个老太婆，不讲道理！

　　偏巧我外婆几天后来杭州看病，在我妈妈教书的学校宿舍小住了几日。妈妈不想让外婆看见她婆家的窘境，加上语言不通，自然就没有安排亲家之间的互访，却又在无意中对奶奶说起母亲来杭州的事，奶奶便认定了那天舅舅所为，必是受我外婆挑唆。她将丝绵被的风波迁怒于我外婆，而外婆等于舅舅、舅舅等于外婆，他们商量好了合伙来欺负她这孤儿寡母，自然是为了离间她的儿媳，使我的妈妈疏远她厌烦她从而不再孝顺她这个婆婆，以便有借口不再与婆家人同甘共苦……

　　这实在是一桩心造的冤情。糟在没有审判的法官。

　　奶奶从来都是一个制造理由的能手。在她长达九十年的漫长生涯中，她始终表现出抽象思维的天才。那条丝绵被给了她充分想象的余地，使她有机会编织起一个合乎自己需要的逻辑之网，将我的妈妈、外婆和舅舅，从此一网打尽。

　　那条无端生事的丝绵被，后来被妈妈重又送还给奶奶。妈妈责备了弟弟，还得向婆婆婉言解释。奶奶十分勉强地接受了妈妈的道歉，然后骄傲地把那条丝绵被作为褥子垫在床上，执意将那轻柔的丝绵，在她的身下一日日压成一块坚硬的棉饼。

　　奶奶似乎是赢了。赢得有点恶毒。

　　外婆默默无言。但外婆不能原谅。

　　吐丝的蚕，织被的茧，却不防从中飞出了一只惹是生非的蛾子。

　　似乎就是从丝绵被的风波开始，奶奶和外婆这两个外乡人之间的关系，逐渐变得十分微妙。语言的障碍突然降为次要，另一种富人与穷人的心理落差，循序上升。丝绵被便是她们之间不平等的明证。在外婆一方，因此而有了轻视的权利；在奶奶那一方，因此而有了嫉妒与否定；贫富之怨成为一股回旋的冲击波，空穴来风，构成了我们家庭内部，几十年中一场隐形的"阶级斗争"。

　　有阶级就会有斗争。千万不要忘记。

　　外婆和奶奶这两个本不相干的老女人，并非为了一个共同的革命目标，而是因着儿女的一根情丝，就此狭路相逢，走到一起来了。天地很小，小得只有一间陋室，然困兽犹斗，窝里犹斗，其乐无穷。她们并不因对方都是丧偶的寡妇而同病相怜，也不肯为外界的险恶景象、为儿女政治上的不幸遭遇而相濡以沫。她们将自己的种种厄运和日积月累的心理伤痛，暗中归咎于对方；在相互的憎恨中，获得小小的满足。

十二

自从外公死了以后,很长一段时间,外婆孤零零一个人,住在洛舍街上"朱万兴"那栋空空荡荡的老屋里。

我对那栋老房子有着很深的记忆。大门口的一长排铺面,是店堂,店堂后面是一个天井。穿过天井,便是一间很大的面粉加工作坊,有两台摇面的机器,终日发出吱呀的响声。周围的墙上立满了木架,晾着阔皮子,也就是可作挂面的干面条。木架上很多竹匾,盛着一叠叠刚压出来的馄饨皮子。屋角有一个大灶,冒着浓浓的热气,做工的伙计阿三,飞快地掀开锅盖,将一勺稠稠的绿豆浆,倒进一只扁扁的铜盘里,像变戏法一样,把铜盘溜溜一转,麻利地放入锅内,任它在沸腾的水上漂着,又盖上高锅盖,再焖上一小会儿,等再揭开锅盖时,那铜盘里的绿豆浆,已经凝成一片薄饼,用筷子一撩,拎起来,一张圆圆的粉皮就完成了。晾在木架上,透明、滑润,墙上像悬着无数的月亮。

我喜欢溜进作坊里去玩。每次都看得如痴如醉。

从作坊里出来的东西都很好吃。货物都是地地道道的从不掺假。那时没有"质量月"什么的,但店家恪尽职守,每天都有很多镇上的、乡下的人,来买"朱万兴"的面食。

那间作坊后面有一扇小门,通往后楼。后楼是堆放粮食、柴草和杂物的仓库,阁楼上住着几个伙计。有一个担水的胖老头,人称白眼阿金,是个独眼,无儿无女的,常常一个人就着一碗炒螺蛳喝酒。他到河边去担水时,浑身冒着酒气,摇摇晃晃,像一个会走路的酒瓶子。

推开后楼墙角上一扇窄小的木门,门轴发出一声令人心悸的尖叫——老屋的最后一进,是一个早已被荒废的小花园。从破旧的门缝里望去,能看见散落一地的花盆和几株夹竹桃。

邻家的小英告诉我,那花园里是有狐狸精的,所以没人去那儿。

我对它满怀好奇。但是每次我壮着胆子屏着呼吸踮着脚尖走到那扇门的边缘,外婆总是会及时寻来,将我唤回。她说那花园里有邪气,小孩去了会生病。她说得很坚决不容反驳,所以我实际上从未踏进过那个花园,只能在回忆中保留我的想象了。外婆背着我穿过那长长的老房子,回到临街的堂屋,让我到楼上她的卧房去办家家。

我不怕花园的狐狸精,我真正害怕的却是楼上的那两大间卧房。它们永远阴森森、黑洞洞的,散发着一种年代久远的陌生气息。矗立在屋子四角的红木家具,垂挂着一把把锃亮的铜锁,把什么都严严实实地封闭其中。雕花大床上的夏布蚊帐,无风自动,令我心惊胆战;屋顶高不可及,从楼板和墙缝里,传来各种奇奇怪怪的响声……

建国之初的一日,外公被镇上的军代表、山东人章再龙叫去乡政府,再没有回来。后来"朱万兴"就摘下招牌、遣散了伙计、关了店铺。外公死后,人去楼空。妈妈和舅舅都在杭州,留下外婆独自一人,居然守着这偌大的一栋空房子,度过了悠长而孤寂的寡居生活。

那时还没有电灯。天黑了、街市散了,小镇的夜一片死寂,老屋如一座墓穴,油灯渐渐亮了,像一星磷火,一步步挪上楼梯,唯有墙上的影子陪伴着她……

夜深时,街上还会传来谁家为亲人叫魂的喊声:××,回来啊……哦,回来了……令人毛骨悚然。

但外婆想必是不信鬼神的吧。我甚至没有见过她拜佛。

外婆一个人在那栋空荡荡的房子里走来走去,温习着旧日的光荣、温习着外公曾经给予她的隐痛。然而,如今朱家的这栋房子,只留下了她一个女人,她是朱家最后一个守门人。洛舍漾载舟覆舟,她要把船撑到最后。无论朱春谷生前怎样亏欠了她的情,她的船却只有一个码头。

天蒙蒙亮的时候,木格的窗纸刚刚发出湛蓝的颜色,我从睡梦中醒来,就听见外婆的咳嗽声从楼下的灶间传来。很多年中,外婆的咳嗽声是我晨起的第一支乐曲。它熟悉而亲切,弥漫于我的床头枕边,像一个守护的女神,抚慰我亲吻我。外婆——我呢喃着,细弱的声音在空旷的屋顶下回荡。外婆的丰满的脸膛被灶口的火光映得通红,外婆冲着楼梯大喊——再困一歇呐好乖乖!一阵松枝燃烧的烟火气息和米粥的香味袅袅升起,将我团团萦绕,我重又甜甜地睡去……

若是过年,堂屋和灶间的竹竿上,便挂满了火腿、粽子和酥糖雪饺。逢年过节,依然有乡人邻里送来丰厚的年货,可以一直吃到春天。除夕时,吃过年夜饭,外婆便开始做汤圆,一粒粒像黄豆那么大,细巧如珠,溜光溜滑。洛舍人管它叫顺风圆,初一早晨吃了顺风圆,自然是一年里都会顺顺当当的。

大年初一的早晨,在鞭炮声中醒来时,一睁眼,面前定是有一双里外三新的大红色灯芯绒棉鞋,悄悄放在我的床头。有时,里面还会有一双新的袜子。棉鞋是外婆亲手做的新年礼物。我的脚在外婆的红棉鞋里一点点放大,我穿着外婆的红棉鞋踏上后来的风雨之途。

幸福其实只是一种瞬间的感觉、一个稍纵即逝的时刻。我确信在外婆家老屋的清晨,自己曾经是有过幸福的体验的,可惜它太短暂。

那座老屋在1954年的公私合营中被收归政府后,改成了一所供销社,外婆被录用为供销社的职工。她搬出老屋后,开始在洛舍镇上租房,从镇东搬到镇西,不断地寻找着适当的落脚之地。

　　租别人家的房,是不能携带太多东西的。外婆清理了老屋的财物,一部分运去了杭州给我的妈妈,另一些较为笨重的家具,统统存放在亲戚和老友的家里。舅舅说,其实那时候,家底已空,剩不下多少贵重的东西了。外公活着时,就把太公留下的茧行、糖行、羊毛行的股金单子,统统烧掉了;唯一值钱的是一些金器,也让伙计阿三检举揭发。阿三从小就是外婆家的雇工,成天师傅师娘的挂在嘴边,叫得很是亲热。后来由外公做主,娶了阿玉做老婆。阿玉原是当地一个土匪头子的小老婆,解放前夕,那土匪逃走了,扔下阿玉一个人。由于阿玉当过土匪的小老婆,所以整日提心吊胆的。她怂恿阿三揭发他过去的东家,阿三不敢不从。那些金器被政府一一登记在册,然后九十块钱一两,强行到湖州卖掉。但外婆并不因此怪罪阿三,她怜惜阿玉,还拿出些钱,帮着阿三家开了一家小作坊,买了一头牛拉磨,加工面粉。那年深秋,连日的淫雨之后一个晴朗的早晨,外婆带着一些实用的家什和她心爱的丝绵被,走出老屋,开始了她小镇平民的生活。

　　外婆美丽的发髻就是在那个时候毅然剪去的。那年乡下发了大水,镇上所有的人都被派去连夜车水排水。大雨路滑,外婆跌了一跤,病愈后胳膊仍然举不过头顶。她无法自己梳头盘发了。她从此一刀将发髻剪去,剪成了短发。短发的外婆辞去了供销社的工作,自己喂猪养鸡,安心当了一个自食其力的家庭妇女。然后把她的辛苦所得,一点一滴地积攒起来,源源不断地送给杭州的儿女。

　　可惜我从未与外婆交谈过她的那段生活。到了我能够交谈的年龄,我却又远去北方。但我想,外婆这个人,终究还是将钱财看得淡淡。她平静地接受了丧夫和破产的打击,并未费太大的劲,便

· 203 ·

重新调整了自己的心态,犹如水涨船高、水落船低、顺风扬帆、逆水扳桨,听其自然,随遇而安。任凭命运之舟大起大落,无论是在富贵的浪峰还是在贫穷的谷底,终是知天乐命。

也许因为外婆本来就是一个劳动者?如果说因她曾经暂时占有过财产,她便是一个剥削者;那么她失去了财产,她是否就自然回归成劳动人民了呢?——在这里,"阶级"一词的含义突然变得模糊不清。"阶级"真是一个可疑的词汇。

无论怎样,因着作为女人的外婆,在几十年的风浪起伏中,为我展现了那么富于弹性的柔韧之美,直至如今外婆依旧活在我的梦里,令我刻骨铭心。

寒暑假我和妈妈依然去洛舍。每次外婆都会把我们接到一个新的住处,每次都是寄人篱下。但外婆却泰然。记得有一年我们住在一家叫做阿应妈的家里。她有一座很大的房子,她的丈夫是个大地主,死了多年。她没有孩子,同一个年轻女人、还有那女人的孩子住在一起。听说那年轻女人是她丈夫的小老婆,她们彼此姐妹相称,孩子管她叫大妈妈,一家人很是和睦。她家还有她丈夫的妹妹和妹夫,也是地主。那老太太戴着银手镯,老头儿戴一顶瓜皮帽,两个人总是躺在竹榻上抽水烟,一根长长的竹管,发出呼噜呼噜的响声。那是我见过的真正的地主,就像电影中的一个画面,因而我从此对电影深信不疑。还有一年,我们住过一家养蚕人的家,墙是用毛竹片隔开的,房东家的蚕宝宝从毛竹片那边爬过来,在竹片的空隙里结了好几个雪白的茧子,我把它们小心地采下来,对外婆说这可以做丝绵被了。外婆笑得前仰后合。

最开心的事情,是跟着外婆上街去买菜。外婆走在小镇的街上,一路过去,总是不断地有人同她打招呼,"春谷嫂"叫得好亲热。去买肉,卖肉的给她挑一块肥瘦相间的;去买鱼,那鱼还活蹦乱跳;走几步,便有人往我的衣服口袋里塞着葵花子或是桑葚、鲜枣什么的,很是风光很是招摇。我觉得外婆在镇上确是很有人缘的,她每

· 204 ·

天在街上出现的时候,人们向她投来尊敬和友善的目光,依然如同从前。

其实那时的外婆已经什么都不是了。我们寄居在别人的屋檐下,上无片瓦,无权无势。但外婆却始终被小镇的人们爱戴着,在那个年代里,这实在是一件奇怪的事情。

有一年夏天,我跟着外婆到乡下去走亲戚。我们走上了一条大堤。堤下是一大片水塘,肥硕而茂盛的荷叶几乎覆盖了整个水面。在那绿色的"草地"上,傲然挺立着一枝枝粉红雪白的荷花,迎着晨风抖开了轻盈的衣裙。我痴痴地望着那些荷花,忽然就往堤下的荷塘跑去。外婆一把拉住我,说你想作啥呀?我说我要,我要去采荷花嘛。西湖里的荷花,只让人看,不让采的。外婆噗地笑出声来,说你想要荷花哦,这还不容易?明天我叫乡下的人去采些给你送来就是了,好不好?一边说着,她仍然紧抓住我的手不放。第二天一早,我醒来走下楼梯,眼前忽地一亮,只见堂屋的八仙桌上,满满一钵子新鲜的荷花,一大朵一大朵,含苞待放。盛开的花瓣上,还滚动着晶莹的露珠……外婆你真好……我惊讶得说不出话来。我还以为外婆早已把这件事忘了呢。

我永远记得那些美丽的荷花。记得外婆曾经那么慷慨地满足了我的愿望,哪怕是像一枝荷花那么小小的愿望。在那样凄苦的日子里,美丽的荷花分明显得有些奢侈了。

炎热的夏天,一到傍晚,外婆总是早早在屋外的石头场地上泼上井水,好让地面快些凉快下来。然后搬出竹椅和藤榻,让我们在门口的树下乘凉。天空一点点暗下去,蓝色的星星一颗一颗从树叶子背后探出了头,河面上带着腥味的微风阵阵吹来。外婆说你给我讲个故事吧,我就给外婆讲故事。风停了,外婆手里的蒲扇停止了摇动,身后传来轻轻的鼾声……

妹妹出生以后,我们搬到了杭州城西的皇亲巷,奶奶一家也搬过来与我们同住。妈妈大概希望奶奶能就此帮她照料些家务。

一天,楼上的小脚奶奶问我,你家今天吃番薯了吗?我说没有哇。小脚奶奶噢了一声,然后轻声对我说,我看见你家广东奶奶在小菜场一个人吃番薯哩。又过了几天,我放学回来,听见大门口有吵闹的声音,是邻家的山东婆在骂街,说是她晾的被子不知被哪个缺德鬼,挪到晒不着太阳的树荫下去了。我看见那阳光灿烂的空地上,赫然晾着奶奶的一条毯子。

我不做声。我已经习惯于见怪不怪了。

我每天放学回来,第一件事,便是拎着四只热水瓶,到巷口的老虎灶去打开水。灌满了开水的热水瓶好重,我小小的手掌,难以握住两只热水瓶的把手。我总是跌跌撞撞地走,瓶塞随时都会从瓶口突围出来。我战战兢兢,力气不够将瓶身抬高,开水便一路嘀嗒着。每次回到家里,我满头大汗,胳膊酸疼得抬不起来。

而奶奶视而不见。她明明有一只烧饭用的煤炉,白天很多时候封着火,可她为什么不能为我们烧几瓶开水呢?

我问过妈妈。妈妈只是苦笑。妈妈说烧开水太费火了,还是去打水吧。妈妈好像不愿意给奶奶添麻烦,连吃饭也是自己另做,很多年中,我和妈妈几乎一直都是吃食堂的饭。有时妈妈晚上开会,很迟才回家,饿着肚子。但奶奶从来没有为她留过饭。奶奶决不主动为妈妈做些什么,比如妈妈早上出门时晾了衣服,如果忘了叮嘱奶奶,而天又忽然下了雨,晚上回来时,那衣服还在雨里淋着,奶奶一般是不会替她收进来的;即便是缝缝补补这样的小事,也从来没有过。

妈妈每天上班很累,我每天上学很忙;妈妈要负担全家人的生活费,还要为爸爸的事情操心;而奶奶整天在家里呆着,除了管着我妹妹,却从不心疼也不顾及我妈妈。奶奶对外婆的敌意已殃及到妈妈。当外婆不在杭州的时候,妈妈就成为外婆的等号。她冷眼旁观着妈妈的劳累,我读出她嘴角上只挂着两个字:活该!假如妈妈暂时不在,那么我就成了外婆的替身。她从不正眼看我,从童年到少年,我几乎没有见过奶奶的微笑,在我的记忆中,她好像从未抱过我,从未对我有过哪怕任何一点亲切的表示。她已将我并入了她心中的那张大网,视我为外婆一族一类,与外婆一丘之貉。她每日都在扩大着怨恨的边界,朝朝暮暮,锲而不舍。

奶奶变得越来越冷漠,越来越古怪。

大叔叔终于中专毕业,分配工作去了北方,而奶奶并不怎样地难过;二叔叔也考上了一所外地的大学,向她辞行,奶奶好像也无动于衷。姑姑的学习成绩似乎很糟,她大部分时间都在帮奶奶做家务。奶奶每天都在大声呵斥着姑姑,说她笨手笨脚。于是1963年姑姑初中毕业后,主动报名去下乡。爸爸不让她去,说她完全可以在城里找到工作。但奶奶却说:大家都不去种田,哪来饭吃啊?!她只是对她最小的一个儿子,我的小叔叔表示出些许母爱,在我看来那疼爱的程度也非常有限。

有时我真怀疑我的奶奶是一个冷酷的人。

她基本上不同周围的任何人交谈。但不交谈并不等于她不说话。一天中的大多数时间里,她都坐在自己房间门口的一张竹椅上,口中念念有词,喃喃自语。她似乎永远都在同自己对话,滔滔不绝,旁若无人。她低声哼吟着一长串艰涩难辨的话语,抑扬顿挫之后,尾音总是拉得老长,但一句紧接着一句,从不间断从不停顿,如同猴子捞月,一只只头尾相钩,攀成一道环环入扣的长绳,垂向深潭。奶奶门口的空气中,终日颤动着一种神秘的音符,使得从她门前经过的人,不得不敬而远之。每当这时候,她高高的颧骨上就会泛起两片润泽的红晕,脸上的表情突然变得明亮而生动,眉宇间神采飞扬。那语音悠悠地升高了,变成一行翩翩的大雁,呼扇着翅膀,穿云破雾,飞往远古的南粤……那些无人懂得的民谣和山歌,是奶奶心中永远的故乡。

可惜奶奶的民谣大多都没有保留下来。我只记得其中的一首,经爸爸"翻译",是这样念的:月光光,照地堂;年卅晚,食槟榔;槟榔香,买紫姜;紫姜辣,买蒲达(苦瓜);蒲达苦,买猪肚;猪肚肥,买牛皮;牛皮薄,买菱角;菱角尖,买马鞭;马鞭长,顶屋梁;屋梁高,买张刀;刀切菜,买箩盖;箩盖圆,买只船;船无底,淹死几个日本仔……

结尾处居然还有抗战的内容。不过一般人绝不可能听懂。那语音实在很难听,我决定绝不学广东话。

奶奶常常这样坐在门口自言自语,一坐就是好几个钟头。

有同学来我家,吓得不敢进门。他们说,你那个奶奶,会不会是个巫婆?

很多年以后留在我脑中的奶奶,就是这样一个背对着阳光的黑影,玄衫黑裤,打坐入定,像一座凝固不动的雕塑。她一生中的大部分时间,都是在自说自话的寂寞中度过的。而她居然以对人世无比的耐心一直活到九十高龄。她死去以后,爸爸恍然大悟,说很可能她这种不厌其烦的自我倾诉,就是一种气功呐。

但我知道奶奶其实是很善于保养自己的。她既不起早也不晚睡,每天中午必睡午觉,雷打不动。既然没有钱吃补品,只好不觅仙方觅睡方了。奶奶还擅长煲汤,把什么东西都放进罐子里去,从早一直炖到晚,煲得个稀里糊涂。她最喜欢用黑鱼头或是鲢鱼头炖黑豆汤,据说鱼头和黑豆都是补脑的佳品。所以奶奶对往事的记忆力被不断地滋补得惊人。奶奶洗头也是极其讲究的,她用橘子皮、生姜、还有醋和皂荚,先熬出一锅水,滤去渣子,放凉了,然后用那水洗头发。她这样洗了几十年,直到七十岁时,头发不掉不花,仍然是满头乌黑,保持着年轻时天然的翻卷弯曲,极让人羡慕。

可见奶奶仍然热爱生活。她对于自己的照拂,很是精心尽力。

邻居们进进出出,偶尔也同她打招呼:广东奶奶,吃饭啦?或者说,广东奶奶,起来啦?

那时广东奶奶已经能听懂一些杭州方言了。她点点头。然后小声嘀咕着回答说,人总是要吃饭的嘛,不吃饭不是神仙啦。或者说,这时候还能不起来么,不起来就是个死鬼啦。

这就是她最初在西公廨时回答我舅舅的语言方式。几十年一贯,一百年不变。她从不正面回答别人的问题,永远是以反驳代替回答。她从不赞同别人的意见,也从不对任何人表示好感。幸亏邻居们多半听不懂她的意思,也就笑一笑拉倒。

她在漫长的孤独中长久的自言自语,成了她每日必行的功课。她独思静养,循环往返,渐渐将天下万物都整理出一个头绪,然后再一项项逐条发表她的见解。她反驳别人是为了有利于阐述自己的看法,如果轻易地苟同,她便失去了表达的机会。她有很多的时间来反复进行练习和锤炼语言,将它们磨练得一针见血。假如有一天放弃反驳,她的舌头就会变得迟钝。于是她在自己假想的对敌作战中,逐渐成为一个业余的评论家。当她在闲适的暖风中落坐竹椅,她便开始喃喃自语,对她周围的一切事物,展开随心所欲的批评。

奶奶从不讲故事。她不喜欢叙述。她的表达确实带有浓重的理论色彩,而且多半具有判决的意味。她说花无百日红,人无百日好。她说一个儿子怕什么呢,满天的星星有什么用处,你没看见太阳也只有一个嘛。她说大的不争气,小的怎么会出出头呢。她说天塌下来还能当棉被盖哩。她说儿子大了儿子的世界,女儿大了女儿的世界,我有我的世界,我不懂你们的世界。她还说,施恩莫望报。

她说出这句名言的时候,我的妈妈瞠目结舌。妈妈明白奶奶和外婆的关系终于是无法修复了。这句话自然是当外婆来杭州做客时才会最后说出来的。说出来以后,妈妈对这个家的一切恩德,便都在奶奶自造的逻辑中,统统一笔勾销。

在爸爸看来,不识字的奶奶却是智商过人,抽象思维尤其发达。不识字尚且如此,假如念过几年书,奶奶说不定可成为"金棍子""银棍子",当一个显赫的职业评论家。

奶奶终于获得了心理平衡。她除了自己以外,看不起所有的人。她懂得要想不被别人看不起,先得看不起别人才行。

也许奶奶天生是狂妄的——她本无任何狂妄的资本;但也许正是由于一无资本她才必须狂妄,否则,她将怎样活下去呢?

很多年过去,我理解了我一身傲骨的奶奶。但我却无法热爱她。

奶奶在那些年中仅有一个朋友,是一个广东籍的老尼姑。隔着一条巷子,原先曾有一个尼姑庵。奶奶不知怎么同她认识,也不知这位广东老乡何故流落至此。尼姑庵后来废弃,老尼姑移居附近的一间民宅,常来看望奶奶。她们交谈时总是关着门,畅快淋漓地用粤语互相诉说,隔窗听去,嗡嗡嘤嘤的,很像是佛堂念经的声音。老尼姑每次离去时,两人都是眼泪汪汪。老尼姑是奶奶生活中唯一的知音,她们的友谊一直保持到老尼姑仙逝。老尼姑活着时,还常常带些水果糕点之类的东西来给奶奶。按说奶奶应是施主,却常让她的同乡施舍,这一直使我觉得纳闷——奶奶好像总是索取多于给予的。

十三

十三岁那年暑假,在洛舍外婆家。有一天,我在后院柴房洗澡的时候,发现了一个关于自己的秘密。

那是7月里的一个中午,蜻蜓扇着沾湿的翅膀落在门口的篱笆上。母鸡趴在荫凉的墙角打盹。那天实在是太热了,午饭我吃出了一头大汗,花布的圆领衫湿淋淋地贴在我的后背,使我不得不总是用手掀动着衣角。脖子里痒痒的好像长了癣。

外婆说,看你的痱子都生出来了,快去洗个澡再睡午觉。

我脱了圆领衫和短裤跳进木盆里去。水很热,汗马上又流了下来。外婆总是认为夏天洗完热水澡才会凉快。事实上柴房里闷得一丝风都不透,黑色的泥地上蒸发着一股热烘烘的霉味,熏得我连气也喘不过来。

为了躲避木盆里的热气,我从水中站了起来。

就在那个时候,我的身体忽然变得亮晃晃的,眼睛被什么东西刺得睁不开。我眯起眼,看见一缕金黄色的阳光,从柴房屋顶的天窗上直射下来,投在我瘦小而纤细的身体上。苍白的胸脯上微微隆起的两个小小的乳房,散发出一种金橘般的光泽。

我就那样傻傻地站着。犹如面对着一面镜子,注视着自己。

我还是第一次在这样强烈的光束下,检阅自己的身体。在那个年龄,我对自己还很陌生因而也很好奇。

后来很多年中,我一直记得忽然发现它那一刻的情形——一颗米粒那么大的、鲜红色的斑记,像一滴凝固的血珠子或是一粒番茄子,沾在我扁平的腹部上、肚脐眼的左侧。我似乎微微地觉得有些痒,我用手指去抠它,当我明白它是不可能被抠掉时,我便真正感到了惊慌。

我胡乱穿上衣服,跑去找我的外婆。湿脚套进木屐板,险些在门槛上绊一跤。我对着外婆撩起我的圆领衫,我说外婆你看我的肚皮漏了是不是?血会流出来的……我想它最好是一颗痱子,不过痱子不会只有一颗……

那个中午外婆如同每天一样,躺在堂屋的竹榻上困觉。外婆穿一身湖蓝色的短褂长裤,悠悠摇着她那把雪白的鹅毛扇驱赶着蚊蝇。在我的记忆中,外婆永远穿着浅蓝淡蓝深蓝色的衣服,就连那把鹅毛扇柄上,也系着瓦蓝色的丝线坠,星星似的闪闪烁烁。她半醒半睡地眯眼看我走近,任我把白白的肚皮对着她。后来她忽然就翻身坐了起来。伸出她胖胖的手指,轻轻触摸着我腹部的皮肤,花白的头发像一朵盛开的菊花在我的胸前颤动。当她终于抬起头来时,她的两眼放光,灰黄的脸上浮起两片莫名其妙的红晕。

红痣。她说。她的嗓音有点发粗。是红痣。她的裤腿不知为什么抖得厉害。她找不到床榻下的鞋子,便光脚跳在地上,一把将我抓到门口的光亮处,又一次抚摸了那个红点。然后她长长出了一口气说,哦真的是红痣呀。

红痣是什么?我问。

她摇摇头。她似乎试图把笑容藏进正在摇晃的短发里,但没有做到。以后的许多年里,直到她去世,她也没有向我解释过红痣到底是什么。我只是从她脸上舒展的皱纹,和她兴奋的神态中隐隐揣摩出,我肚皮上的这颗红痣,多少让外婆感到一丝喜悦甚至骄傲。那么它至少不会是什么不好的东西了。至少不会是渗血了。

我把脚上的木屐板夹紧。正要走开,却想起了一个当时唯一能提出来的问题。

你有红痣没有呢？外婆。

我身上假如有红痣,命就不会这么苦了。外婆很爽快地回答我。她的手指停留在那件湖蓝色大襟布衫的襻钮上,摆弄着她的襻钮。她就这样犹豫了一会儿,然后解开了一个扣子又解开了一个扣子,直到把它们全部解开。外婆出人意料地掀开了她的布衫,露出她白花花皱巴巴的一片胸脯。那天我第一次看见外婆的乳房,像两只瘪瘪的口袋挂在腰间。我怔住了我也许想逃走但我移不动步。我看见就在她的乳房右侧,有一块青灰色的疤痢,像一片枯萎的树叶,贴在泥地上。

外婆低声说你看见了——外婆没有红痣只有这块青记。这是外婆从娘胎里带来的挖都挖不掉,只有我自家晓得……

晓得什么？她却没有再说下去。

那个7月的炎热中午,知了一直恶狠狠地叫着。整整一下午我躺在竹榻上一动不动。外婆身上的青记像一团乌云,覆盖了我肚皮上的红痣。我浑身冷汗淋漓。

很多年以后我恍然明白外婆再也不会告诉我关于红痣的事情。因为即便你提前参悟命运昭示的某种迹象,也绝不能泄露。外婆为了保守我的秘密而出让了关于她自己的秘密——由于外婆执著的缄默,红痣从此引发出我对人生的无限想象。

暑假没有结束我便回到了城里。那段时间我养成了一个习惯,当没有人的时候我常常撩起我的衣服,低头观察肚皮上的那颗红痣。我害怕它会一天天长大最后使我变成一个浑身红皮肤的人。8月的天气仍然很热,我只要解开裙扣就可以清楚地看到它。一连几个星期它趴在那里纹丝不动,只是颜色好像变得鲜艳了一些。

那天傍晚我正在厨房里等着水开。我又忍不住扒开了裤子上的松紧带。就在这时我听见了一个尖细的声音,尽管这个声音异常熟悉,但那种瓮声瓮气的广东语音仍使我哆嗦了一下。

你在做乜也(什么)啊?

黑影立在厨房门边。夕阳把她的身子拉得老长,映在墙上像一根电线杆子。我知道这个人是我的奶奶。除了奶奶,家里不会有第二个人用这种方式出现。她总是在你不知不觉的时候突然开口说话,声音犹如从地底下传来。

我知道你在做什么。她又说。你这个怪样子,已经有好多天了。

我不做声。我忘了她每时每刻总是在监视着家里的每个人。

她朝我走过来,一把抓住了我裤子上的松紧带。她说你知羞不知羞,还没长成个人,就想嫁老公了……

我的脸涨得通红。为了她对我这样的误解,我心里滋生出难言的恨意。如果我不辩解她将会把这当成事实、当成话柄,从此牢牢抓我在她的掌心。于是我急忙挣开她的手,我说你看好了,我肚皮上长了一个东西,外婆说这叫红痣,红痣就是喜痣你听说过没有?外婆说身上长了红痣的人与众不同……

我胡乱地说着。为了证明自己的行为没有任何下流的动机,也许是为了炫耀,也许只是为了制止她说服她,我对红痣竭尽想象大大地添油加醋。

她站在那里冷冷地睥睨着我的肚脐眼。她有一双鹰一般明亮的眼睛。并且将这双眼睛略为逊色地遗传给了我的爸爸叔叔和姑姑。几十年以后,当我在一个细雨霏霏的春日去为她扫墓时,她炯炯的目光还从墓碑上镶嵌的遗照中,穿过袅袅香火,直射我们每一个活着的人。

她就那样令人毛骨悚然地望着我,薄薄的嘴唇上挂着一丝不太友好的冷笑。她说你有没有搞错,文成公主的红痣是长在额头上的,长在两根眉毛中间,那叫喜痣。那叫公主。那叫富贵。你听说过有谁把红痣长在肚皮上的?只怕是,肚皮上长了红痣,要吸你的血呐,你自己看看自己那个样子,从生下你,你爸爸就背运……

奶奶的一盆凉水倾顶而下,我噎回一团冷气,差点就哭起来。

她关于红痣的结论使我惊恐不安。尽管我并不真正相信她的话。她评价世间万物,从来都持否定的态度。但对于红痣,她不仅有理论还有实例,好像真有那么回事似的。那个瞬间我想起了外婆欣喜的面容——在外婆和奶奶两种截然相反的解释中,我晕头转向。

情急之中,我抱着唯一的希望问我面前的奶奶。我说么阿婆你身上有没有红痣呢?——我眼前出现了外婆胸口上的青记。外婆的坦白引诱了我的期待。我渴望在这种彼此信任的交流中完成我的问答。

我说出那句话的当时,奶奶便狠狠地瞪了我一眼,喉咙里发出一声骂人的话语,然后扭身就走。我没有听懂那句骂人专用的粤语究竟是什么意思。后来的事实证明,我这个胆大妄为的要求从此彻底得罪了我的奶奶。

奶奶的咒骂和她笔直细瘦的身影,一起留在了厨房里。她黑衫黑裤黑鞋黑袜,就连头发也墨黑墨黑没有一根银丝。从我记事开始,我似乎就没有看见过她穿别的颜色的衣服。她的背影消失在黑黢黢的走廊里,只有一截苍白的脖子,反射着黄昏的余光。

我紧紧咬着嘴唇。任凭沸腾的开水溢出水壶,溅起呛人的炉灰。烟尘的颗粒弥漫在厨房里,又慢慢沉降,落满我的头发和衣服,也将那颗神秘莫测的红痣,隐隐约约地掩藏其中……

外婆每隔几个月,就会从洛舍坐船到杭州来看望我们。

外婆每一次来杭州,都是乘兴而来,败兴而归。外婆的来访,为奶奶平淡无聊的生活注入了鲜活的刺激。以往每日无的放矢的评论,总算有了明确的目标。冷战拉开序幕,并逐步升级。

外婆坐着三轮车在大门口出现,每次总是大包小筐的像个搬运工。外婆的篮子里有活鱼活虾活甲鱼、包袱里有妈妈最爱吃的咸鱼腌肉,都是外婆自己做的。还有我爱吃的风干老菱、糯米藕和烘青豆。如果是冬天,外婆的筐里会有一只绿色的大搪瓷杯,装着满满一杯的红烧小羊肉。羊肉是带皮的,但又肥又嫩,好吃极了好吃极了。如果是春天,杯子里就是黄鳝烧肉,那黄鳝一大段一大段的,像甘蔗那么粗。到了秋天,那篮子便用绳子绑着,外婆会说,小心啊小心咬着你!掀开篮盖的一条小缝,能看见一长串肥肥的青壳螃蟹,正在比赛吐泡泡。把那些螃蟹养在缸里,能吃好多日子。

三年困难时期,外婆每次来杭州,为我们送来的肉食,差不多相当于我们全家副食购货本上好几年的定量。那时的人,由于营养不良,几乎人人脸上都浮肿。但我们家的人,就连在果园干重体力劳动的爸爸,也从没得浮肿病。外婆带给我们的食物,斤斤两两,都如雪中送炭,帮我们度过了那几年连菜叶子都要配给的艰难时世。

却从没想起来问过外婆,那些吃的东西,都是怎么来的。

身体好比什么都要紧!外婆总是这样强调说。于是她连口水也顾不上喝,就挽起袖子开始动手杀甲鱼。外婆杀甲鱼是一手绝活,像一场精彩的表演。她拿一只筷子碰碰甲鱼的脑袋,那甲鱼便伸长了颈子,猛一下子把筷头恶狠狠地咬住,咬住后再也不放松。外婆就用一只手使劲拽着筷子,另一只手牢牢卡住甲鱼的脖子,等那甲鱼头再也缩不回去时,她松了拿筷子的手,操起菜刀,在甲鱼脖子上飞快地割上一刀,甲鱼的鲜血流了出来,筷子落地,甲鱼再也不会咬人了。然后把甲鱼翻过来,在它白色的胸脯上剪开一个十字,取出内脏,洗干净,放上黄酒生姜、几片火腿或是鲜肉,甲鱼就可以上锅蒸了。甲鱼肚子里若有蛋,定是我和妹妹吃。

甲鱼必得吃活杀的。如要留几天杀,晚上得用木盆把它扣上,外婆说你别看这东西有个盖子,可让蚊子叮一口就死。

我在有关吃的方面积累的所有知识,可以说都来自我外婆。

有一年,外婆把我一个人叫到房间里,神秘兮兮地从她的衣襟里,摸出一个小小的纸包。纸包里是一个用蒲草壳包的长方形的小块块,像一块橡皮。外婆说你把它吃下去,吃了这个东西,长得快,就会变成大人了。我将信将疑地打开了蒲壳,里面是一块淡黄色的小疙瘩。一股难闻的怪味刺鼻,让我恶心。我不肯吃,我说我根本就没有生病。外婆说傻木佗,这个东西我费了多少心思才弄来的啊,山里越来越难寻了,人家是看我的面子才给的呀。我仍是不肯吃。那时妈妈走了进来,外婆说,你问你妈妈好了,她小时候可是吃过不少的。妈妈凑近了一看,一边皱着鼻子,一边惊喜地叫着:哎呀是这个宝贝啊?难为姆妈你想得周到,我都忘了这回事了。

据妈妈说,这是浙西山里的野生动物獐子肚脐眼里的一种分泌物。一只獐子身上,只能取橡皮那么大的一点点。服用后可促进身体发育,是一种稀有的珍贵药材。我几乎是被外婆捏着鼻子灌下了这种奇怪的药材,差点要吐。许多年后我长成为一个女人,我才明白外婆当初强迫我服用这种东西的一片苦心。但后来我从未听人谈起过这种奇怪的药材。

外婆的包袱和那只雕花的木桶,是一个取之不尽的宝葫芦。外婆会像变戏法一样,从里头变出各种各样的好东西。有时是一件花布罩衫、有时是一双格子布鞋,还有花布的裤头和圆领衫。外婆挑选的花布都让我喜欢,细碎的小花和图案,大红粉红紫红色,不怯不俗,尽管都是在镇上的合作社买的,却好像比城里的花布还漂亮。反正妈妈很少给我买那么好看的衣服。每次外婆给我做了新衣服,妈妈就会叹着气说,姆妈你下次不要再带那么多东西来了,留着钱,你自己用好了,你再这样贴补下去,到什么时候是个头,你压箱底的那点好东西,都快卖得差不多了呀……

外婆笑笑说,我要钱做什么用?你一个人,月月工资一分分的算着用,真是作孽啊,你这样受苦,我怎么看得过去?不就是养几只鸡鸭么，辛苦不到哪里去，我做得动。从前没养过猪，上一年同隔壁的阿月婆一道合养，不过是每天到河滩上去捡捡人家捞剩的猪草，到乡下去弄点米糠，烧点猪食，也不算太吃力，一年有个百十斤肉，全家的日子就好过了……

那时我很惊讶。我没想到外婆为了我们，居然会去捞猪草。

于是外婆每次来杭州，妈妈总是要把外婆带来的食品，分出一份给奶奶送过去。但奶奶每一次都照例原封不动地送回来。

自从那年丝绵被的风波以后，奶奶打定主意不接受外婆的任何东西，她决心要活出穷人的风骨，活得高于我外婆一筹。这在食品极度匮乏的当时，奶奶必须具有何等坚强的毅力，才能抵御那些诱惑呵。

但从外婆到达的那一刻起，奶奶就变得异常亢奋。她在飘溢着黄鳝和甲鱼香味的走廊里踱来踱去，两眼目不斜视，嘴里嘀嘀咕咕。她用深奥莫测的广东话，开始尖锐地抨击羊肉抨击甲鱼抨击黄鳝抨击河虾抨击这一切资产阶级的生活方式。她说罪过啊罪过羊进了豺狼的肚子；她说作孽啊作孽甲鱼早晚会变成王八；她说黄鳝本是蛇啊要用猫肉来炖，龙虎斗活活糟蹋了；她说本性难改啊老鼠的儿子打地洞……她说的都是奥妙无穷的隐语，外人无法知其所指，就是在我听来，那含义也常有些错位，甚至风马牛不相及。但奶奶却每日在走廊不辞辛苦地来回巡视，长途跋涉伴以革命大批判，乐此不疲。

我对于广东话，虽不能开口讲，但还能略略听懂一二。这归功于奶奶长期在我耳边重复呢喃的语音。

外婆最初好奇地问，她是在唱山歌吗？后来外婆拼命咽着唾沫问，她到底在说什么？再后来，外婆的脸拉长了，外婆放下了筷子。妈妈说唉算了算了连我也听不懂的，我已经听了十几年了。外婆重新拿起筷子吃饭，默不作声。过了一会儿外婆说我还是早些回洛舍去吧。

妈妈不让外婆走,外婆住在这里可以使妈妈减轻许多家务的负担。所以外婆每次来,总得住上个十天半个月的。外婆一天不走,奶奶的烦躁就一天不会停止。她将那些生猛河鲜批判得体无完肤之后,唇舌战犹酣,余勇追穷寇,开始进一步上纲上线——顺便说,奶奶那时常常被街道通知去参加居民小组学习。她虽然什么都听不懂,但肯定还是听懂了一些什么。比如户籍警每次都要提醒那些家庭妇女们"提高阶级觉悟""加强警惕"什么的。奶奶像那个时代所有根红苗壮的人一样,对于自己的阶级出身,具有强烈的自我意识。相比外婆那种伪镇长家属的身份,她自知占了明显的优势。她很快地发现了这条可置外婆于死角的通道。于是她的诉说中,逐渐增加了一些革命的词汇。冷不丁的,她会说出这样的句子:翻天也不看看天是什么颜色哩,地主资本家!

但不幸的是,奶奶一次去医院看病,回来时觉得有些头晕,便坐在路边休息。恰好被同楼的一个余虹老师遇见,便叫了一辆三轮车送她回家。正是1965年,到处都在开展"评功摆好"的活动,妈妈为了感谢余虹老师,写了一封表扬信给她的学校。却不料余虹同单位的一个老师,竟为此贴了她的大字报,标题是:余虹同情反革命家属丧失立场。消息传回来,全家人哭笑不得,奶奶却如遭了一记闷棍,方才明白由于儿子的问题,自己原来也是个反革命家属。同那个洛舍来的老太婆,仅是五十步笑百步而已。

这个消息对奶奶显然十分不利。那几日奶奶有些发蔫。走廊门口的唧唧鸟语暂时有所收敛。

然而奶奶生命不息战斗不止的顽强秉性,在遭受了如此的挫折以后,犹如雪压青松,越发蓬勃地生长起来。

一个是大脚,另一个也是大脚;一个是寡妇,另一个也是寡妇;一个是异乡人,另一个也不是杭州人;一个是反革命家属,另一个也是反革命家属——两人充其量只能打个平手。何况,那洛舍女人识字,而她自己却是个文盲。她眼看就要沦为下风。那么她如何能转败为胜——那最致命也是救命的杀手锏在哪里呢?

我想那些日子奶奶一定痛苦万分,辗转难眠。她不会放弃这种差别的寻找和探觅。她绞尽脑汁、百折不挠,她坚信自己完全有权利藐视那个女人。最后她薄薄的嘴唇欣喜地翘了一翘,她突然记起了我爸爸以前无意中对她谈起过,我妈妈一家人的身世。

事情明摆着,答案其实再简单不过了,那一刻她心中豁然开朗,得来全不费工夫——那个"外婆"是一个假的外婆,她根本就没有儿女,她的亲生儿女早就统统都死了。她是一个断子绝孙的女人。而她自己,却有四儿一女,个个健在,个个是从她身上掉下来的亲骨肉!

这是中国人从古至今,人人得以自卫、用以出击的武器和法宝。没有一件武器比它更具有杀伤力了。可谓屡试不爽,战无不胜。

奶奶非常及时地修改了战略,改变了战术,在她每日滔滔不绝于耳的批判言辞中,迅速补充了重要的新内容——既然这"外婆"没有一个亲生儿女,她就是一个冒牌货。一个灾星煞星白虎星扫帚星,说不定这家人的晦气,全都是她带来的呐!

奶奶愤怒的声讨,终日在昏暗的廊下回旋。她终于抓住了那个女人的短处,外婆的这一弱点在她面前简直不堪一击。她只须坐在竹椅上,便已将那人的劣势牢牢抓住,她因此大获全胜。那几天奶奶红光满面,如沐春风。尤其是因为外婆和妈妈实际上并不能真正地懂得她的咒语,她尽可畅快发泄,有恃无恐。

然而她还是觉得不过瘾不解气,她最后终于骂道:陷家铲!

"陷家铲"的意思,在广东话中,也称得上是登峰造极的一骂。"陷"即全部,"铲"即死——"陷家铲"就是全家统统死光之意。

骂出了"陷家铲"之后,奶奶长舒一口恶气。

那恐怕是我见到爸爸对奶奶发过的脾气中,最厉害的一次。唯有爸爸是能真正听懂那些咒语的。那一次爸爸真的是被奶奶气坏了。

怎么有你这样不懂道理的人呢?爸爸说。你让人家统统死光,让你儿子儿媳妇孙女都死光,就剩下你一个人活着,那你怎么办呢?

奶奶不说话。

你好好想想,人家什么时候得罪过你啦?这么多年,阿伟阿彪阿群阿畅吃饭读书,一家人的生活全都靠你儿媳妇撑着,你不但不帮她,连人家妈妈来帮她一点忙,你也不容。你到底想怎么样呢?不要忘记,你身上的皮袄、床上的丝绵被,还是人家外婆送的喔!

这句话似乎触到了奶奶的痛处。她显出了几分尴尬,欲辩难言。

她愣在那里好一会儿,后来她就理直气壮地说出了那句名言:

施恩莫望报嘛。

这句话本应出自有恩于人的那一方。做了善事但不要求别人回报,是中国传统文化恪守的美德。但如今这话出于被助的人之口,未免就有点不近人情了。奶奶居然能从对自己有利的角度,制造出如此滑稽的逻辑,可见奶奶确是一个善于狡辩的天才。为着她能如此举一反三地活学活用古代谚语,谁能不佩服我的奶奶呢?

爸爸在奶奶那灵活颠倒的理论面前也显得束手无策。他只好对妈妈说,那老太真是不可理喻,你就只当没听见吧。

我知道外婆一直是隐忍的。既然连女儿和女婿都无法劝阻那个广东奶奶,自然只有由她来克制和谦让了。以我外婆那种经历和性格的人,她宁可忍气吞声,也不愿同奶奶当面争吵,惹得周围邻居来看笑话。外婆从来都是一个顾全大局的人。她虽已渐渐猜到那广东老太每日在门前长久的吟诵,那来来回回的脚步声中的歌谣,其实统统是针对着她的,她却只能闭目塞听,充耳不闻。有时实在听得心烦,她便会很阿Q地冲着墙说一声:聋子听不见狗叫!算是自我安慰。

但冷战却依然继续升级,硝烟弥漫到了厨房。不知奶奶是有意还是无意,总是把水池弄得脏兮兮的,水泼在水池外面,流了一地;每当轮到外婆去厨房做饭,总会发生些意想不到的故障。经常的,奶奶做完饭的煤炉根本就没有添上煤饼,炉火已奄奄一息了……

厨房里隔几天就升起木柴引火的浓烟,外婆在烟火中猛烈地咳嗽。一边咳嗽一边用围裙擦眼泪一边做饭。外婆实在忍无可忍的时候,就会用洛舍方言说一声:气数哦!"气数"这个词翻译成现代普通话,就是说:这件事情真是倒霉透了!但生气归生气,积怨归积怨,外婆却一次也没有当奶奶的面发作过。有一次她实在很气愤,便对我说:你晓得不晓得,像你奶奶这种天生卷头发的人,心坏!你想,头发是人的血脉滋养,一旦卷了起来,血自然不会畅通,一个人如若血脉不通,心思怎么还会正呢?

那外国人呢?外国人都是卷头毛哇。我反驳外婆。我觉得外婆关于头发和良心这一关系的解释有点可笑。但外婆回答说,是啊,所以嘛,才会有八国联军……

这大概是外婆背地里还击奶奶,所能找到的最厉害的一条理由了。但无论如何,外婆对奶奶的极度反感从不公开化。尽管她们之间的怨恨一直怄得冒烟,但却始终没有战火纷飞。这不能不算是我们家中的一个奇迹。

这种情形一直持续到外婆终于回了洛舍,奶奶才暂时偃旗息鼓。

我有时想,外婆虽然平凡而平常,但她在洛舍镇上好歹也算是个受人尊重的女人。几十年她命运多舛,一次又一次飞来横祸,她从来都没有胆怯过;妈妈二十岁那年被捕,最后还是我的外婆,一双脚板走了百十里山路,亲自到天目山区把妈妈保释回来。她明明是不喜欢我爸爸这个外乡人的,但妈妈执意要同爸爸结婚,外婆也因此善待女婿,从不在妈妈面前说爸爸一句坏话。解放后,爸爸被开除了党籍和公职,一家人生活全压在妈妈肩上,即便如此,外婆也从未给妈妈施加过任何压力,从未有过一丝要让我妈妈和爸爸离婚的意思。妈妈说外婆这个人,家中每遇大事,她总是挺身而出。就连平时我们在外面同小朋友玩,哪怕受了一点委屈,外婆都会奋不顾身地跳出来,去同那家人论理。在洛舍镇上那样的政治处境下,从来都没有人敢欺负她。那么,她何以惟独就对奶奶,一向敢怒而不敢言呢?

我不懂外婆是怎么回事。外婆真的是不愿同奶奶一般见识了。也许她确信内外有别,决不愿将"敌我矛盾"和家庭的"内部矛盾"混为一谈么?

而奶奶恰恰相反。

邻居有个赵老师,因当了几天造反派而变得蛮横骄狂,一次他的女儿和我妹妹一起做游戏时,两个小孩发生了口角。那个赵老师追到我家,对妹妹嚷道:你爷娘不教训你,我来教训教训你!当即在妹妹头顶上敲了几个"栗子"。妹妹大哭,同他争吵,闹了一阵,还是邻居们前来拉开。而奶奶竟然躲在自己的房间里不敢出来,连一句话都不敢说。她所有的理论和逻辑,在那个造反派面前顷刻间荡然无存。我回家后得知此事,望着平日里对万事万物牢骚满腹、充满批判精神的奶奶,突然发现她其实是欺软怕硬的呵。

所以历史上曾经风靡一时、经久不衰的那个公式,那种在许多书本中一再出现过的故事——为富不仁、嫌贫爱富,诸如此类等等,在我家却是一个例外。甚至是一个颠倒。许多年中,不是外婆嫌弃奶奶,而恰恰是奶奶,始终固执地排斥着我的外婆。

那是一个改天换地的时代,人们都在脱胎换骨。重新做人是必得以交出自己的灵魂为代价的。如若你不肯交,还有你的父母亲戚兄弟姐妹作为抵押。奶奶是我父亲多年的遭遇中,一个被无意殃及的牺牲者。她如同巨石下的一粒树子,不甘压迫,却又无从出头,终于寻了一丝缝隙钻出来,却仍在石下被挤拧扭曲成一根畸枝。

最后剩下的,却是留给我自己的一个难题。

在奶奶和外婆旷日持久的纷争中,我究竟应该站在哪一边呢?我到底是拥护奶奶,还是支持外婆呢?

尽管我在妈妈的教诲下,已竭力保持着公允和中立,尽管我努力做到不传话、不生事,视而不见、装聋作哑。但我明明知道,我心里的天平秤,倾向外婆一边。

然而我却不能对外婆明显流露出我的同情。那时我已上了中学,我每天都在接受着有关"阶级"的教育。阶级是一道壕沟一把利刃,将每个人都固定在一个与生俱来的位置。奶奶在她每天不倦的诉说中,总是断断续续地掺杂了许多忆苦思甜的内容。奶奶对我最大的吸引和诱惑,因为奶奶曾经是一个真正的贫下中农。贫下中农是我们革命最基本的依靠对象,贫下中农是不可侵犯不可怀疑的。

我不想得罪奶奶,并不因为她是奶奶,而是因为我不想冒犯贫下中农。我竭力培养着我对贫下中农奶奶的敬意,然而每次却收效甚微。于是我在理智和情感的漩涡中纠缠不清,迟迟难以确定我的立场。那道壕沟成为我的一个心理障碍、一堵无法逾越的樊篱。

那个星期天,又要写周记了。班主任布置说,这一周的周记,必须联系实际,写出自己在日常生活中,对于阶级斗争的认识。

我当然不希望将如此重大的阶级斗争,涉及我的父母,这是我必须回避的事情。那么,除此之外还有什么?奶奶?外婆?"日常生活"中再无别人。最后的选择似乎已经到来,非此即彼。我的脑中一片空白。

那时我忽然想起了下乡劳动回来时,外婆对我说过的一席话。那天我四肢酸疼、满面污垢地回到家中,外婆为了慰劳我半个月在农村的艰苦,特地买了鱼肉,为我做了几个好菜。菜端上桌子,外婆一个劲地给我搛菜,然后笑眯眯地看着我,问了一句:乡下苦不苦?我点点头说蛮苦蛮苦的,农民饭都吃不饱,每餐饭里都掺番薯,一碗青菜,是放在锅上蒸熟的,一星油花都没有⋯⋯外婆听了一会,便说:你这回晓得做农民的辛苦了吧?要是不好好读书,考不上大学,就只好去做农民了,一世也不会出头的⋯⋯

我眼前顿时一亮:外婆的这些言论,不明明是诬蔑社会主义新农村、攻击贫下中农吗?当一个新农民是何等光荣伟大、何等大有作为,而外婆却说做了农民,就一世也不会出头了。外婆的剥削阶级本性就这样暴露无遗了,而我却差一点丧失了革命的警惕性。

我在那次的周记中,揭发并批驳了外婆的"反动"言论,并以此证明,阶级斗争每时每刻都发生在我们身边,就看我们有没有抵御的力量。后来老师在那篇周记上批了一个红色的"好"字。我看了一眼就把周记簿合上了。

我就这样轻而易举地背叛了我的外婆。施恩莫望报——奶奶说得一点儿也不错。

十四

所以后来终于有一天,我径自离家北上,去了北大荒的一个农场。那是"文革"第三年的夏天。

我走的时候,根本就没有写信同外婆告别。我似乎连想也没想过这事。许多个月以后,妈妈来信说,外婆对我的走尤其伤心,难过得头发都白了一半。她说那个地方那么寒冷,应该给我做一件丝绵背心,再把舅舅的羊皮袄也带上。她说这一去,不知道什么时候还能见面了。

我走的那一天,奶奶倚在门框上,看着我收拾行李。她看得津津有味,脸上浮现出十分罕见的微笑。末了,她送给我一句临别赠言,我至今记忆犹新。她说:人都住在城里不去种田,以后人都吃什么呢?你去当农民,这是做人的本分。

她把自己排除在外,好像完全忘了自己住在城里这回事了。

外婆和奶奶,便是如此的南辕北辙。

我从此退出了外婆和奶奶多年的纠葛,在几千里之外的北大荒默默耕耘。关于她们的情况,我仅从家里的来信中,断断续续得知一些。后来有了探亲假,我每年回杭州,同她们有过短暂的相处。也是若即若离,一直到她们相继过世。

时隔多年,但她们生命中最后的影像,却依然清晰如初。

外婆晚年最后的日子,过得还算是平静安逸。

外婆在洛舍镇上平安地度过了"文化大革命",没有人找过她的麻烦。但由于妈妈长达三年之久的隔离审查,外婆终日担惊受怕;加上我的突然远行,和那个她越来越无法理解的社会,外婆明显地衰老下去。妈妈和舅舅都不放心她独自一个人再在洛舍待下去,一再催她搬来杭州,与舅舅舅妈同住。

这一次,外婆没有再坚持她要老死洛舍的诺言。也许她真已觉得力不从心。她退了租房,卖掉了老家仅剩的几件家具。许多年前曾寄放在别人家的那些东西,早已在年长日久中,无形归属了那些亲友,她连索要的意思都没有。就像当年外婆两手空空离开那所老宅一样,这一次外婆两手空空地离开了洛舍,告别了她曾经生活大半辈子的水乡小镇。

外婆走得很坦然。昔日的财物早就散失殆尽,七十高龄的外婆在离开老家时已一无所有。半个世纪来,她从一个小小的有产者,彻底沦为一个"无产者",她心底究竟有着怎样的感慨呢?

那是一个细雨濛濛的清晨,舅妈挽着外婆的胳膊,踏上小镇码头上轻轻晃动的船舷。"春舟"驶过了几十年的风风雨雨,从盛夏般的壮年、金秋似的暮年,最后驶向雪花纷飞的严冬。她选了一个靠近甲板的位置坐下,然后静静地望着窗外,眼前是她几十年来看得太熟稔的河港,春水已漫上堤岸,拍击着浸在水里的一根根拴船木柱,木柱已被水流朽蚀得千疮百孔,却依旧稳稳伫立。她想起五十多年前,一条载着嫁妆的小船从湖州城里摇来的情形,那一天喜庆的鞭炮快要把人的耳朵震聋了。那一天她没有想到,这儿并不是她最终的停泊地。在生命最后的日子里,她还将开始一次冬天的旅行。

小火轮呜呜鸣笛离岸,送行的人渐渐远去。轮船拐了一个弯,将碧波粼粼的洛舍漾抛在身后,汇入了水天茫茫的大运河。

那个瞬间外婆心里忽地掠过了一丝不祥的预感。她想到了她的名字。春舟抑或是命中不该离水的,而她将要被送上岸去。那个城市有西湖有钱塘江,但那不是她的码头,不是她生生不息的水乡,她看不见水下的暗礁和险滩,也许她的船将被永远搁置在那里。

外婆灰暗的目光在洛舍漾的尽头久久停留。她悄悄叹了口气,她想自己是不会再回来了。

舅舅家住在西湖区灵隐上天竺街边的一所民宅。因舅舅所在的工厂,"文革"中占用了上天竺的大殿,厂里的职工便都搬到这风景区就近而居。那地方四面环山,清幽寂静,有潺潺的小溪从山间流过,秋天桂花开时,落在溪涧里,连溪水都散发着浓郁的香味。外婆很喜欢这个地方,她说这儿不像城里那么气闷。到了星期天,妈妈爸爸和妹妹常去看望她,也使她很得安慰。现在她既能在杭州与儿女儿孙们长久团聚,生活上又有舅妈悉心照料,更重要的是,她还终于摆脱了那个广东奶奶的语言轰炸,再不必受广东咒语的折磨。外婆有一种被解脱的轻松之感,那时的外婆心宽体健,勇敢地做了一次胆囊手术,面色越发地红润。还常常一个人走到山边的茶叶地去,采些野荠菜回来,拌上肉馅给全家人包馄饨吃。

谁也不会察觉,外婆实际上已经做好了永远离去的准备。

因为上天竺是一座山。山间清清的小溪,终究载不动只能在运河里荡漾的小船。

而在她,一生中辛苦养育的儿女都已长大成人,连孙儿孙女都已齐全。她已没有什么放心不下的事了。她已具备了撒手西归的资格。

一个无产无业的人,在这世上自然是无牵无挂的。

我相信自己是第一个察觉了外婆想法的那个人。

每一次从东北回杭州探亲,到家后的第二天一早,我便上山去看望外婆。我能给外婆带去的东西,仅是一些东北的大豆、黄花菜和木耳什么的土产。外婆总是说下次不要带了啊,这么远的路,背着太重了嗬,人回来就好了。她一边开心地呵呵笑着,抚摸那些东西的手,已有些微微颤抖。外婆表示她疼爱的方式,就是让舅妈给我做许多东北吃不到的菜肴。那时外婆已将她所有的烹调绝活,一一传授与我的舅妈。我贪婪地大吃千层包、鱼丸子、酱煨蛋和油爆虾,一直吃到实在连一口也再吃不下了为止。外婆坐在桌旁笑眯眯地看着我大嚼,一边问着关于东北的大炕、窝头到底是怎么回事,那个遥远的北大荒,对于外婆来说,是一个难解的谜语。

那张冒着热气的红木折叠圆桌,从我童年少年一直到成年,始终与外婆连在一起。我在桌旁大啖美味,而外婆坐在一边静静地看着我——在我后来关于外婆的记忆中,这是一个固定不变的镜头,一幅永远的画面。

天黑下来,我该下山回家去了。外婆撑起身子,送我到楼梯口。窗外小溪的流水声,如雨帘潺潺,遮盖了外婆轻轻的咳嗽。空气中飘浮着松针和香樟树的气息。我说外婆你回吧,当心着凉。外婆站住了,黄昏时阴暗的楼道里,传来外婆苍老的声音:

下次你回来,还不知会不会看到外婆了……

我的心里倏然一颤,掌上渗出一层冷汗。我说外婆你不要胡想啊,你身体蛮好,要活一百岁呢。

外婆摇摇头。然后她急切地说你快走吧,骑车路上小心点。

我察觉了死神的阴影已在外婆头顶盘旋,但我不能相信。家境正在一点点好转,我多么希望外婆健康长寿,让她在晚年能过几年舒心的日子呵。

以后我每次回杭州,临别时,外婆对我说的,都是同一句话。这句话重复了好几年,但每一次我都看到外婆依然健在,还能帮舅妈做些简单的家务。除了慢性支气管炎,她很少生病。外表健康的外婆使我们大家都放松了警惕。1976年我出版了第一部长篇小说,外婆把它放在床头,闲时还常常拿起来翻阅。我不记得她曾对这本书发表过什么意见了,但她总是把它放在床头那些连环画本和故事书的最上面。可惜那时还没有恢复稿费制,我的第一本书,没有能与外婆同享哪怕一分钱稿费,是我一个永远的遗憾。小学五年级那年,我曾在《少年文艺》上发表过一篇习作,得了十元钱,妈妈用其中的五元,为我买了一套前苏联维·比安基的《森林报》,其余的五元,妈妈让我给了外婆。幸亏妈妈曾经教给我这样的孝心,否则我的内心将永无宁日。

那段时间外婆常说,你还是调回南边来吧。到洛舍乡下去,总是离家近些有个照应。我让洛舍的人给你想办法。我摇着头。外婆的眼神几近哀求,但她很快发现哀求并不奏效,以后也就再不提此事。

你下次回来,还不知会不会看到外婆了……

那声音一直在我耳边震荡。远在北国的日子,我常常会突然一惊一乍,毫无来由地满头大汗,又浑身阵阵发冷。但我从来没有真正相信过,有一天当我回家时,外婆会真的不在了。

1979年初冬,哈尔滨城已是漫天皆白。那是一个大雪纷飞的日子,我从作家协会下了班,同往常一样,走在路上便迫不及待地拆开了那封厚厚的家信。

一块黑纱从信封里掉出来。

黑纱在白色的雪地里,黑得像茫茫波涛里的一只小舟。

那小船在平静的水面上慢慢沉下去,沉下去,波浪将它一点点淹没,重又合拢。水波弥合了小船的最后一丝踪迹,像是河上从来就没有驶来过这样一叶扁舟……

我的眼泪落在洁白的雪地上,积雪化成一个个深深的雪坑;我的眼泪冻凝在脸上,结成晶莹的冰珠。我的眼泪即使流成小河,也无法打捞起那条沉没的小船了……外婆终于是去了,在一个寒冷的冬日。

妈妈在信上说,外婆去世很突然,那几日她觉得不适,让她去医院,她总是推辞。等送到医院,第三天就已不省人事。偶尔清醒的时候,她只是说她觉得冷,她想盖上家里的那条丝绵被。除此她再未向家人提出过任何要求,也没有留下一句遗言。七十八岁高龄的外婆是在一个深夜里悄悄走的,走得很安静很平和,好像生怕打搅了她至亲至爱的家人。她甚至没有提出土葬,一切后事的安排,对她来说都已淡漠都已释然……

妈妈说,外婆火葬时,她没有忘记给外婆盖上她那条心爱的丝绵被。蚕蛹化蛾,火中涅槃。外婆在另一个世界不会觉得寒冷了……

外婆就是到死,也没有给家里的人添太多的累赘。她去世时的情景如她一生为人的风格,她一辈子都在给予,直到生命的最后。

我站在雪地里,将那条黑纱郑重地箍在棉衣袖子上。风好大,绿色的棉袄上那黑色的纱环,像小舟的残骸,被风浪冲至岸边,迎风肃立,如一座永久的丰碑。

那条黑纱在我的袖子上佩戴了整整一年。冬夏寒暑,天涯海角,亲爱的外婆都将与我同在。

她就是我的唯一的真正的亲外婆——这一点我从小便深信不疑。没有任何别的外婆能够代替她。外婆一生中对我的挚爱,使我一向对唯家族血统之类的观念极其憎恶。

我不知道广东奶奶对于外婆的死,有过什么精辟的论述。评论是一定有的,只是她不便说出来。外婆的逝世,使奶奶一时失去了对手,她的生活顿时变得暗淡无味。

但她不相信死亡的结局,最后也终于会轮到她。她从不这么认为。她决定长久地活下去,她必须活得比那个洛舍女人长久得多。外婆活着的时候,她和她之间,输赢各半,似乎并未决出最后的胜负。那个外婆最终厌烦了这种争斗,于是抢先走了一步。那么,如果她能够长寿于人世,一直活下去,她就是最后的赢家了。

奶奶重新确立了她的奋斗目标。冥冥之中的外婆又一次成了奶奶的假想之敌。战胜死亡就是战胜外婆,不获全胜,她决不收兵。

继续生存下去的欲望使她很快振作起来。她的心情愉快、勇气倍增,每天每时每分每刻都活得有滋有味。如今每一口食物每一次睡眠每一声呼吸每一滴尿液,都越发不能有丝毫懈怠。

外婆去世后的第二年,爸爸多年的冤假错案终于平反改正。爸爸将他恢复党籍的消息告诉奶奶时,奶奶只是淡淡地说了一句:噢,天开眼啦!

爸爸回到了省报,一家人也搬回了省报宿舍的一套单元房中。逐渐好转的家庭经济状况,为奶奶晚年的健康提供了她所需的条件。既然是天已开眼,她可以毫无顾虑地实施她的长寿计划了。

我每次回杭州家中探亲,亲见奶奶每天的作息时间表,被她编排得极其严格并极其科学:早上九点——起床;漱洗完毕,早餐,牛奶或豆浆加两片饼干;十点至十二点——在阳台上晒太阳,或静思默坐、闭目养神;十二点——午餐,煮烂的面条,加蔬菜和肉类;十三点至十五点或十六点,午睡,雷打不动;十六点至十八点,起来后喝水,过一会,吃一只香蕉以通大便,然后在房间里散步或自我按摩;十八点至十九点,同下班回家的人略作闲聊,晚餐是煮烂的面条或是稀饭、馄饨,加蔬菜和鸡蛋或鱼;十九点半左右,由家里人打水洗脸洗脚或擦身;二十点,准时上床就寝。

在奶奶的床头,放着一只闹钟。她的每一步行动,都听从时针的安排和指挥。日日月月年年,一如既往,精确无误。精确到你只要看看奶奶在干什么,你就能知道现在是几点钟,绝对没错。

这样算起来,奶奶每天在床上的休息时间,总共是十六个小时左右。她从不锻炼,认为静养是最好的保健措施。她对食物的要求较为苛刻,觉得米饭对消化不利,只有煮烂的面条最宜吸收;肉类当然不可缺少,否则会造成大便干燥;假如有一餐恰好无肉,或是饭菜不对口味,她吃一口就把碗和筷子放下,径自回房,绝食以示抗议。奶奶活着的很多年中,她的饮食使我父母颇费心思。每餐每顿都得单独另做,既要符合营养标准还得利于消化。幸而小叔叔常常来为她洗换衣服,打扫卫生,爸爸妈妈才得以减轻些负担。奶奶许多年前就不干任何家务了,除了吃饭,她从不动手做任何事情,她认为自己理所当然应该享享儿女清福,否则她生下这四子一女,不是白白辛苦么?

奶奶晚年时唯一的兴趣是收集纸片。有字的没字的统统喜欢。她把它们一张张摞起来,放在床头和床底下,却从不欣赏它们。

外婆去世后,奶奶的歌谣戛然而止。她好像已对它们感到了厌倦。更多的时候,她坐在椅子上久久沉思默想,整天一言不发。她只喜欢和我妹妹交谈,妹妹对她那些奇奇怪怪的理论,从来都敷衍得很好。

终日无所事事的奶奶,在她自己如此孜孜不倦的保养下,一直到将近八十岁时,仍是耳聪目明、腰板笔直。她脸上的皮肤滋润,颧骨两侧总是飞扬着一层淡淡的红晕。

年轻时曾有"肥娥"之美称的奶奶,到了晚年,却一直保持了苗条的身材,精神矍铄,目光炯炯,是那种标准的长寿老人的体型。

有亲戚朋友来做客,总是夸赞她好福气。羡慕她有这样孝顺的儿子和媳妇。对于这一点,她从来不做回答,不置可否。

渐渐地她开始向爸爸诉说她周身的疼痛,彻夜难眠的苦处。她开始生病,卧床不起,汤汤水水的,都要转移到床上伺候。去医院检查,却又查不出什么明显的病症。那时爸爸和妈妈都已是六十多岁的年纪了,还有自己想干的工作,整日忙着照顾奶奶,弄得心力交瘁,焦头烂额。不得已,爸爸终于设法为奶奶请来了保姆。

那几年我回家,每次都会见到一位新换的保姆。原来那个保姆呢?我问。爸爸总是回答说,因为你奶奶说她不好,她不满意,辞了。

我记不清那几年换过多少次保姆了,却是个个不能让奶奶称心。她说这个手势太重、说那个不讲卫生、还有说话的声音太响吵她休息、还有做的饭菜难以下咽,诸如此类等等等等。奶奶说不定是具有特异功能的——她能够在这个房间里,听见保姆在另一个房间里,用嘴巴对着茶壶嘴喝水,而不是用杯子;她能感觉到保姆躺在床上休息时,把穿着鞋子的脚搁在床单上;她还能发现保姆偷吃了鸡蛋,把蛋壳用抽水马桶冲走;她说保姆偷了她的纸片,好拿回去当手纸……

挑剔保姆控诉保姆,并向每一位来访的客人告状,最后辞退她们,成了奶奶生活中周而复始的内容。

保姆说从没见过这么难伺候的老太太。你请我走,我还巴不得呢。

爸爸不堪其苦。有一次忍不住忿忿说:奶奶这个人,就好像天下的人都欠着她似的。

请了保姆倒比不请还麻烦,最后还是只能让爸爸妈妈和妹妹,亲自来照顾她。我想她也许根本就是不想让一个外人来伺候她,她认为只有儿子和媳妇照料她,才是安全可靠,又合乎孝道的。至于儿女们会怎样劳累和辛苦,那是他们的事情。

那一次奶奶又病了,我恰好要回东北去。我走到她房里去向奶奶道别,那会儿妹妹刚刚为她打过针。她躺在床上,闭着眼睛嗯了一声。我说奶奶你要多保重啊,你的病很快就会好的。她忽然睁开眼睛看着我,说了一句话:我不会那么快死的,我死不了呐,你放心好了。

我有些尴尬地在她床头站了一会,不知说些什么才好。一会儿,她就发出均匀的呼吸,很快沉入了梦乡。我望着她依然红润的面孔,脑子里突然跳出了小时候在洛舍镇上,曾见过的那个地主婆躺在竹榻上抽水烟袋的形象。地主婆——我差点脱口而出。我觉得奶奶简直就像是一个地主婆。真的,她和书上写的那些养尊处优、刁难仆佣的食利者阶级实在没什么两样。那一刻我为自己如此大逆不道的想法吓了一跳。不管怎么样,奶奶曾经可是一个真正的劳动者啊。

一个穷苦的劳动人民,到晚年怎么会变成这个样子的呢?车轮轰鸣的旅途中我想来想去,总也想不明白。我绝对无意冒犯和诬蔑我的奶奶,这对我毕竟没什么好处。一路上我只是感到一种莫名的痛苦,我不知道教科书和真实的生活谁更正确?很多年中,教科书上所说的那些关于有产者和无产者的阶级本性——恰恰在我们家里,外婆和奶奶所代表的阶级本性,是一个显然错位的范例。

也许贫穷实在不是一种值得骄傲的事情。贫穷会孕育怨愤,苦难更多地滋生仇恨。

也许财富并不是万恶之源,富裕能予人更多的宽容和仁爱。

我对"阶级"一词的深恶痛绝,便是这样地来自我多年的亲身体验。晚年的奶奶更充分更全面更立体地展现了她的"本性",但那不属于任何"阶级",只属于她自己。好好坏坏、美善恶丑,均由她的本性和天性使然。

奶奶地下有知,切莫怪罪于我。奶奶使我对人性一词幡然醒悟,我对她亦抱以奇妙的感激之情。

以后的日子,不断收到家里的来信,多次告知奶奶病危。但时隔不久,奶奶总是重又转危为安,全家人如释重负。奶奶似乎从不惧怕死亡的威胁,一次又一次地将死神从她的身边赶走,一次次在生命的边缘极力挣扎,一次次创造了死而复生的奇迹。她不想死,她还没有坚持到最后。她必须履行自己当初的诺言,成为这个家庭永不覆灭的主宰,成为那场竞争中唯一的胜利者。

但死神终于已是等得不耐烦了。它开始催促她上路,驱赶她上路。那些日子,奶奶开始进入了老年人临终前那种"谵妄"的状态。她整夜地说胡话,喃喃梦呓变成了尖声的喊叫,她不停地用手抓东西,抓自己的头发。开着灯她说太亮,关了灯她说太黑;后来开着灯她说太黑,关了灯她又说太亮……爸爸妈妈每天半夜无数次地起床照看她,为她换下大小便失禁的床单。如此折腾了好几个月,她仍然坚持在人间徘徊不去。她大声叫喊说她还没活够,她不想去死啊。

奶奶以她一生固执而顽强的秉性,在最后的岁月里,谱写了一支关于生命的歌谣,可谓惊泣鬼神、震天撼地。我们眼看着她所忍受的折磨和痛苦,却不能不佩服:她虽然并不热爱周围的人们,但对于人世,仍有一种无限的眷恋之情。

我在四十周岁生日那天上午,接到了家里从杭州打来的电话。妹妹说奶奶刚刚去世,十分艰难地咽下了最后一口气。

我不懂奶奶为什么要在我生日那天死去。也许这并不是她的选择。她选择的是生、是活,是继续存在,而不是永远消失。

奶奶同样也没有留下遗言。她不相信她会死。她不留遗言,是因为她还没有准备好,她不甘心就这么到另一个世界里去。

但奶奶终究是兑现了她的心愿。她享年九十高寿,比我的外婆整整多活了十一年。

外婆和奶奶相继去世了。几十年的恩恩怨怨就此了结。化作袅袅烟云,消散在城市污浊的空气里。

奶奶被安葬在杭州市郊的半山公墓。一个雨丝绵绵的春日,我们全家人去为奶奶扫墓。

远远望去,半山公墓一座座灰白色的坟茔,从山脚铺到山顶,密密麻麻地占据了这一带连成弧形的几座山坡。墓碑如林,整齐划一,像一座微缩的宿舍小区模型。雨雾中,点燃的香烛冥纸,阴沉的火光闪闪烁烁,缕缕烟尘从坡上低低地升起来,弥漫在一块块大同小异的墓地四周……

找到奶奶的墓,很费了一些时间。尽管爸爸已来过多次,但满山遍野千篇一律的墓型,还是使他多次绕弯。奶奶几乎是从那一大片墓碑中,突然自己跳出来的——她就站在我们面前,两只凹陷的眼睛一动不动地望着我们,一如她生前那样,目光犀利而傲然。

面对奶奶墓碑上镶嵌的遗照,那一刻我惊讶、我肃然。

遗照上的奶奶鹤发童颜,神采奕然。她的皮肤充满了鲜活的弹性,额头闪烁着智慧的光泽。她用她敏锐的眼睛,超然蔑视着苦难的人生,飘飘欲飞,大有仙风道骨之气。她的目光依旧锋利,但少了些许憎恨,多了几分温和。她将她生命中最光彩最生动的那一瞬,留在了人间,留给了我们。

爸爸说那是奶奶生病以前,一位记者给她拍的最后一张照片。

奶奶的遗像下,刻满了她儿孙们的名字。长长的一排。

如今奶奶就葬在这么一大片陌生的亡灵之中,无可奈何地聆听着来来往往的扫墓人的喧闹,接受各方的祭拜人,悼念先祖阴魂的烟熏火燎。黄嫦娥——那墓碑上刻着她的名字。内心永远寂寞的月里嫦娥,从此要在这里安息。孤独地安息在异乡的土地上,成为一个永远的异乡客。

她的目光越过墓园的秃山,往遥远的南粤,飘忽而去……

九十高龄而卒的奶奶,在这世上差不多度过了一个世纪。这百年间,中国的土地上究竟发生了什么变化,一次次革命的风暴,人事沧桑,是怎样安排和影响了她的一生的命运?我想奶奶终究仍是不明白的。

奶奶是一个百年混沌。而外面的世界,也许还将千年万年地混沌下去。

在如此拥挤的地宫里,仇恨和纷争还会不会发生呢?我不知道。

我在她的墓前久久肃立,细雨洇湿了我的衣裙。

那几年中,我和妈妈曾几度去洛舍看望外婆。

外婆的墓地在一个叫做砂村的荒山上。从镇上去砂村,要经过一条河边的渡口。

那也是一个雨天。春寒料峭。乡村小路旁茁壮的蚕豆秧,已开出了紫色的豆花,一瓣一瓣地沾在我的裤脚管上。雨渐渐下大,溅起串串泥点,淋湿了提篮里的纸钱和香烛。河水突然变得湍急,白浪翻卷,漩涡连着漩涡。下潮圩渡口的石阶上,站满了等着摆渡的乡民。然而唯一的渡船却被激流拦在对岸,根本无法撑过来。我们在渡口等了很久,天暗了,雨仍然不停。即使过了河,离砂村还有很长的一段路。带我们去的阿青舅说,山上路滑,去了怕也是找不到了。

灰暗的河水奔涌直下,然而茫茫上游滔滔下游,上无古人下无来者——没有一条小船。

没有船。再也没有船了。苦海无边,但小舟已沉没。

我和妈妈站在大雨中,只能和外婆隔河相望。我们朝着河对岸砂村山的那个方向,深深鞠躬默拜。那个瞬间我听见了外婆的声音——她说你们不要这样在泥水中爬山来看我,我领了你们的心意。但人死如灯灭,记不记得都不要紧了。

那个雨天,外婆就这样把我和妈妈拦截在河边的渡口。外婆说你们回去好了,我不是常常在梦里去看望你们的么?这地方太荒凉,以后还是不要来了……

许多年中,我飘泊四方,浪迹天涯,但无论在何处,我都会梦见外婆。外婆从不说话,外婆只是一次又一次地出现,像一只无声的舢板,从我脑海里轻轻划过,消失在海的深处。我曾无数次地梦见外婆,每次梦见外婆,醒来后我长久地回想着梦的情形,总是怅然。

但是第二年的清明,我们全家人还是又一次去了砂村。爸爸妈妈妹妹,还有我和我的丈夫孩子。

这一次外婆不再阻拦。那一天天气晴朗,砂村村里新盖的房屋,玻璃窗在阳光下一闪一闪,山下的油菜田遍地金黄。沿着山路寻去,山上却秃得凄凉,一株歪斜的乌桕树下,只有几棵小草匍匐。没有映山红,也没有鸟鸣。路边均是无主的荒坟,四下悄无声息。

于是静寂的山坳里,爸爸突然爆发的哭声便如惊雷炸响,在空中激起了长长的回声。

爸爸扑倒在外婆的坟前,涕泪满面,痛哭不止。这是我一生中第三次看到爸爸大哭。他哭得伤心欲绝,惊天动地。在他喃喃的哭诉中,我听出他无限的凄楚与悲哀,是一个无法挽回的历史——

外婆死在爸爸平反之前。

外婆没有活着见到老天开眼。

外婆生前,用她健壮的肩膀,支撑着妈妈的艰辛,几乎分担了妈妈一半的苦难。外婆为这个家付出了最多最多,但外婆对任何人都没有任何索求,就这样匆匆地淡淡地走了。

那是黎明前最后一段黑暗的日子。外婆若是能再等一等,她会看到这个家庭中的每一个成员,都没有辜负她一生的期待。那会给予她多大的安慰啊……

施恩不图报。但另有一说:滴水之恩,当涌泉相报——然而当我们终于有能力来报答外婆的时候,外婆却已离去。永远永远。

我默默站在一边。我欲哭却无泪。

一片白云轻轻飘过,小草在微风中瑟瑟摇动。我看见外婆手里拿着一张浅绿色的汇款单,笑容满面地从镇上的小街走过。她似乎有意将那张单子拿在手里,任风把它吹得哗哗作响——春谷嫂,作什么去呢?路边的熟人问。——去邮局,我外孙女从东北寄钱来给我了,喏,你看这汇款单……外婆逢人便道,她喜气洋洋地穿过街市,走向镇西头的邮局。那天是外婆的一个节日,在她的一生中,这样的节日并不很多。外孙女的赠与是一个意外的惊喜,因为她从未要求过。

那是一张十五元钱的汇款单。而且,只寄过一次。

外婆坟上的青草,被我一棵棵拔下来,揉成了碎片。我没有什么可对外婆说的,我是一个无桨的乘船人。

外婆就这样静静地躺在砂村的荒野秃山上,将与我慈爱的外公一同度过永远。外婆那年在杭州去世后,她的骨灰被送回洛舍,在砂村的祖坟地与外公合坟。她最终还是没能回归于水,而是被置于山峦之中,化作一抔泥土,滋养生息着运河的浪花。

那个阳光灿烂的春日,我们全家在外婆外公的坟前长跪不起,深深叩拜。临走时,我们在外婆与外公的墓前留影。碑上没有镶嵌外婆外公的相片,照片上只有我们这些活着的人,和一块孤零零的墓碑。

坟上唯有泥土。没有欢笑,也没有仇恨。

现在轮到了我的爸爸。一个本名张其霱,后改为张恺之,并拥有诸如白怀、丁惕、亦飘萍这样许多笔名的人。

爸爸是这个故事的最后一部分。与妈妈的经历恰恰相反的是,他的命运本该由一条红线从头到尾贯通到底——无论是出身还是对于道路的选择,他都应始终笼罩在一片红彤彤的光芒之中。

然而鲜血只有当流动在血管里的时候,才保持着鲜红的颜色。一旦那些被杀戮被宰割的生灵,血肉横飞之时——鲜血溅于蔚蓝的天空,天变成了红彤彤的天;鲜血流入焦黑的土地,地变成了红彤彤的地——唯有残留的斑斑血迹,在空气的朽蚀中渐渐发乌,然后如墨如黛如黧如玄,在长达三十年的岁月里,将他涂抹成一团漆黑。许多年中,他不得不生活在一个失去了色彩的世界上,他像一个黑色的阴影,覆盖了这个家庭中所有的人……

当历史还其本色之时,他一头黑发却已花白。唯有黑色的双眸,依然明澈依然犀利,默默注视着脚下这片黑色的土地。

几十年的时间里,我对于爸爸一直感到陌生。他总是不断被驱赶到杭州以外的地方,在风雨中来来去去。简陋的家,只是他一个歇脚养伤的客栈,好让他醒来时,有力气舔干伤口的黑血,等待着长夜将尽,明媚温柔的阳光终能照耀他的那个时刻。

许多年中,我甚至没有勇气仔细地打量过我的爸爸。我总是怀着莫名的恐惧,远远地躲避着那团黑影。每当他在家那很少的一点时间里,他总是不停地教导着我。像一个老师,审视着我种种细微的缺点。在他不断地写着申诉书的那些年里,他的脾气暴躁,不苟言笑,既不微笑也从不给人赔笑,好像笑容都已被岁月过滤。他总是昂着头,动作敏捷地在房间里走来走去,走在路上,也是这样一种不屈不挠的姿态,老远就可望见,一派目中无人。爸爸不说话的时候,紧抿的嘴角上显出庄严的沉思态,令人敬而远之。

我终于见到爸爸的笑容,是在1980年以后。那天他伸出手亲切地拽了拽我的小辫子,差点把我吓一大跳。这么多年中,他从未对我有过一点亲热的表示,每次我见到人家父女间嬉闹的情景,就会有一种淡淡的失落和嫉妒。我总是奇怪,妈妈当年怎么会爱上他的呢?

那天他忽然变得和蔼可亲,平日脸上绷紧的线条一根根舒展开来。他说:现在是到了可以给你讲一讲的时候了。现在你应该知道整个历史真相了。

那是一个秋日。干爽的风掠过楼顶,窗外的树叶像下雨一般纷纷飘落。爸爸的故事淹没在枯叶的飒飒响声中,时断时续。久远的往事,如同片片凋敝的黄叶,在树枝上挣扎着,旋转着沉重坠地。又如一堵残墙,完整地崩塌,一块块碎砖砸在我的脚边,发出震耳欲聋的轰鸣……

后来他深深地叹了一口气。

很多年中,我熟读了他的激愤,却很少听见他叹气。

他叹着气说,算了算了不讲了,平淡无奇,只不过是平淡无奇,这样的一辈子,自己想想都没意思,连讲都不要讲了……

我说其实你不讲我也是知道的。我早已和你们共同经历了那一切苦难。我是一个无法回避的见证人。

他摇着头。他说那毕竟不是一回事。后来他站了起来,他说我要给你看一样东西。那是我仅存的一件资料了。作为一个短命的新闻记者,我曾经写过几十万字的文章,到现在,劫后余生,最后只留下了这么一点文字。你拿去看看,也许对你有用。你是一个见证,而它,正因为不会说话,应该是一个更加真实的见证。白纸黑字,或许你能从中读出什么对你有些启发的内容来……

黑字?白纸。在秋天昏黄的落叶里,我就此又同黑色相逢。

那是一本用十六开的稿纸装订成的报纸剪辑。每一份剪报都已被翻拍成照片,边缘修剪得十分整齐,贴在每页稿纸的正中。灰白色的照片上竖排以及繁体的铅字,说明那些文章来自很久以前。

封面上,爸爸用秀丽的毛笔字写着:

《摧枯拉朽集》　　张恺之
　　——《当代晚报·朝花夕拾》时事杂评选辑

翻开第一页,是一个"说明"。上面写着:

这是1948年3月至1949年4月底,我在杭州任《当代晚报》总编辑时,为一版专栏《朝花夕拾》所写的时事杂评,不署名,每天发一篇(有时两题),基调是对国民党反动派冷嘲热讽,揭露其丑恶面目,激发群众对反动统治的憎恨。题材广泛,涉及政治、经济、社会、文化各方面,在当时有一定的进步影响。全部合计约三四百篇,至少二十万字以上。这是不久前在杭州日报资料室保存的《当代晚报》合订本上拍摄的极少部分。(原剪贴稿在审查中全部上交,已被遗失)

1981年6月14日

我小心地翻开它,犹如走进了一座封存已久的仓库。灰色的地面上处处落满尘埃,只有蚂蚁般密密麻麻的文字,像一只只燃烧着的煤球,从历史的炉膛里滚落出来。

那个夜晚我在灯下细细地阅读着它们。风已平息,四周沉静。落叶安详地匍匐于树根,城市忽然变得空空荡荡。面对窗外漆黑的夜空,稿纸窸窸掀动的声音,在灯下显出几分寂寞。

我读着。字字句句行行篇篇。遥远陌生,却又似曾相识。

没有流血,却读出了鲜红;没有墓穴,却读出了黑暗……

它们在我眼前游移、徘徊、沉浮升降,又重新组合。终于将那些凄惨的故事,一个个串联起来,从少年到中年直至老年。它们时而像一个提示,时而是一个警句;有时作为一种注释出现,还有的时候,竟然无意地,被后来所发生的故事,不幸而言中了。

那些不幸言中的文字,我想不会仅仅只是一种历史的巧合。历史本来就是在不断地重复,一如我的名字,否定而又否定。这种重复,在本质上其实没有太大的区别,悲哀只是在于,如若一个人恰恰生活在螺旋形上升的线条之间那一段平行的焦点年代,他到达一生跋涉的终点时,却发现这只是当初起跑的出发地,那么,难道他竟然是为了一种历史假象,浪费了整个一生么?

爸爸自己如果悟出当年他那些激扬的文字,隐藏着如此的奥秘,并被他后来的命运所一一印证,他会如何的啼笑皆非呢?

我不得不以这样的方式,来写出那些已被人遗忘的故事。

十五

……我每天走过街头,总要看见几个小乞儿。他们面黄肌瘦,身上披着一些污秽的烂布片,有的不知从哪里捡来一块破棉絮,就两手抓着紧紧地裹住他们的腰和腿——他们是梦想着那破棉絮会变得无限大,无限厚,裹住他们身上的每块肉,永远抵御住无情的风和雨罢。在天气晴暖的时候,他们就跟着行人的身后跑,乞讨着怜悯和唾骂;在下雨的日子里,他们就不再跑了,他们萎缩着,哆哆嗦嗦地蹲在店门旁,房檐下,两眼里充满了绝望的冷漠,呆呆地望着过路人。
…………
——摘自《当代晚报·朝花夕拾》:《街头儿等待呀!》

有一年,爸爸和我去上海。那天他带我去了外白渡桥,指着不远处耸立的那座十八层高的上海大厦,他告诉我它在解放前的名字叫做百老汇大厦。后来我们走进一条不起眼的小街,街牌上写着吴淞路三个字。

没有连排的店铺。没有乞儿。当然,也没有爷爷张老明。

甚至,也闻不到一丝水果的飘香……

在一座破旧的四层小楼门前,爸爸默默地停留了很久。

他说这就是当年你爷爷做工的"恒源行"。一层是店铺,二层租给了一个日本牙科医生,三层四层是你外祖叔的家。

隔着苏州河浑浊的污水,我听见爷爷愤怒的咒骂和爸爸倔强的回答,还有欢快的嬉笑声,从很远的地方传来……

张老明,你儿子阿霭来上海有好几年了吧?我看他是个聪明仔嘛,你怎么总是在骂他呀?

这个鬼仔,不好好给我做事,我骂他,我还要打他呢!

我看阿霭一有空就在看书,日后定是有出息的哩……

看书看书,看书能当饭吃啊?家里日子都过不下去了,他还要写毛笔字,他在做梦哩,识了几个字,不知自己姓什么了。有我这样命里给人当伙计的爹,他还想穿长衫当先生?阿霭,你给我出来!

我的爷爷张老明,顺手抄起箩筐上的鸡毛掸子,伸长了精瘦的脑袋,在库房四角堆放的水果筐之间,气呼呼地寻找我未来的爸爸张其霭。一边寻着一边用广东新会方言,叽里咕噜地数落着他大儿子阿霭的种种不是。他不知道这个十七岁的阿霭究竟是从什么时候开始迷上了书本的。开始是《七侠五义》什么的,书面又黄又旧破破烂烂,管它是租来借来没人在意。后来那些书就变得越来越新了,越来越多了。有一本叫做《人间》的书,看样子是个外国人写的,张老明虽然认得几个字,能翻翻报纸,但无法看懂这些书。阿霭死活不肯到南京路的粤菜馆味雅酒楼去当侍应生,倒成天看这些外国人写的书,难道还想变成外国人不成?真是鬼迷心窍了!

阿霭你给我出来!我看你往哪里躲?!张老明挥动着鸡毛掸子,声嘶力竭地喊道。今天他非要教训教训这鬼仔不可了!

一条瘦小的黑影簌地从他身边掠过,往库房的门口飞快地窜去。张老明浑身一颤,追上几步,举起掸子就抽过去。那身影机灵地一闪,从两个箩筐间钻过,他的掸子落了空,身子一晃,撞在墙边堆得高高的水果筐上,沉甸甸的箩筐摇摇晃晃地歪倒下来,金灿灿的广东柚子像皮球似的一个个滚了一地……

待他爬起身,急慌慌奔去门外,阿霭已无影无踪。

张老明气喘吁吁地靠在水果筐上,心里又气又恼。就是当侍应生那个工作,还是他外祖叔好容易托了人才弄来的呢,工钱多,活也不累,可这个阿霭就是不去。张老明实在搞不懂这个十七岁的男仔,心里到底在想些什么。他到底想干什么呢?阿霭从来不同他这当爹的说。人一大就有了主意,看他那两只大眼睛整天骨碌骨碌地转着,倒像要把这世界看个明明白白似的。可是看明白了又有什么用?还不是一样做工一样受苦一样劳累一样贫穷么?

张老明摇着头叹着气,默默走向飘溢着水果香味的库房深处。屋角堆放的一捆捆青皮甘蔗,粗壮光洁,那甘甜的气息使他暂时忘记了与儿子的冲突和不悦。他喜欢这个地方。只有在这个堆满了广东水果的店堂里,日日熏着老家田里地头熟悉的水果气味,他才能与陌生的大上海勉强相处。

张老明没来上海之前,在广东新会乡下赤脚种田,家里世世代代都是农民。到了他这辈,娶了一个算命瞎子的女儿为妻,也就是我的奶奶。就在我的爸爸张其霭呱呱落地的那一年,他的瞎子外祖父有个弟弟在上海发了点小财,开了一家叫做"恒源行"的水果店,当上了老板。于是我的爷爷张老明托了娘家亲戚的福,平生第一回穿上鞋袜,两只光脚板十分拘谨地塞在鞋壳子里头,从江门坐船到广州、再从广州坐船到上海,成了"恒源行"的一名店员。像当时所有那些离乡背井去下南洋闯天下的广东人一样,这似乎意味着张老明一家的命运,从此将有一种根本的改变。

当年上海的吴淞路,高高耸立的百老汇大厦脚下,整整一条街的两边,一铺连一铺,排满了广东水果行。水果铺里金黄色的香蕉碧绿的西瓜鲜红的荔枝青翠的甘蔗,一年到头五光十色四季飘香,所以吴淞路又名广东街。"恒源行"是一家经营广东水果的进出口店,同时还兼营向香港运送木耳香菇莲心白果金针菜黄鱼鲞虾皮淡菜等等南北干货。张老明为老板加亲戚的"恒源行"干活很卖力气,然而,直到他来上海做工的十一年以后,才算积攒了一些钱,能够在武昌路上租起一间阁楼,把广东乡下的老婆儿子迁来上海安家。

那年我爸爸刚满十一岁,被送到粤帮水果行业公会办的联益义务小学读书。在新会老家时,阿霭已念到四年级,到了上海,又从三年级念起。按说,在上海这样一个十里洋场的繁华闹市,一个店员的儿子本来可以有机会受点正常教育。不幸的是,期间抗战爆发,把广东人在上海的生意搞得七零八落。我爷爷依傍的大树自身难保,店员星散,张老明不得不带着老婆儿子逃难回了广东。一年后,日本军队攻占广州,全家只好又重新逃回上海。这样来回一折腾,阿霭到了十六岁,才总算小学毕业。

战事纷纷,"恒源行"生意清淡。张老明一个人的收入已难以养家,更没有钱能供阿霭上中学了。虽然他听学校的老师说过,阿霭学习成绩很好,人也聪明得很,假如有钱让他继续念书,考上大学就有了前途。但张老明的工钱实在太少了,假如不把阿霭送到"恒源行"去当学徒,让他自己挣口饭吃,全家人的日子怎么过啊……

这一天张老明干活时始终紧锁着眉头。他对于这个小学毕业的儿子,开始有了一种隐隐的担心。这种担心更多地来自使他不断恐惧而又迷惘的大上海。如果不是为了谋生,他是断不会到这种光怪陆离的异乡异地来的。张老明自从来到上海,每日兢兢业业按照老板的吩咐干活,日出而作,日落不息,除了去码头收货验货,从来不上游乐场所。他认识的人,唯有几位亲戚同乡。虽然阿霭的几个舅舅们都在上海开店,张老明仍然从来没有想过,他自己也是可以设法开一家水果店,多挣一些钱的。张老明在擅长经商、精明能干的广东人中,是一个忠厚得过分的例外。因此当他察觉出儿子最初的求知欲望,眼睁睁看着儿子那种好高骛远的初兆时,张老明面对着店铺四壁心爱的水果篓,不由忧心如焚。

像今天这样的冲突,近日里已经发生过多次了。

也许当初将阿霭从广东老家带来上海,是一次失算么?他问自己。阿霭不像我们这样人家的仔,一点都不像,到底有呒搞错啊?他十分沮丧地想。你看他那两只眼睛哦,呒人识,这个鬼仔,究竟想要干什么事情哩?在这个鬼地方!

那个下午张老明竟然弄混了香蕉的牌子和价格。他嘟嘟囔囔、无可奈何的怨声,同弥漫着香甜与腐烂气味的水果混在一起,在暗淡狭小的库房里经久不散……

> 我不知道他们为什么沦为街头儿。
>
> 他们自己也不知道。
>
> 他们不知道,他们不知道,他们是什么都不知道,他们只知道受苦。
>
> 他们不知道有人在压他们,榨他们,把他们的爹娘和亲人,逼死了,逼疯了,使他们沦为街头儿。
>
> 他们不知道有人为了小我的利害,穷兵黩武,把他们的家乡毁坏了,把他们的田园践踏了,使他们流浪四方,挨冻受饿……
>
> 但,等待呀,街头儿!拼着你们最后的血,最后的热,最后的生命力,坚持着活下去,坚持着不去死,坚持着等待呀!
>
> 不远了,不远了。
>
> ——摘自《当代晚报·朝花夕拾》:《街头儿等待呀!》

那时我静静地蛰伏于这个叫做张其霭的少年体内,我已同他一起度过了懵懂又蒙昧的十七年。

我们来自那个美丽而炎热的南粤故土。

阿霭是一粒从南国飞来的草子,偶然降落于这片异地。然后被滔滔黄浦江咸腥的水汽滋养,像一棵自生自灭的野草,正从上海滩水泥马路的缝隙里,好奇地钻出来。

我也不明白这个日后将成为我爸爸的人,在十七岁那年,为何变得越来越不安分。他的下巴光滑嘴唇上方未有一根胡须,显然青春尚远。我猜那是另一种骚动,一种关于茫茫人生和自身未来的切肤之愁。

　　既然他出生在一个碌碌辛苦的劳工家庭,只得由他自己来解决心里的苦闷。这是我爸爸十七岁那年忽然恍悟的一个道理。

　　就在他从张老明的鸡毛掸子下,又一次顺利逃脱的那个下午,十七岁的张其霭躲在店堂阁楼上,一口气写出了他平生的第一个作品。他将那篇也许可以称之为小说的东西,题名为《在码头上》。大概是取材于常去码头验收广东香蕉的父亲。那一晚他兴奋得彻夜难眠,聪颖明亮的大眼睛在漆黑的楼窗前闪烁出乌金般的光泽。天渐渐亮了,楼下传来嘈杂的人声,间或夹杂着邻家刷洗马桶的嚓嚓响声。他像猫一样轻轻溜了出去,又像兔子一样飞快地奔向离家最近的那个邮筒,将他那篇伟大的处女作,毫不犹豫地投给了在租界出版的《正言报》。这是一次决定他命运的尝试,没有人告诉他应该这样做。他尝试的决心和勇气来自他内心深处。除此之外他没有别的出路。那几天他一反常态,规规矩矩、俯首帖耳地帮着他的父亲干活,在机械的劳作中焦虑地等待着那个成功的时刻。

　　没有人懂得他的价值。但他却想要使自己的一生变得有价值。至少,他不愿意像他的父亲,逆来顺受,整天辨别着老板的眼色过活。从广东乡下踏上上海滩的马路,未知的世界第一次向他打开了窗户。他背着书包穿过低矮的棚户区,抬头仰望高耸的百老汇大厦;他倾听着沿街乞讨的老妪声声哀求,眼望着疾驰而过的小汽车里带着金链的小狗——这个少年的心里生出了许多的愤懑和疑问。他是一个穷人的儿子,这种强烈的阶级意识无须谁来开导,本性驱使他从小就憎恨富人。他想这个社会是不公平的,他不喜欢这种不公平的世界。

　　于是公平和公正,就成为他踏上大上海地界后,最初萌动的一个情结。为他开蒙的学校和书本,曾给予了他解除这种情结的希望,结果却将他的迷惘纠缠得越发地混乱。由于抗战,他被迫多次转学,念来念去始终念着六年级。十六岁那年他终于小学毕业,他就这样揣着他那张小学毕业的文凭,开始了后来闯荡天下的革命生涯。

起初他很不情愿地被张老明留在"恒源行"做学徒。早上给老板一家人煮牛奶,倒尿盆,买报纸;白天在写字间给客人倒茶,上电信局发电报,上银行取款,去货栈出货,上码头报关……晚上就去读夜校。有一阵子,他还曾报名在剑桥英语专科学校学习英语,但那些洋文把他弄得晕头转向。他的兴趣很快转移,改为天天晚上到四马路书店去免费读书。那时候的书店很晚才打烊,只要站功好,站上一晚,总能读到不少好书。看得多了,手痒痒的就想自己写。他发现了国民党政府在租界以美商名义出版的《正言报》综合性副刊上,有一个《大众茶座》的栏目,便不知天高地厚地跃跃欲试。他开始迷恋写作,一日日神情恍惚,以至常常怠慢客人茶水,招致我爷爷的臭骂。

然而就连他自己也没有想到,那篇《在码头上》的短文,居然很快被《正言报》登了出来。而且登在副刊的一个引人注目的位置,使少年的张其镐欣喜若狂。他暗无天日的学徒生涯,因着这一小块铅字带来的光明,暂时变得可以忍受。从此他几乎每天夜里都趴在阁楼上疯狂地写作,天一亮就把那些激情澎湃的文字扔进邮筒。据说后来确实还在另一家叫做《大晚报》的报纸上,登过他一篇《从穷说开去》的杂文。当然登出来的总是少数,大多数的稿子,我猜是像香蕉皮一样的下场。但文章无论登出来还是不登出来,对于他来说似乎都已不很重要。重要的是写,不停地写。只要手里握着笔,奋力写着的时候,平日揪紧的心,就会觉得一阵阵舒展;五脏六腑回肠荡气,有一种痛快淋漓之感;就连七窍也格外通畅,呼吸都是透心透肺地轻松了……

《正言报》那一次偶然成功的写作尝试,就这样轻而易举地将我爸爸诱惑上了后来的新闻工作之路。他很快被吸收为《大众茶座》的笔会会员,还发给他一张蓝皮的证件,持证便可以出入编辑部了。三十年代末期的《正言报》,曾是汪伪特务的眼中钉,为了防范袭击,报馆门口都垒起沙包,还有"万国商团"的持枪者站岗守卫。于是那报馆在他眼里,显得尤其庄严神圣。

少年的张其霭,很快收敛起绕嘴绕舌的广东口音,说着一口流利的上海方言,在繁华的上海街头兴奋徘徊、踽踽独行。他要在自己的沉思默想中,寻找通往那个公平世界的渠道。

他从一开始写作,就有一点无师自通的意思。他的家庭和家族中,没有一个人,会有兴趣来读一读他发表了的那些东西。他甚至不敢让父亲看见那些登有他名字的报纸,怕父亲会因此更加严厉地惩罚他。但渐渐地,没有读者的纸上耕耘仍然使他感到了寂寞。四十年代初的上海,仅存于租界的各种进步报刊,蜗居于租界的文人与各种文化活动,形成了当年独特的"孤岛文学"景观。小小年纪的张其霭,悄悄潜游过被那片日本人占领的恐怖海域,挣扎着一步步爬上了文学的孤岛,却发现岛上的精神空间十分有限,他四下张望,不知那座连接着公平自由的新大陆的桥梁,究竟是在何处?

那种无可名状的骚动仍在继续。在他十八岁以前的日子,我常常被他头脑深处一次次的"精神地震",弄得无所适从。

他只有隔壁的"香港冯登记行"的练习生关志云和邻居广东同乡梁小弟,可以算是朋友。他们与他分享了那些报纸上最初的成果和快乐。他们像当时所有的热血男儿一样,一有机会,便凑在一起,谈论着抗日救亡这个话题。1941年"皖南事变"发生以后,有一天梁小弟匆匆来找他,神秘地从胸口掏出一张铅笔画的地图,对他说:嗳,你不是一直想找新四军吗,我有个朋友替我搞来了路线图,过几天,会有人来领我们去,怎么样,我们一道到苏南游击区去投奔"江抗部队",上前线抗日去吧?!——这个消息似乎来得过于突然,他讷讷地说是的是的我是想参加新四军的,可是我刚考上了新华艺术专科学校文学系,我蛮想读书啊让我想一想啊明天再回答你好不好?梁小弟前脚刚走,关志云随后就拿着一份《正言报》来找他。那天的《正言报》上刊登了一则报道,发起抢救沦陷区知识青年"回归祖国"的运动,并且还要专门举办沦陷区青年升学就业的训练班。这一前一后的两个消息和机会,一则从军、一则读书,都使他激情难耐。无论是梁小弟的"江抗"还是关志云的"后方"——逼人的形势迫在眼前:离开上海!如果想要为抗日出力,唯一的办法是必须离开孤岛上海。

十八岁的张其霭何去何从?

张其霭对眼前这座灯红酒绿的闹市早已心生厌恶。他恨透了街市上高高悬挂的日本膏药旗、恨透了租界以外笼子一般的铁丝网。他的父亲没有钱让家人搬入租界,所以全家人进出虹口区,都得向白渡桥上的日本岗哨鞠躬。每次走过那里,他都把牙齿咬得紧紧。

他决心要离开上海,无论到什么地方去。

几年以后,当他和我妈妈朱小玲相遇的时候,他们不约而同地发现,在那段迷乱的历史中,离家出走,离开与寻找,是当时几乎所有苦闷的知识青年共同的选择。妈妈十六岁就离开那个富裕而开明的家庭,去了天目山读书;许多年中她来而复去,终是没有在小镇扎根。每一次离开都伴随着一次新的希望。不离开就意味着对现实的认同,而认同便是一种妥协和精神的自虐。宁静的小镇如此,那么繁华的大上海呢?一个戏剧性的结果是,在他们彼此离开原地的过程之中,从小镇到都市,他们恰好作了一个对位。

苏北游击区和浙西后方,他究竟该去哪里呢?

我无法替他作出选择。那个满脑国事家事的阿霭,似乎还意识不到也顾不上我的存在。

遗憾的是,几乎在梁小弟出发去常熟前的最后一分钟里,张其霭最终放弃了"江抗部队"。

在那些日子的犹豫和彷徨中,苏北和浙西,最后仅仅只是一念之差。他并不知道,实际上那个时候,中共苏北根据地,已逐步谨慎地招收进步的知识青年进入苏北,开始为将来解放全中国准备和培养有文化的干部。他把苏北想象成了一片蛮荒之地,像所有那些热爱文学的小知识分子那样,他说一个热爱文学的人,必定是热爱自由的。他最终排除了苏北,是因为他实在太钟情于文学,他暂时还不想去从军。他对国民党政府还有一点幻想,他希望去后方,好有机会读书。他实在是太想读书也太想写作了。他站在上海这道中间的分界上,张望着苏北和浙江这南北两端,最后他终于放弃北上而南行。这一走,他便注定了要绕上一个大大的圈子,才能在若干年后,从"地下"重新进入革命队伍。或者说,他再也无法进入"正宗"的革命队伍,而从此开始了他布满荆棘和陷阱的混沌旅程。

几十年以后,他站在外滩的江堤上,望着滔滔东去的黄浦江上悠悠长鸣的江轮,恍然明白少年的张其霭,在离开孤岛的那一瞬间,似乎是踏错了一条小船。假如当初他选择了苏北根据地,那么解放后一切一切因党的"地下工作"而生的厄运,也许就不会降临在他的头上。但继而他又觉得这个想法实在也很可笑,也许像他这种性格的人,即使不被"历史问题"打倒,也还有 1957 年反右、1959 年反右倾、1964 年四清等等一系列的运动恭候。就算都被你侥幸逃脱,如来佛的手掌,终还有"文革"这一劫,任是齐天大圣孙猴也跳不出去的……

那个初冬的夜晚,十八岁的张其霭,跟着同乡关志云,离开了雾气沉沉的"孤岛"上海。他们似乎走得很盲目也很仓促,刚走到昆山,因无法通过日本人的封锁线,再也走不过去了,只好又折回上海。他记得他的老板很是解气地骂了一句,说他是不到黄河心不死。他在心里说,我就是到了黄河边上,心也不会死的。他的再度出发是在1941年11月底的一个清晨。他那个广东人的家族中,唯有一个舅舅买了一只棕色的小皮箱为他送行。那只小皮箱伴他走过了十年寻找革命的旅程,并替他收藏了十年间种种复杂的经历,直到1952年我爸爸拎着这只已经破旧不堪的皮箱,去茅家埠接受组织审查。

张其霭强烈的爱国激情继续蓬勃高涨,他随同上海知识青年的队伍,由"忠义救国军"护送,集体通过封锁线,到达了国民党统治区。然后坐船沿富春江到兰溪,再一步步走到了金华。前后行程一个多月,途中得知,12月8日太平洋战争爆发,日军已占领了上海租界。同行的青年们为自己投奔"自由祖国"深感庆幸。然而,到达金华时他们才发现,政府为沦陷区青年们创造就业和读书机会的许诺几乎是一场骗局。他们流落在金华街头,饥寒交迫,陷入极度的失望之中。不少人逃回上海;有人病死,还有的人精神失常。而他,没有钱没有亲友,没有任何政治背景,甚至没有一张中学文凭,如果他是一个中学毕业生,作为沦陷区青年进入大学,不是不可能的。而眼下他却走投无路,不知道自己应到哪里去。在他读过的一些进步报刊中,尽管都在宣传共产党的思想,却没有一篇文章能告诉他,共产党到底在什么地方。他就这样焦灼而毫无目的地在那一带四处流浪。他虽离开了孤岛,纵身跃入浩瀚苍茫的大海,却处处漩涡暗礁,不知新岸何方。为了谋生,他写了一篇题为《行列》的散文,投寄《民族日报》的《实生活》副刊。又写了《从上海同来的朋友》,发表在《东南日报》上。在他朦朦胧胧的进步意识中,唤起民众抗日救亡、抨击国民党的专制腐败,逐渐成为他笔下回旋的主题。

这一段跌跌撞撞磕磕碰碰,茫然而又执著的流浪岁月,一直持续到1942年春天,天目山地区来人到金华招聘文化工作者,他终于如愿应聘进入了《民族日报》,才算是告一段落。

我未来的爸爸,睁大着他渴望的眼睛,风尘仆仆而又雄心勃勃地长途跋涉到了天目山。他到达天目山时,我那个未来的妈妈已经离开浙西一中。古老的禅源寺,已在1941年春天的日机大轰炸中,成了一片废墟。一度在这里出版的《民族日报》,也已迁至于潜鹤村。

《民族日报》是我爸爸从事新闻工作的一个起点,也是一根红线,在未来的日子里,将把他和我妈妈的命运牵在一起。《民族日报》是同我的生命有关的一个环节——当青年张恺之和朱小玲,在同一个时期内,辗转于同一个区域,却互不相识、各不相干地运行于自己的人生轨道之时,如果他不是作为《民族日报》记者,在1944年秋天途经洛舍小镇采访,他们也许就此失之交臂,永无相遇的缘分了。

十九岁的张其霭,在一个春天的午后,走过崎岖的山道,来到绿树葱茏的鹤村。从山村起伏的瓦顶下,传来咯哒咯哒作响的平板机印刷声。他循声走进了那所挂着《民族日报》木牌的祠堂,在这里他毅然登陆,从此走向他毕生坎坷的记者生涯。

他就是从进入《民族日报》以后,开始用张恺之这个名字发表文章的。"恺"——快乐、和乐。他要在自己的笔下,首先建立起一个平等快乐自由的新世界。他对自己充满了自信。

今天是青年节。随便举几个例子:

为了支援教授请假待命,广州国立中山大学学生一千余人,决定绝食一天,获得两千多斤米,以表示援助。……

我们的青年,在这样的现实中煎熬着,谁曾经关心过他们没有呢?

据说五四时代朝气蓬勃的青年,现在都已经变成了官僚。这样看来,他们今日不能领导青年,是理所当然,无足为怪的了。

今日的青年,对眼前的现实,是看不清楚的,也看清楚起来了。青年们应该相信他们是有前途的。……
——摘自《当代晚报·朝花夕拾》:《我们的青年》

我听见他对自己说:我一定要好好干啊!

1939年创刊的《民族日报》,最初曾是浙西抗战的一面旗帜,也是浙西战时文学活动得以持续的依托。

《民族日报》原为中共地下组织所掌握。但在"皖南事变"前三个月,被国民党浙西行署所改组。共产党员社长王闻识和一批党员编辑记者,抓的抓、逃的逃,王闻识后来死于集中营。1942年春天,来自上海沦陷区的张恺之到达鹤村报社时,领导班子已被两度改组。然而当局并未能彻底铲除异己思想,副刊的版面仍然掌握在坚持抗战、力陈民主的进步人士手中。当时还有一份隶属于国民党省党部浙西办事处的《浙西日报》,副刊均由非官方立场的编者主办。这两份战时报纸的副刊遥相呼应,为当时后方进步的文学青年,提供了耕耘的园地。

年轻的张恺之,好奇地走进了向往已久的报纸编辑部。他被人带到一张未曾刷过油漆的桌子跟前,他得到的第一项工作是校对。他轻轻抚摸着一沓沓散发着油墨味的报纸清样,心里那么激动那么欣喜。他喜欢油墨和纸张的气息,这种气息是世界上任何鲜花和任何佳肴的香味都无法代替的。他嗅着油墨的气息,肚子里便感到了饱胀和充实。他默读那些稿纸上的文字,好像真的是在咀嚼着什么美味,他想自己从此再也不会觉得饿了。

他几乎整天一声不吭、一动不动地趴在桌上作校对,明净的眼睛从报纸大样密密麻麻的文字上,一字不漏地扫过。校对这件事对于他来说很轻松,他不费什么力气,就能找出许多不容易被人发现的错别字。有时他觉得自己像是一只啄木鸟,正从大树的树干里,一只只往外叼着虫子,每提出一只虫子,都使他感到无比的快乐。每当他改出了别人疏忽的错误,总编辑总是会由衷地赞扬他一番。他每天一边校对一边留心阅读别人的文章,暗暗同自己作着比较;还悄悄注意着编辑们编稿的手迹,自学着编稿的方法。——你们看这年轻人的眼睛,多么单纯多么热情啊!你们看这稿面上改出的错处,他还写得一手好字呢!社长郑小杰有一次到办公室来,笑眯眯地看着他,也忍不住当面夸奖了他。

三个月以后,他便升任助理编辑。又过了一段时间,原来主持副刊的谢狱,遭受"文字狱"愤而辞职,后调去浙东丽水的《东南日报》,张恺之便正式接替谢狱,当了副刊编辑。

我感觉出他很兴奋。很久以来,在我和他共同的睡梦中,已无数次梦见过书本报纸和饱蘸红墨水的毛笔,他实在是太想成为一名真正的文学编辑了。

然而就在那年夏天的一个夜晚,他半夜起身到门外解手,大门外蹿出一个持枪的便衣,朝他大声喝问:干什么的?!他吓了一大跳,当即逃回了寝室。第二天才知道,原来是浙西行署调查室,深夜到报社抓人,目标是电讯室的几个年轻人。特务冲上楼时,他们已跳窗逃走。——这是陌生的天目山,在他欣喜的心灵中投下的第一片阴影。

这里似乎有必要说明,当时作为战时文学阵地的报纸副刊,与帮闲文人茶余酒后消遣之用的"报屁股"之间,有着泾渭分明的界限。尽管报纸的四分之三版面,都是反映国民党的政治利益的,但还有四分之一的副刊版面,因被当局所忽视,也因文学编辑截然不同的进步倾向,常常刊出一些激烈抨击时事、揭露国民党独裁统治的文章,表达人民群众和知识分子的民主要求。所以每隔一段时间,副刊又会因其明显的"左"倾,遭到当局的大肆挞伐。

在《民族日报》副刊短暂的历史上,谢狱是不可缺少的一页。

谢狱原名谢复森,又名伏琛,笔名卜束、杜涅、山石等。战前十六岁即在《绍兴民国日报》上发表文章。1940年得到中共地下党员、《东南日报》编辑陈向平推荐而接受《民族日报》之聘,同时还在胡风主编的《七月》上发表小说。《民族日报》改组之前的副刊叫《老百姓》,文章短小通俗,编者是木刻家杨君。(杨君主持《老百姓》时,正在浙西一中读书的朱小玲,也就是我未来的妈妈,在上面发表了她的处女作。可惜到恺之来天目山时,小玲姑娘为寻找她的入党介绍人裴嫣,已辗转去了金华一带,参加了朝鲜义勇队。)到谢狱主持副刊后,刊名改为《实生活》,并创办了《文艺堡垒》双周刊,开始明显向文学倾斜。不久便因此招来了当时号称"天目王"的浙西行署主任贺扬灵,对笔杆子的第一次严厉警诫。

起因是1942年7月的《实生活》上,刊登了一篇署名周华的短文《佚子曰》。作者真名马园太,任职浙西行署秘书处编纂股长。但他人在官场,却对达官贵人的腐败行径十分厌恶,常写一些讽刺小文寄给《实生活》刊登。一日谢狱给他写信说,行署已警告我以后不准再登这类文章,仁兄是否还有胆量再写?马园太当即回函说:你若有胆量刊登,我就有胆量再写,于是这篇《佚子曰》不日便出台了。文章以一个挑佚的口吻,揭露了一位搜刮民财的官员,派了十一个挑夫为他挑运财物,其中竟有一担活鸡。老爷太太小姐坐在轿子上,队列长长一串……

报纸一出来,行署立即派人向谢狱索阅原稿,查问作者的真实姓名。谢狱一口回绝后,即被"请"上了天目山。行署中统调查室主任审问谢狱:——你为什么发表这种攻击政府的文章?——我不知道文章攻击的是谁。——胡说,你会不知道吗?——我们做编辑的,发表一篇文章,只管文章写得好不好,它所抨击的腐朽现象是否应当抨击,我们管不了文章到底是抨击哪一个具体的人。——岂有此理!你当我不懂?我做过编辑,我懂你们那一套!于是谢狱被拘禁。半个月后,报社负责人摆了两桌酒席,由民族文化馆馆长曹天风出面保释,谢狱才被放出来。但把他留在民族文化馆"考察"了一段时间,才回到报社。

那位马园太先生,并未因此畏惧,后来又写了一篇《"学而优则仕"有补》,终于触怒了贺扬灵,将他赶出天目山,贬去孝丰。

谢狱离开《民族日报》后,到浙东主编《东南日报》副刊《笔垒》,他的杂文曾蜚声东南文坛,蔚然成风。我爸爸与谢狱再次重逢,是在六年以后。1948年,张恺之的党组织关系转到杭州,代表地下组织来和他联系的,竟然就是谢狱。两人相见时四目以对,不由哑然失笑。"地下"重又携手,可谓殊途同归,那条连接他们的通道,自然是彼此手中的利笔。解放初,他们又一起参加筹建中国文协杭州分会。(作协前身)然而世道多舛,张恺之在1952年即送去劳改,谢狱也在1957年中箭下马,一隔几十年各自飘零,至"第三次握手",两人都已是年近花甲的老人。

在后来几十年那漫长而艰辛的日子里,我爸爸的耳边,曾经不止一次出现过当年天目山上那个调查室主任对谢狱的斥责。那些关于新闻审查制度的言论,竟同他眼前的情形何其相似。

1982年我见到谢狱伯伯时,他已复出,任《浙江画报》主编,还出版了小说《地下》。他靠在藤椅上,十分和善而喜悦地望着我,像是望着当年《实生活》的一个作者。我斗胆提问说,您为什么要叫谢狱呢?说不定正是因此,您才会在解放前解放后,都受审查又被驱逐呢!谢伯伯抬一抬眼镜,淡淡一笑说,我少年时读过《狱中记》,对那些志士仁人十分钦佩,故此以"谢狱"作为笔名。至今不悔,至今不悔呵。

我也要说声"谢狱"——感谢在我们不算太长的生命中,一再重复着的囚笼的经历,所教给我们的那种独一无二的体验。我想说:也许人生来并不是自由的啊。

我未来的爸爸,目睹了天目山云雾中的白色恐怖,他的心情压抑,惶惑不解。正像在天目山训练班时,指导员鲍自兴介绍他去《民族日报》之前,对他说的那样:自由祖国是不自由的,你可要小心。就在鲍自兴对他说这句话的时候,他清楚地看到窗外有人影掠过。鲍自兴其实是"身在曹营心在汉",思想"左"倾,国民党把他看作赤色嫌疑分子,一时又抓不到他的把柄,故调来天目山变相监管。后来鲍自兴终于逃离天目山,1943年在游击区加入共产党,并被地下组织派去做汪伪军策反工作。鲍自兴是年轻的张恺之在后方遇到的第一个终生难忘的人。于是,面对一时"红帽子"满天飞的低气压,面对着有人入狱、有人封笔、有人悄然离去的狰狞天目,张恺之却是一天比一天激烈地在报纸副刊上,或刊登、或亲自撰写那些抨击黑暗现实的文章。1943年到1944年,是"天目王国"最反动的时期,他在《实生活》上,用"亦飘萍"的笔名,写了《门》《幸福》《爱情》《圈内》等散文和小说,除了《爱情》一文得以保存至今,其它的文章,我只能寻着题目,想象当年的爸爸,对于大众的困苦发出的叹息,和他对于真理的无限憧憬了。

那一天夜里,他像往常一样坐在煤油灯下翻阅来稿。

那篇字迹十分稚嫩的稿件,从昏暗的灯影下,滑到他的面前。一个十分平常的题目跳出来:《南国之冬》。

他只是随意地看了几眼,心却一下子就被揪紧了。

那是描写沦陷区一个孩子和母亲的痛苦处境的故事。

张恺之默默读着,读下去,便再也不能自制,眼泪簌簌地滴在稿纸上,洇湿了墨迹。他想起了正在上海沦陷区艰难度日的父母兄弟,他看见母亲正背着妹妹,在日本人的封锁线上挣扎……

他当即挥笔疾书,写下了编者前言《中国的孩子》。

《南国之冬》配以编者按见报后,他才知道,这篇署名为叶可待的感人之作,竟出自《民族日报》排字房十七岁的学徒工徐运昌之手。由此,徐运昌很快被调到编辑部当校对。此人聪明好学,解放后参军,又成为北京大学历史系的调干生。但至1957年,也被划为"右派"。

然而,"天目王"贺扬灵及其手下的中统调查室,从未停止过对地下党员和进步人士的迫害。1942年民族剧团演出的一个夜晚,该团副团长陈才庸突然被抓,随即在荒山上被秘密杀害。到1943

年,一些常在报纸上发表文章的文化人,均置于严密的监视之下。11月,文化界发生大逮捕,民族通讯社主任高流和著名诗人非蒙同时被抓。非蒙原籍河北,"七·七"事变后流亡武汉,后辗转浙东来到天目山。他写过揭发官商走私桐油资敌的通讯,被看作"赤嫌",上了"黑名单"。非蒙第一次被捕时,与我妈妈是在同一时期天目山调查室的难友,他隔着铁窗向小玲姑娘索要那一盒火柴的故事,成为几十年后珍贵的回忆。

在这一段血腥的日子里,文化界被捕的共达二十多人,其中如非蒙、高流、李益中、金松等人,都是张恺之的至尊好友。这些人后被送往福建崇安集中营,到抗战胜利后才获释。然而历史的耐人寻味之处,恰恰在于,包括诗人珞珈(现居南京的老诗人高加索)在内的这一批铁骨铮铮的文学青年(除了曾任《民族日报》总编辑,后来去美国定居的诗人沈达夫先生幸免于难之外),他们在建国后不久,即1957年,几乎无一例外地被打成"右派"。我爸爸在后来几十年悲惨的境遇中,常常想起这些曾饱受当局摧残的抗战时期文学拓荒者——有意无意中,他总是在报纸上搜寻着那些人的名字,渴望着能从哪个角落,发现一个不知流落何方的当年文友。然而每一次他都悻悻扔下报纸,失望地埋下头去。童年时代,我已多次熟谙了爸爸脸上那种暗淡的神情,那个时刻我觉得世上还有许多比爸爸更可怜又可敬的人。

时间重新回到1943年秋,当时新四军苏浙纵队,在浙皖边界开辟的根据地,直接威胁了"天目王国"的生存。此时日寇集中两千多兵力,企图攻取天目山。情势危急,浙西行署迁去昌化,《民族日报》也不得不随同前往。一时,浙西文化为此遭受劫难。

1944年秋天,年仅二十一岁的《民族日报》资料部主任张恺之,以《民族日报》特派记者的名义,去杭嘉湖游击区旅行采访。他背着简单的行囊,孤身一人,走过江南平原上青翠的田野与河湾。他看见战争的硝烟正摧残着这片昔日富饶的土地,听见战火中婴儿饥饿的哭声和老人的唉叹。这一次历尽风险和辛苦的旅行,使他对后方血淋淋的现实,越发地切齿痛恨。他在旅途农舍昏暗的烛光下,写出了长篇通讯《海北敌后来去》和其它一些揭露黑暗势力的文章。成年后,我曾读过他发表在上海《大公报》上的系列散文《杭州湾北岸的回忆》,我对战争的憎恶,很大程度上来自爸爸那些文章里所表达的对游击区老百姓苦难的同情。

我未来的爸爸此行杭嘉湖敌后,除了采访和写作,另一项重要的、也可说是重大的收获,是他在洛舍小镇,邂逅了我未来的妈妈朱小玲。

在张恺之一生中,第一次也是唯一一次刻骨铭心的恋情,始于秋波浩淼的洛舍漾。他和朱小玲在水乡洛舍奇妙地相识,短短几日间,彼此碰撞出雷雨闪电般的爱情火花。当即他们两人相约,待他的采访结束后,将携手同去皖南。然而这个美丽的计划,在纷乱的战时却阴差阳错未能成行。他们经历了几年的离乱散失,直到抗战胜利后,才在上海不期而遇。

那个晴朗的秋天,青春年少的张恺之内心炽热的情爱和欲望,在江南水乡温柔的摇篮中,开始一日日苏醒。

我已在他体内沉睡了多年。我生命的一半来自遥远的南粤。年轻的张恺之在铁蹄下的孤岛上海,在流亡浙西的窒息和激愤中,一直被压抑被搁置的情怀,在遇到朱小玲之后,终于有了倾吐和诉说的知音。他喜欢朱小玲身上那一种出自天然的无邪和坦率,同她在一起,他轻松而愉悦,就像登上一条水乡的小船,驶入浩渺的烟波,随风荡去,未曾喝酒,人却微微地醉了……

我看不见那个姑娘的面孔。我只听见她天真而清纯的声音,飘散在河湾上空。我对她岂止是喜欢,而是一种近乎痴迷的依恋。从那以后,我总是有一种想要走近她的强烈愿望。我知道我未来的爸爸同这位可爱的姑娘,在本质上有着惊人的相似之处,他们都是那种热情浪漫又不计后果的人——如果他们真的结合,那么将会创造出一个什么样子的"我"来呢？

当然我一时还无暇顾及这点。张恺之已经在旅途上耽搁得太久了。人说祸福相依。当我经历了1945年春天，我爸爸那一次终生遗憾却又无法弥补的错误时，我从此对这句话深信不疑。

那是一个由于战时新闻封锁和消息闭塞造成的失误。也许还有朱小玲这个潜在的因素。后来的许多年中，他一直对此耿耿于怀并且痛心疾首。他说他错过了任何什么，也不该错过粟裕部队，因为那恰恰是他多年的彷徨中，梦寐以求的机会——

1944年秋冬，张恺之在杭嘉湖沦陷区的艰难旅途中，陆续写出了他的长篇通讯，一路沉浸于甜蜜的爱情回忆中。他本应该在12月底之前回到德清去见朱小玲，谁知途中急性阑尾炎发作，未能及时治疗，酿成腹膜炎，全靠当地"双重政权"的乡保长帮他搞到一张假"良民证"，送进敌伪据点硖石镇上的教会医院，动了手术，在医院住了一个多月，才慢慢痊愈。这场大病使他在途中延误数月，无法再去洛舍小镇。他只好给朱小玲写了一封又一封的信，请她原谅他的失约。并请她在收到这些信以后，一定设法到昌化朱穴坞的报馆去找他。当他终于辗转赶回到已迁至昌化的《民族日报》交差时，已是1月中旬。而后他便急急整理着《海北敌后来去》一稿，并开始在报纸上陆续连载。

浙西的大山连着大山。何况，又在战时。有时他几乎觉得这寂静的群山，似乎已经同外界完全隔绝了。在昌化朱穴坞的山坳里，就是在报馆工作的人，都无法知晓，方圆百里之内，正在发生着什么样的剧烈变动。3月的一个深夜，报社接到紧急通知，立即向淳安方向迁移。据说是二十八军军部下达的命令。有人悄悄议论着，听说是新四军部队可能要打过来了。在一片慌乱之中，张恺之失去了主意。

他曾想过，也许可以趁着混乱，离开报社，到附近的乡下暂避风头，等待新四军的到来。——可是，这样一来，万一朱小玲真的到报馆来找他的话,她岂不就扑空了么？她再到哪里去找他呢？而他一旦参加了新四军,也将无法再同朱小玲联系。这简直是一个"生死攸关"的问题所在。他不想再次失约,他不愿意失去朱小玲。假如能与朱小玲一起去部队就好了。可是,朱小玲此刻在哪里呢？

再说,如果新四军并没有打过来呢？如果这只是又一次虚晃一枪呢？如果……

时间已容不得他再犹豫了。情急中,张恺之作出了一生中又一次功亏一篑的选择。他匆匆整理了行囊,随同报社搬迁的队伍,离开了昌化朱穴坞。那时他曾自作聪明地决定,一旦等到了朱小玲,一旦粟裕大军真的来到了天目山地区,他再离开报社也不晚。

然而生活却不会像他想象和设计的那样如意。事实上,他随报社到淳安的一个山坳里安顿下来以后,由于长期劳累,饮食无常,再加腹膜炎引起的肠粘连,日复一日地腹痛难忍,很长一段时间里,他几乎无法直立行走。山里缺医少药,得不到治疗,肠粘连的痛苦始终折磨着他,使他寸步难行。朱小玲音讯全无。从淳安到外界的通道也被重兵把守、严密封锁,根本无路可走。从3月到8月,他就那样一天天焦灼不安、度日如年地苦捱时光。在那偏远的深山坳里恍恍惚惚地过了几个月,有一天忽然就传来了日本人无条件投降的消息。

张恺之即此与新四军失之交臂。按照他自己的解释,也由此铸成了继十八岁投奔"自由祖国"之后,又一次人生大错。他错过了谭震林的"江抗部队",又错过了粟裕的苏浙纵队。一次是为了读书、一次是为了爱情。他说大军没来时,我走了;我走后,大军却来了。这是何等让人恼恨的历史误会呵。

那一段极度沮丧的日子里,我爸爸似乎隐隐明白,或许是命中注定,自己无缘投笔从戎。他握定的武器只能是纸只能是笔。他只能作为一个文化人,去完成历史赋予那个时代年轻人的使命了。

抗战胜利的消息似乎来得很突然。尽管人们已等待挣扎了很久,尽管人们已熬过了长长的八年,但是当喜讯传来时,人们却是喜忧参半。张恺之不哭不笑,默然呆坐。他想着上海那个穷苦的家,想起了日夜思念却无影无踪的朱小玲,他拼命地咬着自己的嘴唇,直到咬出了殷红的鲜血。那一刻他恍然发现,其实自己有许多该做的事,还没有来得及去做。歧路惶惶,他将往何处去呢?

十六

民国三十七年岁末,雨雪交加,倍增人感触。有什么话可说呢?

我们从抗战到现在,苦足了十个年头。什么是我们苦的代价?能够回答的人们有福了。……

三十七年,使人沉重的事情太多了,而予人轻松之感的甚少。三十七年,有人在眼泪模糊中看清现实,有人在载歌载舞中愕然惊醒。这一年,在中国历史上,无疑将占上重要的一页。

…………

社会道德,已经荡然无存。社会崩溃,成了今日问题的根本所在。中国必须度过一个艰苦的阶段,才能从蜕变中获得新生!送走三十七年,我们心中仍带着强烈的希望。

——摘自《当代晚报·朝花夕拾》:《送民国三十七年》

那座高楼大厦林立的"孤岛",终于与"自由祖国"重新相连。日本膏药旗已被扔入火中化为灰烬,铁丝网正被一道道拆卸。锣鼓、鞭炮、喜庆的游行队伍,上海城一天天复原着它的海上繁华之梦。

二十三岁的张恺之回到了离别四年的上海。

他一个人在肮脏的街头独自漫步,心里充满寂寞与烦恼。在夏日焦灼的阳光中,他显得疲惫不堪。

他在一条小街的十字路口停下了脚步,将身子斜倚在栏杆上,茫然地望着过往的行人。衣衫已被汗水湿透,黏黏地贴着后背。

《民族日报》迁往杭州出版后又停刊。这期间他去过德清洛舍找朱小玲,但她的母亲说她随父去丹阳了,也不知何时回来,言语间,他感到自己不大受欢迎。回到上海后,他开始时在一家小报当编辑,不到三个月,这家小报也停办了,他成了一个失业者。

他的父亲张老明,在一个表叔开的"广祥行"水果行,当专管出货的师傅。香蕉从广东运来时,还是半生不熟的青香蕉,必须挂在一个小屋里,用炭火加温烘熟。这道被广东人称为"焗香蕉"的工序,是张老明的绝活。经张老明之手"焗"出来的香蕉,一串串金黄喷香,润泽的香蕉皮上,还嵌着芝麻般的黑点,人称"芝麻香蕉"。我未来的爸爸每天闻着香蕉的气息,望着宝塔般的香蕉串在店门口出出进进,眼前一片虚浮的金色晃动,觉得自己像是一只半生不熟的青香蕉,吃不得又扔不得,只能焦虑地等待着炉火的烘烤。

物价一日日飞涨,张老明的辛苦劳作,并未能改善穷困的家境。抗战虽然胜利,但穷人依旧挣扎,富人依旧挥霍,周围的一切都似乎没有根本的变化。古老的中华之舟,慢吞吞行驶在它固有的航道上,游离于世界的轨迹之外。

只有一个令人振奋的幽灵,在高高的天空中发出神秘的呼唤。

只有那片红色的土地,在遥远的北方巍然屹立。

抗战胜利消息传来最初的日子,最令张恺之兴奋不已的,是朱德总司令向八路军新四军发出的接管沦陷区的命令。张恺之毫不隐晦地告诉朋友们说,他主张国共合作共同接管,建立民主联合政府。

我时时感觉着他头脑中那种莫名的骚动,重又在翻腾颠簸。

同四年前离开上海时相比,如今张恺之作为一名记者,已是初出茅庐,崭露头角。他必须在这条路上坚持走下去,才能唤醒更多的民众。出身贫寒的张恺之，与家境优越的朱小玲，虽然同样为自己的人生，涂满了斑斓夺目的浪漫主义色彩，同样地想入非非、好高骛远，但张恺之毕竟比朱小玲更具有一种务实的秉性。他知道朝着自己心中那个公平自由的世界走，每一步都要流汗流泪甚至流血。

那一天，失业青年张恺之在熙熙攘攘的十字街头徘徊许久。疾驰而过的吉普车尖厉的喇叭声中，他完全打消了去寻找能为他提供就业机会的社会关系的念头。在当时鱼龙混杂的大上海，凡是那些有用的关系，都可能有一个与他格格不入的背景。那么他宁可去做工谋生、宁可流落街头，也不能为一时之需站错了营垒。

我未来的爸爸郁郁回到了张老明的阁楼。他对他父亲说，他找到了工作。——什么工作呢？张老明追问。——在报馆。他的回答含糊其词。自从他两手空空回到上海，父亲反而对他和悦了许多。抗战八年，张老明已修正了自己原来的看法：他觉得儿子在后方读书编报，总比那些趁机去发抗战国难财的人有出息得多。

总算得到表叔的同意，他在"广祥行"的阁楼上，放了一张帆布床暂且安身。

从此他白天在外面"游荡"，晚上回到阁楼写稿。有朋友介绍他去作《大众夜报》的特约撰稿人，专门采访文艺界名人和娱乐界消息，每天发一篇稿子。他很轻松就胜任了，得到的稿费，足够养活自己。于是他又想去读书，考上了新闻专科学校。偏偏不久后《大众夜报》人事改组，他又一次失去了工作，稿费也没有了，生活重又陷入拮据。一天晚上他精疲力竭回到"广祥行"，已是饥肠辘辘。却见表叔一家人正在为儿子做满月酒，一屋子亲戚，猜拳行令，吆五喝六的好生热闹——阿霭回来啦？来来来，一起喝一盅啦！——表叔邀请他。他摇摇头说吃过饭啦不客气你们喝吧——转身爬上了阁楼。只有"我"明白他是个自尊心很强的人，他不愿意让亲戚知道他还没有吃晚饭。他宁可饿着挺着，宁可趴在阁楼的小窗上,以夜空中稀朗的灯光和星光充饥。然而肚里空洞,心里也越发空落,好容易挨到夜深,楼下席终人散,他饿得发昏,忍不住偷偷潜下店堂,摘了一串香蕉充饥。顾不上细嚼,囫囵咽下去,噎在喉咙里,憋得满脸通红。后来他为这件事写过一篇《饥饿者的独白》,可见他当时的窘态。

天色渐明,他在迷惘中醒来,从阁楼窄小的窗户里,望得见百老汇大厦的尖顶,在绚丽的晨曦中巍峨耸立。太阳已无数次从黄浦江中升起又跌落,而他所寻找的那个太阳呢?无论是只见其神不见其形的共产党,还是音讯全无的朱小玲,都在远远的江岸另一边徜徉。而他的面前,是一片阴霾笼罩的深谷、一场不散的淫雨、一个比抗战更难见天日的黑夜。这种饥饿中的挣扎与等待,已快要使他失去了耐心。

1946年整整一年,张恺之一直在苦苦地捕捉阳光,寻求光明。

他只能用他的笔去寻找。笔是望远镜是钻头是一条深藏的地道。

那一年,他在《文汇报》发表了短篇小说《背道》。

《背道》是一个真实的故事。他写自己回到了战争结束后的上海,遇到了一个当年的"上海五百有志青年",此人在抗战时当了飞行员,曾向解放区投掷炸弹。如今回到了上海滩,成天开着吉普车追逐女郎,还走私药品赚钱。面对志不同道不合的昔日同窗好友,他忿然与其分手,两人在繁华的大街上默默背道而驰……

1952年"镇反"审干时,因党组织怀疑他入党前的历史,他曾天真地拿出这篇小说,试图证明自己当年的立场,但没有人肯读一读这个故事。刊登着《背道》的那张报纸,也从此不知去向。

我一直十分羡慕爸爸那一手漂亮的钢笔字,大概就是在那时日日奋笔疾书的写稿生涯中磨练出来的。

后来总算有一个在大新公司工会工作的同乡好友卢坤,给他介绍了一个住处,他搬出了家里的阁楼,搬进了后来与我妈妈重逢的那个亭子间，一边写作一边继续在新闻专科学校读书，用稿费交学费，生活勉强自立。他还参加了上海学生的反内战、反饥饿的游行，并与当年的老同学，也是广东同乡的林泉，往来甚密。这个叫做林泉的年轻人，那时正与女同学岱岫参与在闸北棚户区筹建"方震小学"的活动。缘由是岱岫的中学女同学程哲宣认识了蒋丽似。这个蒋丽似是个大家闺秀，其父蒋复聪是中央图书馆馆长，亦即大名鼎鼎的军事理论家、前陆军大学校长蒋百里的侄子。蒋丽似毕业于大夏大学教育系，早在抗战时期加入共产党，拒绝了父亲为她办理出国留学，一心投入革命。此时的公开职业是区民众教育负责人。她出面筹建"方震小学"，得到蒋百里两位女儿的直接支持，蒋英小姐还为此举行独唱音乐会筹募基金。得林泉介绍，张恺之也成为"方小"的热心活动者。林泉在中国新闻专科学校有一个十分亲密的同学孙毅，很快将成为张恺之寻找光明的直接带路人。

清晨明媚的阳光，开始在张恺之蜗居的亭子间小窗上短暂停留。每天早上他醒来时，都觉得这新的一天充满了希望。阳光温柔地抚摸着他宽阔的前额，像一位前来探访的友人，从窗外深情地注视着他。偶尔临窗飞过的啾啾鸟鸣，也像是有人在轻轻叩击着他的房门。

他的房门很快就将被叩响。他昔日的恋人朱小玲正在朝他走来。而那个自由平等的新世界，也即将向他敞开大门。

  一个肥皂泡，看着是美丽可爱的，却其实一触摸就会破裂。现在因为人民受战祸的苦痛太深了，现实的压迫太沉重了，所以明知和平是肥皂泡，也以为它可以像个氢气球一样，向高空升起。哪里知道肥皂泡根本就是肥皂泡，跌在地上要破，升高五尺也会破。如果和平也像个婴儿，要从母体诞生，那么，也不对，这个母体遭受的摧残太大了，体伤过甚了，这个婴儿即使生产下来，也是脆弱不堪，甚至会夭折的……
  ——摘自《当代晚报·朝花夕拾》：《肥皂泡而不是氢气球》

1947年初的一个深夜,林泉敲响了张恺之的房门。

他和林泉从来都是在外头见面,林泉轻易不到他的住处来。他想一定是发生了什么不同寻常的事情了。

素来稳重沉着的林泉,这一天显得有些掩饰不住的兴奋。林泉在床边坐下,使劲地搓着冻得通红的双手,笑着问:

嗳,你在写什么?

张恺之扫一眼桌上的稿纸,有点不安地回答:我在写一篇短小说,叫《戆徒》,讲一个农民反对乡长贪污被当成赤色分子的故事,讽刺性的……

林泉点点头。过了一会,他终于低声告诉张恺之说,孙毅昨晚找他谈了话,告诉他自己是个共产党员,并问他和张恺之对共产党的认识怎么样?我说我怎么样你不是很了解吗?我在中学时国民党就怀疑我,抗战胜利前就作为"赤嫌"被禁闭打入强迫劳动队。至于张恺之嘛,他至今一直在后悔抗战时没有到苏北去……

那一刻张恺之的眼睛都瞪直了。热血一阵阵涌上头顶。他知道自己等待这个时刻,已经太久了。却原来共产党真是无处不在,那个家中开着茶馆,明明是富家子弟,又热心仗义得像个大侠的孙毅,竟然就是共产党?!真是踏破铁鞋无觅处,找了多年的共产党,竟然就在身边!

林泉继续说,孙毅告诉他,他早已把我们二人的表现向地下组织作了汇报,组织上要他对我们进行考察。半年多来,他认为我们的表现是好的,组织上已同意发展我们两个人加入共产党。你说,我们是加入还是不加入呢?

张恺之一下子从桌边跳起来,不假思索地回答说:当然加入啊!我不管共产党是不是会胜利,不管它能不能夺取政权,我认为它代表着人类的正义和良心,共产主义符合我一直以来的理想,我要加入共产党,一定要加入,我寻找它已经好多年了,就是为它掉了脑袋,我也是情愿的!

林泉点了点头,表示同意。然后两人决定,立即按孙毅的吩咐,分头去写自传,以便尽快接受地下党的审查。

我觉得这个夜晚的感觉很奇妙。白日里喧嚣的大上海已经沉睡,张恺之却在清醒地伏案疾书,写着自己二十四年的历史。从一个流浪青年到新闻记者,又从记者到失业青年;从苦闷彷徨徘徊等待,直到觉醒直到反抗——这不是一个人的历史,而是一个正发生着骤变时代的历史;这不仅是他人生的简单记录,而是一次信仰的抉择和确认的艰难旅程。他将把共产党和共产主义作为他毕生为之奋斗的远大目标,使自己的全部生命为之燃烧出最灿烂的光和热。

他听见了吴淞口远远的黄浦江涛声。恰如他的心潮,前浪后浪生生不息,奔流入海永不复回。

一宿无眠。黑夜已褪去,太阳正从他的心里冉冉升起。

自传交上去后。过了几天,孙毅来找他们,说了三个字:批准了。

孙毅还说,××日子,××时间,有一个李先生会来看你们的。

那一天李先生果然如约前来。李先生让张恺之和林泉举起右手,就在张恺之的阁楼上,领着他们宣读了入党誓词。面前没有党旗,没有党旗也仍然使张恺之觉得十分庄严。前后不过几分钟,就念完了誓词。等他们放下胳膊的时候,他和林泉从此就成了中共地下党员。

这位李先生,后来就是张恺之直接的上级领导。他曾答应带张恺之一同去解放区,但后又改变了主意,将张恺之一个人留在了杭州,坚持地下斗争。李先生真名王鼎成,解放后担任上海文化出版社总编辑,1968年"文革"中被迫害致死。

张恺之和林泉入党以后,每隔一两周,就到孙毅家的茶楼上,悄悄去过组织生活。那个李先生每过一段时间,就会在茶楼上出现,给他们那个党小组的党员们上党课,分析国共两党斗争的形势,有时也讲党的组织纪律,例如万一被捕后,应该怎样怎样……

　　张恺之实现了他向往多年的愿望,成了一名真正的共产党员。他一边继续为报刊写文章谋生,一边同林泉更加积极地投入到"方震小学"的筹建工作中去。他虽然是地下党员了,但那时的党没有俸禄、没有津贴,党没有给予只讲奉献。他仍然失业、仍然常常为自己的住处发愁。而这种比不是共产党时更加艰苦、甚至每一分钟都充满了危险的生活,却使他无比振奋无比快活。他像一只上足了发条的时钟不倦地旋转着,风一般雷一般迅疾地做着地下党交给他的每一件任务。他急匆匆走在上海城的马路上,时常仰起头,望着远处百老汇大厦高高的楼顶,心里对自己说着,他们迟早会将这些财产,交回到劳苦大众的手中。

　　朱小玲就是在那个阳光明媚的日子里,忽然从天而降的。
　　他阁楼的门被轻轻叩开的时候,一阵清凉的风袭来,亲吻着他的面颊,迷糊了他的眼睛。他被那微风环绕着簇拥着,一种如痴如醉的感觉传遍了全身——那个消失已久的小玲姑娘,痴痴地立在他的门口,手里拿着当天的一张《大公报》,那张报纸的副刊上,以显著的标题,登着他的一篇散文《雪之谷》。
　　朱小玲就是从这张报纸上,得知他的消息,然后设法找到了他的住处的。他没想到,那个冬天朱小玲久等他不归,开了春,她便自行主张,按他们当年所约,去了皖南屯溪的法政学院读书。抗战胜利后,朱小玲陪父亲去丹阳料理祖田,而后随同法政学院迁回了上海。他在1944年冬季写给朱小玲的信,她确实一封都没有收到过。但朱小玲始终没有忘记他,那一刻他甚至觉得自己错过了新四军依然值得。一场离别的噩梦结束了,梦幻一般美丽的热恋重又开始。朱小玲终于回到了他的身边,张恺之简陋的小屋从此熠熠生辉。现在,他的整个身心,整个生命,都沐浴在爱情的阳光之中。

我未来的爸爸和我未来的妈妈就此久别重逢。他们常常手拉着手,在黄昏时僻静的小街上散步。我能感觉到他们身上的气息互相萦绕,每一个细微的动作都为对方深深吸引。他们彼此呼唤着靠拢着,小心翼翼而又激情难耐。以往我所熟知的那个幼稚少年,正在一日日变成一个真正成熟的男人。我在他急促的呼吸和奔涌的热血中,看见了另一个我,日后将构成为"我"的那另一半,正从朱小玲温柔甜蜜的微笑中走来。

朱小玲后来由林泉介绍,进了"方震小学"任教。用我爸爸的话说,妈妈结束了历时几年的迷失,终于又重新回到了一个革命的集体之中。"方小"的校长,也是蒋丽似的好友程哲宣阿姨,卖掉了自己在辣斐德路花园洋房中的那架大钢琴和金银首饰,作为"方震小学"的开办基金,林泉也筹集了相当一笔款项。"方小"的教员有中国新专的岱岫、暨南大学的董运谋、大同大学的张文光,无锡人陆兆书,还有朱小玲。这样一批进步青年,聚集在上海闸北路的一个角落,众目睽睽之下,暗中干起了"造反"的壮举,实在也有些不可思议。当时的上海地下党领导人周克,常到"方小"来找那个叫陆兆书的人联系。就像六十年代的电影镜头那样,窗台上有一盆花作为接头的暗号。只要有花盆在,周克便可安全上楼。我那个未来的妈妈每天都为那盆花浇水,却不知它真正的用途。妈妈还常常笑话陆兆书那口地道的无锡方言和蓝色土布长衫。1947年底,哲宣同被通缉的中央政治大学研究生黄达昌结婚,大家一起到程家去吃喜酒。走到半路,那个陆兆书突然拐进一所公厕,去换上了一套西服。很多年以后,我妈妈还对陆兆书说,那时我看你行为怪僻,鬼鬼祟祟,还以为你是个特务呢,说得他哈哈大笑。直到1948年春节后,陆兆书奉命去浙东四明山打游击,任支队政委,才知他真名卜明,是从解放区出来,到上海从事地下工作的。解放后卜明出任我国驻联合国经社理事会副代表,回国后任中国银行行长直至离休。有一次他生病住院时,我曾去探望过他。同我妈妈当年的印象迥然相异的是,我觉得他一身正气,坦荡诚恳,虽然穿着医院的那种蓝条子睡衣,他仍然具有一种联合国官员的风度。

到了1949年大上海解放前夕,"方震小学"终于脱去"外衣",成为迎接大上海解放的一个战斗堡垒——"闸北人民保安队总部"的所在地。"方小"那些平日斯斯文文的教员一个个从"地下"跳了出来,使得附近群众一时目瞪口呆。

然而,毕竟没有一个人比我未来的爸爸,更加了解朱小玲的浪漫主义习气了。在这样一个革命的集体中,考虑到革命的严峻和残酷,张恺之始终坚持不同意发展我妈妈入党。

所以我爸爸很多年中,对林泉始终是抱着一种深入骨髓的感激之情。他说如果没有林泉,他就不会认识孙毅,不认识孙毅,他就难以找到党组织。林泉是在他的人生道路上,发生过极其重要影响的一个人。然而尽管林泉对祖国一片赤忱,放弃印尼国籍和出洋留学,并担任印尼《新报》驻沪记者,写过许多进步通讯,解放后在新闻界还是无法立足。1954年以莫须有的罪名被开除党籍,1955年又成为肃反的重点对象,后来几十年始终不受信任。爸爸与林泉在当年的人生追求中凝成的生死与共的友谊,解放后被阶级斗争的暴风雨打得七零八落,互相隔绝多年,到1980年卢坤伯伯逝世时两人才恢复联系。林泉拟写的挽联是与爸爸共同署名的。但爸爸内心长期感到负疚的是,多年来他的"问题"一直使林泉受到很大连累。两人相继恢复党籍后,痛定思痛,即便历史的隔阂渐渐消解,彼此心里却都留下了永远的沉重……

张恺之开始在"方震小学"附设的"民众夜校",给工人们讲述解放区的"土地法大纲"。这已是1947年10月,国共两党的生死搏斗即将进入最后关头。张恺之的处境似乎不妙,阴云密布,风声鹤唳,稍有闪失,他就将面临暴露的危险。

我知道张恺之其实是极想去解放区的。在他不算太长的"革命"历史上,他已经错过了两次机会。这两次错失,都使他悔之莫及、创痛难除。于是坚持"地下"或去根据地,就成为革命胜利之前,时刻纠缠他折磨他的一个"情结"。他又一次向地下党组织提出了去解放区的申请,却一直没有得到答复。

那段等待的日子,经过深思熟虑,他打算进一步履行自己的地下工作职责,发展新党员。他有了一个最成熟的人选,那就是卢坤。

当他神秘兮兮地把卢坤约来,郑重其事地向卢坤谈及此事的时候,卢坤竟然哈哈大笑起来。他说:你要发展我?我还想发展你呢,我早在抗战时期就入党了,老兄!

卢坤本名杨柏年,出身与我父亲相似,他们是联益义务小学的同学。"八·一三"事变后,卢坤进入大新公司当练习生,抗战胜利后,以中共地下党员身份组建"黄色工会",一直参与上海百货业的职工运动。后去解放区,在淮海战役中做战俘管理工作。解放后调入上海美术家协会,任上海美术馆副馆长。

我认识这位卢坤伯伯,黑黑瘦瘦的个头,戴一副玳瑁边的近视眼镜,说一口广东口音浓重的普通话,穿着随随便便,喜欢开玩笑。1975年我在上海修改长篇处女作《分界线》时,常去卢坤伯伯家蹭饭吃。如有事没去,他会打发孩子来叫我。他家就住在绍兴路口,同出版社几步之遥。那时他已五十几岁,却仍然心直口快,常常口无遮拦,向我透露他所知道的"内部消息"和他对"文革"的种种不满。我曾听爸爸嘀咕,说卢坤好歹也是抗战时入的党,解放后却始终是个副处级,也不知为何仕途一直受阻。有一次我实在忍不住,对卢坤伯伯说出了我的疑问。他嘿嘿一笑说,那是啰,就这副处级也被打倒了不是,活该嘛,我历史上曾经脱过党啊。——怎么会脱党呢?您犯什么错误了呢?——当然啦,那时他们总是派我去贴标语。抗战都快胜利了,地下党的人,还是让我去贴标语。那一天我真的发了脾气啦,我说你们怎么老是让我贴标语、贴标语,干吗不派别人去贴?就不会派一点重要的工作给我做啊?——你真的敢这样讲啊？要不爸爸说你是个倔脾气哩——对啰，我就是这个脾气，改不了哇。当时那个向我布置工作的上级也生气了，他说我不服从组织命令，政治动摇，一连几个月没同我联系。你想想这是什么后果，这么一家伙就把我作脱党行为处理了。唉，后来总算又是检讨又是反省，才重新接上关系。党组织党组织，这可不是闹着玩的事，以后你慢慢就懂啦……我现在倒好，无官一身轻了……

当那场浩劫终于结束时，卢坤伯伯被发现身患绝症，且已是肝癌晚期。爸爸忧心如焚，写信给我，让我按一种治病用的偏方，在东北林场为他弄一只熊胆。但熊胆仍未能挽救他的生命，没过多久他便与世长辞，只留下一把他为我买的红色尼龙伞，在人世的风风雨雨中，如一只巨大的手掌，继续庇佑着我们。卢坤伯伯，是我们家庭在遭遇不幸的几十年间，一直关怀着爸爸的少数几位朋友之一。因着我曾亲见过党内还有着卢坤这样的人，我当保留那最后的一丝敬意。

当时张恺之发展卢坤入党的计划，已被卢坤自己提前完成，张恺之的革命目标便转向别处。除了风险和劳累，这个失业的地下党员又一次感受到自身的危机。他发现业余闹革命，首先还得有饭吃。

作为一个自由职业者的张恺之，不得不为了寻找一份固定的职业，在"革命"的空隙中，见缝插针地奔走在上海街头。

就在那时候，曾任《民族日报》社长的郑小杰先生，已在杭州省政府教育厅主管中等教育。他一向赏识张恺之的才能，又并不知张恺之真实的政治身份，他来信说，杭州《当代晚报》正在物色一位总编辑，他可推荐张恺之前去就任。张恺之请示了他的上级领导王鼎成，得到组织批准，便很快调往杭州工作。上海地下党组织的意见是，《当代晚报》的色彩不要太红，尽量保持灰色，避免当局的骚扰，以便更有利于在这个公开身份的掩护下，开展地下工作。

张恺之在离开上海前，还是没有忘记向他的上级再次提出去解放区的要求。似乎,"老板"当时是答应了的。为着去解放区后将会有很长一段时间的生离死别,张恺之到杭州不久,即1948年的春天,同朱小玲在杭州举行了婚礼。婚后,朱小玲仍回上海"方小"工作。正当张恺之每日里欢欢喜喜地憧憬着解放区晴朗的天空时,林泉带来了"老板"的新决定——让他利用报纸这一有利地位,坚守杭州地下工作这块阵地。

张恺之失望而又无可奈何地服从了组织的决定。

于是杭州就成为张恺之在革命胜利之前一个新的战场,也因此成为两年后我降临人间的故乡。

但他没有料到,在新世界到来前,这最后一段拼搏中所发生的那些悲壮的故事,却使得杭州变成了他后半生的搁浅之地。

> 中国的老百姓大部分是文盲,只知道受统治受支配,一向不懂得去促进什么。而当时的知识分子,我们记得倒确是尽了奔走呼号,声嘶力竭的最大限度。然而任你呼号、任你声嘶,无用终是无用,不成还是不成。可见问题并不在人民身上。关键所在,还是在于:某些人未能完全放弃小我的利害。……
>
> 就是因为把小我的利害看得太重要了,太大了,大过国家人民与一切,所以才不惜重启战端,使这么多老百姓肝脑涂地,颠沛流离。
>
> ………
>
> ——摘自《当代晚报·朝花夕拾》:《放弃小我的利害》

我们的故事,在这里终于有了一次小小的衔接。以上引用的文章片断,便是张恺之就任杭州《当代晚报》总编辑后,在1948年至1949年间写下的三百余篇《朝花夕拾》专栏短文。他上任后所做的第一件事,就是将《当代晚报》改版,同时调整人事,建立起一个自己信得过的编辑部。他的老朋友闵子、石云子、汪祖裕等人成了他的得力编辑。正是依靠这些进步文化人,渐渐扩大了报纸的影响。他了解到报纸的总经理何刚,实际上是一个未曾暴露的进步分子。1938年加入共产党,后来因形势恶化丢了组织关系,但仍然倾向革命。他们彼此有了默契,何刚在暗中支持张恺之的计划,并派专人秘密接收解放区的新华社广播,然后把有关的重要消息,"出口转内销"——以本报接收旧金山广播的形式,巧妙地从报上传播到群众中去。

但他真正需要做的事情,还远远不止这些。

当时他的组织关系仍然留在上海,1948年11月,中共上海局设立了外县工委,并向杭嘉湖地区派出党员,积极进行策反、统战工作,以适应即将解放全中国的新形势。张恺之利用曾在《民族日报》工作多年积累的社会关系,在武康莫干山、余杭横湖一带,开展对敌武装策反工作。

对敌武装策反——这项配合当时解放战争形势发展要求的新任务,正对张恺之的心思和口味。于是他将新婚妻子朱小玲冷落在上海,情绪高昂地进入了"一手拿笔、一手拿枪"的新阶段,开始跃跃欲试。

现在,我未来的爸爸张恺之,总算可以有机会,来弥补自己当初放弃苏北、后又错过新四军的失误了。这两次错失曾使他在很长一段时间里追悔莫及。他在后来这几年寻找革命的经历中,越来越明白地悟出了一个"真理",那就是,革命仅仅依靠笔杆子、依靠一些知识分子的摇旗呐喊,是断不能夺取政权的。革命是由冷酷无情的枪炮开路的,革命就是你死我活,就是一个阶级推翻另一个阶级的暴力行动——堂堂七尺男儿,在大革命的风暴中,竟只是一介文质彬彬的书生、一个温良恭俭让的文化人,岂不太让人惭愧了么?就为了这个彻底的醒悟,他一再要求去解放区。但这个最后的补救方案也未能如愿,他还有什么办法来实现自己的抱负呢?既然一时去不了解放区,不能投笔从戎,亲自拿起枪杆子去消灭敌人,那么,去策反敌人的武装,将敌人的武器夺过来变为自己的武器,将那些良知未泯的国民党军人,变成人民的军队——这将是革命胜利前,他所能做的最有意义的事情了!

在我少年时代家境最艰难的日子,我曾听奶奶和外婆,分别提到过那两只金戒指和一些首饰。这本是她们送给儿女的结婚礼物。对于它们后来不明不白的失踪,奶奶和外婆始终抱着耿耿的遗憾。

——那它们究竟到哪里去了呢?我问过妈妈。

妈妈无动于衷地说:当然是被你爸爸"没收"啦。

爸爸要它们干什么呢?……

还不是为了他的地下斗争么!妈妈笑笑说。那时他正在筹建余杭的一支秘密武装,就把那些首饰兑换成了金圆券,用于横湖基地的活动经费了。换来的钱,我连个影子都没见着……

你就不会不答应么?我蛊惑说。你难道不喜欢首饰么?

不是不喜欢,是不可能!妈妈连连摇头。哎,你那个爸爸,你还不知道他的脾气,要是不答应,他肯定同我纠缠不清,我想省点心,还是同意算了,心甘情愿地把戒指从手上摘下来……

我从未去过杭州郊县那个叫做横湖的地方。我只知道那儿有个叫做杨天波的人。但我见到杨天波时,他已是一个五十多岁的人了,脸膛黑红、敦厚壮实,洪亮的嗓门震得人耳朵嗡嗡响。杨天波是我爸爸在很多年里经常提起的一个名字,有一次爸爸带我去看电影《独立大队》,他说杨天波就是像电影里的马龙那样的好汉。

杨天波是横湖孟家岙人,家境小康,祖上有些田产,为人豪侠仗义。他十六岁那年,为了参加抗日,同十八岁的姐姐一起投奔青年军。在去闽西的路上,他姐姐生了病,无药医治死于途中。杨天波哭得死去活来,从此对现实愈加不满。抗战胜利,他从青年军复员后,不愿重返国民党军队图谋一官半职,就到杭州来读中学。杨天波的同学中,有个叫朱鸿钧的人,恰恰是张恺之在天目山时期认识的一个进步青年。

　　那个曾在上海"方震小学"工作过的陆兆书,也就是后来叫卜明的那个人,此时已去了四明山根据地,担任浙东游击纵队六支队的政委。原"方小"的教师董运谋随行,成了游击队的一名指导员。一天,董运谋突然到杭州来找张恺之,希望他能为游击队输送一些会打仗的进步青年和医务人员。后来张恺之却一直与董运谋联系不上,便请示上级组织,决定发展朱鸿钧入党,由他在横湖团结以杨天波为首的一批地方进步青年,因势利导,建立一支秘密武装,积蓄力量,等待时机。横湖地处京杭国道西侧,一旦大军渡江,这里既可以莫干山、天目山为依托,与皖南连成一片;也可配合大军直取杭州。

　　于是二十岁的杨天波在横湖设法取得了乡联防队长的身份。血气方刚的杨天波,变卖了老家一亩二分田产和十七担大米,提取了镇上布店的现金,拿去购买了武器装备。还打通地方上的关系,安排了四个"自己人",当联防队的分队长。朱鸿钧每天带着一队人马,公开在山岙里训练实弹射击。因为杨天波曾当过青年军,当地人也不怀疑他的身份。后来,地下党派来接替张恺之的一位领导人祝岐耕,还曾住在杨天波家里。横湖的这支秘密武装,就在国民党的眼皮下,不动声色地壮大起来。

　　张恺之和朱小玲的那点私房,大约就是在这个时期,为了扶持杨天波的队伍而变卖的。我能感觉到这个未来的爸爸,正以疯狂的热情,投身于"枪杆子里面出政权"。革命的巨大惯性,把一个个像张恺之这样的书生,轻而易举地改造成为暴力革命的拥护者。

　　那一日杨天波威震横湖镇。杨天波二十岁那年的壮举,如今听起来,有点像一个传奇。

　　据说那一日,浙东反共救国军的一个上校支队长许贵炳,突然窜到横湖。不由分说便扣押了朱鸿钧,企图吞并杨天波的联防队这块"肥肉"。杨天波闻讯,火速带着人马赶到。就在横湖街上,杨天波怒不可遏,当即拨出手枪,将许贵炳一枪击毙。杨天波收了枪,朝着枪筒吹了口气,笑嘻嘻对四周围观的群众说:想勿到,今日枪走火了!诸位多多包涵!随即扬长而去。

杨天波此举,救回了朱鸿钧,保住了联防队。也使联防队在不久后迎接杭州解放的战斗中,立下大功。

到了1949年4月20日,终于传来了人民解放军胜利渡江的消息。余杭横湖地区的地下秘密武装揭竿而起,争取了国民党县长白冲浩起义。余杭县自卫大队曾命令联防队到县城集中。杨天波根本不予理睬。自卫队把个杨天波恨得咬牙切齿,打算包围联防队,干掉杨天波。而这支以联防队为旗号的地下武装,却在祝岐耕的率领下,翻山越岭而去。人民解放军进军杭州的先头部队抵达杭州时,祝岐耕派朱鸿钧带领部队到达钱塘江边的月轮山五云山,控制了钱江大桥,保护了钱江大桥未被炸毁。

据说杨天波和他的队伍,把守那座桥头堡,还缴械了不少小股散兵的武装,及时阻止了国民党残部溃逃。

一时间,二十一岁的杨天波,使方圆数十里的乡亲刮目相看。解放军接管后,地下武装扩建为县大队,杨天波是第一中队长,参加了剿匪后,被送到省军区后勤学校学习。杨天波那时到省城报社来看望张恺之,两只眼睛笑眯眯的呈两条细缝。

然而勇敢的杨天波,后来的几十年却历经七灾八难。一言难尽。

解放初审干时,由于张恺之的"问题"株连杨天波,使得杨天波的后半生吃尽苦头——所以,尽管张恺之为那个地下武装捐献了他的金戒指,我爸爸却始终觉得自己愧对杨天波。

1949年1月,张恺之的组织关系转到了杭州,开始时,预定担任文化区委成员,旋即转入对敌策反部门。因让他负责德清新市、海宁周王庙的国民党部队一个支队的策反工作,横湖的秘密武装便移交祝岐耕领导。

又一段新的故事将要开始。这本是一则并不复杂的故事,然而搞清楚它们的来龙去脉,差不多费了我几十年的时间。从少年到青年再到中年,断断续续中听说的那些人和事,始终被岁月蒙上了一层神秘的色彩。即使在我与爸爸身心共处的当时,对于他如此热衷于武装斗争,我也总是抱着难解的困惑。所以直到今天我写出那些故事的时候,我仍然有一种极不真实的感觉。

在这段故事中,将出现许多新的名字。这些名字在革命胜利后,很快就会在那片血红耀眼的阳光下,消失得无影无踪。然而它们却会从荒野的孤坟、阴暗的牢房、积满灰尘的档案簿,从我爸爸几十年的审查历史中,一次又一次地跳出来。像一个个徘徊不去的冤魂,在我的小说中经久不散,直到此书终了的末页。

黄志雄这个人,是张恺之关于海宁策反的序言和引子。

当年张恺之作为《民族日报》的特派记者,去杭嘉湖游击区采访时,认识了这位不知是哪一路的游击大队的大队长黄志雄。黄志雄是个广西人,读过书,也算是个知识分子,为抗日离乡外出从军,后来就滞留在江浙一带。他领着几十个兵,有十几支快慢机,靠着袭击敌伪据点,俘虏汉奸,养活自己的部队。那次黄志雄的部队正好也要过封锁线,有人带了记者张恺之这个广东大同乡来见他,读书人加思乡情,两人谈得很是投缘,黄志雄就冒险带着张恺之过了封锁线,由此也同张恺之结下战地之谊。抗战结束后,他退了伍,住在新市镇上,因对国民党不满,整天牢骚满腹。用爸爸后来的话说,是个失意的上校军官。

偏偏就在1948年筹建横湖秘密武装时,张恺之巧遇黄志雄。

发展地下武装正急需军人。黄志雄的出现,使张恺之喜出望外。

我知道爸爸的口才是极富鼓动性的。在得到上级批准后,他居然很快就说服了黄志雄,重新打入国民党部队去。1949年2

月,黄志雄找到了一个叫做刘光的旧友,介绍自己打入了当时活动于沪杭铁路两侧的海宁县周王庙与德清县境内,国民党"国防部反共青年救国军"浙西第七支队,去担任副支队长。支队长周公穆,是海宁当地人。

几个月后,杭州解放前夕,地下组织利用海宁当地武装力量的钳制,最终和平解放海宁,自然也有黄志雄点滴之功。解放后由爸爸委托林泉,介绍黄志雄去上海教书,在一所学校当总务主任。1951年的一天,走在马路上,突然被公安局抓走,下落不明。后来听说起因是他的旧友刘光是个托派。

由于刘光是托派,依此类推,黄志雄当然就同托派有涉;而张恺之策反了黄志雄,必然也同托派脱不了干系——这便是1952年镇反时所牵连的人员关系的"几何"图表。这样的"推理",使得我们这个关于策反的故事,在叙述结束后,反而派生出愈加错综复杂的旁枝末节。

那是一个人造的黑圈。无论是叙述还是阅读,都需要耐心。

现在轮到了曾一进和倪布明。这两位赣南中正大学毕业的高材生,曾在蒋经国麾下得到一官半职,抗战结束时都已是校级军官。他们原本都是正直的热血青年,曾立下报效祖国和民族的宏愿。然而面对国共两党之争,却一时尚有疑惑,不知何去何从。

也许他们命中注定,将要在新时代到来之前,如"凤凰涅槃",在战火中得以"新生"。

当年的中校军官曾一进,具有初步民主意识,拥护英国工党。他的堂兄也是国民党官员,当时出任台湾省政府秘书长。由堂兄的一封介绍信,抗战结束后,他便在杭州市政府当了荐任视察。年轻而高傲的曾一进,是在每天阅读《当代晚报》时,听人说起总编辑某某这个名字的。《朝花夕拾》专栏上那些犀利的短文,居然使曾一进对这位作者发生了兴趣,据说还有几分佩服的意思。他们有幸结识后,常常就英国工党式的社会主义进行辩论,弄得面红耳赤的,各不相让。张恺之出于无奈,斗胆拿了一本《新民主主义论》来给曾一进看。曾一进用了几个晚上仔细地阅读了这本"禁书",竟然为之倾倒,很快被马克思的社会主义思想吸引,开始接受共产主义。正在此时,他的同学好友倪布明来到杭州,受到曾一进情绪的感染,立场也发生了动摇。

上校文职军官倪布明,其父是蒋经国的老师。1949年年初,蒋家王朝的地位已岌岌可危,倪布明十分苦闷地来到杭州,打算先回福建老家再作道理。却不料遇见了张恺之这么一个热血沸腾的赤色分子,诚恳而雄辩地一次次向他们作出精辟的宣传鼓动,从当前局势分析直到未来的明智选择,弄得两位军官心悦诚服,最后竟毅然决定背叛国民党,留在大陆,走弃暗投明之路。

我的爸爸以他幼稚的政治激情,"招募"和搜罗着同情革命的"叛逆"分子,迫使他们在新形势下重新选择自己的政治态度。至此,他已经掌握了一小支基本队伍,有了可以发挥作用的"军事"力量。他似乎可以开始行动了。

张恺之在得到地下组织的同意后,首先派出了倪布明上校,去溪口深入虎穴,了解敌情。其后,便带着这两位身着"虎皮"的起义军官,奔赴沪杭线上的海宁重镇盐官。

焉知祸福?

处于莽莽天地的混沌之中,无形无声的我,却有一种不祥的预感——待革命胜利之后,也许爸爸根本无法对这些人的命运负责。

我对我未来的爸爸已越来越感到陌生了。

这个被以上的插叙打断了的故事,发生在中共"一大"会址的后一半组成部分——嘉兴南湖湖畔。

1949年春天,那个"青年救国军"的副支队长黄志雄,有意无意地在周公穆面前,泄露了张恺之是杭州《当代晚报》的总编辑。待到4月21日解放军大军渡江之后,周公穆突然来到杭州谢麻子巷六号《当代晚报》社址找他,直截了当地提出了要张恺之帮他找共产党。周公穆说他在海宁有多少多少枪支,多少多少人马,急于得到共产党的承认。张恺之明白准备已久的机会将要来临。但为了不暴露自己的身份,只是答应帮他搭桥联络。他走后,张恺之当即向上级领导骆中杰作了详细汇报。

实际上,大军渡江前后,中共杭州地下市委已经研究决定:成立"人民解放军杭嘉湖独立游击支队",配合渡江大军解放杭州、进军上海。这支游击队的支队长内定为平湖国民党起义县长楼正华、政委陈伯亮(化名华明源)、副支队长骆中杰、参谋长黄志雄;并由张恺之亲自去设法镌刻了印章。骆中杰听了张恺之的汇报,让他立即答复周公穆:数日内,共产党的人将在周王庙与他会面。周公穆非常高兴。于是张恺之又以去上海探望夫人的名义,向报馆请了假,然后带了起义军官曾一进、倪布明两人,在4月25日傍晚,到达沪杭线上的许村车站,步行去周王庙。

下车后,曾一进即被派去新市镇,命驻扎的黄志雄速速率部,携带枪支,穿过铁路到周王庙集合。

此时的沪杭线,已是冷冷清清,铁轨像一条疲倦的长蛇,懒散地躺在两侧荒芜的水稻田里。只有小站上蓝色的信号灯,闪闪烁烁,犹如长蛇尚睁着戒备的眼睛。守护铁路的国民党军队大多已仓皇南逃,留下一支八九个人的小分队,横七竖八地躺在路基边上,漫无目的地放着冷枪。零乱的枪声穿过空旷的田野,声声凄凉。

年轻的张恺之,西服革履,意气风发。在周公穆的一再请求下,他以《当代晚报》总编辑的身份,在一座大院子的墙门里,"视察"并"检阅"了这支部队。说是部队,其实只不过二三十人而已。张恺之心里暗暗发笑,又有些失望。经过实地观察,他已明白周公穆的"反共青年救国军"是没有实力的。周公穆曾吹牛自己可以掌握二三百支枪,其实他手下的兵,只是镇上的十来名自卫队员,并无正式建制。海宁地方的反动武装,全部掌握在自卫总队长俞文奎之手。

尽管如此,张恺之还是气宇轩昂地登上了院子中央的台阶,向周公穆手下的兄弟们训话。他讲话的大意是:人民解放军已胜利渡过长江,国民党政府溃不成军,你们能跟周支队长弃暗投明,这是明智之举。据知,杭嘉湖游击支队很快就要到来,你们要谨慎行事,同游击队会合,争取光明的前途。

过了两三天,派去新市的曾一进回来了。黄志雄也随他同来。但黄志雄已是一个"光杆司令",只身一人,队伍与枪支俱无。张恺之顿时出了一身冷汗。急急询问,才知黄志雄的部队,在新市被"民主联军"挺进纵队缴了械。幸好黄志雄反应灵敏,得以脱身前来。

张恺之一时面临了尴尬的局面。他手中一无人马、二无凭证;骆中杰迟迟未到,他又无法同上级联系。这个策反行动将何以为继?海宁位于沪杭线咽喉要道,扫清海宁至平湖一线国民党残部,将为渡江解放军铺平道路,不能有片刻延误。

张恺之略略沉思片刻,对周公穆说:你必须带我去见俞文奎!

张恺之在那个瞬间想起了1944年秋天,在杭嘉湖地区采访时,他曾与这个自卫总队长俞文奎有过一面之交。目前,他唯一的办法,就是同俞文奎直接谈判。

俞文奎是这个故事中,最后一位悲剧人物。那个悲惨的结局并非发生在海宁和平解放的当时。只有等天安门城楼前升起了五星红旗之后,他才会同那些起义军官和地下党员们一道,走进另一个黑色的故事里去。

俞文奎是个自己拉杆子起来的抗日军人。一向在游击区以自卫队的名义坚持抗战,部队纪律严明,受到当地百姓拥戴。我爸爸在天目山时期曾认识的那个指导员鲍自兴,因国民党要抓他,逃入敌占区,曾以灰色面目隐蔽在"和平军"里。抗战的最后两年,鲍自兴驻扎海宁盐官镇,为四明山根据地运送物资。他与俞文奎虽然政治信念不同,私人交情却很深厚。按俞文奎当时拥有的兵力,要想消灭盐官镇这点汪伪军绰绰有余,但俞文奎因同情鲍自兴受国民党迫害,一直对他眼开眼闭。抗战胜利后,鲍自兴率起义部队随新四军北撤,俞文奎居然也让路放行。张恺之摸清俞文奎的来龙去脉,对于争取他的自卫队,有了几分信心。

周公穆明白眼下已是大势所趋,当即带了张恺之,去十八里路外的郑家木桥,找到了俞文奎的一个中队长,那个叫张关荣的中队长见过张恺之的记者证,便答应带他去斜桥找俞文奎。此时已是4月28日的下午。

张恺之让张关荣预先送上了他《当代晚报》总编辑的名片。他走进俞文奎的驻地时,一左一右是身穿国民党军服的曾一进和倪布明二人护佑,倒也很是威风很是气派。落座后,稍事寒暄,他发现俞文奎其实早已忘了当年那个青年记者。于是他便开门见山,直截了当地向俞文奎指出,他面前只有一条路:弃暗投明。

俞文奎慢吞吞剔着牙花,只听不答。少顷,略一偏头,示意手下人拿出一份文书,很有些傲慢地说:你看,这是民主联军挺进纵队委派我出任副司令的委任状。不过嘛……不过我还没答应他们……

那份委任状的下方,有一个鲜红的大印,赫然在目。

张恺之说:当断而不断,则错失良机。眼下大局已定,你应该跟共产党走,不要再抱任何幻想。什么民主联军,这种杂牌部队的番号都是靠不住的。人民解放军的杭嘉湖游击支队即将到达海宁,你究竟何去何从,可要顾全大局,为自己也为你弟兄们的后半生想一想啊!

俞文奎低头不语。又忽然问道:假如我投靠共产党,那你们打算给我一个什么名义呢?

这个问题我们可以研究,但我现在不能回答你。

那好，此事关系重大，我也要到盐官镇海宁县政府去商量一下。俞文奎脸上游移不定的神情，仍然令人难以捉摸。

好，那就一言为定，我们盐官见！张恺之胸有成竹地回答。

第二天，骆中杰如约赶到。情势紧迫，张恺之随即带着曾一进、倪布明和黄志雄三人去了盐官镇，并责令周公穆不得离开周王庙，继续维持地方治安。5月1日，张恺之在盐官城中旅馆，同上级领导陈伯亮、唐为平会合，四人开会研究商定：他与唐为平两人，负责组织海宁"局部和平"起义，曾一进、倪布明随同工作；至于俞文奎，可以给予"海宁人民自卫团团长"的名义。陈伯亮和骆中杰带黄志雄，则立即前往平湖策动起义。

革命的风暴正席卷残云、所向披靡，一步步逼近最后的顽固堡垒。胜利之前的最后时刻，稍一疏忽都可能前功尽弃。时间已以分分秒秒计算。每一分钟都无限宝贵。5月2日，俞文奎终于明确表示愿意接受共产党的指挥。张恺之、唐为平在俞文奎的安排下，住进一所隐蔽的高墙大院，就此，"杭嘉湖独立游击支队"，总算把海宁的地方武装控制在自己手中，海宁县有希望实现和平解放了。

我不得不时时为爸爸捏着一把汗。

我第一次发现，英俊而文弱的爸爸，竟然也怀揣英雄虎胆。那颗年轻的心脏，就在离我不远的胸腔中，强劲有力地跳动着。殷红的鲜血在他体内剧烈奔腾，如河流般声声哗响。那片鲜艳的血雾从我眼前漫天漫地喷洒过去，将为我涂抹出一个红色的新世界。

5月3日凌晨，张恺之和唐为平站在盐官镇寂静的民舍庭院里，细细辨别着从杭州方面传来的依稀炮声。那炮声虽然遥远，虽然模糊，却是何等惊心动魄、何等震天动地。他和唐为平默默相对，将手紧紧握在一起——杭州即将解放了。他们几乎同时说出了这句话。话音未落，他们的眼睛已经湿润。

共和国的历史记载：5月3日是杭州正式解放的纪念日。我在小学时，每年的这一天，都会看到街上贴出庆祝的标语。红五月是属于杭州的。湖边山角、小巷深处,满城攀墙怒放的蔷薇,如一张张洋溢着希望的笑脸,献给浩浩荡荡入城的大军。蔷薇娇艳的花瓣在微风中片片坠落,如雨缤纷……

就在杭州城欢歌四起、鞭炮雷鸣之时,张恺之和唐为平,却正孤零零地站在盐官镇的高墙之下,亢奋昂扬却又忧心如焚。——忽然有人来报,县里的一些乡绅们,正在筹备一个叫做"地方保安委员会"的应变组织,并已决定在5月3日上午,召开伪参议会出面组织的"人保会"。风云又起,他们顾不上为杭州的解放欢呼抒情,他们仍然面临着一场同海宁地方反动势力的生死搏斗。

他们已作出了海宁"局部和平解放"的决定。

他们只能依靠以"人民自卫团"团长俞文奎为首的起义武装力量,来实行"和平解放"。

最后的时刻已经到来。张恺之整理了一下凌乱的头发,没忘记扯平已显得肮脏不堪的西装,一行四人,阔步迈入了乡镇长会议的会场。他小小的个子敏捷一跃,登上了会场的主席台。(其实只是平地上的一张小方桌)略略沉思一刻,朗声说:我是中国人民解放军杭嘉湖独立支队的代表。今天全县的乡镇长都在座,我向大家宣布:从现在开始,海宁县已经和平解放了!

张恺之的激情在那一天得到了最淋漓尽致的发挥。他思路缜密、条理清晰的口才在很短的几分钟里,便征服了在场所有的大小"土地爷"。他随即传达了中央军委的命令:全部、干净、彻底地消灭一切敢于顽抗的敌人,解放全中国。他还讲了共产党的政策,要求全体乡镇长消除顾虑,立功赎罪,保护一切物资、档案,准备人民解放军接管。

他最后宣布:盐官镇当天即举行庆祝解放的大游行。

张恺之慷慨激昂的声音在盐官镇的上空久久回响,然后渐渐淹没在热烈的掌声之中。几乎与此同时,大门外守卫的"人民自卫团"的团员们,纷纷扔下了国民党的帽徽,戴上了"人民自卫团"的红袖章。

　　这是我爸爸张恺之年轻的生命中最光辉的时刻,也是他短暂的政治生涯中,稍纵即逝的巅峰。

　　当天下午,由张恺之亲自起草,伪县政府门口,贴出了署名"人民解放军杭嘉湖游击支队海宁人民自卫团"的布告。

　　傍晚,庆祝解放的游行开始。在欢庆的锣鼓声中,有人来报告,县警察局有人携带一挺机枪,逃往江对岸去了。那个夜晚他们仍是一夜未眠,命令关闭城门,实行戒严。直至第二天清晨,宵禁解除,他们才总算松了一口气。

　　1949年5月4日上午,他和唐为平骑着两辆借来的自行车,沿着公路,飞快地往杭州方向驶去。现在他们只剩下最后一个任务,就是同进驻杭州的人民解放军取得联系。铁路暂时停运,县里竟没有一辆汽车可派,他们唯一的交通工具,就是这辆借来的自行车了。

　　他们骑得汗流浃背、精疲力竭。长长的公路,似乎望不见尽头。在海宁终于回到人民手中的那个早晨,张恺之拼命地蹬着自行车上的脚踏板,驶过路边金色的油菜花地和碧绿的麦田。江南田野的春色,在他眼中呈现出从未有过的明亮和妩媚。他想他总算是做成了一件事情——作为一个文弱书生,他终于以良心和正义,制服了反动的枪杆子。

　　那个胜利的早晨,在微风拂煦的公路上,真正使他开心和激动的是,从今以后,他总算可以把妻子接到杭州来同住了。车轮扬起的尘埃中,他全然不知前面将会有什么样的厄运正在等待着他。很久以后,时间才会向他证明那个永远的真理:文化人一旦搅和进政治或是兵家的漩涡,往往事与愿违。

　　待到张恺之被放大了许多倍的相片,配上文字说明,神采奕奕地悬挂在嘉兴南湖革命纪念馆中的地方党史陈列室里时,已是三十多年以后的事情了。

十七

> 新闻记者是最明白官方发言人的苦衷的。他们为了报道责任的神圣,时时不惜旁敲侧击,引出几句精彩的答话。……这儿所指的官话与官腔不同,虽然其本质则一。姑且假定官话是以官方代表的立场,而官腔则是以官员个人的立场;我们论官话的两面:一面可惊,一面可笑。……
>
> ——摘自《当代晚报·朝花夕拾》:《论官话的两面》

红五月连着红十月。红旗飘飘,换了人间。

西湖周围的山,从此满山红叶;西湖的水,从此红浪滔天。

我出生于共和国诞生后的 1950 年 7 月。经过计算,我知道自己就是在红色的十月,被我活跃于历史新纪元开端的父母,创造出来的。抑或由于忙碌的革命事业使他们的创造过于匆促,以至在输入给我的遗传基因之中,使我继承了他们多一半不知天高地厚的书生气。

他们谁也没有注意到,在我头皮上软软的黄毛中,隐藏着一块黑色的胎记。他们不会想到这黑色的标志,将预示着一场灾难,已在我出生那天,从娘胎里带往人世。

我年轻的爸爸,那时忙得几乎很少有时间亲近我。等我稍大些,他却因过于劳累,性情变得十分暴躁,常常使我望而生畏。但我还是觉得青年时代的爸爸,是一个非常出色、非常英俊的人。他有一个宽阔而明亮的前额，坦坦荡荡、一览无余，有一次我壮着胆拍拍他亮光光的脑门，问他那里面都装着什么？他回答说是——书。于是那些书，就通过他额头下那双眼睛，忽闪忽闪地跳出一个又一个字来，同他的眼睛一样漆黑乌亮。那真的是一双非常美丽的眼睛，清澈地跃动着喜悦而热烈的光泽。我怀疑我妈妈当年就是被这双眼睛所迷惑，而不顾一切地爱上他的。即便经过了几十年的磨难，如今在他的眼神中，我仍能觅见他当年的锋芒和锐气。

杭州解放后，省报正式创刊。我爸爸从"地下"回到了"地上"——手续似乎很简单，他只拿着一封市委的介绍信，去省报报了到。爸爸曾耗费了一年多心血的《当代晚报》，已改为《当代日报》，作为工商界的报纸继续出版。他还为这个"嫁"出去的女儿，撰写了开篇社论《一个新的起点》。他在省报的职务是文教组组长，后又任特派记者。由于他来自"地下"，在报社新进入的大批军队南下干部中，显得十分惹眼。朝鲜战事发生，也就是我出生后不久，他一度要被派去抗美援朝前线采访，但不知何故，后来却无下文。

第一次党内整风始于1950年底，一个黑色的阴影正在向他逼近。征兆其实早已显现，只是他丝毫未曾察觉。

那年冬天，一个星期天的上午，有个摄影记者到家里来找爸爸。爸爸抱着六个月的我，在省报仁德里宿舍的阳台上，请那位记者为我们拍了一张照片。我的影集里至今还保存着那张我生命初时，同爸爸的合影。他穿着一身皱巴巴类似于军装的干部服，戴一顶黑黢黢的八角帽，用双手举着我，笑脸微扬，无忧无虑。他留在照片上的那张清秀的圆脸，将是他一生中最后一个生气勃勃的形象。如果将影集翻开，我们会发现，在后来的几十年里，"爸爸"忽然被莫名其妙地中断了，他的影像消失在相册黑色的衬页上，就像曝光的底版，被阳光粗暴地抹去了存在的痕迹。当"爸爸"再度从影集中出现时，他像一个贸然闯入这个家庭的陌生人，惊讶地望着当年那六个月的小丫头……

那天他欢欢喜喜拍完那张照片后,就同那个摄影记者一起下了楼。那人是顺路来带个口信给他的,说报社人事科请他尽快去一下。

他想不出人事科有什么事情要找他。

难道是曾一进和倪布明的事又要升级了么?他有些担心。

差不多在一年以前,他得知在为策反海宁"反共青年救国军"中作出贡献的起义军官曾一进和倪布明二人,建国后却是生活无着。便立即将此情况反映给了市委,恰好当年同爸爸一起宣布海宁和平解放的唐为平,已调任军管会交际处副处长。原"地下"市委书记口头吩咐,由张恺之以个人名义,将他们介绍去军管会交际处安置。我爸爸为他们写了一封介绍信给交际处胡处长。信上用大包大揽的口气写道:我保证曾一进、倪布明二人没有政治问题。如果有问题,由我负责。

然而整风一开始,曾、倪二人就被送往"革大"直属班进行审查。于是省公安厅的政治保卫处,很快便掌握了他们所牵扯的一大堆复杂的政治背景。爸爸完全没有想到,这些"地下"工作时形成的社会关系,竟然会成为不久以后他"历史问题"爆发的导火索。

他走进了星期天依然繁忙的报社办公室。

出乎他的意料,那个人事科的女科长请他坐下后,直截了当向他问起了一个叫做姜弘任的国民党原武康县县长。

姜弘任嘛……我爸爸不经意地回答说。这个人,是我爱人朱小玲的女朋友裴嫣的丈夫,我也认识他。1948年国民党政府调他去文成当县长,那儿靠近浙南根据地,他说不愿去同共产党打仗,跑来找我,透露了起义的意图。我出于谨慎,说我同共产党没有联系,他又希望我介绍他去上海。这个人同上海社会局有很深的关系,对解放上海有用。我介绍他去了上海后,他果然为"地下"组织提供了上海外围的驻军兵力情报,这些情况,组织上都是了解的……

女科长很严肃地打断了他说:张恺之你是怎么搞的嘛,我看你不像一个共产党员啊,你看,你在解放前后介绍参加革命的二十多个人,怎么个个都有严重的问题呢?姜弘任就是一个典型的例子……

我爸爸当时就有些生气。还有些不服气。不服气是他一贯的特点,是从我奶奶那里遗传而来的一种根深蒂固的恶劣秉性。生气加上不服气,他立即振振有词地作了反驳:

你怎么能这样看问题呢?你知道不知道,我在地下党时,是分工做什么的?我是搞对敌策反的,我争取的这些人,每个人都经过地下组织的同意。我是个穷记者,家里又不是地主资本家,我请那些人来干什么?又不是请他们来吃饭的!我是按当时党的政策,号召他们弃暗投明、立功赎罪的嘛,我这样做,有什么错啊?

他不仅是反问,简直是口若悬河地发表了一通演说。

那位女科长气恼地沉下脸来说:我们已经接到通知,那个反动县长姜弘任,血债累累,武康的老百姓正在要求将他押回地方公审呢!他的老婆是一个叛徒,而你们同他们的关系很复杂,组织上是要调查的!

他这才知姜弘任已出事,如同吃了一记闷棍,一时无言以对。

今天请你来谈话,就是想先了解一下你们的想法。女人事科长站了起来。见张恺之愣着神,她笑了笑,笑得意味深长。

没过多久,即1951年春天,我妈妈因历史上曾经被捕过的种种疑点,首当其冲,被送入了茅家埠"革大"直属班隔离审查。

那个春光明媚的4月,我刚满九个月。

曾被允许带着尚需喂奶的婴儿去接受审查的妈妈,抱着我走近那栋小楼时,却突然被警卫告知,不得将孩子带入直属班。

嗷嗷待哺的我,被拦阻在都家花园的铁门外面。

爸爸完全没有想到竟会出现这样一个局面。偏偏我那时又不合时宜地厉声嚎叫起来,我爸爸即刻就火冒三丈了。他把我交给了同去的外婆,将我们安顿在茅家埠附近的民宅里。自己连夜步行赶回报社,几乎是在夜半时分,咚咚敲开社长的家门,一步跨进去,未等落座,便是一长串义正词严的质问。质问社领导把朱小玲送去隔离审查,究竟凭的是哪一条?

社长和他的那位担任报社总支书记的爱人披衣而起,和蔼而又耐心地对他说,怎么,人事科没有通知你们吗?朱小玲的隔离审查,社里研究决定的,为了她在解放前曾经被捕的问题……

他打断了社长,说:被捕?朱小玲被捕的历史我很清楚,她一直是受国民党迫害的进步青年啊。

不错。那位夫人点点头。你爱人在解放前有进步倾向。但她的历史确实很复杂,入党脱党还是党组织外围,一笔糊涂账,组织上都需要彻底查清楚。这是一次即将开始的伟大运动,你很快就会明白的。当然,等她的问题搞清楚了,还可以再回来工作嘛。

那是一个柳絮绵绵、落红纷纷的春夜。那晚的夜气浮躁而鼓胀,似有八方纠集而来一股股的溪水,从上游暴涌而下,突然地就溢出了堤岸——我爸爸腾地站了起来,他冲着社长大声地嚷嚷说:我爱人的历史我完全清楚,没有人比我更了解她了。她被捕出狱是她家里花钱保出来的,她没有任何所谓的问题。你们听好了,对于她的一切,我可以用我的鲜血、用我的党籍来担保!

那个蔷薇绽开、玉兰勃发的春夜,我爸爸被四周那股暖烘烘的气流撩拨得激情昂扬、难以自持。他站在社长家的拼花地板上慷慨陈词,为捍卫我母亲,大有同谁决一死战之势。这位年仅二十七岁、血气方刚、一帆风顺的特派记者,此时已被自己的一腔委屈和愤懑弄得胆大妄为,他居然不知天高地厚,公开顶撞领导、怀疑组织——我知道这位曾经做地下工作的爸爸同志,实在缺乏那种在延安或是正规部队里,长期千锤百炼而磨成的党性,他还没有学会对组织无条件的绝对服从。他根本不懂阶级斗争实际上是怎么一回事。这注定了他将很快便得为此付出惨重的代价。

我爸爸参加革命前后,尽管对革命的形势和理论研究得头头是道,但实际上对解放后党的干部路线的迅速调整一无所知。他当时采取的强硬态度加速了组织对他的不信任,很快便面临了灭顶之灾。一个月之后,在全国镇压反革命的高潮中,我爸爸也被送进了茅家埠的那栋花园洋房,同我的妈妈享受同等待遇——隔离审查。

那天早晨,报社派了一辆吉普车,送他去茅家埠。一路上,那位随行的人事干部一言不发。

吉普车掠过断桥,驶过里西湖的北山街,直奔洪春桥而去。我爸爸望着远处剪影般宁静的白堤,又回望身后高耸的保俶山初阳台,想起了他和地下组织领导人曾像游客一般在山间漫步,轻声谈论工作的情景,心里不免有些迷惘。建国才一年半时间,那些曾经在解放战争中帮助过共产党的起义人员,已经开始一个个受到了怀疑。就连他这种"党内"的干部,也朝不保夕地人人自危了。看来,新中国一成立,当务之急先得操练一番人民民主专政,向全世界作一次示威演习了。

他的嘴边露出了一丝淡淡的冷笑,身子往前倾了倾,问那个人事干部说:你从解放区来,你看到过我这种情况吗?你认为我这样的干部应该受审查吗?

那人见怪不怪地笑了笑,说:我入党时间不长,说不上来。我想他一定觉得我爸爸实在幼稚得无可救药。解放区、根据地,哪个干部不是经过"三查三整",才得以有一方立足之地的呢?

事实证明,我爸爸的这种认识,本身就犯了党的大忌。

假如我爸爸对党的阶级斗争学说具备一点起码的常识,他就早应该注意到,近几个月来,从省委到报社到基层的各级领导班子里,地下党出身的干部正在悄悄减少、悄悄消失;而从解放区南下的干部,正在逐渐地取而代之。几乎所有曾经从事地下工作的干

· 298 ·

部,都带着他们那一大堆复杂的社会关系,面临着党组织严格的重新过滤。

他落入茅家埠这个省级机关干部的清洗机构,本应有所醒悟,争取平安过关,而他却自以为"地下"有功,抱着一肚子委屈。这注定了他很快就得加倍地倒霉。正如我外婆早就看透了的他那种桀骜不驯的狂妄习性,将给他带来比别人更多的麻烦。

我爸爸被送去"革大"直属班的次日,报社社长在一次全社大会的报告中说:有一个人,业务能力很强,很能干,解放前也为党做了许多工作。可是镇反运动一开始,他就持对抗态度,组织上要审查他老婆,他老婆历史上有个被捕问题,要搞搞清楚,可是他却公开表示不满,还说什么可以用自己的鲜血来证明她。这个人连自己都保不住,还想保他的老婆哩!……

到了1951年10月,妈妈的问题结案,但由于我爸爸尚待处理,妈妈也不准回家。已同妈妈分离半年之久的我,刚满十五个月,就被接到直属班所在的都家花园里,陪同父母一起"审查"。一家人竟然在学习班里"团聚",也算是祸中得福。我在那个囚笼里长到两周岁,才随妈妈"解放"回家。我尚在婴儿时便被革命如此一番"受洗",这大概可算是我人生一段离奇的经历了。

那年初夏的气候变化无常,骤冷骤热,时风时雨。爸爸和妈妈的心情,也像这天气一样,忽上忽下,时阴时晴。

同在茅家埠直属班接受审查的人中,第一批宣布的处理结果——五十多人被正式逮捕。正如爸爸一直担忧的那样:曾一进、倪布明也在逮捕之列,并很快被送去劳改。这件事使得张恺之的情绪受到极大伤害。这些并未对人民有过犯罪行为的人,都是在有关方面信誓旦旦地保证了"只要坦白便不追究"的情况下被判刑的。他不能理解。

我知道在那段时间里,爸爸对待审查的态度十分恶劣。他不仅连一个认罪的字都不肯写,还牢骚满腹、出言不逊。

其实张恺之根本没把那些审查他的人放在眼里。他从小就是一个自视甚高的人。他有足够的聪明才智作为自己狂妄的资本。何况,他还有着天生顽固倔强的秉性。他像所有的文化人通常所犯的错误那样,自以为可以夸夸其谈地解释世界,却实际上根本不懂得专政将如何统治这个世界。他甚至还沉醉在革命胜利前,自己冒着生命危险为夺取政权立下的功劳之中,他相信自己当年所做的一切,都会有"地下组织"来为他证明。

爸爸很少逗我玩乐了。他也开始有一点闷闷不乐的样子。他和妈妈在食堂吃饭时见面,交谈得越来越少。有一次妈妈忧心忡忡地对爸爸说,恐怕是夜长梦多了。这么长时间还没有作审查结论,会不会真的也被处理成劳改呢?

爸爸用鼻子哼了一声,低声说:把我送去劳改?那简直是无法无天了!

就在我爸爸对妈妈说了"无法无天"那几个字过后没几天,在一次全体"学员"大会上,班主任训话时,严厉的眼神落在我爸爸脸上,突然说了这样一段话:

现在竟然有人说我们无法无天。我看,敢说这话的人,自己才是无法无天!这里四面围墙,你还能飞出去吗?我要正告这样的人,我们共产党对待一切反革命分子,就是要无法无天,你能怎么样?!

妈妈心里一阵惊悸,额头渗出一层冷汗。这种不点名的批评,实在不是什么好的预兆。她感觉到面前已经出现了真正的危险。历时一年多的审查,等待着他们的,也许是一个可怕的结局……

两年半以后,爸爸从乔司劳改农场回来时才知道,那些"地下党"的领导们,"镇反"运动时不是自身难保,就是早已噤若寒蝉。没有人来为他证明什么,他自己什么也证明不了。就连1949年已任省报第一副总编的唐为平本人,也在审干中出了问题——唐为平1938年在武汉入党,入党前是《大公报》记者,曾与范长江同事。入党后去了延安,抗大毕业后,参加南下支队,由八路军到了新四军,任淮南新华分社社长,抗战胜利后派回白区工作,到了上海一时却接不上组织关系,只好自己跑到香港去找党的关系。后被派来浙江做地下工作。1949年2月杭州市委正式建成,唐为平是市委委员兼宣传部长,不过奇怪的是,他本人直到解放后才知此事。待到肃反审干,发现他从根据地到上海后擅自去香港,这一段历史无法搞清,疑点甚多,结果他在省政府办公厅副主任的位置上,被开除党籍,撤消职务,调去绍兴一家劳改厂做了管理员。既然像唐为平这样的资深的老干部,都是如此命运和下场,他张恺之岂不是像一只蚂蚁一只蚍蜉,一捏就完蛋了么?

1952年初夏的一个上午,急骤的哨子声,在都家花园上空响起。我惊恐地躲在台阶的柱子后面,听见了妈妈慌乱的哭声。我朝妈妈奔跑过去,紧紧抓住了妈妈的衣角。妈妈抱起了我,就那么傻傻地站着,眼睁睁看着爸爸和许多人一起,突然被送上了一辆客车。肮脏的车窗紧闭,爸爸模糊的面孔,消失在尘土飞扬的山坡下……

张恺之在绝无申辩与反抗可能的情况下,从一个共产党员,忽然变成了一个不知自己罪名的反革命分子。

他曾天真无知地为人证明说,出了问题可以由他负责——现在终于是到了他来为这一切负责的时候了。并且将为此付出一生的代价。

那一年我两周岁。刚刚进入我幼年印象的爸爸,就这样忽然不见了。从此我对于一个人的突然消失,有一种恐惧的记忆。童年时代的我,一直处于惶惶的焦虑之中,我总是寸步不离地紧紧盯着我的妈妈,生怕她也会再次离我而去。

后来的很多年里,我似乎永远在寻找和盼望着爸爸的归来。

那一天,二十多辆大客车,满载着来自灵隐"革大"——失去了学员身份的五百多名"反革命",向着钱塘江下游疾驰而去。车到了那个叫做乔司的地方,映入眼帘的是江边荒芜的盐碱地和简易的茅草棚。张恺之无奈地苦笑了一下,觉得眼前的情形已是恍若隔世。

一下汽车,全体犯人就被告知,从此以后,任何举动都必须先喊一声报告。当天夜里,张恺之被尿憋醒,一欠身,手电筒的光刺得他睁不开眼。——想干什么?——小便啊。——小便为什么不报告?!那声音呵斥说。——小便难道也要报告么?他差点脱口而出,强忍住,一气之下倒头睡去。他宁可憋到天亮不尿,也不想像犯人似的说什么报告。然而不多久他便辗转反侧,捧腹难眠,似如火烧火燎。他这才明白假如他再坚持不喊报告,活人也是能被尿憋死的。张恺之在痛苦犹豫再三之下,实在坚持不住,终于不得不朝着草棚顶,含含糊糊地吐出了"报告"两个字。当他冲到门外,对着漆黑的大地一泻千里之时,他心里的愤怒已被自己"反革命"的尿所扑灭。

惩罚与改造就从一泡尿而始。因着缺乏训练的膀胱,张恺之的自尊和文雅,不得不逐步收敛了。

第二天一早,全体犯人像鸭子一样,被赶到盐碱地的水草滩上去洗脸。晚上收工,就在水草滩上洗脚。

张恺之似乎有点清醒过来。他开始明白无产阶级的铁拳是可以致人于死地的,他必须接受眼前的现实。但他仍然坚信,自己即使有错误,也绝不是"反革命"。这种妄加之罪和不公平的处理,只是有关方面的一时失误,他的"问题"很快就会重新搞清楚。因此每天中午吃饭时,他很积极地为"犯人"们读报,抗旱时日日夜夜地在地头踏水车,潮水侵入农场时,他和"犯人"们三天三夜不睡觉,泡在江水里垒沙包……他要用苦涩的汗水,洗去心灵上的尘垢;用行动来证明自己是怎样的一个共产党员。

在繁重的体力劳动之余,我爸爸开始了向上级机关的申诉。他不会想到,他由此参加了一场旷日持久的马拉松赛——岁月漫漫,日月如梭,而他的申诉在接踵而至的一次次政治运动中,竟被无声无息地搁置了近三十年。他非但没有能从原地站起来,反而如同身陷沼泽,越是挣扎,却一次次更无奈地沉入泥淖。

他在乔司劳改农场一年后,管教人员让他填写了一份"未决叛徒犯登记表",实在令他诧异。他历史上从未被捕过,何来叛变一说?很多年以后他才得知,1952年对他的处理,主要是根据三项怀疑,即:叛徒嫌疑、特务嫌疑、托派嫌疑。这三种嫌疑在没有任何证明材料的情况下,被确定为事实。例如特务嫌疑,像他那样作对敌策反工作的地下党员,组织上怀疑你也许曾被敌人收买或利诱,这似乎是一个顺理成章的逻辑;例如托派嫌疑,事实上他平生一个托派也没见过。直到1955年肃反重又对他进行变相隔离时,外调人员要他交待同托派分子黄志雄的关系,他才大梦初醒地明白:1948年起义的国民党上校军官黄志雄,当年自己派他打入海宁"反共青年救国团"时,那个介绍人刘光,是一个托派分子。既然黄志雄的朋友是托派,那么,张恺之你怎么能脱得了干系,你怎么能证明自己不是个托派呢?至于叛徒嫌疑,既然你有了特务嫌疑,那么自然就是革命的叛徒了。这不是完全符合逻辑的吗?

我不知道爸爸在哪里。我已经想不起他是什么样子了。

那个奇冷的冬天,妈妈曾带我去乔司探望过爸爸。那一次留在我印象中的爸爸,是一个被剃光了头发的光头,他穿着黑袄黑裤黑鞋,像一根冬天的树桩,默默无语地看着我。从此这个黑影便始终如一片不散的乌云笼罩着我和妈妈。黑色是能够覆盖并淹没世上所有颜色的——从爸爸被开除了党籍和公职的那天起,我们家庭中的每一个成员,包括舅舅和叔叔们,同红旗红星红色的团徽等等一切红色的标志,再也无缘靠近。

救国首先要自救,这道理大概是不会错的。……然则,何以"自救",又何以"救国"乎?……

必要时,既首先要"自救",而后能"救国",则管自己的事也可。"自救"之不暇,"救国"何力?……

因此,"自救救国"恐怕不大好"联合",因为各人不能不先管自己。现在是人民受灾受难。更漂亮一点,喊出"救国救民"岂不妙哉?

我们确实是很不满意"自救"字样的。但不图"自救",等谁来救?……可惜现在国家很危急,某些人救得自己,国家也就用不着他们来救了。

——摘自《当代晚报·朝花夕拾》:《"自救"和"救国"》

张恺之在经历了两年半的劳改生活后,于1954年12月"无罪释放"。就像他根本没有拿到过什么判决书,便被送来乔司一样,他离开乔司时,也没有任何手续。他从入党到参加工作,从审查到劳改再到平反,始终是一个没有任何契约的人。1980年平反时他才发现有关方面根本找不到他的原始档案。除了那三项"嫌疑",再没有更多的文字材料。但"反革命"记录残缺不全的张恺之,回到杭州后,仍然被置于严密的监控之下——公安部已经下达了一个"刑满释放后留场就业"的文件,文件上明明说:无家可归、无业可就者,给予留场就业。实际上大多数人统统都被"留"了下来。

于是爸爸就被通知去省劳改局教育科报到。说是为了发挥他的专长,让他到《新生报》编辑部去编报纸。《新生报》是给犯人阅读的报纸,设在杭州城里人人皆知的小车桥省第二监狱。因为那里面有一个印刷厂。有一次幼儿园的阿姨问我爸爸在哪里工作,我说在小车桥,弄得她们大惊失色,好像不认识我了一样。

《新生报》编辑部里,还有两个刑满留场的编辑,一个叫钱地、一个叫徐衡。钱地出身于大地主家庭,1940年入党,1947年中央大学历史系毕业。历史上曾经被捕,后脱离组织。在直属班审查时,说他在狱中叛变,罪行严重,竟被送去重刑犯监狱,判了三年徒刑。徐衡出身金融资本家,复旦新闻系毕业,1939年入党,曾在"地下"时期任南昌共青团书记,后来也因被捕而失去组织关系。徐衡在镇反中被作为"大特务"逮捕,审查后发现与特务毫无关系,也被判了三年徒刑。钱地和徐衡的老婆都同他们离了婚,孤身一人,无家无业。加上一个有家而不能回的张恺之,三个人也算是同病相怜了。

少年时代我曾见过这两位伯伯。记忆中留下的是他们干瘦而毫无笑容的面孔。有一年的"六·一"儿童节,钱地伯伯还曾经送过一个日记本给我,这是他当时所能拿出手的最好的礼物了。徐衡后来的生活一直潦倒不堪,爸爸曾带我去看望过他,只记得他窄小的屋子里一顶被香烟熏得发黄的蚊帐,到处是烟头烟灰。听说1980年后他在民革的一所业余学校帮忙办学,曾有一段振作的日子,但晚年嗜酒,最后在一个夜晚突然中风,跌倒在床边死去,身边没有一个亲人。他死后,料理后事的人,发现他的床底下全是空酒瓶子⋯⋯

我爸爸每天面对沉默寡言的钱地和徐衡,心情自然十分郁闷。陆陆续续传来的各种坏消息,更使他茫然惶惑。听说余杭横湖的杨天波,因受他的牵连,已经被省军区后勤学校除名,回乡务农去了;黄志雄、曾一进、倪布明下落不明;上海那个姜弘任,恐怕也是凶多吉少;最令他震惊的是,曾为海宁和平解放作出贡献的"青年救国团"第七支队长周公穆和海宁县自卫大队大队长俞文奎,已在1951年镇反中,被迅速处决。

得知俞文奎死讯的那个周末,爸爸回家时神色黯然。他连晚饭也没有吃,一句话不说,靠在床沿上发愣。

我走过去拉拉他的手。他一动也不动。

后来妈妈叹了口气,轻轻对爸爸说:现在你懂了吧?

我不懂。爸爸回答说。他把身子转过去冲着墙,谁也不理。

那时爸爸的生活同犯人其实没有太大的差别,平时不准回家,凡事都得报告。周末回家,来来去去,必得经过省报门口,常常会遇见熟人。一次碰到一位当年在地下党时一起工作过的某某,那人身上的中山装笔挺,看见他,只是冷冷地点了个头,一句话都没有。还有一次,他碰到一位当年在新闻专科学校的老同学,听说此人已荣升电台的总编辑,那人问了问他的近况,同他稍事寒暄,然后对他说:我看这没什么呀,到什么地方都是革命工作嘛!一时令他啼笑皆非,无言以对。

就算我爸爸有一点阿Q精神,就算他仍然锲而不舍地继续着毫无结果的申诉,张恺之的心里,也多少有一点明白:他想要挺起胸脯堂堂正正地做人说话,在目前是没有丝毫可能了。

到了1955年5月,反胡风运动进一步扩大,全国掀起肃清暗藏反革命高潮。杭一中有个教师叫刘季野,因同胡风通过两封信而被捕。妈妈同这个刘季野曾在一起谈过文学什么的,上头就让她交待与刘的谈话内容。很快,爸爸便被通知周末不许回家了,就住在办公室里。每个月的月底,由我姑姑到小车桥去领取爸爸的工资。姑姑那年十三岁,在那个写着"省第二监狱"字样的大门口等候,背着枪的卫兵就在她旁边走动。每次从那儿回来,她的脸都白得像纸一样。从那时起,姑姑每晚给我讲的故事都很恐怖。

爸爸又从我们的生活中隐没了。像一个缥缈无踪的影子。我不可能记住他。我甚至觉得,爸爸像那个偶尔才会圆满一回的月亮,在某一个晚上匆忙地出现,然后便跌入蓝黑色的天穹。而大多数时候,他只是一弯晦暗的月牙,在厚厚的云层中挣扎着张望着我们全家……

所以当他再次回家时,我再也不肯叫他爸爸。我认定他是一个从街上来的陌生人。我固执地拒绝同他亲热,甚至惊叫着让他走开。据说我在童年时代曾多次粗暴地对待我的爸爸,这恐怕是比受审和劳改更让他伤心的事了。

肃反的暴风雨过去之后,总算出现了一段极其短暂的平静日子。

过了些时,上头传达了一个"知识分子报告",省里还成立了一个招聘委员会,招聘有专长的知识分子。劳改局教育科负责报纸的那个林科长,为张恺之出示了一封介绍信,鼓励他去文化部门应聘。但爸爸曾经工作过的省报回函说:目前不需要一般工作人员;教育局连个答复都没有;好容易联系了省文联,就在差不多有了一线希望之时,声势浩大的"反右"运动开始,同意接收他的那个干部,一家伙被打成了"右派"。工作的事自然再无下文。又过了一段时间,有一天爸爸看见所有的劳改管理干部都在会议室开会,而林科长一个人呆呆地坐在自己的办公室里。钱地悄悄对爸爸说:听说林科长也被揪出来了。不久后,那林科长果然也被打成了"右派"。

好像天底下凡有一点良知和良心的人,都正在从这个社会里慢慢消失。爸爸寻找工作的希望彻底落空了。

"反右"运动结束后,我爸爸这样的人,显然连劳改局的机关,也没有资格再留了。1958年的某一天,他们得到通知:钱地和徐衡即日调去农场劳动;我爸爸因家在杭州,给予"照顾","下放"到劳改局下属单位钱江建筑公司,仍然让他编一份油印小报。到了1959年底,杭州要建成"四无"城市,那家建筑公司也搬到了郊区,于是,我的爸爸又被告知不许天天回家了。这一次,他像那个真正的月亮,一个月才能极有规律地照亮我们全家一次。每次回家前,都得先写一份申请报告。爸爸不再编报了,每天上夜班,在车床上车一种小螺丝。那时杭州刚有电车,他车的那种螺丝就是电车安装用的。爸爸在乔司农场当了两年犯人,现在又成了"生产自救人员"。好在他从小当过学徒,活儿干得还算麻利。他说那几年里,他大概总共制造了万把只螺丝钉,都安装在杭州大街上拖着两条长辫子来来往往的电车上了。

爸爸每天埋头车着螺丝,却仍然没有忘记他的申诉。他一有空就写信,给凡有可能过问他一案的那些单位部门写信。有一次他听说伟大领袖到了杭州,正在苏堤后面的刘庄疗养。于是他就给老人家写信,陈述地方对他处理的不公。他觉得湖岸对边的刘庄,实在近在咫尺,如果手里有只信鸽,一飞就飞过去了。

他难道不知,从苏堤到刘庄,这看似波平浪静的一片水域,却远比从地球到月亮、从月亮到银河的距离,更长更宽呵。

依然是石沉西湖,好像世上从来就没有他这样一个人。

一天厂里开大会,厂长突然说:张恺之,你站起来!

他莫名其妙地站了起来。接着又站起来一个人,那人义愤填膺地指着他说:我揭发张恺之,前两天,厂里有人打架,张恺之站在一旁观看,嘴里说:打吧打吧,打得好,最好打个你死我活!张恺之,你说过没有?我证明,是我亲耳听见的,你不要想抵赖!

爸爸那脾气,当即便火冒三丈。他说吵架时他确实在场,但他在场劝架,他根本不会说出这种话来。但他越是不承认,就越是证明他不思悔改。不容他分辩,当场就被人扭住胳膊,戴上手铐,关了禁闭。6月的天气已经很热,他在那间极小的"号子"里"反省",一天只从窗子里送两次饭进来。张恺之虽然算是个"历史反革命",但即使专政机关,也未给他戴过手铐。面对平生第一次受此奇耻大辱,他却是欲挣不能、欲逃无路。就这样蹲了几天禁闭,最后在车间门口当众作了检讨,才重新回车间劳动。

为什么一个小厂的厂长,要如此刁难他这个"死老虎",又竟敢如此目无法纪呢?这是张恺之在后来很长一段时间里,反复琢磨的一个疑问。他始终无法得知这次无缘无故的惩罚,同他最近的那一封申诉信之间,到底有没有什么关系?这是一个忌讳深究的问题。他不得不放弃这种探讨。但在后来的岁月中,他仍然没有中止那种几乎无效的申诉,申诉已成为他每日的功课、成为一种祈祷和精神的安慰。他似乎已不在乎申诉的结果,而在乎申诉本身。

他必须继续申诉,申诉到他生命的最后一天。

爸爸从这件事情得到的唯一"教训",就是从此独往独行,绝不在人多嘴杂的地方停留,免得一旦有个差错,被人栽赃,有口难辩,替罪之羊不会是别人只能是他。我和妹妹从小就被爸爸这种警告吓怕,一见人多便躲得远远,从不敢在人群中看热闹。

然而就是在这样的郊区工厂的工作也不能持久,到了1961年,全民大办农业,上头命令把劳改单位的"生产自救人员",集中到附近的一个果园去。我爸爸不得不又一次躬逢其盛。

张恺之背着行李,如一群羊似的被赶入果园的茅棚时,脑子里忽然跳出了自己当年在《当代晚报》上所写的专栏中的一段话:……我们确实是很不满意"自救"字样的。但不图"自救",等谁来救?……那时曾经无意所作的时事述评,如今却为自己的处境作了注脚。他望着草棚宿舍的大通铺,嘴角泛上一丝自嘲的苦笑。

而所谓"自救",究竟是拯救灵魂还是扼杀灵魂?究竟是拯救一个人的政治生命,还是彻底毁灭一个人的个性和思想呢?在这个堂皇的"自救"借口下,就可将所有入了另册的人,从此清理出人的队伍,永无出路地去过一种没有牢笼的牢笼生活么?

也许,这又是一场新的大清洗运动?

他在乔司农场时听熟了的呵斥与吆喝,又开始在耳边聒噪了。

初次见到那个板着面孔的队长,他冷不丁一愕。他在心里对自己说,天哪,那个直属班的班主任怎么竟然跑到这里来了呢?难道自己真是摆脱不了这个怪物了么?

那个曾经负责审查他的班主任郭成俊,有点驼背,目光阴鸷,城府甚深。1940年参加革命,出身小学教师,原是省公安厅机关保卫科副科长。直属班的审查全部结束后,他也随同"犯人"被派往乔司农场当政委。一次审阅农场犯人的粮食供给计划时,在报表上多划了一个"0",被与他意见不合而颇得上级赏识的场长揪住不放,告到省公安厅,作为严重错误被免职,后来派他带着一批劳改犯去了青海。郭成俊既然已去青海当劳改支队政委,怎么又会出现在留下果园里呢?

忐忑不安的爸爸,悄悄抬起眼皮重又打量了那个队长一眼。这么仔细一看,才略略松了口气。原来此人同那郭成俊身材相仿,也穿着一身黄不黄绿不绿的军便服,乍看很是相像,但并不驼背。只是一双眼睛,同那个"班主任"加"政委",有一种极其微妙的相似之处。他瞥你一眼,你便长了刺般地不自在,浑身发麻酥酥。这两个人究竟同是吊眼是斜眼还是对眼呢?张恺之一时有点说不出来。

但他很快就明白了队长那双眼睛的奥妙。

那一束阴鸷的目光,常常从果树密密的树叶子后面,暗箭一般射出来。他会像一条狗似地久久蹲伏在桃树下,偷听"自救者"们干活时不经意的谈话,捕捉着唾手可得的猎物。顺便也监视着有谁偷吃了树上的桃子,好作为晚上"管教"训话的材料。他的眼睛具有穿透一切的功能,也可以说,他的目光本身就是一个陷阱,谁不慎误入其中,活该倒霉。

这个警惕性很高的队长,白天黑夜都把眼睛睁得大大的。他常常在夜深人静时,鬼影一般潜入宿舍巡视。一次发现上铺有个叫吴超的人,亮着手电筒在摆弄一只矿石收音机,他立即拿过来放在自己耳边细听。听了一会,似乎听不出什么,他便问那人:老实说,你在收听敌台是不是?吴超回答:没有啊,这种矿石收音机,绝不可能收听到短波的。那个队长马上问他:噢,你没收过的话,怎么知道收不到呢?我看你半夜三更偷偷摸摸的,不会有什么好事!收音机我没收了,明天一早你到办公室来!吴超哭丧着脸,不敢吭气,好容易装上的矿石收音机,就这样说没就没了。这个"自救"者,解放时刚大学毕业。他父亲是国民党什么部的一个次长,当年把他的飞机票都买好了,大学生却死活不肯去台湾。后来弄来弄去的,他自己也不知道最后怎么会弄到果园里来"生产自救"了。反正送来"自救"的 100 多人中,大多是省市机关被清洗出来的知识分子干部,或是有历史问题、或是家庭出身不好、或是留用期间表现欠佳……爸爸看着这些畏畏缩缩的同伴,觉得同他们相比,自己的不幸实在就算不了什么了。

然而我爸爸那双热情洋溢的眼睛,历经挫败仍是不改初衷。他和队长第一次目光的对视,只一个回合,便如同遭遇了那个可吞噬宇宙间任何物质的黑洞,将他"自救"的希望吮吸殆尽。刚到果园时,好像是让爸爸当过几天小组长的,但因为不愿向队长汇报别人的"阶级斗争动向",任队长怎么启发,只是一个没看见。于是没过多久就不让他当了。不当了却没完事,你不想伤害别人那么就先让你趴下。他不幸被那队长活活生擒,只是因为他在为桃树整枝时,果枝上本应留三个芽,而他一失手,剪刀下竟然只留下了两个芽。就在那芽落地的瞬间,队长犹如伞兵从天上降落在他的眼前——罪证确凿,看你还有什么可狡辩的? 这不是故意破坏生产,又是什么? 政府已经宽大你"生产自救"了,你还心怀不满,真是反动透顶!

张恺之默默无言。

在这片土地上,如今怎么竟然会有那么多何其相似的人呢?爸爸想。面前这个队长明明不是郭成俊,却好像同是一个模子里刻出来一般。到底是一种什么样的机器,成批制造和生产了这样一种姑且也称为"人"的东西呢? 在难以入眠的深夜,爸爸茫然问着自己,心里涌上一阵阵愤懑……

在远离市区,却是"树欲静而风不止"的果园,我的爸爸终于懂得,没有人会来解决他的问题了。从他 1951 年受审查开始,直到大跃进结束的最初 10 年,爸爸还时刻存在着幻想——幻想着有一天能重新回到社会上去。但事实却一次次证明,他如同被隔绝在一座危楼的顶层上,只能一步步往下走,走到生活的最底层,除了饱受凌辱,再无别的选择。幻想终于逐渐破灭,他不能不对现实的政策发生了怀疑。因此,当第二个十年开始时,他渐渐明白想要使自己摆脱桎梏、洗清妄加在他头上的"罪名",只有等待整个国际形势的逐步缓和。历史已走到了1964年,有迹象和传闻表明,赫鲁晓夫开始热衷土豆烧牛肉;波兰也已开始向美帝国主义购买小麦了等等。如果两个阵营的冷战有所收敛,国内阶级斗争的紧张形势,也势必会逐渐放松些。他只能将唯一的希望寄托于共产主义运动的平稳发展,他真的担忧神州大地如此地剑拔弩张,国无宁日,将会连普通老百姓也难以承受呵……

爸爸就是在那年夏天的一个夜晚,在果园深处一间真正的牛棚里,对妈妈低声说出这番话的。在那之前,妈妈曾经一个人去看望过他,据说他买了一脸盆的西红柿,同妈妈啃着西红柿,两个人谈了整整一天的文学。但这一次,就在我和妈妈一起去果园"探亲"的那个暑假,在四壁透风的茅屋里,他却同妈妈谈到了政治。他说这些话时,我已在远远的蛙声中沉沉入睡。我知道爸爸又一次遇到了麻烦,已是在第二天事情发生以后——

那天场长突然召开了全场大会。场长似乎很客气地向"自救"者们训话说:今天在场的人中,有人做梦也在幻想资本主义复辟,半夜里都在说自己的问题搞错了,他一定要重新站起来。这个人自己心里有数,要是聪明一点,最好主动向领导坦白交待,否则……这时便有预先布置好的积极分子,举手喊报告:"我们要把这个反动分子揪出来示众!"接着全场响应。于是场长就"苦口婆心"地继续启发说:怎么样,自己说的话自己知道,你用不着等到将来,你现在就有机会,就在这里站起来给我们看看嘛,看看我们到底有没有搞错……

爸爸憋了一肚子气,他已明白究竟是怎么回事了。他想这些人真是卑鄙,明明是偷听了他的谈话,又不敢说出来,还要用"请君入瓮"之计,来逼他当众交待。他的脸色铁青,咬着嘴唇就是一声不吭。

那场长似乎还懂些政策,明白搞僵了也不妥,就对大家说:再给他一点时间想想吧,还是要靠自觉嘛。我要告诉这个人,你不在这里交待也可以,回头找我来谈,谈总是要谈的,不谈是过不了关的,只要交待彻底,我们可以从宽处理……

当然,爸爸后来还是去找场长个别谈了。他"交待"以后,就召开了全场批判大会。爸爸在会上不得不承认,他对如今无限度地强调阶级斗争,心里是有反感的。被迫说出以上检讨的话时,爸爸惊讶地发现,他越是"反感",越是必然地成为阶级斗争的靶子。

那一刻我深深震惊。那一天我第一次懂得,薄薄的墙壁原来徒有虚名,在这个世界上,耳朵却能穿墙而过——有一种人的耳朵具有另一种特殊的功能,即使在你睡觉的时候,他们也会隔墙倾听着你的梦呓。那个队长竟然在牛棚的窗下蹲了一夜,然后把他窃听到的片言只语,向场长作了汇报。也许他已经在此巡视多日——他知道只要不厌其烦不辞辛苦地守候这个窗下的哨所,定能获得邀功请赏的资本。

这次事情的结局是,我和妈妈当即被请回了杭州。爸爸一连几个星期天都没有被批准回家,而是"就地休息"。从此,他只要有任何一点"犯规"的行为,就会被留在果园"就地休息"。

那些年里,每隔几个星期天的傍晚,我和妈妈都要到六路汽车站去,送爸爸回果园。他必须在星期天晚上以前赶回去"归队",如果迟到,下个星期就会被取消"休息"。无论刮风下雨,生病有事,爸爸都不可能推迟他的归期。那是一个长长的五年,就像有一根看不见的长锁链,将他拴在了一个无形无边的大监狱里。一切都不会是"文革"才发生的。也许更早、更早。从我诞生,从他们诞生,从那个红色的幽灵在这个世界上游荡开始……

有一次我在深夜的睡梦中,被一种咕噜咕噜的声音惊醒,睁眼一看,竟然是爸爸。我睡眼蒙眬地问:爸爸你是怎么回来的呢?我和妈妈等到末班车过去才走的呀,怎么没接到你?爸爸咕嘟咕嘟地大口喝着水,半天才回答我说:走回来的!

走回来的?那么远的路,你干吗要走回来啊?

因为等到末班车过去了,队长才宣布放假。我想就是走也要走回来的,否则,你们就吃不到这些桃子了……

妈妈从爸爸的网兜里,往外拿着一只只熟透了的水蜜桃,每一只上面,都有一块块褐色的烂疤。这是果园里廉价处理的水果,爸爸每次回来,都会想方设法买上一点,有时还有一棵卷心菜和几根萝卜。

我抬头看看钟,已是半夜一点整。从留下果园到城里,十八公里路程,爸爸背着东西,在公路上走了整整四个小时。

很多年中,爸爸背着他简单的行装,在尘土漫漫的公路上来来去去。自从1952年他离开杭州去乔司,一直到1965年总算从果园被"清理"回家,一共十三年的时间,他绕着杭州城转了一个圈又一个圈,却终是无法进入杭州。他被人从东边驱赶到西边再驱赶去南边,早已拆去了城墙的杭州,依然对他城门紧闭。他像那个年代所有被涂抹成黑色的"异己分子"一样,被逐出了文化和政治中心,排除在一切正常人的生活环境之外。他就这样走来走去走了很多年,直到1965年秋,果园"清场",一部分人允许返回原户口所在地,于是杭州这座顽固的遗都,才对他开启了一条小缝。

我至今还清楚地记得,1965年春节的除夕那天,我们家里爆发了一场激烈的争吵。起因是大叔叔从东北回来探亲,他到家后,我从糖果盒里拿了一粒糖给大叔叔吃。大叔叔很不高兴,他说你怎么就给我一粒糖吃呢?我说过年妈妈一共只买了这半斤糖啊,我到现在连一粒都没舍得吃呢!大叔叔说过年为什么只买半斤糖?我说没有钱呀,妈妈和爸爸一共只有那么一点工资……

后来大叔叔就同爸爸吵了起来。他们吵得好凶,各说各的,互不相让。大叔叔似乎是说,你在果园不是好好的吗,起码有一份固定的工资收入,多一块钱也是钱哪!可你回了杭州,工作丢了,失业在家,今后一家人的生活怎么办?弟弟妹妹都在上学,你难道还让我一个人负担不成?爸爸生气地分辩说,阿伟你难道真不晓得,在那种地方,精神实在太痛苦了,说是生产自救,其实同犯人没有什么区别,已经十几年了,这样下去,我再也受不了了。这次果园陆续放人,如果不走,也许以后再也没有机会了。你不要着急,我会想办法找工作的,再苦再累的活我也不怕……大叔叔激忿地打断他说,你只想到你自己,你有没有为全家人想一想呢?我们家本来出身蛮好,可是这么多年,就是因为你的问题,我到现在还入不了党,一次次申请,一次次通过,又一次次被上头否决,我的政治前途就是被你毁掉的,我熬到什么时候才是个头啊?……

大叔叔满心的委屈,在这一年的除夕之夜,终于忍无可忍地发泄出来。曾经在十七岁时,敢于为爸爸去上访检察院的大叔叔,却被这么多年的歧视和压抑,折磨得失去了耐心。他已经二十九岁了,但还没有成家,一个人远在东北,举目无亲,他向谁去诉说心里的怨怼呢?

爸爸被大叔叔的胡言乱语深深刺伤,气得一时说不出话来。他气谁恨谁呢?恨自己么?自己又有什么罪过?即使自己真是罪大恶极,却为什么要连累和殃及他无辜的亲属啊?事实上,阿伟的遭遇,在妻子、女儿和其他几个弟妹身上,何尝不是正在愈演愈烈呢!他也许是不该责怪弟弟的,可茫茫苍天之下,他究竟又能去怪谁呢?!

那个爆竹声声的夜晚,我和妹妹缩在屋角,已被眼前的情形惊呆。爸爸和大叔叔满嘴白沫,高一声低一声争执不休,我的眼前晃来晃去的,都是他们被愤怒扭歪了的脸。后来妈妈闻声赶来,把爸爸推开,我和妹妹一下子从呆滞中惊醒,妹妹突然抱住妈妈放声大哭,我也涕泪满面。我们凄凄惨惨地哭了很久,妈妈怎么哄劝我们，我的眼泪还是止不住地流淌。后来妈妈放开了我们，捂住自己的脸，也埋头嘤嘤地哭了起来。爸爸和大叔叔停止了争吵朝妈妈走过来，爸爸似乎想说什么，嘴刚一张开，声音已经哽噎。他一把抓住妈妈的手，像个孩子似地仰面恸哭。从我记事时起，在我五岁那年，爸爸从乔司回来，因我不肯叫他爸爸，他曾伤心地哭过一次。这次是我一生中第二次亲眼看见爸爸哭泣，悲哀的泪水从他那双曾经欢乐而晶莹的大眼睛里，泉水般涌出来，他呜呜的哭声在低矮的天花板下久久萦绕，冰凉的泪水沾在妈妈和我的脸颊上，我索索发抖……

我非要离开那个地方！我就是讨饭也要回来！爸爸的喊声，在那个寒冷的冬夜里，显得越发凄凉……

爸爸究竟有什么"罪过"？他们为什么要这样对待他呢？——很久很久，我的哭泣仍难平息。我昏昏沉沉地想起了那份"中学生登记表"，自从我填写了爸爸妈妈的政治状况以后，我很快就被取消了班干部的职务。辅导员找我谈话时，总是让我同家庭划清界限。甚至，国庆节游行，我也被排除在外，入团更是想也不要想了……

隔阂与疑惑，也许早就悄悄开始发生。而那个夜晚，我忽然清楚地意识到了自己对爸爸的怨恨。这种难言的心情夹杂着我为爸爸所抱的不平和委屈，还有他多年不在我身边所积累的生疏，如冬天湖上的雨雾，朦胧难辨。当他远离我们时，隐约潜藏的种种不满，还显得尚可忍受；而如今他又重新回到了我们的生活中，那个多年里若隐若现的爸爸，就忽而真正变得陌生了。

噼噼啪啪的爆竹声，在大门外一惊一乍地响起。但欢乐的春节不属于我们家。

十八

　　南京中央日报大声疾呼,要政府"收拾人心"。人心需要"收拾",可见现在的人心,到了怎样一个乱七八糟的地步!尤其是限价的一闭一放之间,广大人民,生活陷于绝路,情绪表现惶恐,正如所说,这些情形,已经不是"爱听或不爱听"所能抹杀,也不是"任何粉饰之词所能粉饰"的了!

　　……

　　照样子看,一般"收拾人心"论者,都一律主张向特权阶级开刀。因为"国家演变到这个地步,势必牺牲极端少数的人才能拯救最大多数的人",同时,如果"只顾全少数人的利益权势",那么,"尽管口里喊革命,事实上是反革命"。中央日报如此说,分量就有点重了。这实在就等于说:政府现在只顾全少数人的利益权势,走的是"少数派路线",而大多数人"装着一肚皮闷气,人心失尽"。

　　……

　　　　——摘自《当代晚报·朝花夕拾》:《假定得了吗?》

　　四十三岁的爸爸回到了盼望多年的杭州。但是四季常绿的杭州城,根本没有他这种人的立锥之地。当那个忧伤的春节终于过去以后,辖区的户籍警来找爸爸,和善地对他说,今天你就去街道办事处报到吧,街道服务站会给你分配工作的。

他最初把"街道"这个词汇同自己的归属相连时,觉得十分刺耳。——"街道"是城市最基本的细胞组织,是这座庞大的国家机器不可缺少的一颗螺丝;"街道"还是"人民民主专政"那张巨网上,最后一道疏而不漏的网眼。一个走进了"街道"的人,便意味着他已无可挽回地沦落到了社会的最底层。无论承认还是不承认,他都必须面对这个事实。

　　于是他终于平静甚至"满意"地接受了这个"工作"。这是他目前唯一的出路了。他早已是一个劳动者,只要不再把他当犯人对待,只要能有一碗饭糊口,多少能同妈妈一起负担全家人的生活,他已别无所求。

　　街道服务站杂工组由七八十个"闲散劳动力"组成。他很快得知,其中的六十一个人有程度不等的"问题"——被单位开除的右派、解除劳教分子、刑满释放分子、还有像他这种所谓的"历史反革命"……各人拥有例如"木陀""痢痢""长条儿"这样亲昵的外号种种。他们听说如今新加入的这个张恺之,原来是个知识分子干部,对他倒是十分友好和客气。

　　我爸爸与这样一些遭遇也许比他更离奇古怪的人为伍,又一次开始重新做人。

　　在杂工组完成了一项下水道修建工程以后,服务站站长一度有意推荐他去工厂做"合同工",这是当时在街道的最好出路。但是名单送交派出所,爸爸被刷了下来。如果继续去做泥水小工,一天只有一元三角钱的工钱,扣去街道的管理费,一个月才三十几元的收入,实在是太少了。何况还要同街道的妇女们混在一起,婆婆妈妈的难受。无奈之下,在其它种种杂活里,爸爸选择了去煤场挑煤。他宁可去做又累又脏、但是多劳多得的煤场装卸工。

　　每天天还没亮,他便穿着一身破破烂烂的衣服出了门,手里拿着一根挑煤用的扁担。一个面目清秀的中年人,手中拿着一根扁担,自然有些不伦不类。张恺之毕竟还残留着知识分子最后一点

· 318 ·

自尊感,那根扁担在很长一段时间里,一直使他觉得难堪和别扭。所以他每天都起得很早,他希望能在天亮之前穿过街巷,到达他干活的地点,以免被昔日的同事和熟人撞见。其实那时他早已没有什么熟人了,新闻界文化界的旧友不会再记得他,而那些同样跌落深渊的故旧知己,早已是自顾不暇。街头巷尾陌生的面孔中,根本没有人会注意他,妈妈似乎一再向他提醒。但爸爸仍然固执地坚持在蒙蒙的晨曦中,扛着他自己认为是模模糊糊的扁担出门。

晨曦中,艮山门铁路边上黑压压的煤山,鬼影憧憧。

亮晃晃的铁轨从乌黑的煤山边上擦过,通往阴沉沉的远处。

面对这片乌黑的煤场,他又一次清醒地顿悟:从今往后,他不仅已真正坠落于社会的最底层,甚至将变成一种黑色的颗粒、一种极其细微极不足道的黑色粉尘,消失在城市每日排放的烟雾中。

爸爸每天傍晚回家,出现在我们面前的,是一个从头到脚、从里到外都乌涂涂的"非洲黑人"。衣服、头发和脸上,都嵌着一层黑黑的煤粉,只剩下两只眼睛幽幽的亮色,还能辨别出他是爸爸。回家后爸爸第一件事情就是洗澡,洗下一盆黑漆漆的浑汤,就像洗毛笔的水那么黑。每次爸爸都很诧异地问妈妈,哎呀怎么会这样黑哩,我明明已经跳在铁路边那个水塘里洗过一次了嘛,要不然,连眼睛都睁不开呐。妈妈苦笑着说,现在你可是一个彻头彻尾的"黑奴"啦,将来说不定可以写一部《新黑奴吁天录》呢!那段时间,我们家的桌上地上床上,到处都分布着这种无孔不入的煤粉,我真怀疑它们会深入到我们全家人的骨髓里去。

每天吃晚饭的时候,已经精疲力竭的爸爸,还会强打精神地给我们讲他在煤场的见闻。其实也没什么有意思的事情,无非是今天的场地离铁路近些还是远些,煤堆高些还是低些,卸煤的角度难些还是容易些,计算吨位的时候,测量得公平还是不公平。他津津有味地讲着这些,倒好像我们将来都可能去干这种挑煤的活计似的。

爸爸从不向我们诉说和抱怨他挑煤的千难万险。我曾说过我爸爸是一个天性乐观而开朗的人，他既去挑了煤，就必得赋予挑煤以某种积极意义。十五岁的我差一点觉得挑煤是一件十分有趣的事情。一直到有一天，那个叫做"痢痢"的"同事"，顺路来叫爸爸去开会。他无意中向妈妈提起了煤场那次惊险事故，我才知道爸爸原来在"从事"着一种多么危险的劳动。

那一天，爸爸挑着满满一担煤屑，走上了高高的跳板。用挑煤人的行话说，这叫做"三马四跳"——即三级马凳、四块跳板搭成的长长的煤山之路。挑煤工把铁路轨道旁卸下的散煤，一担担挑到空场地上堆起，从一张马凳、一块跳板，一天天逐渐加高，最后加到"三马四跳"，一座十五米以上高度的煤山便巍然矗立。这就是"文革"前开始储存的"战备煤"。爸爸在果园劳动多年，在河边船上挑大粪、给果树挑水抗旱，一双脚板和一副肩膀，早已练得行走自如。但这天他上了跳板，走到四级马凳时，他脚下的草鞋，忽然被跳板上一枚"蚂蟥钉"钩住，沉沉的担子猛地一晃，整个人就倒伏在跳板上，那根扁担吊着两头的挑子，一下子压在他的脖颈后头。那担屑煤大约有一百多斤重，爸爸用身子死死撑住，一动不动地保持着平衡，随后跟上来的人倒也机警，毫不迟疑地在跳板上摺下挑子，上前去"救"他。当他们把爸爸头颈上那担煤移开时，爸爸居然一骨碌就爬了起来。脚上身上一点伤痛都没有，简直是奇迹。

天保佑，算他运气啊！那个叫"痢痢"的人大声嚷嚷，嘴里啧啧有声。假如老张摔下跳板，定是头破血流了，伤腰断腿都不稀奇，又没有劳保没有公费医疗，那是哭都哭不及的！"痢痢"仍然感叹不已。

不要讲了嘛。爸爸阻拦他。反正也没出事，讲了倒让她们担心。

妈妈不让他再去挑煤了。但爸爸说不挑煤挣的钱太少，他不但要继续挑煤，还要去跑煤球车，这样收入就可以更多一些。成年

· 320 ·

以后,我一直奇怪爸爸这样瘦小的人,当年怎么能去做装卸工呢?而且爸爸还是一个容易晕车的人,大卡车一跑起来,他就恶心想吐。于是他只好在车上顶风而立,冬天寒风凛冽,别人都缩着脖子背对着风坐在车厢板后面,可他却得迎风站着,因为只有这样才不会晕车。

其实跑煤球车比在煤山挑煤更紧张劳累。因为煤球厂调度员分给街道工的,都是后夜班的活,而且送的地点都是距离较远的煤球分销店。每天深夜爸爸出门去"上班"的时候,我和妹妹都在梦乡里酣睡。我从未见过爸爸挑煤,我只能从爸爸绘声绘色的讲述中,想象着更深夜静的街道上,疾驰而过的热气腾腾的煤车——那一辆笨重的解放牌大卡车,停在煤球厂的车间门口,六个浑身上下黑黢黢的装卸工,从车上跳下。两副杠子四个人,另留两个人在车上管攒拢。一筐筐蒸腾着热气的煤球,被他们从车间里飞快地抬出来,冲上跳板。一块跳板上上下下,稍慢几分钟,前面和后面的杠子就会碰头。碰了头就会挨骂,挨骂事小,弄不好就会撞伤。一次正在巷口卸煤球,爸爸一脚踩空,从解放牌大卡车上跌下来,奇怪的是他竟然又一次当场爬起,身上一点伤都没有。

这样的"故事",常常听得我气都喘不过来。我说爸爸你真的蛮"结棍"啊,我怎么一点儿都看不出来呢?

爸爸很谦虚地笑笑说:嘿,我力气比不上人家,不过动作是蛮敏捷的啊。另外,也亏了小倪那个人呀,你不是见过那个大个子吗,他总是抬后杠,让我抬前杠。他力气大,上跳板的时候,他每次都把煤筐拉在靠自己那一头,还使劲往上推着我走,这样我的分量就轻多了,你晓得不晓得?装卸队里的那些工人,都是蛮爽气的人呐……

那个叫做小倪小倪的年轻人,平时很少讲话。也不知他为什么会到街道里来做工。只是听说他父母双亡,他一直也没有结婚,唯一的嗜好就是喝酒,并且越来越贪杯,发了工资就买酒喝了,生

· 321 ·

活弄得乱七八糟的。后来也不知他得了什么病,像一只未曾燃尽便熄灭了的煤球,不声不响地死去了。

那每日被铲平运走、复又重新矗立的煤山;那热气升腾的煤球车上高高的跳板,在很长一段时间里,如一团走不出去的黑雾,笼罩着我们全家。

自从爸爸走进"街道"的那年开始,在我的童年少年时代来去匆匆、若即若离的爸爸,终于清晰而具体地站在我面前。

那以前的很多年里,我对爸爸的了解,实际是一个空白或是一个空洞的概念。忽然地,我发现真正面对爸爸,其实是一件十分困难的事情。

爸爸平时烟酒不沾,他生活中最大的享受,是买上两毛钱的熟猪头肉,晚饭时让妈妈用酱油、糖和酒再加加工,便吃得山珍海味一般。他喜欢在早晨的泡饭里拌上一勺古巴砂糖,说是可以给自己的重体力劳动增加点力气。

爸爸在晚饭后定要仔细地阅读当天的报纸,有时还会把它们细心地剪下来。他的枕边总是放着一两本苏联小说,入睡前,他总是会翻上几页,就好像服用安眠药似的。

有时爸爸如果上夜班跑车,白天在家休息的空闲中,他也会从一只上锁的抽屉里,拿出一沓厚厚的稿纸来,然后正襟危坐地开始写作。听妈妈说,他在写一个叫做《白蚁王国覆灭记》的剧本,已经写了好多年了。据说爸爸对这种危害建筑物的害虫很有研究。他要通过白蚁王国的兴亡,来揭示人类的真理。后来他似乎是终于写完了这个剧本,刚写完,"文革"就开始了。爸爸将他那部珍贵的手稿东披西藏,一连转移了好几个地方,最后却不知所终。爸爸后来一直为此扼腕叹息。

除了猪头肉和白糖之外,爸爸还有一个最重要的嗜好,那就是诲人不倦。在晚上读完报纸到上床看书的中间那一段空隙,只要他不写作,他主要的工作便是教育我和妹妹。他总是启发我主动地向他汇报学校的情况,然后不厌其烦地教导我那是怎么怎么一回事。他不断地向我指出我在什么什么地方错了,在哪儿哪儿做得不对,应该如何如何……他的矛头通常主要是针对着我,但当我小心谨慎地避免着授他以柄,他一连几天抓不住我的辫子时,这种批评的指向,便波及并蔓延到家庭的其他成员那儿。小叔叔姑姑还有舅舅,随时都有可能遭到爸爸永远正确的批评。

批评是爸爸生活中必不可少的一个组成部分,一旦中断了批评,爸爸便变得无精打采,索然无趣。每一次,他都会在我们言不由衷的自我批评中,获得极大的满足。他有一个极其充分的理由曾使我们每个人都深受感动,他说他就是因为在幼年时缺少父母有益的指点,任凭自己瞎闯,成年后社会经验不足,导致后来的厄运,他怎么能眼看着我们重蹈他的覆辙呢?!他虽然无法为我们提供良好的生活条件,但教育我们批评我们,却是他力所能及的事情啊。

爸爸从不说自己有错有罪一类的话。但他又无法直言不讳地告诉我们,对他的处理是不公正的。——他不可能也不敢对我们说这样的话。他必须要求我们听党的话跟着党走热爱党相信党。甚至还主动要求我在"思想上"同他划清界限。于是这种教育方式同他的教育宗旨,就发生了一些自相矛盾的冲突。我已经上了初中,有了一点点独立思考的能力,有时对爸爸那种冠冕堂皇的教导,多少有了一些不满。比如我提问,按照我自己的想法提问,爸爸在沉吟中选择他的答案,常常语塞、词不达意还会有些许的尴尬。但他又不能承认自己错了,他十分在乎他在这个家庭里,最后保留的一份尊严和威信。即便再是潦倒背运,他依旧拥有着那一份极强的身份感和自我意识。所以在很长一段时间里,爸爸是不容反驳的。一旦有谁触犯了爸爸违抗了爸爸,他就会暴跳如雷、声色俱厉,持续轰炸直到你向他低头认错为止。

最使我难以容忍的,恐怕就是爸爸坚持要检查我的日记这件事了。妈妈说过日记是写心里话的,妈妈说日记是自己最真诚的朋友。但爸爸热衷于"第三者插足",从未忘记过我这个"朋友"。每隔几个星期,他就会仔细地阅读我的日记本,然后提笔在每一处空隙里,写上他的眉批。我的日记本上,处处留下了他漂亮的笔迹,真不知是我的日记,还是他的周记了。万一被他发现了有什么不健康的思想,他便将日记本摊在桌上,让我坐在一边,开始了他冗长而严肃的谈话,常使我苦不堪言。于是绞尽脑汁设法藏匿我的日记本,就成为我伤透脑筋的"地下活动"。无奈家里那么一点地方,我无论把日记本藏在哪里,每次总是会被他找到。有一次我实在是忍无可忍,就在日记本的扉页上,写了一行大大的字,大意是谁偷看我的日记,谁就是小狗一类的话。——结果可想而知,那一次,我被爸爸狠狠地臭骂了一顿,还写了一份书面检讨。从此以后,爸爸检查日记就被进一步合法化了。我开始设法躲避爸爸,他的严厉总使我感到难堪。

那些年中,我和爸爸的关系多次陷入僵局。尽管妈妈一再柔声细语地从中斡旋,爸爸在我心目中,仍然可畏可怕。爸爸为抵抗他自己承受的压力,无意地在家里建立了另一种压力场,我为抵御外界的压力,只好首先去抵御我的父亲。如此循环往复,我和他都被置于一个无形的怪圈之中。

肚皮上的红痣在那些日子突然变得奇痒难忍。但我不可能向爸爸诉说关于红痣的疑问。我也永远不会知道爸爸身上究竟有没有红痣。我渐渐恍悟,那颗困扰我已久的红痣,同我头皮上那块黑色的胎记相比,实在是太微不足道了。

话说得很对,只是未敢说出一句话:"打倒老人政府!"
……

其实,拆穿来说,是明白得很的。倒不是"老人政府"造成了"老人社会",而是在"老人社会"的基础上,才会产生"老人政府"。

今日的所谓"人无出路",并不是因为"老人"把我们的路阻挡着,而是整个的他们的制度,庇护着既得的权益。整个社会被根深蒂固的势力所统治,徒然喊着"希望一个青年的政府",只等于"缘木求鱼"。

"老而不死谓之贼",如果这句话不错,那这个老朽的社会,就是"贼"的社会了……

——摘自《当代晚报·朝花夕拾》:《也论老人政府》

爸爸在他厄运开始的第二个十年,曾经希望国际冷战的缓和,能够减轻国内阶级斗争的压力。但他的这个幻想却又一次破灭了,他在长期痛苦的等待中,迎来的是更为极"左"的疯狂。

1966年"文革"开始的时候,爸爸妈妈为了防备红卫兵来抄家,害怕红卫兵会毁了他们多年积累的"文化"——那些"封资修"的书籍。所以爸爸把书架上所有"嫌疑"的书,都收藏在一只巨大的木箱里,贴上了"供批判用"的封条。那一天,我和妹妹帮着搬那些书的时候,妹妹忽然拿起那本苏联小说《钢铁是怎样炼成的》,指着封面上那个奥斯特洛夫斯基,窃笑着说,嗳你看这个人像谁?像谁呢?我歪着头看了一眼,噗嗤一声也笑起来。我不知道。我假装严肃地说。妹妹把嘴贴在我耳朵边上,轻声说:像爸爸呀!她放下书,又去把妈妈叫来,妈妈看了一会,点点头说,噢是蛮像的嘛。不过妈妈并没有笑。

那是奥斯特洛夫斯基病愈后的相片。他的双目深陷、眼眶突出、颧骨高耸、头发稀疏、薄薄的嘴唇紧紧抿着,神情严峻而顽强。

我们拿着书又端详了一会。真的,真的很像爸爸。

那时的爸爸,年轻时潇洒而俊朗的外表,已经改变得太多。曾经圆圆的脸,变得瘦削而憔悴。那双漂亮的大眼睛,深深凹在光秃秃的额头下面,眼眶像两个井沿,在很深的井底,闪烁着冷冽的水波。

如今这双眼睛,又将面对一场史无前例的暴风骤雨。

大串联开始了。当我一心盼望着学校能同意像我这种"出身不好"的同学,也能和红卫兵们一起外出串联时,我一点都没有想到,大串联实际上已威胁到我们家庭的生活来源。

煤车停开了。由于铁路交通混乱,"战备煤"的运送受阻。艮山门车站每日呼啸而过的煤车不再往来,煤场已无煤可挑。

服务站说:有工做工,无工回家。爸爸只好停工在家数日。

有一天,那个曾同爸爸在一起跑煤车,外号叫"章木陀"的人,说是找到了一份给铁刨花打包件的活,急急忙忙来叫爸爸同他一道去轴承厂。爸爸走后不久,来了两个街道的人,凶巴巴地问我:张恺之人呢?!我说我爸爸出去干活了。去哪里?我说我也不晓得啊。他们在门口犹犹豫豫地站了一会,也不知去哪里找他。后来就嘟哝说:好啦好啦,今天算你爸爸运气,本来要叫他去游街的,他不在就算啦,算给他逃出一回。不过等他回来,你告诉他,明朝不准上班了,在家里等着,明朝还是要去游的!地富反坏右分子统统都要去游街的!

爸爸回来后,我告诉他这件事。爸爸说,游街就游街,没什么了不起的。我反正是一只"死老虎",死猪不怕开水烫的。

不过爸爸还是嘀咕了一句。他很关心游街的时候,会不会戴高帽子,那么帽子上头,会给他写上一个什么罪名。

第二天爸爸去游街。爸爸不准我去看,但我还是偷偷去了。我想我就只看一眼,看看爸爸的帽子上到底会写什么。我低着头挤在人群中,让额头披散的刘海儿遮住我的眼睛。后来我听见有人当当敲着铜锣过来,差点以为是卖梨膏糖的老头,抬头看,只见一大片白花花东歪西倒的高帽子,是游街的队伍过来了。他们垂着手慢吞吞地走着,脸上毫无表情。有些人被剪掉了头发,那帽子老是滑脱下来,走几步就要用手扶一扶,有个人就干脆用手举着,于是那几个"牛鬼蛇神"的字,高高在上地格外显眼。路边有孩子窃窃地笑,举手喊着打倒×××的口号,尖声怪调的像是在做一个好玩的游戏。

后来我看见了爸爸。他的帽子上写着:叛徒!

爸爸若无其事地跟着队伍走着。我觉得他好像快要笑出来了。

那次游街给我留下的印象,就像看了一场街头活报剧,闹哄哄乱糟糟的。记得爸爸回家后,把那顶帽子揉成一团,哭笑不得地说了一声"瞎扯淡"!

过了几天,爸爸又被叫到街道俱乐部去陪斗。斗争的对象是一个叫余熊的电工。有人揭发余熊,说他把红宝书垫在屁股下当凳子坐;又说他收听敌台,是现行反革命。爸爸的罪名有所变化,这次成了"特务"。爸爸回来对妈妈说:我弯了半天腰,怎么一点没事。还是挑煤锻炼人,腰都练出来了,你说是不是啊?

还有一次,爸爸被叫去陪斗走资本主义道路的当权派——街道办事处主任。我认识这个瘦瘦高高的老头,讲一口山东话,嘴里总是有一股大蒜味儿,不过他待人挺和气的。听说他在南下前,是山东老区的一个村长。就在那天开完斗争会后,王主任回家过马路,突然被一辆汽车撞倒,送到医院里,已经脑溢血死去。

厨房隔壁的小学校操场里,每天晚上都传来撕心裂肺的嚎叫声,夹杂着皮带抽打的声音。在一个有月亮的夜晚,我站在窗边,看见操场的大樟树上,吊着一个人。那人苦苦哀求着,但没有人理他。后来声音越来越微弱,最后无声无息了。吊挂在樟树上的人影,在昏黄的月光下,像一尊受难者的雕塑。

自从开始清理阶级队伍,爸爸在家里很少讲话了。妈妈也总是忐忑不安的样子。我觉得这个家,像是凄风苦雨中的一只鸟窝,在风暴的袭击中摇撼着,早已不堪一击,随时都可能从树上翻落下去。

那年冬天,沈兆际一家人自杀的惨案,几乎震动了整个城市。

327

我们全家都被这骇人听闻的死讯惊呆了。一连好多天,我们常常会突如其来地毛骨悚然,惶惶不可终日。

爸爸说他见过沈兆际这个人。就在不久前的一天,街道通知他去开会。除了平时熟悉的那些"牛鬼蛇神"以外,还有一个面孔圆圆的中年人,穿得很整洁,一副斯斯文文的样子。派出所所长对大家说:今天的会,是让大家来帮助这个沈兆际。他散布了许多反动言论,要让他彻底端正认识。但那个斯文的中年人,一声也不响。派出所所长说:嗳你怎么不检查自己呢?你说过的那些反动言论,我们都是掌握的——有一天晚上,你和朋友到西湖边上去,你是不是对别人说过,西湖假如装上许多霓虹灯,就跟香港一样漂亮了。你这不是羡慕资本主义又是什么呢?!你必须老实交待出来,坦白从宽,抗拒从严!但这个沈兆际还是不说话。他就那么坐着,从开始到最后,也没说一句话。于是派出所所长又进一步启发在座的那些人,叫大家批判揭发。有几个人随声附和了几句。爸爸什么也不知道,一直没有发言。大家很尴尬,东拉西扯地敷衍了一会,最后所长只好匆匆散了会,留下沈兆际个别谈话。

第二天爸爸问了别人,才知道这个沈兆际,美术学院毕业,原先在美术出版社当编辑,也是个画家。1960年不知为什么辞了职,平时以画连环画为生。"文革"开始后,出版社不再出书,他的经济来源中断,靠老婆一个人的收入,养活两个孩子。所以有时候,就同一伙无事可做的画家,在一起发发牢骚。却没想到有一位朋友的老婆检举了丈夫的"反动言论",株连到他,被连续批判多日,还让居民委员会监督,每天在巷口扫地……

就在那次派出所"帮助"他的半个月后,这个沈兆际在家里,用电线将自己老婆电死。又电死了两个女儿。据说他妻子曾请求他,两个人一起死了算,但留下两个孩子。他不肯,他说要走全家一起走,何必留她们在这人世受苦。当时两个女儿苦苦哀求,他竟然不为所动,还是极残忍地下了手,然后自己割腕自尽。却不料他还剩下一口气,被邻居发现,送到医院抢救。他活过来以后,全市召开了声势浩大的批判大会,沈兆际被当即执行枪决。

如今,风雨飘摇却仍然温暖的"鸟窝",就成为爸爸妈妈妹妹和我,最后一个遮风蔽雨、互相依傍的港湾。

妈妈已经被学校的红卫兵小将勒令交待问题了。校门口贴出了"打倒大叛徒朱小玲!"的标语,不久后,妈妈被隔离审查。爸爸除了顾及自己的"问题"随时会"卷土重来",还要为妈妈的事情操心分忧。在妈妈长达四年之久的隔离审查期间,爸爸帮妈妈写下的文字材料,恐怕比妈妈自己写的还多。妈妈历史上每一个重要的环节,爸爸都烂熟于心。有时我甚至觉得爸爸比妈妈还了解自己的历史,许多细节,妈妈总是连自己都弄不清楚,而爸爸却能将其整理得经纬分明。过去的许多年中,一直是妈妈在支撑着这个家。到了"文革",早已沉入"街道"里的爸爸,似乎由于没有发现"新的问题",反而幸免于难。他从"文革"的边缘擦过,比起以往的遭遇,这位老运动员已是见怪不怪。只是在记忆中,留下了一些荒唐可笑的故事。

1969年初夏,妈妈还在隔离审查中,我离开杭州,去了北大荒。

那些荒诞滑稽的故事,都是后来我回家探亲时,断断续续听说的。

不过爸爸也许天生有点缺乏幽默感。他一边讲一边自己笑得一塌糊涂,我们却完全莫名其妙。——你们是怎么搞的嘛,连听都听不懂?每次他笑完,就为我们的"迟钝"而生气。

故事一:关于"表格"

时间:"文革"初期

讲述人:爸爸

——那是我在电缆厂当临时工的时候,你妈妈还在隔离审查。

我有一次去上海跟车,给你卢坤伯伯带了点鲜鱼,往他单位打了一个电话,没想到他也被隔离了。我刚回到杭州,就让电缆厂解雇了,只好又去跟着装卸组的人跑车。那段时间,全国各地来找我外调的人,每天都有好几拨。街道干部为接待他们,忙得不亦乐乎。偏偏我每天外出跑车,街道的人,经常找不到我。于是只好把我从装卸组调出来,安排到附近的粮食局仓库去管仓库,以便随叫随到。

那时来找我调查历史的人,哪儿来的都有。问来问去,都是1952年镇反、1955年肃反、1957年反右、1959年反右倾时候,早已重复了无数遍的内容。我就开始不耐烦了。同你妈妈单位的那些红卫兵小将们一样,那些外调人员其实都在借外调的名义游山玩水呢。你热爱名胜古迹我们管不着,可是让我们一遍又一遍没完没了地写材料,实在岂有此理。有一次,两个外调的人找到了我们家里,自称是浙江日报的。他们问我:你是怎样介绍袁少阳参加特务组织的?我反问说:我怎么会介绍袁少阳参加特务组织呢?你们倒说说看。那个高个子的人说:你不是让他填过一份表格吗?我问:啥时候填的表格啊?那人说:1949年5月。我又问:1949年5月,杭州不是已经解放了吗,我怎么会介绍他参加特务组织呢?另一个矮个子就说:那就要问你啦,你自己心里最清楚!这时我忽然想起了解放初的一件事。那时我去市委报到,地下市委书记对我说,可以找几个思想进步的排字工人,去省报工作。后来我就找了袁少阳几个人,同袁少阳也就这么一点关系,那恰好是1949年5月。于是我生气地对他们说:那时我是一个堂堂正正的共产党员,他是个工人,我是介绍他参加工作,不是参加特务组织。你们不要胡说八道!那个矮个子气势汹汹地说:张恺之,你太嚣张了,你想抗拒文化大革命,决没有好下场!我这个人的脾气,你是知道的。我一听这话,火冒三丈,顿时就跳了起来,用手指着门口,对他们喊道:你们给我出去,出去!你们走!我不认识你们,我不跟你们讲话,走!快走!这两个外调人员只好气呼呼地摔门走了。后来过了十多天,报社来了另外两个人,很客气地向我道歉了。他们说,是因为在袁少阳的档案里,发现了一份履历表格,介绍人一栏,是我签的字。所以让我作个证明。我说:你们懂不懂起码的常识啊?以后不要再闹这种笑话啦!

妹妹在一边插话:我告诉他们说:这种表格,在文具店里,都有卖的……

故事二:关于"逃票"
时间:"文革"中期
讲述人:妈妈

——后来就开始"斗批改"了。那时候我的隔离审查已经结束,回到了家里。你爸爸告诉我,街道党委派了工作组到服务站,杂工组改名叫修建队了。有一天,来了一个女指导员,听人说,她以前是外县一个剧团演样板戏的,人倒长得蛮端正。她用一口绍兴方言自我介绍说:我叫金彩凤,现在,街道党委派来一批优秀的共产党员,同大家一起搞斗批改……此话一出,众人哄堂大笑,她自己还莫名其妙。掏出一本小红书,像模像样地给大家念语录。下面几个妇女忍不住笑,根本没把她放在眼里。这个修建队七八十个人,什么人没有啊,她还以为自己真的就是代表毛主席革命路线的哩。

过了一些天,是晚上,金彩凤在修建队狭小的房子里,召开全体大会。她站在上面,突然声色俱厉地喊道:张恺之,今天你要老实交待,你为什么要在电车上逃票?!

你说什么逃票啊?当时你爸爸一点都摸不着头脑。

什么逃票?我们有证据,你不要想抵赖。你以为我们不知道?你说,前些天,你坐电车到城站去干什么勾当?群众的眼睛是雪亮的!

你爸爸越发莫名其妙。他解释说：大家晓得，我一向都是骑自行车上下班的，我从来不坐电车，而且，我差不多有一年没到城站去了，你说的逃票，到底是怎么回事？有没有弄错呀？

在座的人顿时议论纷纷，都觉得这件事蹊跷难辨。有敢说话的，认定张恺之不会做这种事；也有人建议领导核对日期时间，只要证明那一天你爸爸是在工地上，嫌疑就可以排除。这时有个家伙站起来说：嗳，我相信，领导上不掌握材料，是不会冤枉好人的，你还是坦白了的聪明。你爸爸瞪了那个人一眼，怒气冲冲地骂了一句：你是个混蛋！你说这种话，连狗都不如！金彩凤觉得自己的权威受到了挑战，脸涨得通红，高声喊叫：张恺之，你的反动气焰太嚣张了，我们革命群众决不会放过你的！从现在开始，你给我停职反省，作出书面检讨！你爸爸头也不回地走出了屋子，会场上闹哄哄的乱成一团。

到了第三天，家里来了两个干部样子的人，说是来外调的，又不肯报出单位和姓名。一来就装模作样地让你爸爸谈个人历史。你爸爸也故意不问他们到底要调查什么，就滔滔不绝地给他们讲地下工作时候的事情。对自己的个人历史，你爸爸反正早已是倒背如流，重复无数遍了。他东拉西扯的，听得那两个人直打哈欠。

又隔了几天，街道通知你爸爸去开会。我想大概又是那个"逃票"的事，什么时候才算完啊，真是旧冤未了，新错又添，我们到哪里去讲理呢？

你爸爸走进会场，大吃一惊。原来是一个斗争会，听说，那个在电车上假冒张恺之逃票的人，竟然被抓到了。那天到我们家来外调的人，就是市交通公司的……

（爸爸在一边忍不住插进来说：那个人叫杜国江，是武林街道的。我怎么都没想到，会是这个人冒充了我。杜国江曾经同我一道在果园"自救"，后来也回了杭州，所以知道我的地址。他本是湖南湘潭人，老家离韶山只有几里路。十年内战时期，在国民党军队

· 332 ·

当排长,围剿井冈山时被俘。听说朱德总司令还对俘虏讲了话,去留悉听尊便。他居然站到"去"的队伍里,又回国民党军队当了排长。到抗战初期,此人已爬上副营长之职。抗战胜利后,他才离开国民党部队,去做了生意。解放后的处境当然可想而知了。这样一个人,在电车上逃票被人抓住,问他的工作单位和姓名,他竟说自己叫张恺之,是××街道的临时工等等,说得有鼻子有眼。公交公司的材料转到我所在的街道服务站,金彩凤趁机大抓阶级斗争,才惹出了这场小小的风波。不过,那个杜国江,在批判大会上,总算低头认罪,遭到了众人的唾骂,我看他也真是没出息,可怜又可恨啊……

不过那天金彩凤还是批判你了,爸爸!妹妹提醒说。)

是的是的。妈妈点点头说。还是批判你了。这件事最滑稽的就在这里。他们把那个杜国江批判完了,放他走后,金彩凤又跳到台上去,振振有词地说:今天这个事情,虽然是搞清楚了。但是,张恺之必须要接受教训,社会上到处都是阶级斗争,一不小心,就会弄出问题来的啊……

(嗨,还是让我自己来讲吧。爸爸又插话说。我听金彩凤那么讲,实在是忍无可忍了。刷地站起来,不管三七二十一,理直气壮地对大家说:请各位革命群众听着,指导员让我接受教训,我不懂!我一没有逃票、二没有冒充别人逃票、三没有诬蔑人家逃票,要我接受什么教训呢?金彩凤恼羞成怒,马上打断我,尖声喊道:这是阶级敌人的猖狂反扑!张恺之,你给我回答,他为什么不冒充别人,偏偏要冒充你呢?你和他狼狈为奸,互相勾结,企图破坏文化大革命,罪责难逃!我根本不理她,指着她的鼻子说:金彩凤你今天给老子讲清楚,你说我到城站去搞什么反革命勾当了?你身为指导员,不调查研究就血口喷人,让大家说说看,到底是我接受教训,还是你应该接受教训啊?我讲完就坐了下去。台上的金彩凤脸色铁青,"哇"地哭了起来,歇斯底里发作一样,大叫大嚷:我不干了,我不干了,你们牛鬼蛇神都翻天了……台下的人笑嘻嘻地一哄而散,这件事也就不了了之了。)

那天晚上你回家以后还在生气呐。妹妹补充说。我真怕你把火气发到我头上来。不过还好,你就是骂了金彩凤几句。

我骂她了吗?我骂她什么呢?爸爸觉得很奇怪。

妹妹吞吞吐吐地说:我不会讲,那是一句粗话。

我骂粗话了?爸爸越发惊讶。我怎么会骂粗话呢?

是真的。难道你自己不晓得吗?妹妹很认真地望着他。

我不晓得。我一点感觉都没有啊。

从你到了街道后,你一直是这样的。尤其是这几年。

嚅嚅,我想这不可能!爸爸似乎有点不好意思。

婴音说的是实话嘛。妈妈公正地加以确认。我也作了旁证。

是这样啊……爸爸若有所思地摇了摇头。街道……他叹了口气说。街道这个地方……不过,那些讲粗话的人,可都是好人呐!

故事三:关于"磨刀霍霍"

时间:"文革"后期

这一次,是妹妹讲的。任何事情经她一讲,即使原本很平常,也会忽然就好笑得很。

——嗳你记得那个汪永连吗?就是那个每次来我们家,离老远的地方,就开始喊爸爸名字的那个人。喉咙有点哑壳壳,声音一往上翘,就会突然跑调的那个人。想起来了吗?嗯。你不要看他这么邋邋遢遢的一个小个子,爸爸说他以前参加过土改工作组,是工人提拔的厂工会主席。不过他这个人有点喜欢自说自话,那破喉咙又不动听,一跑调,往右边一拐,就拐成了"右派",后来弄到街道里来。爸爸做白铁工的时候,他给爸爸打下手的。

——你晓得刘学谦吗?那个瘦高高的长条,戴副眼镜,一看就是很聪明的样子。听说他从前是矿冶学院的大学生,念到三年级,那一年暑假,到天津去看他姑夫。他姑夫是天主教教区的一个神……神什么?(爸爸提示:神职人员)你说他看什么不好,偏偏去看神……神父。其实他父亲解放前是上海海关的检疫专家,解放后弄到新疆去了,后来也不知怎么又变成了反革命。他对我说过,他们家在杭州耶稣堂弄里的私人房子,也被没收了。他自己的父亲太远了没法去看,就只好去看姑夫。没想到这么一看,就看出麻烦来了。回到学校,说他同宗教组织有联系,勒令他退了学。不过他功课好,懂机械什么的,就到一所中学里去代课。代来代去的,同一个教数学的青年教师很要好。到1957年,那个数学教师变成了"右派",让他揭发,他不肯,就被学校赶出来了。反正他有技术,七弄八弄的,到了服务站来当了技术工人。同爸爸一道,给新房子做水电安装。

还有一个叫邵岱南的电工,说他写过反动标语。他爸爸解放前当过县长,后来逃到台湾去了。有一次他看报纸,一边看一边随手乱划,在报纸的边边上,写了好多字。让别人发现了,说他是反革命。他仔细一看,才看见那报上有张领袖像,他在旁边写了好多"打倒"。其实是因为那天的报上登了美军入侵黎巴嫩的消息,他解释说自己是想写打倒美帝国主义,只是后半句还没写完。但没有用,还是把他送去劳教,他真是跳到西湖里也讲不清楚了。那个叫黄其煌的人,你认识的,十七岁时在上海交大念一年级,就打成"右派"了,他不是还会写诗的么。还有一个"章木陀",力气很大,专门管摇绞板的。他原来是个派出所的户籍警呐,三年困难时期,他老婆生了孩子,饿得没有奶,他就在业余时间去"柯黄鱼",做点小生意,好给他老婆买猪脚爪发奶,结果被送去劳动教养了,出来后只好到街道里混日子。这么一批牛鬼蛇神,在一道做生活,街道里当然是眼睁睁盯着他们的啦。

(爸爸插话:还有一个叫俞通的人,1949年参过军,向大西南进军时,在部队做文化教员。只因他姑夫是国民党官员,他后来被清洗出部队,弄到街道上来。他做过会计,有经济头脑会算账,也是个人才。我们这几个臭知识分子,臭味相投,大家相处得很好的。刘学谦以前在安装队干过好几年,懂设计施工,又会操作,我们以他马首是瞻,互相配合,一连干了好多个工程项目,房主都很满意。有一段时间,我们甚至想,也许可以设法同某单位挂钩,筹建一个独立经营的水电安装队。)

你先让我讲下去嘛。哦,偏偏工地上有一种大锯条,锯一段时间,就会断掉。断掉了没有用,刘学谦看扔了可惜,出个主意,说是可以用来磨水果刀。爸爸他们都赞成,每个人都很起劲地磨了好几把。(爸爸插话:那种锯条的钢极好,又韧又薄,安上一个木头柄,可以当菜刀用。)刀片长长的,亮得像镜子一样。刘叔叔还专门送了我一把小的,我用来削铅笔,刀片还没碰到铅笔,木屑就掉下来了。同学都和我抢。爸爸要用它来剔肉骨头,我是不肯的。

可是突然有一天,爸爸回家时脸拉得长长的。对我嚷嚷说那些刀呢?统统去找出来,派出所要我们上交了。不上交就变成阶级斗争啦。这个问题是很严重的。我说那我用什么削铅笔呢?爸爸说都到这时候了,我还管你用什么削铅笔呀!

(爸爸纠正说:不对,你漏掉了关键的细节。事情是这样的:那次派出所所长把我们找了去,板着脸说:最近你们都在干些什么?刘学谦笑嘻嘻说:没干什么,不就是管道安装吗。派出所所长喝道:我不是问你这个,有人反映,你们在工地上不好好干活,搞什么名堂?刘学谦说:我们也搞不出什么大名堂,就是混口饭吃……所长一拍桌子:你们还想抵赖,有人反映你们磨了很多尖刀,你们到底想干什么?!刘学谦吓了一跳,连忙解释说:我们只是用断锯条做了几把小刀,是削水果用的,没什么意思啊。所长想了想,命令说:那你们回去吧,明天把所有刀子,统统都给我缴上来,一把也不许留!以后再不准这样搞,谁搞就对谁不客气!我们走出派出所,松了口气,又叹了口气,第二天,大家只好把刀子都缴了上去,才算拉倒。)

妹妹又说:爸爸你忘啦?那天晚上汪永连偷偷跑到我们家来,告诉我们,千万不要把那大的水果刀缴上去,要缴就缴小的。我说小的我还要削铅笔,要缴就缴大的吧。他说那我可一定要留一把大的,到时候你们就说我没做大的好了。就这样,总算混过去啦。

(妈妈补充说:后来我听说,这件事,是你们修建队里的积极分子反映给队长的,那个退休老工人,队长吴阿四,一听就赶紧跑到派出所去汇报说:不得了啦,阶级敌人都在磨刀霍霍啦,你们还不去管一管!)

妹妹最后说:后来有一次我到派出所去换户口簿,看见刘叔叔的那把刀儿,就放在所长的办公室桌上,他们正在用它切西瓜呐。那把刀顶漂亮了。刘学谦还说等以后有机会,他一定要把它"偷"回来的。对了,你想不想看看我那把小刀呢?我去给你拿来噢!

妹妹去找那把小刀的时候,爸爸说:可惜那样一来,我们几个人想筹建水电安装队的计划,自然就落空了,没有人再敢提起。

听完这些"故事",我哑然无语,哭笑不得。比起"文革"中那种种惊心动魄、血肉横飞的大事件,这些小故事实在是平常而又平淡。但多年后我依然难以忘却。

很多年以后,当我们重新温习那些愚昧荒诞的往事时,我们看到,在"革命"这个神圣伟大而崇高的旗帜面前,"人"显得何等渺小、卑贱而微不足道。假如人们为了"革命"而成为非人,那么革命究竟又是为了什么?

在那个丧失了理性和良知的岁月里,张恺之只能将他的疑问深藏于心底。

在那个"磨刀霍霍"的故事发生以前,爸爸一直在粮食局的仓库,做些收货出货的杂活。

他考虑到自己的年纪一天天大了,即使外调结束,他也不能再去做装卸工了,应该掌握一门手艺才好。当时仓库来了个白铁工胡师傅,正需要人帮忙,爸爸就去给胡师傅打下手。

听说这个胡师傅,小时候学过这门手艺,抗战时当了兵,钣金工的手艺就扔了,后来重操旧业,也就是个三级工的水平。胡师傅解放前在国民党军队当少尉文书,后来部队在四川起义,所以解放后,他持有国防部颁发的复转军人证。原在一个厂里做合同工,因为他认识肉铺的人,常常走后门给食堂买些便宜的肉骨头下水之类,有一次食堂用餐的人吃了那些排骨,全都上吐下泻,送去医院急救。查来查去查到他头上,被安上一个阶级报复和蓄意破坏的罪名,有口难辩,判了三年劳动教养。从此不知哪根神经搭牢,竟然逢人便说,他奶奶生前告诉过他,他是伟大领袖早年离散的亲生骨肉毛岸龙,早年由毛泽民送来杭州。因此他一有空就给中南海方面写信,那些信都被转回到街道里,久而久之,大家习以为常,也没人理会他。刑满后到了粮食局仓库。爸爸说这个人其实挺正直的,他跟着胡师傅学手艺,胡师傅提出的第一条守则,就是不准用公家的白铁做私活。他平日不肯给人做私活,单位的头儿对他还算不错。

过了三个月,胡师傅要爸爸自己揽活做,我爸爸只好硬着头皮去独立操作。他系上了长围裙,拿起了檀木方尺,开始跟人叮叮当当地敲白铁。又买了些《钣金工实用手册》之类的书籍来看,凭着胡师傅教给他的一些基本要领,自己一点点用心琢磨。几个月下来,渐渐熟练了,居然也就有些入门。开始时,爸爸做简单的隔漏、落水管,再学做水桶、水壶等实用家什。后来就依样画葫芦,尝试做通风保暖设备、虾米弯头、圆锥体等等。"文革"以后,社会上生产早已萎缩,这些白铁业务,都是队里的泥水师傅,设法同业主联系来的。所以爸爸很珍惜自己的活计。他是在学会了钣金工的技术后,才进一步发展到后来那个水电安装组去的,据说他专门分工做白铁水管,人称张师傅。

奶奶活着的时候,曾说"换一件活计换一副骨头"。爸爸做了钣金师傅后,手上胳膊上,常常被划上一道道的血印。肩上挑煤的老茧未退,手掌上的老茧又一层层压得老厚。冬天的时候,只要他粗糙的手一碰上丝绵被的被面,就会勾出几根细细的长丝来。白铁皮一般被用来做屋檐下的隔漏,铁皮卷成形封嵌好了,还得爬到屋檐下去安装。有时几层高的楼房,他战战兢兢地爬上去,脚下发虚,身子直晃。爸爸从小就有恐高症,一登高便冷汗淋漓,天旋地转。但他居然能把那些隔漏,一只只地装在屋檐下,真不知道他是怎么坚持下来的。

爸爸终于能够凭自己的手艺过活了。他的技术日益熟练,于是他常常忍不住在我和妹妹面前,吹嘘自己的手艺如何如何,不过我们总是不大相信。妈妈对爸爸自称的四级工水平,也抱着十分怀疑的态度。为了证明自己的技术,某一日爸爸回家的时候,从包里拿出了一只方形的白铁盒子,盖子可以打开关上,虽然开合有点费劲,总算是能开能合的。他很骄傲地告诉我们,这是他利用休息时间,用白铁的边角料做成的,给妈妈用来做针线盒,实在再好不过了。那只针线盒至今还保存在妈妈的抽屉里,封存着一段不堪回首的记忆。我每次开启那只不太灵活的盒盖时,总会有许多往事的碎片,在手中绵绵的长线中,丝丝缕缕地连接起来。

后来他还做过一只水筲和一只形状粗笨的罐子。那只罐子盛上凝固的猪油,随托运的食品,发送到北大荒农场,一直伴随了我许多年。

许多年过去了,那些少年时代的往事渐渐被记忆洗得淡漠。浮于表面的琐屑,被岁月的流水淘筛,只剩下了沉淀于底层那些最沉最重的颗粒。随着起起伏伏险恶多难的人生波浪,只有当我自己也逐渐经历了一次又一次的挫败后,才开始向我饱经风霜的爸爸渐渐走近。

在后来北大荒凛冽的寒风中,我许多次爬上积雪覆盖的草垛,

· 339 ·

遥望着家乡的方向——我看见爸爸背着蔬菜走过漫长的公路、看见他每天"挖山不止"走上漆黑的煤山,他仍然是高高地扬着头、极目四眺,俨然一副俯瞰众生的神态。他用自己顽强的生存意志和体力,担起了所有压在他身上的重负。当他烦恼、当他苦闷、当他暴躁、当他愤怒——他却终未有过怯懦和悔恨、终未有过谄媚和妥协。他走过"卑贱"人生,还始终坚持了他自尊坚忍的个性人格。爸爸同那些身处逆境,而心理先行颓丧的人相比,不可同日而语之处是:他无论经历怎样悲惨的遭遇,在精神上却是永远"打而不倒"。

爸爸和妈妈正好是一个相反。妈妈在苦难中沉湎于她的幻想。用一种可以称为"童话理想主义"的浪漫精神,抵御了命运的残酷。而爸爸在苦难中逐渐抛却了他的幻想,变成一个脚踏实地的劳动者,笑傲尘世,独立于天地之间。

我想,当我的青年时代和"文革"同时戛然而止时,我才真正理解了我的爸爸。

十九

  俗话说:"解铃还须系铃人",政府的政策把人民"倒"而"悬"之,到头来几个官吏"辞职","悬"也就此"解"下,这幕剧,真是"恶作"也够味儿之至。官话说,无论"八·一九"改革币制,或现在取消限价,为的都是解除老百姓的苦痛。某些大官,因为害怕大家因此埋怨起政府来,乃曰:"思虑或有不周,办法或有不妥,但衷心却是为了人民",他们对于自己的颟顸低能,压根儿不觉得一点难为情,反而战战兢兢的只求老百姓对他原谅,真是怪事。

  …………

  ——摘自《当代晚报·朝花夕拾》:《解悬了吗?》

  很多年以前,当我爸爸还在煤场一锹锹"挖山不止"的时候,他也许就已经有了一种神秘的预感,觉得强加于他头上那座黑色的大山,已开始在历史巨大的掌心中缓慢移动。它被人类前行的力量所驱使,正在一点点挪开它原来的位置……

  夏日的台风猛烈地摇撼着黑沉沉的煤山,他甚至听见了从煤砾中发出嘎嘎崩裂的粉碎声。

  这只是一种幻觉而已。他解嘲地摇了摇头。这座山实在是太大太硬也太坚固了。何况,每挖去一锹,它又会重新生长出来。每隔七八年又来一次,像一个砍不尽的九头怪兽。

日历已经指向 1976 年秋。那一天,头上已出现几缕白发的张恺之,正在弹簧厂孜孜不倦地敲打着他永远的洋铁皮。忽然,他似乎觉得脚下的大地剧烈地震动了一下,他的身子晃了晃,那张宽大的铁皮猛地从他手中蹦了出去,锋利的尖角在他手上划开了一道长长的口子,殷红的鲜血喷射在灰白色的铁皮上,漫漫流淌成一个奇妙的符号……

像是个字呢!我爸爸忘了疼痛,好奇地侧头望着那延伸着的血迹——是个"大"字,还是"人"字呢?他琢磨着。最后他断定那是一个"人"字。西斜的阳光在那"人"字上驻足不去,刺疼了他的眼睛,血色便格外地鲜艳夺目。他发现自己原来还拥有如此旺盛而鲜红的血液,这个意外的收获使他对自己感到十分满意。

那个大地震动的时刻,时年 52 岁的张恺之,正津津乐道于研究那个鲜血涂抹的人字。他不知道这个世界上正在发生着什么。他已经等待得太久,他的生命是由几十年的等待连接而成。他对这种等待的结果其实早已麻木,等待已成为他的生命本身。

在他的一生中,尽管他曾经多次预言过自己一定会重新站起来。但当着七十年代末期拨乱反正的钟声,在满目废墟的神州大地敲响时,他仍然感到了一种极度的惶惑和震惊。

他面对着一种结束和另一种开始。然而究竟是一种"什么"行将结束,又是一种"什么"即将开始呢?

历史的风车疾速地旋转,从 1978 年开始,短短几年,中国将三十年来纠结的乱麻、沉积的污垢,匆忙重新整理和清扫。"文革"中被打倒的"走资派",纷纷官复原职;反右"扩大化"的所谓"右派",终于恢复了名誉、重新安排工作,并归还了被抄家没收的财物……满目疮痍的黄土地,掩埋着无以数计的冤魂;狭长的铁路公路,挤满了离乡背井的上访者;四海之内冤假错案的受害者,声声哭诉、阵阵怨愤,一时气冲霄汉。

那么张恺之呢?他既不属于"文革"、也不属于"反右"。他的冤情发生得太早,早在共和国建国之初;早得某些人差不多已经忘记了还有过这样的事情。他的"错案"属于"镇反运动"后期,清理中、内层干部中的个例,哪儿和哪儿都挨不上,那么将由谁、由哪个部门来受理他的申诉呢?

那段时间张恺之不断收到各种聚会的邀请,去送别他昔日的难友们,欢天喜地回归革命队伍。我那仍然做着白铁、水管的爸爸,一次次向老友们表示真诚的祝贺,然而笑容里未免掺着几分苦涩。他时而冲动时而沮丧时而激愤时而焦灼,他已在等待中苦熬了近三十年,三中全会决定在全国范围内平反冤假错案,大概是他有生之年最后一次可盼望的机会了。

我在千里之外的北大荒,不时收到爸爸充满焦虑的来信。他说某某伯伯建议应向公安部提出重审他的案子;某某伯伯建议应找当年主管政法的省委领导;但不管将从哪里开始着手,他总算已弄明白,不会有人主动找上门来为他平反。现在他要做的第一件事,是必须尽快找到当年直接与他联系的地下党领导人。

张恺之终于向省公安厅,正式递交了他的申诉书和自述材料,并将副本交给省报——他原来的工作单位。希望他们能联合复查,解决他的问题。当他将一沓厚厚的稿纸,郑重地放在那张堆满了各种文字材料的桌子上时,他恍然觉得这个重复了许多年的动作,实在已熟练到近于机械的地步了。这份经过他六天六夜"苦斗",在原来所有申诉材料的基础上写出的长篇自述,几乎耗尽了他全部的心血和耐力。走出公安厅大门时他的四肢瘫软,他不敢去想也不敢相信,这是不是他一生中最后一次申诉?

答复竟然很快就来了。省公安厅已同意和报社联合复审。报社政工部门为此事已发出了六十多封外调专函,对张恺之的历史"疑点"进行查证。那段时间,省公安厅此类申诉堆叠如山,应接不暇,故要求省报派出一位人事处副处长,协助公安厅进行外调,报社也很配合。张恺之悬吊的心,总算是有了一线依托。他长达二十七年的申诉,至此第一次被受理。1952年写下的"戏本",1979年才算是终于开了场。

各地的证明材料陆续寄回来了。却偏偏的,他最重要的一位证人,当年地下党直接领导他的王鼎成(解放后任上海文化出版社社长),已在"文革"中被迫害致死。于是寻找另一位证人便很费了些周折。

每一次去公安厅催问"案子"的进展,爸爸总是兴冲冲又忧心忡忡。几次听说快了,一时却又杳无音讯。那座黑色的大山总是挖一锹又长一锹,日日月月没有穷尽。他每天都看见阳光从他的头顶掠过,却眼睁睁看着它消失在高远的蓝天。希望像一丝稍纵即逝的闪电,在天际可望而不可即。这是爸爸生活中一段异常难熬的日子,甚至比那漫长的"自救"生涯更令人难以忍受。他不停地给我写信,企图以此来缓解自己的焦虑不安。毕竟,平反历史上的冤假错案,只是上头的一个决定。或许说,是一份登陆的许可证。你能否走过这片泥淖,还得自己找鞋。

他们周围所有的热心朋友,几乎都帮着张恺之投入了"找鞋"的活动。

经某某朋友介绍,爸爸认识了一位马律师,当时他恰巧在省公安厅为一位领导起草文件。他青年时代在上海参加过学生运动,解放后多年一直从事公安工作。外表永远温文尔雅的马律师,对张恺之的遭遇出于一种深切的同情之心,开始为爸爸的平反一事四处奔走。

张恺之终于得到了公安厅二处那位态度和蔼的栾科长较为可靠的答复。他说事情已经搞得差不多了,结论的草稿都写出来了。目前就是还缺少一份证明材料——在某个重要的历史关节上,一个查证人的证言。经过联系,得知此人曾在上海提篮桥监狱,然而时隔多年,如今已下落不明。省公安厅通过北京公安部门去查找,只知此人是在劳改系统,解放初从上海送去外地劳改。现在究竟人在何处,还需要等候各地的回函。总之不是在内蒙古,就是在黑龙江,或者是新疆、青海这样一些遥远的劳改农场。要找到这个人,是很费时间的事情。要耐心地等一等。不过,按此线索找下去,总是找得到的,想必应该是快了。那位科长还说,你如果是一般的问题,有半个月我也就给你搞好了,但你的事情时间太长,这个人又很重要,我们这样认真地去查实,就是为了给你作出全面的结论……

爸爸在心里长长地松了口气。他一直担心这个"证人"在解放前夕跑到台湾去,那他真是有口难辩了。既然此人还在大陆,总还有查清的希望。解放初期,他在"革大"直属班受审查时,有关方面根本不作任何调查,单凭一种武断的猜测,就轻易草率地把一大批人打成了"反革命",将他们的政治生命判了"死刑",弄得这些人几十年有冤无处申诉。如今能够这样彻底地查一查,弄个水落石出,他当然求之不得了。

那一天傍晚,张恺之走出公安厅大门时,心里感到了一种从未有过的轻松。时已深秋,他却觉得身上有些燥热。他脱去了那件脏兮兮的黑呢子上衣,在暮色中匆匆走回家去。最后一线夕阳,将他的灰色的毛衣染成了怪异的紫红色,一晃一晃的十分耀眼。他觉得自己像是一个被解除了魔鬼咒语的怪物,正一层层蜕去那身黑色的外壳,恢复他几十年前的本来面目。

那天他心情很好。路过电影院时,他心血来潮地买了几张电影票,请妈妈和妹妹看了一场日本电影《砂器》。

坐在黑暗的电影院里时,他忽然产生了一种奇怪的感觉。他觉得很多年前,发生在他身上的那场"浩劫",很像是一部拙劣的推理小说:$A=B$,$B=C$,所以,A 就 $=C$ 了。如此草菅人命,问题究竟出在由于当初没有认真核查事实,还是由于评判事实本身的标准所造成的呢？标准作为一个量词,究竟由某种思想体系还是由某一集团制订？更确切地说,是党还是国家呢？难道一旦掌握了标准的制订权,就掌握了解释"历史"的权力么？推理小说似乎源出日本,但《砂器》却证明,世界上的事情,无论多么复杂的案情,事实必定具有它不可更改的客观性。

这场电影看得他心情激愤,一时却又更为迷茫。

过了几天,马律师来找他说：那个重要的证人已经找到了,并寄来了证明材料。你本人提出的申诉与复查的情况相符。他又说,省公安厅的复查人员认为,1954年张恺之从乔司回来后,没有发现他有什么其它问题,原本就应该让他回报社工作,那时没有这样做就是不对的。马律师还拿出了一份(79)96号文件,给他念了一段用红笔划出的文字：凡是原则认定的主要事实失实,混淆敌我矛盾的,都应属于有错必纠之列。他收了文件,叹口气说：但是现在积压的申诉太多,还必须履行一整套繁复的公文程序,时间确实是拖得太久了一点,你再耐心等几天,想必应是快了,快了。

马律师刚一走,张恺之再也按捺不住,急急跑去找公安厅的那位栾科长。一打听,才知他病休在家。他又跑到栾科长家里。栾科长见到他,竟问：怎么,还没有搞好吗？我还以为元旦前就搞好了呢！原来这个月栾科长动了手术,在家休养。张恺之的事,已交给别人去办了。爸爸说：那么春节前能不能办好呢？这可已经是1980年了。栾科长点点头说,争取吧,我上了班,马上去催。

现在我已忘了1980年的春节,我为什么没有回杭州探亲。我是在春节过后收到爸爸的来信的。那是一个雪后初霁的大晴天,窗玻璃上晶莹的冰凌花,正在温煦的阳光下渐渐消融,化作滴滴清泪般的细流,在明亮的玻璃上蜿蜒着,泅湿了双层窗框中的木屑。那些奇妙的冰凌图案,慢慢消失在阳光和暖气中,露出了窗外银白的积雪……

我打开了爸爸的信。他的第一句话就是：

为爸爸高兴吧,我们多年来等待的奇迹终于出现了!省公安厅和省报作出了决定:撤消1952年对我的处理。并宣布给予平反。我真的解放了!

下面的一句话是:我衷心地欢呼:党的十一届三中全会的正确路线胜利万岁!

　……………

我没有感到什么特别的惊喜。也许这早已在我的意料之中。也许,那么多年的盼望,已使我近于迟钝和麻木。

只是,我的目光在"解放"那两个字上,停留了许久。我眼前出现了1949年5月3日杭州解放的第二天清晨,他正飞快地骑着一辆破自行车,沿着公路驶向杭州城,去报告海宁县和平解放的消息。而这位地下党员张恺之同志本人,却在三十年以后,才真正得到"解放",这是不是有点像一部荒诞小说的情节呢?

爸爸在信上还说,关于他平反后的工作,还要等待省人事厅的安排决定。他本人的愿望,自然是回省报去工作。

他几乎每天都兴奋地准备着返回工作岗位。然而,他的工作安排,却迟迟没有消息。

他仍然天天去粮食局仓库上班,叮叮当当地敲着白铁。铁皮在他手中卷曲成一个个圆筒,将他的忧虑和渴盼,一层层卷裹于其中。

一晃就是几个月过去了。仍然没有人来通知他去报社报到。

到底出了什么问题呢?他开始忐忑不安了。

又是一趟趟的跑腿和催问。一次次地在堆积如山的文件里查寻。

开始时有一种奇怪的说法。人事厅认为,既然张恺之当初并没有被判刑,说明当时是作为人民内部矛盾处理的,不存在平反的问题。但省公安厅指出,那时都把人家弄去劳改了,实际上还是作敌我矛盾对待的。既然搞错,就应该给人彻底平反,恢复工作才能算是最后解决。

人事厅终于答复说,恢复张恺之的工作,需要有省公安厅当年处理他的原始档案作为依据。然而,在报批的材料中,根本没有这个原始档案。他的档案残缺不全。是遗失?还是原来就根本没有?无人知道。

爸爸那只薄薄的档案袋里,除了几份干部审查登记表、本人"交待"的历史材料等等,还有一张省公安厅的公用信笺。上面写着十五个字:张恺之——特务嫌疑、叛徒嫌疑、托派嫌疑。

既无公章,也没有署名。

这是谁写的呢?不知道。算是结论吗?也不知道。

他想起1954年底对他宣布无罪释放的时候,他曾问过,1952年对他作出劳改处理的主要事实依据究竟是什么?有关方面的回答含糊其辞:你没有现行问题,不予起诉,也不作刑事处分。他说:那么总该给我一份处理书吧。回答是:不必了,不作刑事处分还有什么处理书呢?

就这样,张恺之从入党到变成"反革命",从"地下"到"地上",从"反革命"到几十年后平反改正,始终没有见过任何书面文字材料。他就像一个登山探险的失踪者,一个注销了户籍的死囚犯,消失在冰川峡谷或戈壁荒漠……

十亿人口的泱泱大国,九百六十万平方公里的土地,"人"真的是最宝贵的东西么?——他不得不问自己。

那座压在他头顶的黑色大山,如一棵枯死的大树,地下尚有粗壮的根系,延续伸展到地层的深处。

在他的一再催促下,省公安厅、省报和人事厅反复交涉,但人事厅仍然坚持必须搞清他的原始档案,才能落实工作问题。

从春到秋,从秋到冬。从公安厅到人事厅,又开始了新一轮的马拉松。湖畔已是枯叶飘零、朔风呼号,就在张恺之被省公安厅告知复查结论,宣布平反以后,整整八个月过去了,爸爸还是在当他的白铁师傅。

他的那些焦急不安的朋友们,为他找到了当年在"方小"时的地下党负责人卜明。后来又终于找到了在地下时期的第二位领导人,也就是爸爸当年将姜弘任介绍去上海后,指示姜弘任从事搜集上海外围驻军情报的那位同志,大军解放上海前,他曾是地下闸北区委成员,如今正巧出任上海市委统战部副部长之职。我很难想象爸爸见到他当年的上级时的心情。爸爸只是对我说过,他们十分理解他的处境,一定会实事求是地作出负责的证明的。对于过去发生的那一切,他们的心里也许更为沉重。

多年以后,当种种冤假错案被纠正时,我在无意中发现,其中似乎存在着一个奇怪的逻辑:上头的人坚持说,是底下办事的人执行错了;而底下办事的人强调说,我们从来都是根据文件执行的。于是所有的人都毫无责任地获得了解脱。那么后人将如何走出这座错误的迷宫呢?那是一个永远的"二律背反"。

也许张恺之命中有救。大概连命运之神也已幡然醒悟,觉得愧对于他——1980年8月那一个阴沉的下午,正在他走投无路之际,如有神力相助,一次奇妙的邂逅,竟然意外解救了他。

那一天他心事重重地骑着自行车,经过天水桥。焦虑的目光漫不经心地掠过路边的行人。忽然,眼前闪过一个熟悉的面影。他的心猛地一惊,定了定神,刹住了车把。——这个人是……对,是他!就是他!郭成俊,直属班的那位班主任!他不是早已带着一批劳改犯到青海去了么,怎么又回来了呢?张恺之差点喊出声来。他永远都认得这个人,不管此人走到哪里,不管如今变成了什么样子,那双鹰隼般锋利的眼睛,一辈子都在叮啄着他的心。张恺之紧追了几步,跳下车招呼那人。他的嗓子发紧,笑得很勉强。他曾希望自己永远不要再见到这位郭成俊,但恰恰也许就是这一位当年负责处理他问题的郭成俊,能够提供自己原始档案的有关线索。

出乎张恺之的意料之外,郭成俊见到他,竟然喜出望外,十分高兴。他好像已经完全忘了当年把张恺之送去劳改一事了,亲热地向他问长问短,倒使得张恺之一时有些尴尬起来。两个人站在马路边上寒暄了一番,言谈之间,爸爸才知道,原来郭成俊1958年去青海当了劳改支队政委,在大西北这些年,也吃足了苦头。如今老婆患了老年痴呆症,儿子犯了刑事罪坐了牢,他也是刚刚落实政策回到杭州的……

三十年风尘岁月,天地沧桑,物是人非。当年那位居高临下、掌握着审干生杀大权的直属班主任,同眼下站在张恺之面前的这位笑容可掬、态度谦恭的"老熟人",像是判若两人。西北的风沙磨去了郭成俊眼里的阴鸷,他的目光暗淡,嗓音嘶哑,黑黄的面孔中透出几分难言的恍悟。

爸爸定了定神,告诉他自己已经正式平反了。但因省人事厅缺少原始档案,恢复工作的问题迟迟得不到落实。说到这里,爸爸忽然觉得喉咙里有一团黏糊糊的东西,使他觉得憋气。他想要大声地说点什么,于是他用力地咳了一声,在心里对自己说——那都是过去的事情了,整人的人和被整的人,都不过是一粒小小的棋子呵。他很快平静下来,问起郭成俊是否还记得当年他的原始档案的记录,并希望他尽快同省报人事处联系一下。那位处长还是郭成俊的老乡呢。郭成俊一听,当即痛快地答应了。

那一天爸爸欣喜若狂地赶回家,向妈妈报告这一奇迹般的转机。他在叙述过程之后,疑惑不解地对此事加上了几句评语。他说,真没想到,郭成俊如今变得这么通情达理了啊?他又说,自从我平反以来,周围的人怎么一个个都变得那么客气起来啦?他还说,看来,这个世界,正义终究还是能够战胜邪恶的,对吧?!

妈妈淡淡一笑说:但愿!

第二天,郭成俊果然如约去了报社。人事处长给他看了那份不署名的公用笺。郭成俊一眼认出了"三大嫌疑"那十五个字,出于当时的某某同志之手,此人现在平湖县的一所中学当校长。于是经过再次认真查证,至1980年9月,省人事厅终于同意恢复张恺之的工作,这前后长达一年多的平反,至此才总算有了最后的结果。

纠正一个在一夜之间草率作出处理的错案,却竟然花费了一个人的一生,整整二十八年的时间。

五十六岁的张恺之重新走进省报大门的那天早晨,他的心情似乎并不像自己当初想象的那么轻松。他茫然地望着大门口来来去去年轻而陌生的面孔,望着那幢熟悉却又生疏的办公大楼,心里像是有一种被完全掏空了的感觉,灾难和不幸虽然都已成为过去,可是重新开始的,又将是什么呢?

人事部门通知他先去副刊报到。除此之外,报社的领导中,没有一个人向他表示慰问和道歉。他提出应该为他公开恢复名誉,答复是,当年处理你的时候,并未在报社的大会上公开宣布,谈不上恢复名誉。何况,现在报社的年轻人,根本也不了解情况,就在各部门负责人会议上宣读一下平反决定便是了。其它能免就免了吧。不过,有关亲属的工作单位,可以开列一份名单来,由报社发函,告知平反的结果。就此完事大吉。

报社大楼宽敞的走廊里,对流的穿堂风掀起了办公桌上一叠叠文件,露出文件篇头那行鲜艳的红字,在他眼前晃动。

当初把你送走是正确的。如今请你回来,同样也是正确的。——他像是听见一个熟悉的声音在说话,心里忽然有些空落。

穿堂风把门"嘭"地带上,又一阵风来,将门猛地弹开。

走廊里来来去去的人,认识的和不认识的,客客气气、冷冷淡淡地同他打着招呼,从他身边经过。——回来了啊?有人问。——回来了。他回答。——看你身体蛮好吧?——蛮好蛮好。——有空来坐坐呀。——好的好的……

他觉得后背有些发冷。就好像他离开了不是近三十年,而是三个月。甚至也许前些天才离开,只不过是到外地去出了一趟公差回来。没有人想知道曾经发生在他身上的那些遭遇,究竟是因为什么。人们很忙,没有人对二十八年前的事情感兴趣。——就好像他被驱逐得完全正常,如今回来得也非常自然。

人们似乎不想多问也不愿多说。那些被岁月磨起了皱褶的面孔上,仍像当年一般毫无表情。既没有惊讶也没有怜悯。

冷漠。令人心寒心悸的冷漠,弥漫在这座机器一般隆隆运作的大楼里。

那么……

哦哦,至于党籍的恢复嘛,还需要研究。

那么……

至于工资待遇嘛,此事不太好办啊。按照有关文件规定,原则上是恢复原来的工资级别。但你的事情发生在1952年,那时的干部尚未评级。我们查了报社1951年的会计账册工资单,当时南下干部都享受供给制,而你的工资是五十九万元旧币,这个数目在当时是很高的,所以嘛……

张恺之急急插话说:当时我是从《当代晚报》转到省报的,报社领导特别强调说,地下党的同志一向在地方上工作,需要养家活口,所以暂时就按照《东南日报》的工资发,但这完全不能体现我的级别呀……

他的解释被冷冷地打断了:这个问题我们已经研究过了。遵照文件精神,恢复原工资待遇。所以,你当年的五十九万元,等于现在的五十九元。相当于二十一级干部。你一平反,就是二十一级,不比你当白铁师傅强多了么?

我爸爸顿时目瞪口呆,哭笑不得。他的脸涨得通红,气愤地说:你们这样生搬硬套,实在是太可笑也太过分了!1951年我就被任命为文教组组长,又是特派记者,相当于中层干部,难道现在还比不上一个新闻学校毕业的实习生么?你们坚持要按原来的工资,那么我的职务,为什么又不按原来的呢?!

处长笑笑说,我也没有办法。上头只有这么一条规定。

二十九年前,敢于站在地板中央质问社长的张恺之,曾是血气方刚、不知天高地厚。如今他历尽了半生磨难,尽管精神不倒,毕竟已磨去了几多凛然的锐气。何况他还保留了知识分子那一点儿可怜的自尊;何况他自以为还应当牢记共产党员大公无私的品格。他嗫嚅着嘴唇,再也发不出声音。

没有任何赔偿。什么赔偿也没有。像所有那些被平反的人一样,爸爸就连任何一点索取赔偿的念头都没有。他只不过希望得到起码公正的待遇。然而,在某些人看来,平反却是一种恩赐,除了对宽宏大量的平反感恩戴德,你难道还想再要求别的什么吗?

一个人被无辜毁坏了的大半生,包括精神肉体家庭家族的一切损失,就这样轻而易举地一笔勾销。

张恺之平反后第一天上班,悻悻而归。

破旧的自行车穿过拥挤不堪的小巷,链条在脚下发出吱吱呀呀的响声。暮色沉沉地降下来,像一道厚重的高墙,隔开了他与黑暗中行走的路人。他想他也许永远也无法知道正在夜色中进行的种种秘密。他想在无关的路人看来,他也许只是他们身边一闪而过的一个黑影。那一刻他甚至觉得原来一切都并没有任何改变,就像这破烂昏暗的小巷,路面不断地被修修补补,却仍然固定在城市原来的位置上。他仍然像是每天傍晚从粮食局的仓库下班出来,穿过这条弯曲狭长,通往人生终点的隧道……

那个傍晚他决定,他还得继续"申诉"。不仅仅是为了他自己,也是为了那道人为设置的高墙。

几个月以后,我收到了爸爸恢复党籍后的来信。这封用秀丽的毛笔字小楷书写的家信,我一直珍藏至今。对于我来说,这封信是一个永久的纪念;对于爸爸自己,却是一个无意的总结。

他在信中写道:

> 报社党委终于告诉我:你就去参加支部的组织生活吧。
>
> 我就这样糊里糊涂被开除出党,又稀里糊涂回到了党内。
>
> 我恢复党籍,这是天时、地利、人和的结果。得"道"多助的结果。我不但没有太激动,而是痛定思痛,没有多少欢欣的情绪。实际上,放在我面前的种种问题,一个也还没能解决。今后能否解决,也未可知。但是我认为,恢复党籍就是恢复了我的名誉,恢复了历史的本来面目。
>
> ……今天的党是很有希望的——只要它能得到你们这代人中优秀分子的信任和支持,它就可以振兴和建设我们的新大陆。也许你以为我这些想法仍是太书生气,但是,书生气是一个民族精神力量中最有价值的部分。没有一点书生气,就只能陷入庸俗的市侩气氛之中……

我将那封信反复地读了几遍。

我不知道所谓"名誉"这种东西,一旦丧失,是否真的有可能重新恢复?一个人在几十年中所承受的精神折磨、所经历的损害污辱,难道是恢复名誉所能补偿的么?我甚至无法知道,当一个人已迈入晚年时,当着他失去了一生中所有的时间、生命和机会以后,"名誉"的恢复对于他还有什么实质性的意义?

我没有在爸爸的信中,找到通常那些被平反的人,种种言不由衷的陈词滥调——他没有说他感谢党。没有。从来没有。虽然,我知道,在他饱受创伤的心底,他仍然是深爱着它的。因为那毕竟,毕竟是折磨和支撑了他一生的理想。

我每次重读他那封信,都会有一种强烈的宿命感。当十七岁的张其霭走出上海吴淞路的水果行,在流浪的岁月里最终成为一个知识分子的时候,他所向往所濡染的那些"书生气",却为他带来了一生的厄运。他一头栽在自己梦寐以求的红色理想中,为了实现这"民族精神力量中最有价值的部分",而丧失了自己作为"人"的价值。

这本应浑然一体的价值观,究竟是从什么时候开始,分裂成为对立的两极呢?如果社会理想的实现需要以人的价值丧失作为代价,那么这种社会理想的"价值"究竟何在呢?

当我亦无可挽回地成为一个所谓的知识分子时,重温爸爸1980年的教导,我不得不一次次固执地向自己发问。

就在爸爸平反恢复工作的同时,却传来了卢坤伯伯在上海病重的消息。爸爸一时顾不上其它,去报社报到后,立即赶往上海探望卢坤。据爸爸后来讲述的情形,此时卢坤伯伯已肝癌腹水,疼痛难忍。形销神锁,面色灰黄。爸爸拉住他枯瘦的手,话未成声已是泪如雨下。

卢坤伯伯从来都不是一个爱惜自己的人,一向都拒绝上医院。待病情发现时,已是晚期,上海的医疗条件也无能为力了。

那是爸爸一生经历的所有痛苦中,最为伤心的日子。

病床前吊瓶里的药液,无声而缓慢地浅落下去。像一条即将干涸的河流,消失在茫茫的戈壁滩上。他干瘪的手臂上,已难找到能够插入针头的皮肤,就像岩石和沙漠,将生命之源拒绝在外。短暂的昏睡中,卢坤伯伯会被剧烈的疼痛折磨得禁不住哼出声来,但他一旦清醒,无论怎样地难忍,终是咬着牙,任凭汗珠如豆粒般滚落……

爸爸伏在他的耳边,告诉他自己平反的消息。

卢坤伯伯被痛苦扭歪的脸抽搐了一下,眨了眨眼睛。也许只有爸爸能够看懂,一丝一丝的喜悦和欣慰,在卢坤暗淡的眸中闪过。如果那能够称为微笑,那么一定是世界上最真诚的笑容了。那微笑融化在爸爸的眼睛里,面前一片模糊如大雨滂沱天昏地暗了……

爸爸在卢坤伯伯的病榻旁,整整伺候了十天。

陪伴另一个人走向生命的终点,也许比自己亲历死亡更痛苦。在深夜的寂静中,爸爸时常久久地注视着他的老友昏睡的面容。一个面色黧黑、顽皮聪颖的男孩子,从病榻上一跃而起。柏年么——爸爸面对少年的卢坤轻声喊道。他想起了四十多年前,他和卢坤刚刚在粤帮水果行的联益小学认识时的情形。柏年长他几岁,遇有同学打架,他总是跳出来抱打不平,打得鼻青脸肿地回家,依然雄赳赳的一副模样。他们一起学说上海话,可是柏年怎么也改不掉浓重的广东口音,说"鸡蛋",他非说是"给当";说"吃饭",他非说"释放"……差点把上海人笑死。他的头脑灵活而舌头笨拙,简直可以说一点语言细胞都没有,到后来连他自己也灰了心,索性就开始进行"创作"——直到解放后,卢坤在领导岗位上,还说着一种上海话不像上海话、广东话不像广东话的奇怪方言,他那个美丽而贤淑的上海妻子倒是心领神会的……

……假如当年他和柏年不离开那个广东老家呢?他痴痴地想。假如他们没有来到这座陌生的繁华都市,在这里接受了最初的民主理想,从而走上了一条坎坷的革命旅程,那么他和卢坤的一生,又会是什么样子的呢?假如他们像大多数广东人一样,漂洋过海,去了大洋的那端,他们生命的最后归宿,又将会在哪里呢?……而人生无法假设也无法重新开始,他们注定了漂泊、注定了流浪,像所有背叛了故乡的异乡人,一生一世都在苦苦寻找着自己精神的家园……

昏昏沉沉的瞌睡中,爸爸想起了自己平反回报社后,许多朋友感兴趣的,仅仅是他的身体气色。他们对他乐观饱满的精神状态感到惊讶。他们津津乐道于他仍然像年轻人一样旺盛的精力、羡慕他敏捷的思维和矫健的步履。那几位熟识的同事,甚至充满善意地给他起了一个外号,叫做"英俊少年"。

……他真的还是当年同卢坤一起在上海叱咤风云的那个"英俊少年"么?他似乎不会相信。他只知道,这些年来,为了等待这"有朝一日"的平反改正、为了证明自己最后的无辜,他拼命地坚持着苦熬着挣扎着支撑着。他脸上的开朗和眼里的明澈,都被他这种信念和希望胁迫而生。是他自己创造了那样一种精神状态,他之所以能够不屈不挠是因为他不得不如此。一旦他不小心越过了那条绝对的精神封锁线,他就会无所依托、一败涂地了……

然而当他真的回到报社的时候,当岁月证明了那曾经发生在他身上的谬误时,他却已经老了,他的精力才华已销蚀殆尽。他忽然觉得,也许真正的悲哀,恰恰在于他历尽坎坷,却居然还保留了那个笑傲人生的外表……

老友的呻吟使他猛然惊醒。

卢坤终将撒手人寰,先期离他而去。永远永远。而他又究竟还能支撑多久呢?在老友的病榻前,爸爸忽然觉得自己也同样已没有力量维持下去了。在他的心灵深处,也许他的"精神状态"正在临近崩溃,他的所谓信念正在裂变瓦解,而这些,除了他的妻子小玲,是没有任何人能够察觉和理悟的……

那个凄凉的夜晚,他最后的广东老同乡,在弥留之际睁开了浑浊的眼睛。

那双眼睛久久地望着他,似乎还有什么话要说。

爸爸把一侧耳朵紧贴在他的嘴边。我在这里。他对他说。嫂嫂和孩子也都在这里,我们听得见的……

卢坤伯伯那气若游丝的声音,在生命最后时刻,说出了一句完整的话。当爸爸辨别出那句话的意思时,爸爸觉得自己的呼吸也随他一同停止了——

……要搞搞清楚,一定要搞清楚。贴标语的那件事情……他们说我不肯去贴标语,就是自动脱党,是政治动摇……这个历史结论……我不能接受……一定要……帮我申诉……

这就是一个老党员离开这个世界之前,最后的遗言。

卢坤伯伯于1980年9月在上海逝世。终年尚不到六十岁。据说后来,在他的家属的一再请求下,有关方面依照他的遗愿,终于撤消了审干时对他的不实之词,也算是为那段历史"平"了"反"。

卢坤伯伯的去世,使爸爸痛心欲绝。平反给我们全家带来的欢欣,湮灭在这一悲哀的噩耗里。

比卢坤伯伯的突然病逝更令我震惊的,却是他临终前的遗言。在很长一段时间里,我始终想着他最后的那个遗愿。那是他参加革命之初发生的事情,早在建国后的历次运动之前。那个幼稚纯真的少年,不懂得"组织"需要绝对的服从——当革命给予了他们关于自由平等的理想时,"组织"却需要他们用个人自由作出抵押。革命与自由本互为因果却又互不相容,这大概是许许多多知识分子革命者,所始料不及之处。

据爸爸说,卢坤伯伯为了那次所谓脱党的经历,解放后几十年,一直心情压抑。那种不治之症,大抵都是长期积郁成疾所致。

卢坤伯伯去世的几年以后,时至1983年中央落实政策检查组到达杭州,爸爸经过又一轮锲而不舍的上访和申诉,报社总算同意调整了他的级别,但仍然没有彻底落实。对于爸爸如此执著地要求公正恢复他的待遇,我曾迷惑不解地对爸爸说:算了算了,何必呢,不就是几十块钱的事么,费那个口舌干什么?

算了?爸爸生气地提高了声音。怎么能算呢?你知道这些事情为什么那么难?就是因为改错的人,往往就是当年做错了事情的人,否定自己是很痛苦的啊,你别看"落实政策"一共只有四个字,"落实"本来有弹性,"政策"也可以加以解释。而我要争取的就是一个真正的而不是敷衍的落实。否则,我要平反做什么?

我在很多年中,曾以为命运的种种磨砺,已使爸爸彻底放弃了他青年时代满怀激情的理想主义。我一直认为爸爸早已变成了一个安于现状的现实主义者。但平反后恢复了本来面目的爸爸,使我深切地体会了那句名言:你不可改变我!

至此,张恺之的艰难的平反经历总算告一段落。他一生所受的苛虐也可算是终于结束了。但那并非是一个时代的终结。就在我写这部小说的时候,新的冤情和莫须有之罪,依然在我身边此起彼落地生长蔓延。然而宇宙本不知何以为初,又安知何以为末呢?也许在终结之前很久,另一种开端,其实已经正在发生着、替代着、演化着了……

那将是我这个故事以外的故事。也是我写出这个故事的初衷。

二十

　　说老实话吧！"救济特捐"原来就是用来救难民的,可是救到现在,难民更多,而"特捐"还在未知之数。上海满街满弄是难民,靠布施活命,市政府当局除了在"市容"方面觉得伤脑筋,"照顾""负担",实并无其事也。

　　联总会送大批难民回乡,但时仅年余,今日难民的数字,比送回原籍的,又不知增加了多少?

　　　　　　——摘自《当代晚报·朝花夕拾》:《难民还乡》

　　我曾以为,这段不堪回首的往事,即将到此结束了。

　　我没有想到,自从爸爸平反后回了报社,他就像是一棵返青的老竹,在绵绵春雨之中,从四周的泥土里爆出了无数的笋尖;又像是一屉正待缫丝的蚕茧,从沸水中扯出了一根根数不清的线头。

　　张恺之自1947年在上海加入地下党,一直是在白区工作;去杭州办报,又搞策反,也多与"敌人"周旋;他周围这一大堆复杂的人事关系,因当时的革命需要所造成后来的历史疑点,是他在解放后首当其冲被打翻在地的主要原因。

　　而后,他被逐出革命队伍,打入另册,一次比一次更深地沉入社会底层,直至"生产自救",直至沦落到街道服务站谋生。

　　这漫长的三十年间,他亲见比他的遭遇更为悲惨的其人其事,如墙角密密的蚂蚁群落,在他身边蠕动,比比皆是。

那是一个巨大的黑雪球。从建国之初的第一场冬雪起始,足足滚了三十年。雪结为冰,冰又裹雪,挟卷着草棍纸屑煤灰烂叶这世上所有的垃圾,和那些渣滓一般的人。并将他们难以辩白的冤情,挤压成泡沫和碎片,层层叠叠地包藏其中,垒成一座难以融化的冰山。

而如今,黑色的大山崩裂成无数大大小小的岩石,就像这满城街巷的民房下堆放的一块块蜂窝煤,黑黝黝乌涂涂,瞪着期待的眼睛。

当张恺之从那座黑山下得以解脱之时,他蓦然发现,冰壳下至今还伸着一只只挣扎的手臂,一声声微弱的呻吟,向苍天呼吁着公平和援助。

在爸爸一直牵念的朋友们中,他首先想起了余杭横湖的杨天波。

1949年杭州解放前夕,在地下市委的领导下,爸爸开辟了余杭横湖的地下武装,使横湖成为迎接解放军进城的门槛。而杨天波正是这支秘密武装中最年轻的一员干将。然而建国之初,当张恺之接受审查并被开除党籍后不久,便株连到杨天波。1951年7月,杨天波被后勤学校不分青红皂白勒令退学,清洗回了老家,回到横湖镇上,靠出卖劳动力为生。起初挑黄沙养家活口,后来又自学了一些电的知识,在电管站和粮库做临时工,一过就是三十年。

爸爸间或听熟人谈起过杨天波的情况。还听说他在"文革"中被整得很惨。面对昔日的"战友"如今的窘状,很多年中一直萦绕于他心底的愧疚感,重又阵阵袭来。就算自己真的有罪,也不应该殃及一个不到二十岁的进步青年呵。因此,对于这些解放前由于受了他的思想影响而参加革命、解放后又因他的牵连而受尽迫害的老朋友,爸爸总有一种难以摆脱的负罪感。

他立即给杨天波写了一封长信。希望他尽快向当地组织提出申诉。杨天波隔了很久才回信说，余杭县对他的申诉一直没有答复。于是爸爸亲自跑到余杭县去询问，得知余杭县不肯受理，因为杨天波当年并非余杭县处理的。爸爸进一步作了了解，才弄清杨天波当时是省军区后勤学校的学员，应该找省军区解决。爸爸又找到军区政治部联络处的熟人，坚持让杨天波再去找军区申诉。经过如此几次三番的奔波折腾，军区总算受理了杨天波的案子。一天，一位头发花白的老军人来报社找爸爸，请他为杨天波当年的情况作出证明。这位军人就是负责复查杨天波一案的李处长。不久后，军区联络处的一位青年干部专门来到报社，告知了杨天波被平反的喜讯。

杨天波被落实政策后，在县粮食局办理了离休手续，仍由地方安置，后来一直协助镇政府工作。据说横湖溪上那座小石桥，当年曾为"地下武装"迎接大军解放杭州立过奇功。如今人们已嫌这座桥窄小，集资在上游再建一座新桥，于是精力充沛而热情不减当年的杨天波，便担任了建桥的副总指挥。

我是在杨天波叔叔被平反后的那年春天，在杭州家里见到他的。他的嗓音洪亮，被多年乡间的风雨涂抹得黑红的圆脸上，尚留着几分"秘密武装"时代的豪气。

我说杨叔叔这些年你受苦了。听爸爸说，"文革"时，你被人诬告陷害，说你是"反革命集团"的头目，被折磨得死去活来。那个余杭"文革"时著名的"407"专案，据说牵连了五百九十六人，被迫害致死十四人，是真的吗？你是怎么活过来的呢？

杨叔叔欠了欠身子说：你看，我的腰都直不起来了，就是那时被打伤的，一到阴雨天气浑身都痛得动也不会动了……不过这还算是好的，总算是个幸存者，大难不死啊。要是给你说说那年"407"冤案的刑罚，我敢说你这样年纪的人，怕是听都没有听到过哩……

——有一种土刑，叫做"称元宝"。就是把人的两只手绑起来，吊在屋檐下面,双脚离地八个钟头,放下来的时候,人都昏过去了,他们就用冷水把人喷醒,再反绑在凳子上,再绑八个钟头。等到松开绳子的时候,两只臂膀老早不会动了。我女儿给我送来一罐饭,我哪里还会用手拿筷子吃呐,肚子又饿,实在没有办法,我就用下巴把罐子推倒,用舌头舔着吃,像猪一样。可我宁可像猪,也不肯承认自己是反革命。不承认他们就越发不肯罢休。几天几夜不让我睡觉,叫我用半只脚板,站在一张桌子的边缘上。那怎么能站得住哩,几分钟脚就麻了。我一直坚持到后半夜,实在是太瞌睡了,结果一闭眼睛,就从桌子上跌落下来,撞在桌子前面的一副凳杠上头,休克过去。12月的寒风刺骨,过一歇,我又被风吹醒,晓得自己是困在地上,心想还不如就在这泥地上困一觉算了。看管我的人发现了,拼命用脚踢我,踢在我的肋条骨上,钻心刻骨地痛出一身冷汗,又昏死过去……

那个时候你脑子里想到了什么呢?我又问。

想到什么?他反问了我一句。迟疑了一会,又说:你想听真话还是假话?

当然是真话啰!

他把头扭过去,望着窗外,似乎有些不好意思地说:

那个时候我想……我想我真是上了张恺之和朱鸿钧的当了!……我还想,早知如此,我何苦去参加革命呢!

他停了停,又说:我想来想去,我还得先保住这条命,我还有一家老小要养,除非他们把我打死,我一定不能自杀。等将来出去了,我定要去找张恺之问一问,当年他给我天花乱坠地描绘的新社会,什么平等民主和公平的新社会,难道原来是这样的啊?!……

我的喉咙堵塞,一句话也说不出来。

爸爸苦笑着说:我晓得自己欠了你们的债,这笔账,我这辈子是还不起了,所以只好请共产党的政策来帮我还……

杨天波嘟哝了一声说:那么又是谁欠了你的债呢?实在说起

来,当初也是我自己情愿的……

淅淅沥沥的小雨落下来,乍听有声,再细听,那雨点若有若无的,融入了窗外嘈杂的市声中。

那么,曾一进与倪布明,如今又怎么样了呢?

张恺之每天在堆满了稿件的办公桌前坐下来,望着那些四方来信上黑色的邮戳,愣一会神,心里便涌上一阵针刺般的隐痛。

曾一进和倪布明的名字,始终是连在一起的。

这两位在策反海宁地方武装、争取海宁和平解放的斗争中,始终跟随在爸爸左右的国民党起义军官,1951年9月各被判处五年徒刑。刑满后,曾一进回了天津老家,一直在天津炭黑厂当工人,始终未能结婚成家;倪布明去了杭州郊区一个叫上泗的乡下当农民,妻子已同他离婚,他自己带着一个女儿过日子。这些年中,爸爸自顾不暇,只是间或地听说一些关于他们的消息,虽无佳音可报,只知历经几十年的坎坷,彼此都还健在。

解放初爸爸的"问题"虽由他们引发——罪名之一就是在对敌策反时,拉进了一大批如曾、倪这样有严重历史问题的人,而受到追究。但爸爸仍然难以忘记当年患难与共的"战友"——

1948年底,当这位在苏州任流亡学生总队上校总队长的倪布明,从苏州匆匆路过杭州,准备回福建老家去时,是中正大学的老同学曾一进挽留了他,并介绍他认识了张恺之。当时正对张恺之十分佩服的曾一进,曾告诉我爸爸说,蒋经国的亲信刘某某,即将被派往浙江省出任民政厅厅长。而倪是刘某某的老部下。若是刘来任厅长,由倪出面,弄一个县长当,起义不成问题。于是张恺之对争取倪布明抱有极大的期望。但后来刘某某未来浙江,此举作罢。曾又说倪父曾是蒋经国的老师,可直接面见蒋氏。张恺之得到上级批准,便派了倪去溪口探听蒋的动向。其时国民党已人心惶惶,倪未能见到蒋本人,只见了刘某某。得知国民党近期的计划,一是准备上山(打游击);二是准备下海(去台湾)。溪口正乱作一团。于是倪决定放弃随国民党撤去台湾的想法,而与曾一进一起,留在大陆迎接全国解放。其实,按曾、倪的资历,日后完全可以在台湾军界混个一官半职,然而他们却在年轻的共产党员张恺之的鼓动下,选择了另一条道路。当他们自以为从此获得了新生的那个时刻,绝不会想到,他们将从此被当做国民党的潜伏特务嫌疑,几十年不得翻身。

镇反一开始,交际处的胡处长便打电话给我爸爸,说你当初介绍曾、倪二人来交际处工作时,写的介绍信,很有问题。你怎么能担保他们没有政治问题,还说出了问题可以由你负责呢?爸爸分辩说,他们属于国民党青年军官中的叛逆分子,思想是倾向共产党的。当时他们写了历史自传,我了解他们的历史情况。胡处长说,无论如何,你这么写是不妥的,谁也不敢打这样的保票。现在只有把他们交给有关部门去审查了。这一"审查",便有去无回。

所以当平反后的张恺之,终于找到那份至关重要的中央文件,找到那一段简洁明了的准确依据时,他说这下可好了,这笔债总算有人认账了。文件上的那段话的大意是说:凡是解放前参加中共地下组织秘密工作的国民党军政人员,都可以作为起义投诚人员对待。等等。

那段日子里,他写了许多许多的信,发往曾一进和倪布明的所在地,要他们一步步按程序来解决问题。并告诉他们,自己将为他们那一段起义的历史,作出实事求是的证明。对于曾一进和倪布明一生的遭遇,爸爸总觉得自己是有责任的。他必须要为他们证明,证明他们的清白和功劳——如他当年曾经给予他们的许诺,重新回归革命队伍。那些日子里,爸爸给我的来信明显变得潦草,他说他实在太忙,他有许多事情要做。几十年积累的"旧债",哪里是一朝一夕就能偿还得完呢?

妈妈说,爸爸已处于一种忘我的状态,如痴如醉,乐此不疲。

· 365 ·

曾一进与倪布明二人,最终被撤消原判。

1992年夏天,爸爸听说曾一进已身患重病,嘱我与妈妈专程到天津去看望曾伯伯。那时他早已落实了政策,与一位退休女医生建立了家庭,并有了一套小小的单元房。我和妈妈叩开了他的房门,他似乎并没有感到怎样的惊奇。一个面容清癯、风度儒雅的老人,平静地坐在窗口的藤椅上,与我们默默相对,久久无语。他只是问了我一些关于文学方面的事情。关于他自己这些年的经历,他什么也没说。

那是一间陈设极其简朴的房间,处处留着多年清贫的痕迹。只是在他的桌上、枕边,摆着一些书。

我去厨房续茶水的时候,望着案板上的半根黄瓜,我的眼睛刺疼。我不会忘记,"文革"中我还在北大荒的时候,曾经有好几年时间,每逢年节,我总会收到从天津发运到农场的食物包裹,里面有当时限量供应的腌肉和腊肠。爸爸说那是他一个叫曾一进的老朋友寄给我的。他希望我在寒冷的北大荒农场,还能有一个好身体。

那时我尚不知这个曾一进伯伯,为什么会这样关心我。如今面对这位淡泊无言的老人,我的眼睛酸涩,又一片模糊。

1982年秋天的一个晚上,我家的房门被轻轻敲响。

门口站着一位佝偻着脊背的老头,拎着一只肮脏的人造革包。

是张恺之吗?我可算是找到你啦!老头向他伸出颤巍巍的手,喉咙里发出含糊不清的声音。

你是哪一位呢?爸爸疑惑地问。他一时想不起来,眼前这个衣冠不整的老人是谁。

我是骆中杰啊。来人已是涕泪纵横。

老骆啊?你怎么……爸爸一把抓住了他的手,说不出话来。

当年杭州市委策反领导小组负责人、杭嘉湖独立游击支队副支队长,一个干练的工农干部,如今怎么变成这个样子了呢?他在这个秋夜突然造访,实在大出张恺之的意料。

我……我是来请你帮忙的呵……骆中杰似乎有些艰难地开了口。

请我帮忙?有事你尽管说好了。爸爸仍然觉得迷惑不解。那个瞬间他的脑子里忽然如闪电般掠过了这个熟悉的名字——骆中杰。他记起来,1959年在钱江公司的文化补习学校,为犯人编班的时候,他曾经在学生的名册里,看见过这个名字。他还记得在名字旁边有一条备注:骆中杰,上海青浦人,1940年入党,曾任青浦地下县委书记……因历史问题判处有期徒刑十年……

但张恺之当时却无法得知,像骆中杰这样资深的地下党领导人,为的是什么样的"历史问题",竟被判了重刑。

那夜窗外的桂花飘香,房间里弥漫着一阵阵浓重的馥郁。爸爸起身关上了窗户,他觉得今夜这桂香充满了苦涩。

那是一个曲折离奇而苦涩沉重的故事。很久以后当我听爸爸复述这个故事时,我的手心竟是一片冷汗淋漓。

1945年,骆中杰任青浦县地下工委书记。抗战胜利时,主力部队北撤,当时有两个伤员病情太重,无法随部队前进。部队便将这两个伤员,交给了地方党组织,隐藏在一个农民地下党家里。当时国民党正在青浦县到处清乡抓人,风声很紧,地下组织无法把他们送去治疗,一时也不可能把他们转移去别处。这两位伤员的伤口溃烂、腐臭生蛆,他们天天哭闹,扬言如再不给他们治病,就要杀人。那个农民党员担心万一暴露,身家性命难保。骆中杰也发愁如此下去会引发许多问题,甚至导致整个地下组织遭到破坏。正在他焦急万分之时,有人提议,干脆将这两个伤员,就地"处理"掉算了。

骆中杰当时对这种提议十分震惊。他没想到,革命同志之间,竟然会有这种极其残忍的念头。即使是为了顾全大局,他也决不能同意。他当即表态说,事关人命,究竟如何掩护这两位生命垂危的伤员,必须请示上级领导决定。但当时上级领导正在转移之中,一时联系不上。县工委也分散活动,情势十分危急。骆中杰到处寻找愿意掩护这两位伤员的群众,但却迟迟未能落实。初冬的一日傍晚,他外出回到驻地,发现那两位伤员的床铺已空,有人报告说,伤员在当天上午咽了气,因担心情况随时有变,所以将他们草草入土安葬了。

对于这个说法,骆中杰当然是有怀疑的。但因当时的环境复杂,"地下"组织面临四方威胁,又没有伤员非自然死亡的证据,伤员既然已死,他无法让他们复生,也就只好作罢了。只是没有完成上级的任务,他心里怅怅。那天晚上,那几个原来看护伤员的人,弄了些熟菜,在一起喝酒,还叫他也一道来喝。他夹了两筷子肉,喝了一盅酒,心里觉着有点不对头,就问他们这买酒的钱是哪里来的?那几个人喝得迷糊,醉醺醺说是从那两个伤员的身上找出来的,反正人已经死了,把钱带到棺材里去,还不是白白浪费!骆中杰一听大怒,一脚踢翻桌子,将他们臭骂了一顿,拂袖而去。

伤员之死与喝酒的事情发生后,骆中杰自责甚深,觉得自己没有尽到责任。愧对上级领导,更愧对那两位伤员。他随后便主动向淞沪工委领导作了汇报,并请求处分。许多年里,这个再也无法弥补的过失,成了他的一块心病,使得他常常寝食不安,辗转难眠。

于是1954年他在华东党校学习时,又一次主动向组织作了彻底交待。当时党组织经过调查,认为他作为地下县工委书记,对于伤员被害未能及时制止,确实负有一定责任。但他事前事后立场鲜明,并为保存地下组织做了大量工作。为惩前毖后,给予记大过一次的处分。1955年,他从原来市总工会的组织部长,贬为劳保部副部长。

然而到了反右后期,1958年,没有任何解释,突然宣布对他判处有期徒刑十年,送某农场劳改。1968年获释后,回青浦老家务农。无党籍无公职,老婆早已同他离婚,如今是孤身一人,晚景凄凉。

爸爸听完了他的叙述,很久没有说话。

骆中杰抹去眼角浑浊的泪水,喃喃自语:……有人说,这叫做坦白从严,是我自找的苦头,不过我倒是不后悔,我承认自己有罪,我不该同他们一道喝酒……我只是想,这么多年过去,党也应该宽恕我了吧……可是我两次申诉,两次都被驳回了……

你请求宽恕是没有用的。爸爸打断他说。问题不是宽恕与否,而是从党的政策上衡量,你到底是不是有罪。依我看,你现在要做的,就是澄清你究竟是不是有罪的问题。

骆中杰嗫嚅说:我没有参与杀害伤员,我始终是反对这样做的。当时上级也认为我有责任,但责任是间接的。

是的,你没有直接责任,所以证明你没有罪。爸爸叹了一口气,又继续说。你不是有罪,而是有错。错和罪,是根本不同的两个概念,不能混为一谈的。你在当时那么复杂的环境中工作,确实需要考虑整个地下组织的安全,而且你始终尽了最大的努力,保护那两个伤员。你没有完成任务,是你的失职,但不是犯罪;你在不知情的情况下,同他们喝了酒,放松了警惕,是政治错误,但也绝不是犯罪。你说是不是啊?

骆中杰点点头,眼里闪过一丝亮色,脸上恍然大悟。

爸爸站了起来,在屋子中央来回踱步。

依我看,这几年平反的大量冤假错案,其中有一大部分,就是由于中国目前的法制不健全造成的。爸爸的眼睛注视着骆中杰衰老的脸庞,一边激愤地说:动不动就上纲上线,动不动就是阶级斗争,不革命就是反革命,不是朋友就是敌人;量刑不是依照客观事实,而是根据政治需要;定罪不按法典,而是任人好恶。你想,这样几十年下来,岂不是纲常紊乱、敌友不分、黑白颠倒,把本来支持这个政权的人,一个一个地打倒在专政的铁拳之下了么?!

那……那我的申诉……骆中杰嗫嚅着,惶惶抓紧了手里的拎包。

这样吧,你今天晚上就在我这里住下。张恺之十分痛快地说。我来赶个夜班,帮你重新起草一份申诉书,把你要求平反的关键理由,陈述清楚。明天你自己抄写整理一份,再送上去试一试,你看好不好?

那个深夜,爸爸在灯下伏案而坐。台灯柔和的光亮,在黑暗中弥散成一道透明的三角。这情景使他觉得十分熟悉,他想起了青年时代的笔墨生涯,那时每天夜里就是这样在灯下写着一篇篇文字激扬的专栏稿。一晃竟然几十年就过去了,当他重新坐在桌旁时,却是在为自己、为别人,一次一次地写着写不完的申诉材料。

他的笔尖沙沙从纸上滑过,像是一点点剥剔着历史的尘埃和锈斑,露出笔底人世的本色。他干得轻车熟路游刃有余,就像修理着一只被台风扭曲了的白铁隔漏,得心应手地敲打着朽蚀的裂缝,再将它们镶拼嵌接起来。他将用笔慢慢剖开那些被曲解被篡改了的历史事件,然后在重岩迷雾中另辟蹊径。

屋角的沙发上,传来骆中杰沉沉的鼾声,伴着一声声惊悸的梦呓。天快亮的时候,张恺之写完了最后一个字,他揉着眼睛,抻抻胳膊,扔下笔,把厚厚的一叠材料放在骆中杰的枕边,回到自己的房里和衣而睡。窗帘上已映出淡淡的曙色,天空脱去了黑色的长袍,如同一个走出牢笼的囚徒,沐浴在自由的空气里。他觉得很疲倦,却顿时没有了睡意。中指上的硬茧,在手上隐隐作痛。他的嘴边掠过了一丝苦笑。他想自己手里的这支笔,莫非真的只剩下帮人写申诉材料这一点用处了么?他等待了几十年的平反,而平反后他真正可做的事,好像只剩下去帮别人平反,这莫不是一种辛辣的嘲讽么?

但他无法拒绝。因为这不单是为了帮助那些人改变个人的命运,而是修改一种他至今难以说清其实质的历史存在。

三个月以后,骆中杰被撤消原判,并恢复了他十三级干部待遇,在青浦县城安度晚年。

从1980年到1983年期间,我每次回杭州探亲,家里总是门庭若市。我们的午饭和晚饭,经常被各种各样来访的人打断。来人自然都是来找爸爸的。不是来送材料,就是来取材料。爸爸在任何时候总是和颜悦色,来者不拒。那些人或是面容忧戚、或是滔滔不绝、或是心事重重、或是笑逐颜开,在我们家里留下了一个又一个大同小异、伤心而又重复的故事。我初时不免略有厌烦,稍后又惊讶愤怒,再以后,便渐渐归于平静,在沉默中思绪万千……

一次我和爸爸上街,刚刚走出小巷,迎面过来一个老头,老远就冲着爸爸叫张先生。走近了,只见他满面笑容地向爸爸深深地弯腰鞠了一躬,弄得爸爸怪不好意思。

女儿回来啦? 他笑眯眯地看着我说。我发现他的额头上有一道深深的刀疤,在阳光下喜气洋洋地闪烁。

回来了。爸爸答应着。你这一向好哦?

好的好的,托你的福啊。自从平反以后,儿女们每个礼拜都来走动,拎着老酒,蛮孝顺的哩……

那就好那就好。爸爸也眉开眼笑的。回头又说:酒少喝一点啊。

晓得晓得。他连连点着头,并不走,站在那里目送我们。

这个额头上有刀疤的老头,是不是就是好几年以前,在这个院子里砌花坛的那个泥水工呢? 我问爸爸。

你还记得他? 爸爸觉得奇怪。

当然记得啰。我说。他这个人很怪,怪极了,脸上从来没有一点笑容,也从来不同人讲一句话,看上去蛮吓人的,我印象好深。有一次天气很热,我们从外面回来,买了几根雪糕,你看他在楼下干着活,汗流浃背的,叫妹妹拿了一根雪糕给他吃,他死活也不要。妹妹就把那根雪糕放在他旁边的花坛上,上楼去了。过了一会她

371

下楼有事,发现那根雪糕原封不动放在那儿,地上化了一摊水,妹妹很气,说早知道他不吃,还不如不给他呢。是不是有这么回事?

是啊。你记性倒是好。爸爸一边走一边说着。那时我每天从他面前走过,也是觉得奇怪。凭我的经验,我看出他也是一个不幸的人,一定有很深的痛苦埋在心里。我就去问他,到底有什么事情使他不开心。他开始不肯说,我一次一次问他,他才告诉我说,他原来是京剧团的一个办事员,自然灾害那年,他实在饿得受不了,偷吃了食堂的三个馒头,还拿走了两个萝卜。单位发现了,带着人到他家搜查,说有人检举他解放前是国民党特务分子,曾经跟踪过进步人士,就这样把他送去劳动教养三年。实际上,解放那年他才十三岁,说他是特务,真是无稽之谈。他额头上的刀疤,就是在劳教时挨打留下的。他劳教期满回到城里后,再也没有固定的工作,后来总算结婚生了孩子,但孩子长大后,总是嫌他有政治问题,对他一直不好,他觉得自己做人这一世,真是没意思也没盼头,你想想,就为了这么点事,弄得他几十年没有一点笑容……

如今他怎么突然像是换了一个人一样啊?我问。

爸爸不无得意地说:那是因为现在他的头可以抬起来了。

妈妈在一边插话说:又是你爸爸,为他写了申诉书,过了不久他的原单位就来了答复,说那个特务的罪名是当初别人陷害他的。不但撤消原判给予平反,还为他办理了退休手续。儿女都回来了,老头的日子过得很开心。

所以那段时间,妈妈给爸爸起了一个雅号:"平反专业户"。

可惜,爸爸这个"专业户",只投入不产出。光投入大量的时间和精力,并无任何经济效益。不过,说他不"产出"也不完全对,毕竟,许许多多孤立无援的人,经他之手,重新在社会上堂堂正正地站了起来。我想这大概可以算是爸爸生命史上最为辉煌的一页了——尽管他一生中的大部分时间,都浪费在无穷无尽的审查之中,尽管他至今一事无成,但他在自己的暮年岁月,用他最后的一点力气,帮助那些被污辱被损害的人,恢复了人的尊严。

在这个世界上,人是最宝贵的——记得曾有人说过这句话。然而,直至八十年代,主宰这一方红彤彤的天空之神,才大梦初醒,为这片焦渴干旱的土地洒下了一场久盼的甘霖。

是永久滋润的雨露么? 不知道。如果赤色的骄阳重又高悬?

当年"方小"的那位董运谋伯伯,去四明山根据地后因痔疮严重发作不能行军打仗,卜明介绍他去苏州做地下工作。解放后任一丝厂厂长。但1955年肃反时撤职降级,至"文革"开除公职扫地出门,和妻子拖儿带女下放到苏北农村。董伯伯得了严重的肺病,全靠带去一只荷兰种奶羊,保住一条性命。八十年代初才平反回到苏州。

难道还需更多的笔墨么?

就以爸爸向我提供的事实为例——在1951年镇反前夕,从国民党的《东南日报》接管过来的省报各部门中,因这样那样的"问题",被送去审查历史的共十八人,其中十二人在学习班先后被判刑并送去劳改。经过漫长的三十多年,至1985年为止,百分之九十的人都得到了平反。

值得庆幸的是,这些被平反的人中,除个别人以外,大多数人都还活着,并成为省报的离退休干部。

那位曾与爸爸一起在省劳改局编《新生报》的钱伯伯,镇反时被认为问题严重,送去临平重刑犯监狱,结果"查无实据",被判三年徒刑。1980年后,他多次向法院申诉,均被驳回,仍维持原判。他几乎失去信心,一次次涕泪纵横。爸爸对他说:法律不相信眼泪,它只相信事实。你在国民党监狱中并没有叛卖行为,而判决书上说你有罪,这是个大是大非问题,是对你一生人格的判决,怎么可以不了了之呢? 于是钱伯伯继续不断申诉,法院终于在1985年撤消原判,宣布无罪。他妻子何珍也在1985年平反,但1991年便发现得了不治之症,救治无效而死。何珍阿姨是他当年"刑满就业"后认识的。她十九岁时在一个部门当会计,只因查账时少了一百五十元钱,便以贪污挪用公款罪被判了二年。实际上这笔钱是一位有急难的女同事向她苦苦哀求借用的,而查账时那人却矢口否认。他们夫妻几十年中相濡以沫,一生郁郁。

而另一位徐衡伯伯,此时在民革办的业余学校搞教务,忙得不亦乐乎。他1939年入党,1942年被捕脱党。解放后被诬为大特务,报纸上曾登过大字标题。爸爸每次见他,都督促他快点去申诉。但这位前江西省南昌市地下共青团书记徐衡,却仍是一派名士风度,总是说:随它去吧!不久后中风而死。爸爸闻之欷歔不已。

当他的那些友人们终于被洗清了种种罪名,重新在社会上抬起头做人的时候,很多人却已先后走完了自己惨淡的生命里程,在那片火红而冰冷的烈焰中,无声无息地化为灰烬。

虽然这已成为过去。

这个漫长的故事也许是该结束了。
但它却似乎结束得很困难。
活着的人,虽然恢复了名誉,却已无法重新再活过一次。而那些早已含冤死去的人呢,地下的亡灵仍然渴望着再生。

我看着爸爸周围的朋友们,一个个相继落实了政策,我想爸爸的心情定会一日日轻松起来。然而爸爸时而欣喜,时而又独自闷坐,长吁短叹。难道还有什么未了的遗案,在继续困扰着他么?

一袭低沉的浓云,如一片不散的阴魂,始终盘旋在这个城市的上空。那个当年曾洪亮如钟的声音,一次次固执地在爸爸耳边回响:还我头来!

爸爸在某一个清晨醒来时,睡眼蒙眬地对妈妈说:我还有最后一桩心事,实在放不下呵。其实我不说,你也是知道的,那就是俞文奎的问题。

俞文奎死了。这个原海宁县国民党自卫大队长,解放前夕向中共杭州市委领导的杭嘉湖游击支队投诚起义、并为海宁和平解放作出贡献的人,在1951年的镇反运动中,以恶霸罪被处决。

当年爸爸到杭嘉湖游击区旅行采访时,目睹"烧毛"部队搜刮民财、为非作歹,亲见俞文奎带兵较严,一直坚持游击抗日,在当地老百姓中没有恶名。这一点,当年曾隐居"和平军",一度与俞文奎交好的鲍自兴,也能作出证明。

1949年俞文奎起义后,枪支人马全部如数上交。他手下有个叫张关荣的分队长,有民愤,解放前夕被当地群众揭发,畏罪潜逃当了土匪。解放初期,俞文奎曾被介绍到杭州一家工厂做工。镇反开始后,他被逮捕审查。他在"思想改造学习班"里写的"交心"材料,被认为是实事求是的。但后来风云突变,政府有关部门限令时日,让他去把当土匪的张关荣找来投降。俞文奎早已同张关荣失去联系,自然是无处可找。于是,俞文奎便以勾结土匪的罪名被处决。

日复一日,爸爸苦思冥想:俞文奎一案,按照党对待起义投诚人员的政策,应如何得到公正的结论呢?

他写信给俞文奎的子女,希望他们能以家属的名义提出申诉。他还在参加海宁县党史座谈会时,发言呼吁为俞文奎平反。海宁法院曾来人作了调查取证。然而一晃几年过去,此案却始终被搁置,再无下文。

旷日持久的拖延,成了爸爸一块郁积的心病。

一个闷热的夏日,爸爸终于决定亲自出马了。他约了鲍自兴伯伯,两个人一起坐火车到海宁,直接找到市委书记,谈了此事。爸爸以1949年余杭县县长白冲浩兵临城下时投诚为例,余杭县早已为白冲浩落实政策,而海宁为何对率兵起义的俞文奎置之不理?他说得很激愤,呼呼旋转的电风扇下仍是出了一头大汗。急得鲍伯伯使劲地拽他的衣角,生怕他得罪了领导于事无补。那位书记刚上任不久,介绍他们去找法院的一位经办人。于是他们才算得到一个明确的答复。

那位女同志告诉他们,俞文奎的案子是认真查过的。问题出在当年与爸爸一起去海宁策反的唐为平身上。他在证明材料中说,当时俞文奎起义是假,一次俞文奎曾对县政府建设科的科长说过,要伺机杀掉唐为平和张恺之,投奔嘉兴的国民党军队。——既然唐为平如此证明,我们感到事情非常棘手。那位女同志解释说。

这太奇怪了。我是当事人,可老唐从来没有对我说过这件事啊。爸爸觉得很惊讶。

鲍自兴伯伯提议,应该设法找到那个建设科科长,再次核实材料。

爸爸沉吟片刻,提出了两个疑点:他说当时如果俞文奎确实有叛变投敌、并杀死我们两人的打算,唐为平为什么不及时告诉我,以便采取对策?二是当时情况紧急,我和唐为平的脑袋都架在刀子上,俞文奎有枪有兵,要想杀我们易如反掌。但他实际上并没有叛变杀人,而且一直服从我们的指挥。这两条,是不是可以推翻老唐的说法呢?

经办的那位女同志表示,一定继续追踪调查,把这件案子尽快彻底解决。

爸爸和鲍伯伯走出了法院的大门。他站在小城熙攘的街市上,眯起眼望着来来往往的人群。那些匆忙过往的人们,不会知道这里曾经发生过什么。正午的阳光,透过树叶,在地上投下斑驳的黑影。酷暑燥热的空气,憋闷得人喘不过气来。

老唐啊老唐,他在心里默默念叨。你是怎么搞的呢?难道你真的有点老糊涂啦?你从一个省办公厅副主任,七斗八斗,一直到把你弄到劳改工厂去当管理员、拉大车,你自己就是一个冤假错案的牺牲品,你怎么能这样轻率地对待另一个人的政治生命呢?

回杭州的旅途似乎格外漫长。摇晃的车厢里,爸爸斜靠在车窗边上,远望着西沉的夕阳。他已经奔波了整整一天,六十多岁的人已不比当年,他确实觉得有些累了。但他却无半点睡意,心里很乱、脑子很沉。窗外掠过清悠的小河和古朴的石桥,那一刻他脑中突然跳出一句话,是那位欧洲著名的左翼党派领导人说过的一句名言:我们党就是依靠不断的清洗而生存发展的。——国际共运史的许多年中,这句话甚至已成为一个颠扑不破的真理。但如果按照这样的逻辑,这个世界上,大概任何一个人都没有资格存在;任何一位革命者,随时都可能、或者最终都将可能被清洗出革命的队伍。

那么,这种持续不断的彻底大清洗,其目的难道最终只为了留下一个徒有虚名的政权么?

车窗外刮来的热风吹干了他身上的汗。他忽然打了一个冷战。

当年他和曾一进、倪布明,就是从这条火车线上,奔赴海宁的。结果却使得俞文奎走向了他生命的终点。人生真像是一个奇怪的圆圈,许多人兴致勃勃地踏上远征的旅程,绕了一个大圈,最后却又回到了当初出发的原地。

——而对于他来说,命运似乎只给了一个开头和一个结尾。从他十九岁进入报界,时间已过去了半个世纪。这期间的大部分岁月里,他被剥夺了写作的权利。也许本应是厚积而薄发,然而他却步将进而踌躇、笔将下而维艰。当人生的开头和结尾最后相交的时候,他才发现在那个将他圈缚的圆圈中央,竟然是一块偌大的空白。

他甚至不知道,这种"平反"的结局,究竟是一个喜剧,还是一种如今被人称为黑色幽默的悲剧。

爸爸的心底涌上一阵无法言说的悲戚。

时针已指向1991年5月20日。

连绵的细雨已下了多日,那一天忽而停了。云渐渐散去,露出一隅灰茫的蓝天。阳台上爸爸亲手种植的蔷薇和金银花,湿漉漉的花瓣被雨打落了一地。

已是暮春了?爸爸茫然地放下了手中的报纸,走到阳台上去。

他觉得空气中弥漫着一种熟悉的气味。那是什么呢?是雨是花还是草叶?不,似乎是同5月有关,似乎是同5月20日有关,他们一生中的许多事情都和5月份的这个日子有关……然而那究竟是一种什么气息呢?真的想不起来了?他遗憾地摇了摇头。

妈妈轻手轻脚地走进来,递给爸爸一封信。一封从海宁市法院来的挂号信。

爸爸一反往常用剪刀剪开信封的习惯,急急地撕开了信封。

他看到了一页文件的复印件,上面是一行漆黑而端庄的文字:

  撤消原判死刑立即执行的判决。俞文奎按起义投诚人员对待,并做好善后工作。

爸爸沉重地叹了一口气。

妈妈深深地松了一口气。

那团久久不散的阴云,从高楼的顶端飘过,悠悠升空,融入了苍茫的蓝天。苍穹之下了无痕迹。

过了一些日子,爸爸得知,海宁法院曾派人四处寻找那位建设科长。此人在旧政权移交中有过贡献,又是学技术的,解放后一直当工程师,如今已在安吉一所林场退休。他回答法院的人说:老唐这句话,我想来想去,好像是没有说过。我觉得没有根据。

这一年春节,爸爸去给八十高龄的唐为平伯伯拜年。爸爸没有提起唐伯伯曾提供的那个材料一事,只是告诉他说:俞文奎终于已被平反。政府给他的儿子发了三千元的抚恤金;俞文奎当年在斜桥镇上的大宅院,解放初被政府没收后改成了斜桥卫生院,他的家属正在请求政府补配给一间住房……

这样好这样好……唐伯伯漏风的牙齿间,语音有些含糊不清。

一切都结束了。

真的是该结束了。——爸爸的故事和我的故事。

尽管,生生不息、跌宕沉浮的人世间,那些悲伤和欢乐的故事,仍将和生命一起发生、一同延续下去……

1984年底,爸爸和妈妈先后办理了离休手续。他们像两块一辈子冒着黑烟却不能发光的煤饼,终于未及燃烧,就从炉膛中被撺出来,作为残剩的煤核,回家去发挥余热了。

离休是一个含义明确的总结、一个最后的证明和补偿。然而,每当他们长久地注视着这张离休证褐色的硬壳封皮时,常常觉得它像一个结痂的伤疤,在阴雨天气里,依旧泛出紫红色的瘢痕……

风和日丽的黄昏,年逾七十的张恺之和朱小玲——我的爸爸和妈妈,会在忙里偷闲,到湖边去散步。山色空濛,湖光潋滟,几只白色的水鸟,贴着湖面自由盘旋,悠悠滑落,又簌然惊飞。西沉的夕阳,收敛着满天彤云,正无奈地绕过山脊,去作黑夜里漫长的沉思。

我爸爸仍然每日骑着自行车,匆匆穿过拥挤的街市,奔忙着那些永远忙不完的事情。老朋友已经一个个少下去,年轻的朋友,又有谁愿意知道那些不可思议的往事呢?有时他胸口会突然袭来一阵莫名的隐痛,真理的许诺虽已幻灭,但他心底依然留着最后一个疑问,无处终了:他的一生,究竟为什么会陷于一个晚年才得以纠正的错案呢?究竟错在哪里?又为什么会错?是一不留神错的,还是必然会错的呢?改错了以后,还会不会重新再错呢?当然错了还可以有非凡的勇气改正,然后改了再错,如此循环往复地走向光辉灿烂的明天么?

…………

我终于合上了爸爸保存的那本薄薄的剪报。

我想起在开始写这部书的时候,我和爸爸有过以下的对话:

——那么,你会为自己的一生感到惭愧吗?

——不!我只有遗憾。遗憾我没有能用自己的笔,为社会的进步服务。在长达三十年的时间里,我的笔不属于我。当这支笔还给我的时候,我却已力不从心……

——那么,你觉得后悔吗?

——不!因为我从来没有向命运低头。我庆幸自己从未谄媚,从未趋炎附势,从未自怨自艾。没有人能剥夺我的自尊。

——很不恭敬地说,爸爸,这样是不是有点阿Q呢?

——不阿Q怎么办?中国人就是依赖这点民族文化的传统精神,创造出五千年文明,支撑这苦难人生的呵……

然而我想爸爸却没有说出那最重要的一点:每个人的生命,只有一次。无论幸运和背运,都同样是用一个人的生命来支付的。谁能说,一种受尽虐苟的人生,要比自由和欢乐的人生更有价值呢?

是他忘了还是他不愿意这样说呢?我不知道。

毕竟,我早已从爸爸妈妈体内脱颖而出,我们已分割为两个时代的人。我活过两次,对这一切真的还会懵懂无解么?

当我写出这最后一句话的时候,凝望窗外,以往北方夏季干热明朗的天气,近日却是连绵阴雨、濡湿沉闷;雾气迷茫、薄云层叠;天空说不出是什么颜色——非黑非蓝非橙非赤。唯有一只硕大的气球下垂挂的广告条幅,正悠悠飘过这座城市的上空,那是我视线中仅有的一点亮色,像一条巨大而鲜红的舌头。

1994年8月完稿于北京花园村

CHITONG
DANZHU